二見文庫

とまどう緑のまなざし〈上〉

ジュディス・マクノート／後藤由季子＝訳

Whitney, My Love (vol.1)
by
Judith McNaught

友人であり、夫であり、愛しい人――マイケルをしのんで

とまどう緑のまなざし

〈上〉

登　場　人　物　紹　介

ホイットニー・ストーン	地方貴族ストーン家のひとり娘
クレイトン・ウェストモアランド	イギリスの名門の公爵
マーティン・ストーン	ホイットニーの父
エドワード・ギルバート	パリ駐在のイギリス外交官。ホイットニーの叔父
アン・ギルバート	エドワードの妻。ホイットニーの叔母
ポール・セヴァリン	ホイットニーの初恋の人
エリザベス・アシュトン	ホイットニーの幼なじみ
マーガレット・メリトン	ホイットニーの幼なじみで宿敵
エミリー・ウィリアムズ	ホイットニーの親友。のちにアーチボルド男爵と結婚
マイケル・アーチボルド	男爵。エミリーの夫
ニコラス(ニッキー)・デュヴィル	フランスの名門貴族
テレーズ・デュヴィル	ニコラスの妹。ホイットニーのパリ時代の友人
アメリア・ユーバンク	ストーン家と親交のある貴族夫人
カスバート	ホイットニーの従兄
ヒュー・ホイッティコム	クレイトンの主治医
クラリッサ	ホイットニーの侍女
トマス	ストーン家の馬丁頭
マーカス・ラザフォード	クレイトンの親友

イングランド　一八一六年

1

轍《わだち》のできた田舎道をがたごとと進む優雅な馬車のなかで、レディー・アン・ギルバートは夫の肩に頰《ほお》をのせ、もどかしげなため息を長々とついた。「到着までまだ一時間はあるのに、もう胸がどきどきしている。成長したホイットニーがどんな娘《こ》になっているのか、気になってしかたないの」

口を閉じ、馬車の窓から外をぼんやりと眺めた。ピンクの狐の手袋や黄色の金鳳花《きんぽうげ》におおわれた、なだらかに起伏するイングランドの草地に目を向けながら、十一年近く会っていない姪《めい》を想像しようとする。

「母親に似て、美人になっているはずよ。それに、母親の微笑みや、優しさや、しとやかさを受け継いで……」

エドワード・ギルバート卿が妻に疑い深い視線を向けた。「しとやかさ?」愉快そうに言う。「彼女の父親の手紙には、そうは書いてなかった」

パリの英国領事館の外交官であるギルバート卿は、暗示や言い逃れや当てこすりや策略を得意とする。しかし私生活では対照的に、すっきりした、ありのままの真実を好んだ。「きみの記憶を呼び起こさせてもらっていいかな」そう言うと、ポケットに手を入れ、ホイットニーの父親からの手紙を取り出した。鼻に眼鏡をのせ、妻のしかめ面もかまわず、声を出して読みはじめる。

「〝ホイットニーの行儀《ぎょうぎ》はけしからんもので、素行は言語道断。あの強情なお転婆娘にはだれもががっかりし、私もさじを投げています。どうか娘をいっしょにパリへ連れてかえってもらえませんか。あなたなら、あの頑固者を私よりもうまくしつけられるのではないかと思うのです〟」

エドワードは喉《のど》の奥で笑った。「どこに彼女が〝しとやか〟だと書いてあるのか、教えてくれ」

彼の妻がじろりと夫をにらむ。「マーティン・ストーンは冷酷で非情な男だから、ホイットニーに優しさや美点があってもわからないの! 姉さんのお葬式が終わってすぐ、あの男が娘を怒鳴り、部屋に下がらせたときのこと、考えてみなさい」

エドワードはこわばった妻の顎《あご》に気づき、なだめるように彼女の肩に腕を回した。「私だってあの男は嫌いだが、若い妻を早くに亡くして、五十人の会葬者の前で、お母さんを逃げられないように箱に閉じこめたと責められたら、冷静さを失うのも無理ないんじゃないか」

「でもホイットニーはほんの五歳だったのよ！」アンは激しく抗議した。

「そうだね。でもマーティンは悲嘆《ひたん》に暮れていた。それに、たしか、ホイットニーが部屋に行かされたのは、そのせいじゃなかった。葬儀のあと、みんなが客間に集まっていたときだ――あのとき、ホイットニーが足を踏みならして、お母さんをいますぐ自由にしてあげなかったら、神さまに言いつけてやる、と私たちを脅《おど》したんだよ」

アンが微笑む。「すごい剣幕だったわよね。一瞬、あの子のかわいい雀斑《そばかす》が鼻から飛び出すんじゃないかと思った。認めなさい――彼女はすばらしい子だったし、あなたもそう思った、と！」

「ああ、まあね」エドワードは決まり悪そうに同意した。「私もそう思ったよ」


ギルバート家の馬車がストーンの屋敷に着々と近づいているころ、数人の若者が南の芝地から百メートル先の馬小屋をもどかしそうに見ていた。小柄なブロンド娘がピンクのスカートのしわを伸ばし、ため息をついて、とても魅力的なえくぼを見せた。「ホイットニーは何をする気だと思う？」娘が横にいる、淡い色の髪をしたハンサムな男に尋ねる。

エリザベス・アシュトンの大きな青い目を見下ろして、ポール・セヴァリンは笑みを浮かべた。ホイットニーなら、その笑みを自分に向けるためならば、両足をもがれてもいいと思うだろう。「辛抱強く待つんだ、エリザベス」彼は言った。

「ホイットニーが何をするつもりなのかわかってる人なんて、いるわけないじゃない」マーガレット・メリトンがぴしゃりと言った。「でも、ばかげていて、とんでもないことだというのは、絶対確実」

「マーガレット、ぼくたちはきょう、ホイットニーの客なんだぞ」ポールが小言を言った。

「あなたがどうしてホイットニーをかばうのかわからない」マーガレットが辛辣《しんらつ》に言う。「ホイットニーがあなたを追っかけまわして、ひどいうわさになってること、あなただって知ってるでしょ！」

「マーガレット！」ポールは声を荒らげた。「やめろと言ったはずだ」いらだちのこもったため息をつき、顔をしかめて、自分のよく磨《みが》かれた靴を見る。ホイットニーは人目もかまわず彼を追いかけまわし、周辺二十キロの人々がそのうわさをしていた。

最初、ポールは十五歳の娘から悩ましげな表情やうっとりした笑みを向けられているのを知って、悪い気はしなかった。だが、最近のホイットニーは、ナポレオン・ボナパルト張りの決意と知略を持って、ポールを追いかけるようになっている。

ポールが外出すると、目的地に着くまでに、まず間違いなく、ホイットニーと顔を合わせた。まるでホイットニーには見張り場所があって、そこから一挙手一投足《いっきょしゅいっとうそく》を観察されているかのようだった。ポールはもう、彼女の子どもっぽい恋心が無害だともおもしろいとも思わなかった。

三週間前、ホイットニーは地元の宿屋まで追いかけてきた。ポールが宿屋の娘にあとで納屋で会おうと誘われたことについて、どうしたものかと楽しく思いを巡らせながら視線を上げると、窓からこちらを覗《のぞ》く、おなじみの明るい緑の目があった。ポールはエールのジョッキをテーブルにどすんと下ろすと、つかつかと外に出て、ホイットニーの肘《ひじ》をつかみ、彼女を強引に馬に乗せて、日暮れまでに家に帰らないと、父親に捜索隊を出されるぞと言ってやった。

意気揚々と室内へもどり、エールのおかわりを注文したが、宿屋の娘がジョッキにおかわりを注《つ》ぐ際に、思わせぶりに彼の腕に胸を寄せてきて、ポールの頭になまめかしい裸体とからみ合う自分の姿が突然浮かんだとき、今度はべつの窓に緑の目が現われた。ポールは宿屋の娘の傷ついた感情をなだめるのにじゅうぶんな額の硬貨を木のテーブルに放り、そこを去った。そしてまた帰り道で、ストーン嬢と顔を合わせるのだった。

ポールは自分が行動を逐一監視される要注意人物であるかのように感じはじめていた。もはや我慢の限界だった。それなのに、いまはこうして、四月の太陽の下に立ち、ホイットニーを非難から守るために、適当な理由を探そうとしている、といらいらしながら胸の内でつぶやいた。非難されて当然の娘なのに。

ほかの者たちよりも二つ三つ年下の、かわいい娘が、ポールをちらりと見た。「ホイットニーが何をぐずぐずしているのか、見に行ってくる」エミリー・ウィリアムズはそう言うと、芝地を駆け、水漆喰《みずしっくい》を塗った柵に沿って走り、馬小屋へ向かった。大きな扉を押しあけ、両側に馬房が並ぶ、広くて暗い通路に目をやる。「ミス・ホイットニーはどこ？」栗毛の去勢馬にブラシをかけていた馬丁《ばてい》に尋ねた。

「あっちです」薄暗いなかでも、馬丁が顔を赤くして、馬具庫のドアに顎をしゃくったのがわかった。

馬丁の赤い顔を不思議に思いながら、エミリーは示されたドアを軽くたたいて、なかに入り、目の前の光景に凍りついた。ホイットニー・アリスン・ストーンの長い脚が、きめの粗《あら》い茶のズボンに包まれていた。ズボンは意表を突く形で細い腰に貼りつき、ロープで細いウエストにくくりつけられている。乗馬ズボンの上は、薄いシュミーズだった。

「まさかそんな格好で外に出ないわよね？」エミリーはうめき声をあげた。

ホイットニーはあきれている友人を肩越しに愉快そうに見た。「当たり前でしょ。シャツも着るわよ」

「で、でも、どうして？」エミリーが必死になって言う。

「シュミーズ姿で人前に出るのは礼儀正しいとは思えないからよ、おばかさん」ホイットニーは陽気に答え、フックに掛かっていた馬丁の清潔なシャツをさっと取ると、袖に腕を突っこんだ。

「れ、礼儀正しい？」エミリーが口ごもる。「男の人のズボンをはくのが、完全に礼儀正しくないってこと、わかっているはずよ！」

「まあね。でも、鞍なしで乗って、スカートが首まで舞い上がる危険を冒すわけにはいかないでしょ？」ホイットニーはまとまりにくい髪を丸めて、首のところにピンで留めながら、明るくそう言った。

「鞍なしで乗る？　まさか、またがるつもりじゃないわよね——またそんなことをしたら、お父さんに勘当《かんどう》されるわよ」

「またがるつもりはないわ。でも」ホイットニーはくすくす笑った。「男はまたがることが許されるのに、わたしたち女は、か弱いということになっているのに、命懸《が》けで横乗りするなんて、どうしてなんだか」

エミリーは話をそらすのを拒絶した。「じゃあ、どうするつもり？」

「あなたがこんなに聞きたがり屋だとは思わなかったわ、ミス・ウィリアムズ」ホイットニーはからかった。「でも、答えてあげる。馬の背に立つつもりよ。定期市でそういうやりかたを見て、ずっと練習してきたの。それで、うまく乗れるところをポールが見たら、彼はきっと——」

「あなたの気がおかしくなったと思うわよ、ホイットニー・ストーン！　あなたには良識や礼儀正しさがこれっぽっちもないって、また気を惹《ひ》こうとしているだけだって思う」友人の頑固そうに引き締まった顎を見て、エミリーは作戦を変えた。「ホイットニー、お願い——お父さんのことを考えてみて。これを知ったら、なんて言うかしら？」

ホイットニーは、父親の冷たい不動の視線がいまこの瞬間も自分に向けられているように感じて、言葉に詰まった。大きく息を吸い、ゆっくりと吐き出しながら、小さな窓の向こうの芝地で待つ人たちをちらりと見た。うんざりした口調で言う。「お父さんは、いつもと同じく、わたしにはがっかりだ、自分と死んだお母さんの名を辱《はずかし》めている、いまのわたしをお母さんが知らなくてよかった、と言うでしょうね。それから、エリザベス・アシュトンがどれほど完璧なレディーで、わたしは彼女みたいになるべきだって、三十分かけてお説教」

「ねえ、ほんとうにポールによく思われたいのなら、あなたも……」

ホイットニーはいらいらして手を握りしめた。「エリザベスみたいになろうと努力したわよ。パステル画に描かれた山みたいな気分になる、あのぞっとするひらひらのドレスを着たし、何時間も黙っている練習をしたし、まぶたが疲れるまで目をぱちぱちさせてみた」

エリザベス・アシュトンの淑女気どりが手厳しく描写されるのを聞いて、エミリーは唇を噛《か》んで笑いを堪《こら》え、それからため息をついた。「あなたがすぐに出てくるって、みんなに言うわね」

馬を引いて、見物人の待つ芝地に現われたホイットニーは、怒りで息を呑む音と冷笑に迎えられた。「きっと落馬するわ」少女のひとりが予言した。「その前に、ズボンをはいた罪で神さまに命を取られなければね」

辛辣な言葉を返したいという衝動を抑え、ホイットニーは傲然《ごうぜん》と頭を上げ、それからポールを盗み見た。ハンサムな顔はとがめるようにこわばり、視線がホイットニーのむきだしの足から、ズボンへ、そして顔へと上がる。ポールが明らかに機嫌を損ねているのを見て、ホイットニーはたじろいだものの、腹をくくり、待っている馬の背に乗った。

去勢馬が巧みに駆けだすと、ホイットニーは体を持ち上げた。はじめは腰を低くし、腕を伸ばしてバランスを取っていたが、やがてゆっくりと立ち上がった。芝地を何度か回るあいだ、落馬しないか、ばかみたいに見えないかと内心びくびくしていたけれど、なんとか有能かつ優美に見せることに成功していた。

四周めを回りながら、左側を過ぎていく顔を横目で見た。衝撃と愚弄《ぐろう》の表情を心に留《とど》めつつ、自分にとって唯一、重要である顔を捜した。ポールは木陰にいた。エリザベス・アシュトンが彼の腕にしがみついている。けれど、彼の口もとに弱々しい笑みが浮かぶのを通り過ぎるときに目にして、ホイットニーの胸のなかに勝利の旗が揚《あ》がった。ふたたびポールの前を通り過ぎたときには、彼は大笑いしていた。ホイットニーは舞い上がった。何週間もの練習や、痛む筋肉や、青あざが、報われたと感じた。

南の芝地を見渡す二階の客間から、マーティン・ストーンは曲芸をする娘をにらんでいた。後ろから執事が、ギルバート夫妻の到着を告げる。口をきけないほど娘に腹を立てていたため、マーティンは固く唇を結んだまま、ぶっきらぼうにうなずいて、義理の妹とその夫を迎えた。

「お——お久しぶり。また会えてうれしいわ、マーティン」レディー・アンは愛想よくうそをついた。義兄が冷淡に黙ったままなので、話を続けた。「ホイットニーはどこ？　早く顔を見たいわ」

マーティンはようやく声を取りもどした。「見たい？」怒りのこもった声で言う。「マダム、それならこの窓から外を見ればいい」

とまどいながらも、アンは言われたとおりにした。下の芝地に若者が集まり、細身の少年が駆けまわる馬の上で見事にバランスを取るようすを見守っている。「まあ、器用な男の子だこと」微笑みながら、アンは言った。

その率直な感想によって、マーティン・ストーンのくすぶる怒りの炎が荒れ狂ったものへ変化したらしく、彼はくるりと向きを変えると、ドアへずんずん歩いていった。「あなたの姪に会いたいのなら、いっしょに来なさい。まあ、恥をかくのがいやなら、わしが娘をここへ連れてくるが」

マーティンの背に怒りの視線を向けると、アンは夫の腕を取り、マーティンのあとから階下へ行き、外へ出た。

若者の一団に近づくうちに、アンの耳にざわめきや笑い声が届いてきた。悪意が交じった声のように聞こえたが、ホイットニーを捜して娘たちの顔を見るのに忙しく、かすかな印象にはあまり注意を払わなかった。ブロンドふたりと赤毛をひとりを心のなかで排除してから、青い目の小柄なブルネットをいぶかしげに観察し、それから助けを求めるように隣りの若者に目をやった。「ごめんなさい。ホイットニーの叔母《おば》のレディー・ギルバートですけれど、姪がどこにいるか、教えてもらえない？」

ポール・セヴァリンは半分同情し、半分おもしろがっている顔で、アンに微笑んだ。「姪御さんは馬に乗っていますよ、レディー・ギルバート」

「馬に――」ギルバート卿が声を詰まらせる。

馬上で微妙にバランスを保ちながら、ホイットニーの目は、大股でどんどん近づいてくる父親を追っていた。「お願いだから大騒ぎしないで、お父さん」声が届くところに来た父親に、彼女は懇願した。

「大騒ぎ？」マーティンは怒鳴った。頭部の綱《つな》をつかんで、駆けまわる馬の向きをぐいと変える。ホイットニーは馬から落ち、いったん両足で着地したあとによろめき、ぶざまに地面に倒れた。マーティンは跳ねるように立ち上がった娘の腕を容赦なくつかみ、見物人たちのほうへ引っ張った。「これが——これが」そう言って、ホイットニーを彼女の叔母と叔父《おじ》の前に突き出す。「言うのも恥ずかしいが、これがあなたの姪だ」

急いで解散する若者たちのくすくす笑いが、ホイットニーの耳に届いた。彼女は恥ずかしさで赤面した。「ごきげんいかがですか、ギルバート叔母さん？　ギルバート叔父さん？」去っていくポールの広い肩を片目でにらみながら、ホイットニーは存在しないスカートに無意識に手を伸ばし、スカートをはいていないことを忘れたまま、滑稽《こっけい》なお辞儀をした。叔母が顔をしかめるのを見て、自己弁護するように顎を上げる。「叔母さんたちがここにいる一週間、二度と風変わりなことはしませんから」

「わたしたちがここにいる一週間？」叔母が息を呑んだが、ホイットニーは、ポールがエリザベスを二輪馬車に乗せるようすを見守るのに忙しく、叔母の声に含まれた驚愕《きょうがく》に気づかなかった。

「さようなら、ポール」ホイットニーは大きく手を振りながら言った。ポールが振り向き、手を上げて、無言のいとまごいをする。

私道をなめらかに走る二輪馬車から、笑い声が漂《ただよ》ってきた。乗客たちはこれから、ピクニックか何かの楽しい遊びに出かけるのだ。ホイットニーはまだ年齢が若すぎて、そういう遊びに招かれたことがない。

ホイットニーのあとから屋敷へ向かいながら、アンはさまざまな思いをいだいていた。ホイットニーに対しては困惑していたし、ほかの若者たちの前で娘に恥をかかせたマーティン・ストーンに対しては激怒していたし、男のズボンをはいて馬の背で浮かれていた姪の姿には頭がくらくらしていた……そして、母親が十人並みだったのに、ホイットニーには本物の美人になる兆《きざ》しがあるのを発見して、心の底から驚いていた。

いまは瘠《や》せすぎているけれど、屈辱感に打ちひしがれていても、ホイットニーの背はまっすぐで、歩きかたは飾らずとも優美で、かすかに色っぽい。きめの粗い茶のズボンによって、不道徳なほどあからさまになっている、なだらかな丸みを帯びた腰を見て、アンは内心にんまりした。ウエストは小細工が要《い》らないほど細く、淡い緑から濃い緑に変化するように見える目は、長くて黒い睫毛《まつげ》に縁取られている。そしてあの髪――とても豊かな褐色の髪！上手にカットをし、輝くまでブラシで梳《と》かせば完璧だ。アンの指はそれをしたくてうずうずしていた。心のなかではすでに、ホイットニーの魅力的な目と高い頬骨が引き立つ髪形を考えていた。頭の上で結って、耳のところは巻き毛を垂らすか、額《ひたい》を出すように後ろに流して、背中で優雅に波打たせるかだ、と結論を下した。

室内に入ると、ホイットニーはもぐもぐと言い訳をして、自分の部屋へ逃げ、落胆して椅子にどさりと座ると、ポールに見られた屈辱的な光景を思い出し、不機嫌になった。父親にみっともなく馬から落とされ、怒鳴られてしまった。父親と同じように、叔母と叔父もわたしの振る舞いに衝撃を受け、不快感をいだいただろう。どんなに軽蔑《けいべつ》されたかと思っただけで、恥ずかしさに頬が赤くなった。

「ホイットニー？」エミリーがささやき、寝室に滑りこむと、ドアを閉めた。「裏口から来たの。お父さん、怒ってる？」

「かんかん」ホイットニーはズボンをはいた脚を見下ろしながら、そう認めた。「わたし、きょう、何もかも台なしにしちゃったわよね？　みんながわたしを笑っていたし、ポールもそれを聞いてしまった。エリザベスが十七になったいま、彼はきっと結婚を申しこんじゃうわ。ほんとうはわたしを愛していると気づく機会もないまま」

「あなたを？」エミリーがあきれはてて言う。「ホイットニー・ストーン、ポールがあなたを伝染病みたいに嫌っていること、よく知っているでしょうに！　だれも彼を責められないわ。ここ一年であなたが彼にもたらした災難を考えたらね」

「たいしたものはないわ」ホイットニーは抗議したが、椅子の上で身をよじらずにはいられなかった。

「そうかしら？　万霊節《ばんれいせつ》のいたずらはどうなの——彼の馬車の前に幽霊のふりをして飛び出て、馬たちを怖がらせたことは？」

ホイットニーは顔を赤らめた。「彼はそんなに怒らなかったわ。だって、馬車を壊したわけじゃないもの。たんに横転して、轅《ながえ》が折れただけよ」

「それにポールの脚もね」エミリーが指摘する。

「でも、完全に治ったわ」ホイットニーは言い張った。心はすでに、過去の大失敗から将来の可能性に移っていた。立ち上がり、ゆっくりと部屋を歩きまわる。「方法があるはずよ——誘拐するわけにはいかないけれど——」ほこりまみれの顔にいたずらっぽい笑みを浮かべて、ホイットニーは急に向きを変えた。その勢いに、エミリーは思わず体を椅子に押しつけた。「エミリー、完全に明らかなことがひとつあるわ。ポールはまだ、わたしを好いていると自覚していない。そうよね？」

「これっぽっちも好いていない、というほうが正確よ」エミリーが用心深く答える。

「だとすると、何か特別な理由がないと、わたしに結婚を申しこむ可能性はないと言っていいわよね？」

「銃を突きつけて、結婚の申しこみをさせるわけにはいかないのよ。それに、あなたは婚約するには若すぎる。たとえ——」

「どんな状況だったら」ホイットニーは意気揚々とさえぎった。「殿方は女の人に結婚を申しこまざるを得ないかしら？」

「考えつかない。もちろん、女性の評判を傷つけたら——ありえない！　ホイットニー、あなたが何を企《たくら》んでいるとしても、わたしは手伝わないわよ」

ため息をつきながら、ホイットニーは椅子にもどり、脚を前に伸ばした。自分の大胆な考えを検討しながら、不遜《ふそん》な笑いを口から漏らす。「あのとき、成功していたらなあ……ほら、ポールの馬車の車輪があとではずれるように細工しておいて、どこかへ連れていってって頼んだじゃない。うまく行っていたら、歩いてもどるか、助けが来るころには、夜も遅くなっていて、彼はわたしに結婚を申しこまないわけにはいかなくなっていたのに」エミリーのあきれ顔には気を留めず、ホイットニーは先を続けた。「よくあるお話をもとにした、すてきな逆転大勝利になったのに。若い女が紳士を誘拐して、彼の評判を落とし、彼女は責任を取って彼と結婚せざるを得なくなる！　すてきな小説になっただろうに！」自分の思いつきのすばらしさにほれぼれしながら付け加えた。

「帰る」エミリーはそう言って、ドアへ歩き、それからちょっと迷って、ホイットニーのほうを向いた。「叔母さんと叔父さんに全部見られちゃったのよ。ズボンと馬のこと、どう説明するつもり？」

ホイットニーの顔が曇《くも》る。「何も言わない。言ってもしょうがないもの。でも、ふたりがここにいるあいだは、あなたが見たこともないような、慎《つつし》み深く上品で、しとやかな子になる」エミリーの疑わしそうな顔を見て、言い足した。「食事のとき以外は、ふたりの前に出ないつもりよ。一日に三時間なら、わたしだってエリザベスみたいに振る舞えると思う」

ホイットニーは約束を守った。その晩の食事の席では、叔父がベイルートの英国領事館勤務だったときの、身の毛もよだつような話を聞かされても、こう小さな声で言っただけだった。「とてもためになるお話ですね、叔父さま」本心では、叔父を質問攻めにしたくてたまらなかった。パリとそこでのわくわくするような社交生活について叔母が話しても、こうつぶやいた。「とてもためになるお話ですね、叔母さま」食事が終わるとすぐ、ホイットニーは言い訳をして、席を立った。

三日間、控えめにしているか、姿を消しているというホイットニーの努力は大成功を収めた。そのため、アンは、到着した日にちらりと見た姿は目の錯覚だったのだろうか、それともエドワードと自分はホイットニーに嫌われているのだろうか、と思いはじめた。

四日め、ホイットニーがほかの家族の起床前に朝食を済ませ、姿を消すと、アンは真実を突き止めることにした。家のなかを捜したが、どこにもいなかった。庭にもいなかったし、馬丁から聞いたところでは、馬で出かけてもいなかった。陽光に目を細くしながら、アンはあたりを見まわして、十五歳の娘が一日を過ごしそうな場所を考えた。

屋敷を見下ろせる丘の頂上の近くに、明るい黄色のものが見えた。「見つけた！」アンは息を吐き出すと、日傘を開き、芝地を歩きだした。

ホイットニーが近づいてくる叔母に気づいたときは、もう遅かった。もっといい隠れ場所を見つけるべきだったと後悔しながら、失礼にならないような退屈な話題を懸命《けんめい》に考える。服装？　ホイットニー自身はファッションについて何も知らなかったし、興味もなかった。何を着ようと、絶望的だったからだ。猫みたいな目と、泥色の髪と、雀斑《そばかす》だらけの鼻を持つ女の見た目をよくする服など、あるはずがない。おまけに、背は高すぎるし、瘠《や》せすぎだし、たとえ神さまが彼女に胸のふくらみというものを与える意志を持っていたとしても、もう遅すぎだった。

膝《ひざ》をがくがくさせ、苦しい息づかいで胸を上下させながら、アンは険しい坂を登りきり、ホイットニーの横に座りこんだ。「さ、散歩すると……気持ちいいかなと思って」アンはうそをついた。いつもの息にもどると、革装の本が表紙を上にして毛布に置かれているのに気づき、本を話題にしようと決めた。「それはロマンス小説？」

「違います、叔母さん」ホイットニーは小声で答え、叔母に見られないよう、本の題名をそっと手で隠した。

「若い娘《こ》たちはロマンス小説が大好きって聞いたわ」アンはふたたび話題づくりに励んだ。

「そうです、叔母さん」ホイットニーは礼儀正しく同意した。

「一度読んでみたけれど、わたしは好きになれなかった」ホイットニーを会話に引きこむべつの話題を心のすみで探しながら、アンは言った。「完璧すぎたり、いつも気絶してばかりいるようなヒロインに耐えられないの」

ホイットニーは、退屈なロマンス小説を好きになれないのが、英国で自分ひとりだけではないと知って大いに驚き、短い言葉だけしか口にしないという決心をたちまち忘れた。「それに、気絶していないときは」笑いで顔を輝かせながら、付け加える。「横になって、気付け薬の瓶を鼻に近づけ、暗い顔で嘆《なげ》き悲しんでいるんですもの。男性が結婚を申しこむ勇気のない臆病者だったり、あるいは、べつの、ふさわしくない女性に結婚を申しこんでいるとかの理由で。わたしだったら、恋いこがれる人がひどい女を好きだと知りながら、何もせずに横になっているなんてできない」ホイットニーは叔母が衝撃を受けていないかと、ちらりと見てみたが、叔母は目のすみに不可解な笑みを漂わせて、こちらを見つめていた。「アン叔母さん、叔母さんだったら、『ああ、クララベル。きみの唇は赤い薔薇《ばら》の花びらで、瞳は空のふたつの星だ』なんて、ひざまずいて言われたら、その人を好きになれる？」ばかにするように鼻をふんと鳴らし、ホイットニーは締めくくった。「それこそ、わたしだったら気付け薬に飛びつく場面だわ」

「わたしも同じ」アンは笑いながら言った。「じゃあ、何を読んでいるの？　ぞっとするようなロマンス小説でないとしたら」ホイットニーの手のひらの下の本を覗《のぞ》き、金の浮きだしの題名を見る。「『イリアッド』？」驚き、信じられない思いで尋ねた。そよ風がページをぱらぱらとめくり、アンの驚いたような視線が本からホイットニーの緊張した顔へ飛んだ。「でも、ギリシア語よ！　ギリシア語は読めないでしょ？」

ホイットニーは首を横に振った。恥ずかしさのあまり、顔が紅潮した。これで叔母さんに文学かぶれだと思われてしまう——またもや評価が下がってしまう。「あと、ラテン語、イタリア語、フランス語も。それにドイツ語も少し」ホイットニーは告白した。

「なんとまあ」アンは息を吐き出した。「いったいどうやって身につけたの？」

「お父さんが思っているのとは違って、わたしはばかだけど、頭が悪いわけじゃないんです、アン叔母さん。それでお父さんにさんざんせがんで、語学と歴史の家庭教師をつけてもらったの」ホイットニーは口を閉じ、かつて、勉強に打ちこめば、そして息子みたいになれれば、父親に愛してもらえるだろうと信じていたことを思い出した。

「そんなに教養を身につけたのに、誇らしく思わないで、恥じているようね」

ホイットニーは谷に建つ自分の家を見下ろした。「女にそんなことを教えるのは時間の無駄だと思われているって、叔母さんも知っているでしょ。それに、女らしい教養は何も身につけていないから。縫い物をすれば、目隠しをして縫ったように見えるし、歌を歌えば、馬小屋の犬たちが遠吠えを始めるの。音楽を教えてくれるトウィッツワージー先生はわたしのピアノを聞くと鳥肌が立つってお父さんに言った。わたしは女の子たちがすべきことを何ひとつできないし、おまけにそういうのが大嫌いなの」

ここまで言ったら、ほかの大人たちと同様、叔母も完全にあきれはてるとわかっていたが、少なくともこのほうが、避けられない運命を恐れなくて済むようになっていい、とホイットニーは内心つぶやいた。大きく見開いた緑の、傷つきやすそうな目をレディー・アンに向ける。「わたしのことは全部お父さんに聞いたと思います。わたしが期待はずれの娘だということ。エリザベス・アシュトンみたいに、かわいらしくて、上品で、慎み深い娘になってほしいと願っていること。わたしも努力したんだけれど、だめみたいなの」

姉が産んだ、この愛らしく、元気がよく、途方に暮れている娘に、アンの心はとろけた。ホイットニーの頬に手を当てて、優しく語りかける。「あなたのお父さんは、カメオみたいな娘を望んでいるの――繊細で、青白くて、簡単に形作れる娘を。ところが、実際の娘はダイヤモンドで、火花と生気に満ちていて、お父さんは彼女の扱いかたを知らない。自分が持っている宝石の価値と貴重さに気づかないで――少し磨《みが》いて、輝かせることをしないで――ありきたりのカメオを作ると言い張っているの」

ホイットニーはどちらかと言えば自分を石炭のかたまりだと思いたかったが、叔母を幻滅させることはせず、黙ったままでいた。叔母が去ると、本を手にしたものの、すぐに彼女の心は活字からポールに関する夢想に移っていった。

その夜、食事室へ下りていくと、部屋の空気が妙に張りつめていて、だれもテーブルへ近づくホイットニーに気づかなかった。「私たちとフランスへ行くのだと、いつ彼女に話すつもりなんだ、マーティン?」叔父が怒った声で問いつめていた。「それとも、私たちが出発する日まで待って、娘を馬車に投げ入れる気なのか?」

世界がぐらぐらと揺れ、一瞬、ホイットニーは吐きそうになった。手足の震えを止めようと立ち止まり、喉のひりひりするかたまりを呑みこむ。「お父さん、わたし、どこかへ行くの?」落ち着いた、興味のなさそうな声で言おうと努力した。

全員の目がホイットニーに向けられた。父親の顔が引きつり、焦《あせ》りととまどいのしわができる。「フランスだ」と、彼はぶっきらぼうに言った。「叔父さんと叔母さんといっしょに暮らし、いっぱしのレディーにしてもらうんだ」

ホイットニーはいま、この場で取り乱したくなかったので、だれの目も見ないようにして、椅子にさっと腰を下ろした。「叔父さんと叔母さんに、どんな問題をしょいこむことになるのか説明した？」自分がどれほど衝撃を受けたのかを父親に見せないよう、ありったけの力を集めた。叔父と叔母の、やましそうな当惑した顔を冷ややかに見る。「父は、わたしと暮らすことによってもたらされる問題を説明しなかったようです。父にきけばわかるけれど、わたしは性格が悪く、行儀作法はなってないし、礼儀正しく話すこともできないの」

叔母は明らかに同情のこもった目を向けていたが、父の表情は石のようだった。「ああ、お父さん」ホイットニーは言葉を途切らせながら言った。「わたしがそんなに嫌いなの？大嫌いだから、見えないところにやってしまうつもり？」流れていない涙のなかに目を泳がせながら、ホイットニーは立ち上がった。「ごめんなさい……でも……今夜はあまり食欲がないの」

「なんてこと！」ホイットニーが去ると、アンは椅子から立ち上がり、マーティン・ストーンを憤怒《ふんぬ》の目でにらみつけながら、そう叫んだ。「なんて薄情で、思いやりがないの――娘を手放せて、さぞうれしいんでしょうね。ホイットニーがこれほど長くここで生きながらえたのは、彼女の力の証明よ。わたしだったら、こんなに見事にやってのけられなかった」

「マダム、あんたはホイットニーの言葉をよく受け取りすぎている」マーティンが冷たく言う。「あれがあんなに取り乱したのは、わしから離れることになるからじゃない。わしは娘がこれ以上ポール・セヴァリンのことで物笑いの種にならないよう、さっさとけりをつけただけだ」

2

マーティン・ストーンの娘がフランスへ速達便で送り出されるというニュースは、乾いた藪《やぶ》で燃える火のような勢いで田舎じゅうに広がった。紳士階級はよそよそしく、打ち解けないのが一般的な、死んだようなこの地方で、ホイットニー・ストーンはふたたび、わくわくするような刺激をみんなに与えたのだ。

丸石で舗装《ほそう》された村の通りで、そして金持ちと貧者の家庭で、あらゆる年齢の女たちがこの最新のうわさ話に花を咲かせた。八歳のとき、日曜日に教会で蛙《かえる》を放したことから始まって、この夏、若い娘といるポール・セヴァリンを木の上から見張っていて、ふたりの上に落下したことまでの、ホイットニーの恥ずかしい人生のあれこれをひとつ残らず挙げ、長い時間、大いに楽しんだ。

それらの出来事をすみずみまで思い出してから、女たちはようやく、マーティン・ストーンがついに娘をフランスへ送り出す理由を推量した。

あのとんでもない娘が男のズボンをはいて人前に現われたことで、彼女に悩まされていた気の毒な父親も我慢の限界に達したのだろう、というのが大方の見かただった。ホイットニーにあまりにも問題がありすぎるため、父親が突然の行動をとった正確な理由については、いくつもの意見があった。しかし彼女を追い払えてポール・セヴァリンが大いに安堵《あんど》するだろうという意見には、全員が賛同するはずだ。

それから三日間、マーティン・ストーンの隣人たちが、ギルバート夫妻に挨拶《あいさつ》をし、ホイットニーには別れを言うという名目で、次々に屋敷にやってきた。フランスへ発《た》つ前日の晩、アン・ギルバートは客間でそういった社交上の訪問に耐えていた。相手は、三人の婦人とその娘たちだ。女たちは、旅の無事を願うふりをしつつ、ホイットニーの数多くの罪深い行為を列挙することに病的な喜びを見いだしていた。アンは友好的というよりも形式的な笑みを浮かべ、いらだちを隠しきれずにいた。女たちは、表面上は心から心配しているふりをしながらも、ホイットニーがパリで恥さらしな行為をしでかして、アンの正気を失わせ、おそらくはエドワードの外交官としての経歴をめちゃくちゃにするだろうと、ひとり残らず予想していることを明らかにした。

女たちがようやく帰るようすを見せたので、アンは立ち上がり、そっけなく別れの挨拶を言った。それから椅子に座りこんだ。目が怒りと決意でらんらんと輝いている。マーティン・ストーンがいつもみんなの前で娘を批判するため、ホイットニーは村の人々の嘲笑《ちょうしょう》の的になってしまったのだ。アンがとるべき行動は、心が狭く、悪意に満ちた隣人たちからホイットニーを引き離し、ここほど息苦しくない環境のパリで、彼女を開花させることだった。

客間の入口で、執事が咳払いをした。「ミスター・セヴァリンがお出《い》でです」

「ここへ通してちょうだい」ホイットニーの子どもっぽいあこがれの的が別れの挨拶に来たと知って、驚き、うれしく思っていることを注意深く隠しながら、アンは言った。しかし、ミスター・セヴァリンがとてもかわいいブロンドをともなって入ってくると、彼女の喜びは消えた。周辺二十キロに住むだれもが、ホイットニーの思いを知っていることから、ポール・セヴァリンもそれを知っているのは間違いなく、それでいながら若い女性を連れて別れの挨拶に来たとは、あまりにも思いやりがないように思えた。

アンはこちらに歩いてくるポール・セヴァリンを観察し、あら探しをしたが、何も見つからなかった。彼は背が高く、ハンサムで、田舎の裕福な紳士階級という育ちのよさから来る、ゆったりした魅力があった。「こんばんは、ミスター・セヴァリン」そっけなく型どおりの挨拶をする。「ホイットニーは庭よ」

アンのよそよそしさのわけを察したかのように、ポールが青い目を笑みで輝かせ、挨拶に答えた。「知っています。でも、ホイットニーにさよならを言うあいだ、エリザベスと話をしていてくださらないかと思ったんです」

アンは思わず声を和らげた。「喜んで」

ホイットニーは暗い薔薇の茂みを不機嫌に見つめた。客間にいる叔母は間違いなく、姪のさまざまな過去の話や、将来に関する恐ろしい予言を聞かされているだろう。エミリーは両親とロンドンへ行ってしまったし、ポールは……ポールはさよならを言いにさえ来ない。来てくれると、本気で思っているわけではなかった。彼はおそらく友人たちといっしょにいて、わたしの出発を祝っているだろう。

まるで呪文で呼び出したかのように、後ろの暗がりで、ポールの低く、男らしい声がした。

「やあ、かわいこちゃん」

ホイットニーはくるりと振り向いた。彼がすぐ後ろにいた。片方の肩をさりげなく木にもたせかけている。月明かりのなかで、ほとんど見えない黒っぽい上着を背景に、純白のシャツと首巻きがきらめいている。「行ってしまうんだね」ポールが静かに言った。

ホイットニーは無言でうなずいた。彼の金色の髪の正確な色合いと、月に照らされた美しい顔のあらゆる形を記憶に留めようとした。「いなくなって、寂しい?」ついそう尋ねてしまった。

「もちろんだ」ポールが喉の奥で笑う。「きみがいないと、退屈するだろうな」

「ええ、そうでしょうね」ホイットニーは小さな声で言い、視線を落とした。「わたしが行ってしまったら、ほかのだれかが木から落ちて、あなたのお楽しみを台なしにしたり、脚を折ったり、それから……」

あれこれと自分を非難するホイットニーを、ポールはさえぎった。「だれもいないよ」

ホイットニーは視線を上げ、ポールとしっかり目を合わせた。「わたしを待っていてくれる?」

「きみが帰ってきたとき、ぼくはここにいるよ。そういう意味で言ったのなら」ポールがあいまいな返事をする。

「そういう意味じゃないって、わかっているでしょ！」ホイットニーは必死に言い張った。「わたしが言ったのは、ほかの人と結婚しないで、わたしを――」ホイットニーは当惑して、言葉を途切らせた。どうしてポールを相手にすると、いつもこんなふうになってしまうのだろう？　どうして年上の女の子たちみたいに、さらりと冗談めかすことができないのだろう？

「ホイットニー」ポールが断固とした口調で言っている。「きみは行ってしまったら、ぼくの名前を忘れてしまうだろう。なぜ待ってくれと言ったのか、不思議に思う日が来るよ」

「もうすでに思っている」ホイットニーはみじめな気分で認めた。

いらだちと同情をこめてため息をつきながら、ポールはホイットニーの頬にそっと触れ、自分のほうへ顔を向かせた。「ぼくはここにいるよ」しぶしぶ笑みを浮かべて言う。「きみがどんなふうに成長したかを見たくて、うずうずしながら待っている」

ホイットニーはびっくりして、ポールのハンサムな笑顔をまじまじと見た。それから究極の間違いを犯した。思わずつま先立ちになって、ポールに抱きつき、彼の唇のすぐ横にさっとキスをしてしまったのだ。ポールが小さく毒づいて、ホイットニーの腕を下ろし、彼女を離れさせた。ホイットニーの目に、自己嫌悪の涙が浮かんだ。「ごめんなさい、ポール。こ――こんなこと、してはいけなかった」

「そのとおりだ」ポールはポケットに手を入れ、腹立たしそうに小さな箱を取り出し、ホイットニーの手にぽんと置いた。「餞別《せんべつ》を持ってきた」

ホイットニーの心がくらくらするほど浮き立った。「ほんとう?」指を震わせながら、蓋《ふた》を上げ、細い金のチェーンから下がる小さなカメオのペンダントをうっとりと見つめる。「ああ、ポール」目を輝かせながら言った。「こんなにきれいで、こんなにすてきな——一生、大事にする」

「記念にだよ」ポールは注意深く言った。「それ以上の意味はない」

ホイットニーはポールの言葉にほとんど耳を傾けることなく、あがめるようにペンダントに触れた。「わたしのために選んでくれたの?」

ポールはためらい、顔をしかめた。けさ、エリザベスのために、ちょっと値の張るアクセサリーを選ぼうと、村へ行った。そこで店主に笑いながらこう言われたのだ。ミス・ストーンがフランスへ行くと決まって、自由の身になれるお祝いをしたい気分でしょうね、と。実際、ポールはそんな気分だった。だから思わず、十五歳の女の子に似合う品物を適当に選んでくれと頼んでしまった。いまホイットニーが箱をあけるまで、ポールは中身を知らなかった。だが、ホイットニーにそれを言ってもしかたないではないか? 運がよければ、ホイットニーの叔父と叔母は、彼女と結婚するような気がいいフランス人を見つけられるかもしれない——できるなら、ホイットニーの自己中心的な振る舞いに文句を言わないようなおとなしい男がいい。ポールはフランスへ行く機会を大いに活用するよう説得しようと、無意識にホイットニーのほうに手を伸ばそうとした。しかし、結局は両手をわきに置いたままだった。

「ぼくが選んだ――友人からの贈り物としてね」と、ようやく言った。

「でも、わたしはただの友だちじゃいや」ホイットニーは感情的になって言ったが、すぐに自分を抑えた。「友だちでいいわ……いまのところは」ため息をつく。

「それなら」ポールの表情がおどけたものになった。「友人同士がさよならのキスを交わすのはまったく問題ないと思う」

うれしい驚きに、ホイットニーは満面に笑みを浮かべ、目をぎゅっと閉じ、唇をすぼめたが、ポールの唇は頬をさっとかすめただけだった。目を開いたとき、ポールは大股で庭から去っていた。

「ポール・セヴァリン」ホイットニーは断固たる決意とともにつぶやいた。「わたしはフランスですっかり変わる。帰ってきたとき、あなたはわたしに結婚を申しこむわ」

ポーツマスで乗りこんだ定期船がイギリス海峡の荒波に揉まれるなか、ホイットニーは手すりのところに立ち、遠くなるイングランドの海岸線に視線を貼りつけていた。風が帽子の広いつばを捕らえ、飛ばそうと帽子のリボンを引っ張り、髪の毛の鞭《むち》を頬に与える。生まれ故郷をじっと見ながら、次にこの海峡を渡るときのことを想像していた。もちろん、彼女の帰国は新聞に載るだろう。こう書かれているはずだ。《パリの花、ミス・ホイットニー・ストーンが今週、生まれ故郷のイングランドに帰国》ホイットニーの口もとが小さくほころんだ。パリの花……。

ほつれた髪を顔から離して、子どもっぽい帽子のなかにしまい、決然とイングランドに背を向ける。

甲板を横切りはじめると、イギリス海峡が穏やかになったように感じられた。ホイットニーはフランスの方角に、未来に、目を向けた。

フランス　一八一六年〜一八二〇年

3

ギルバート卿夫妻のパリの家は、錬鉄製の門を構えた、飾りけはないが堂々としたりっぱなものだった。大きな弓形の張り出し窓のおかげで、広々とした部屋には光が満ち、柔らかで淡い色彩の品々が、客間から二階の寝室までのすべてに明るく優美な雰囲気を与えている。「そしてここがあなたの部屋よ」アンが、淡青色の絨毯《じゅうたん》が敷かれた続き部屋のドアをあけた。

ホイットニーはうっとりしながら戸口に立っていた。薄紫、ピンク、青の花が散らばる、白い見事なサテンのベッドカバーにあこがれのまなざしを向けていた。上品な長椅子も、それに調和した布でおおわれている。もろそうな磁器の花瓶には、薄紫、ピンク、青という同じ色合いの花が活《い》けられている。ホイットニーは残念そうに叔母のほうを向いた。「アン叔母さん、わたし、もう少し、その、頑丈そうな部屋のほうがずっと落ち着けるの」アンの驚いた表情を見て、説明する。「わたしが歩けば、壊れやすい物が必ず床に落ちると、故郷の人たちなら言うはずよ」

アンはホイットニーの重いトランクを担いで横に立つ使用人のほうを向いた。「ここに入れてちょうだい」すばらしい部屋に向かって、決然とうなずいて言った。

「あとで後悔しないでくださいね」ホイットニーはため息をつき、帽子を脱ぐと、花模様の長椅子におそるおそる腰を下ろした。パリでの生活はとてもすてきなものになる、と胸の奥でつぶやいた。

三日後の十一時半を過ぎるとすぐ、訪問者がぞくぞくとやってきた。まずはアンが使っている仕立屋が、にこやかな三人のお針子を連れてきて、流行の型や布地の話を際限なく続けながら、何度もホイットニーを採寸した。

彼らが去って三十分後、ホイットニーは頭に本をのせ、部屋を行ったり来たりしていた。ふくよかな婦人がそのようすをきびしい目で見つめている。ホイットニーに〝社交上のたしなみ〟というものを教える大仕事をアン叔母さんから託されたのだ。

「わたし、救いようがないほど不器用なんです、マダム・フロサール」三度、本を床に落下させると、ホイットニーは恥ずかしさに顔を赤らめ、言い訳をした。

「そんなことないわ！」入念に整えた髪を振りながら、マダム・フロサールが否定する。「マドモワゼル・ストーンは生まれつきの優美さとすばらしい姿勢を持っています。でも、駆けっこをしているのではないような歩きかたを学ばないとだめね」

　マダム・フロサールが去るとすぐ、ダンスの教師が到着した。想像上のワルツに合わせて、ホイットニーは部屋をぐるぐる回らされた。「望みなしというわけではない——練習すれば」

　お茶の時間に現われたフランス語の教師には発音をやらされた。「わたしの勉強になりますよ、レディー・ギルバート」


　数カ月間、マダム・フロサールは週に五日やってきて、ホイットニーに社交上のたしなみを二時間教えた。彼女のきびしく、容赦ない指導のもと、ホイットニーはまじめに取り組んだ。ポールに気に入られる助けになるのなら、なんでも身につけるつもりだった。

「具体的にはマダム・フロサールから何を習っているんだね？」ある晩、食事の席で、エドワード叔父さんが尋ねた。

　ホイットニーの顔におどおどした表情が浮かんだ。「駆け足ではない歩きかたです」それは途方もない時間の無駄だという返答を半ば予期して、ホイットニーは待ったが、叔父はかわりに満足そうな微笑みを浮かべた。ホイットニーはなぜかうれしくなって、笑みを返した。

「知っていますか？」じらすように言った。「わたし、以前は、ちゃんと歩くには、二本のしっかりした脚があればじゅうぶんだと思っていたの！」

　その夜から、ホイットニーの一日の苦労に関するおもしろおかしい話が夕食の席で語られるようになった。ある夜、ホイットニーは陽気に叔父に言った。「叔父さん、裾《すそ》の長い宮廷服でくるりと回るのにこつがあるって知っていた？」

「私は苦労したためしがないな」エドワードが冗談を言う。

ホイットニーはわざとしかつめらしく言った。「正しくないやりかたをすると、体に裾がからまって、止血帯になってしまうのです」

一カ月後、ホイットニーはなめらかに椅子に腰を下ろすと、絹の扇子《せんす》をひらひらさせ、思わせぶりに目を輝かせながら叔父を見た。「暑いのかい？」エドワードが、いつもの楽しい気分をおぼえながら尋ねる。

「扇子はほんとうは涼しい風を送るためのものじゃないの」ホイットニーは長い睫毛《まつげ》をわざと色っぽくまばたかせた。それを見て、アンが笑いだした。「扇子はしなを作るためのものなの。それに、優雅に手を忙しくしているためのもの。それから、先走りすぎている紳士の腕をぴしゃりとたたくのにも使える」

エドワードの顔から笑いが消えた。「どこの紳士が先走ったんだ？」簡潔に問いただす。

「あら、そんな紳士はいないわ。だって、まだどこの紳士とも知り合っていないもの」ホイットニーは答えた。

アンは喜びに口もとをほころばせながらふたりを見守っていた。ホイットニーがいまやエドワードと自分の心を、自分たちの娘が占有していたかもしれない心を独り占めしていたからだ。

翌月にはホイットニーが社交界にデビューするという五月のある晩、エドワードがオペラのチケットを三枚取り出した。わざと何気ないそぶりでそれをホイットニーの前に投げ、もし彼女の予定が許せば、いっしょに領事館の専用ボックス席に行かないかと誘った。

一年前なら、ホイットニーは有頂天になってぐるぐる回っただろうが、変化を遂げたいまは、叔父ににっこり微笑み、こう言った。「ぜひご一緒させて、エドワード叔父さん」

ホイットニーが黙って座っているあいだ、子どものころから侍女として仕えていたクラリッサが、ホイットニーの髪を梳かし、持ち上げ、頭のてっぺんでカールをまとめた。新しい白のドレスは、ウエストの高い位置に淡青色のベルベットのリボンが付き、裾がフリルになっていた。それが頭からそっと下ろされる。同じ淡青色のサテンのケープを羽織《はお》れば、アンサンブルの完成だ。ホイットニーは鏡の前に立ち、目をきらきらさせながら、自分自身を見つめた。謁見室《えっけん》での深々としたお辞儀をおそるおそる試み、頭を完璧な角度に下げる。「パリの花、ミス・ホイットニー・ストーンを紹介いたします」厳《おごそ》かにつぶやいた。

細かく冷たい霧が降り、月明かりにパリの街を輝かせていた。ホイットニーはサテンのケープをさらに掻《か》き寄せ、頬に当たるその感触にうっとりしながら、窓の外の、濡れた大通りを急ぎ足で歩くたくさんの人々を見ていた。

劇場の外には、華やかさで霧雨《きりさめ》を吹き飛ばした人々がひしめいていた。サテンの上着とぴっちりしたズボン姿のハンサムな紳士たちが、宝石できらめく婦人たちに会釈《えしやく》をしている。ホイットニーは馬車から降りながら、自信に満ちたようすでエスコートの男性と立ち話をする、信じられないほど華やかな女性たちに見とれた。世の中でいちばん美しい女性たちだと、ホイットニーは即座に結論を下し、現実の世界で自分が〝パリの花〟になる希望をすぐさま切り捨てた。あまり後悔はしなかった。なぜなら、彼女たちのなかにいるという事実だけで、気分が高揚したからだ。

三人は劇場に入った。ひとりの若い紳士が何気なくホイットニーに視線を走らせてから、もう一度、もっと長く彼女を見たことに、アンだけが気づいた。ホイットニーの美しさは開花している最中で、これから色も形ももっと美しくなるところだ。ホイットニーには、快活さと人生に対する情熱から来る輝きがあり、長いあいだ逆境と闘ってきたことから、堂々とした落ち着きのある物腰も備えている。

領事館専用のボックス席に、おろしたての美しいドレスを落ち着かせると、ホイットニーは象牙の扇子を取り出し、マダム・フロサールに教わったとおりに手を忙しくさせた。これまで語学や数学のレッスンに多くの時間を使ってきた愚かな自分を、笑ってもいいと思った。ポールと父親を喜ばせるためにほんとうに学ぶべきだったことは、あまりにも単純なことだったからだ。手のなかの扇子は、ギリシア語よりずっと役に立つのだから！

ホイットニーのまわりでは、たくさんの頭が上下し、羽根飾りがひらひらしている。周囲のようすを見て、ホイットニーは喜びに胸がいっぱいになった。ひとりの紳士が連れの美しい女性に冗談半分に扇子でたたかれた。ホイットニーはあらゆる女性に親近感をおぼえながら、彼女が気分を害したというより、うれしがっているのを見て、どんな不適切な言葉をささやかれたのかと考えた。

オペラが始まると、ホイットニーはほかのことはすべて忘れ、印象的な音楽に夢中になった。何もかもが想像を超えていた。場面転換のために重いカーテンが閉じられたときには、自分で自分を揺さぶらなければ現実にもどれなかった。後ろでは、叔父夫婦の友人たちがボックス席にやってきて、話し声や笑い声でにぎやかな劇場に自分たちの声を加えていた。

「ホイットニー」アン叔母さんがホイットニーの肩に触れた。「こっちを向いて。お友だちにあなたを紹介したいの」

ホイットニーは素直に立ち上がって向きを変え、デュヴィル夫妻に紹介された。夫妻の挨拶の言葉は温かく、打ち解けたものだった。しかし娘のテレーズは、ホイットニーと同じ年頃のかわいいブロンドだったが、物珍しそうに、用心深く、じろりとこちらを見ただけだった。彼女の突き刺すような視線に、ホイットニーの自信は消え去った。同年齢の人々とどう会話したらいいのか知らないホイットニーは、イングランドを離れてはじめて不安をおぼえ、落ち着きを失った。「その――オペラを楽しんでいる?」なんとか声を絞りだした。

「いいえ」テレーズは頬にえくぼを作って言った。「だって、ひと言も理解できないんだもの」

「ホイットニーは理解できるんだ」エドワード卿が誇らしげに言った。「イタリア語とギリシア語とラテン語がわかるし、ドイツ語も少々できる」

ホイットニーは床に沈んでいくような気分になった。叔父の言葉を聞いて、デュヴィル家の人たちはきっと自分を文学かぶれと思ったにちがいないからだ。ホイットニーは呆然としているテレーズとなんとか目を合わせた。

「あなた、ピアノを弾いたり、歌を歌ったりとかはしないわよね？」ブロンド娘が頰をかわいらしくふくらませる。

「あら、まさか」ホイットニーは急いで否定した。「どちらもできないわ」

「すてき！」テレーズがにっこりと笑って、ホイットニーの隣りの椅子に腰掛ける。「だって、わたしの得意なことはそれだけだから。デビューは楽しみ？」ぺらぺらとしゃべりながら、賞賛の目をさっと向けた。

「ううん」ホイットニーは正直に言った。「あんまり」

「わたしは楽しみよ。もっとも、わたしにとってはたんなる形式にすぎないけど。結婚が三年前に決まっているの。でも、よかった。これで、あなたが結婚相手を見つけるのを、全精力を注いで手助けできる。どの紳士が望ましくて、どの紳士がハンサムなだけか――お金や将来性がないか――教えたげる。それですてきなご縁ができたら、結婚式のときに、何もかもがわたしの骨折りの結果だと出席者全員に発表するわ！」こらえられずに、笑みを浮かべて、テレーズは締めくくった。

テレーズが率直に友情を申し出たことに少しとまどいながら、ホイットニーは笑みを返した。テレーズ・デュヴィルが話を続けるには、その微笑みだけでじゅうぶんだった。「わたしの姉さんたちはみんな、すばらしい結婚をしたの。残りはわたしだけ。それに、もちろん、兄のニコラスもね」

ニコラス・デュヴィルが〝望ましい〟と〝ハンサムなだけ〟のどちらに分類できるのかと、冗談めかして尋ねたいと思いつつ、ホイットニーはその衝動を抑えたが、テレーズはきかれなくてもすぐさま答えを口にした。「ニッキーは全然望ましくないの。まあ、望ましくはあるんだけどね――なにしろ、とてもリッチで、ものすごくハンサムだから。問題は、ニコラスが結婚相手にならないってこと。うちにとっては、とても残念で困ったことよ。だって、ニッキーは唯一の跡取り息子で、五人兄妹のいちばん上なんだもの」

ホイットニーは興味津々《しんしん》だったものの、ムッシュー・デュヴィルが何かの病気のせいでそういう状況にあるのでなければいいと願っていると、なんとか品よく応じた。

「違うわよ」テレーズが音楽みたいな忍び笑いを漏らして言った。「退屈とどうしようもない傲慢《ごうまん》さを病気と呼ばないかぎりはね。もちろん、ニコラスがそうなる権利はたっぷりあるの。女の子が彼を放っておかないんだもの。ママに言わせると、女のほうから結婚を申しこめたら、ニコラスはわたしたち姉妹四人ぶんよりたくさん求婚されてるだろうって！」

ホイットニーがあまり関心のないふりをして上品ぶっていられるのもここまでだった。「それって、理解不可能だわ」笑い声をあげて、「わたしには、鼻持ちならない人に思えるのに」

「魅力よ」テレーズがまじめな顔つきになって説明する。「ニコラスには魅力があるの」ちょっと考えてから、付け加えた。「ニッキーが扱いにくい人間なのが残念だわ。だって、わたしたちの社交界デビューにいっしょに来てくれて、あなたに特別な気づかいを見せたら、あなたはたちまち注目の的になれるんだから！」ため息をつく。「もちろん、兄は何があっても社交界デビューの舞踏会には出席しないわ。退屈きわまりないって言ってるから。でも、あなたのことを話してみる——万一ってこともあるから」

あなたの傲慢なお兄さんになんか絶対会いたくない、とホイットニーが口にしなかったのは、たんなる礼儀からだ。

4

社交界正式デビューの前日、エミリー・ウィリアムズから届いた手紙で、ホイットニーはほっとし、明るい気分になった。ポールがバハマ諸島に不動産を買って、一年間そこにいる予定だというのだ。ポールが日焼けした植民地の娘と恋に落ちるとは想像しがたいので、ホイットニーには帰国の準備期間として丸々一年が与えられそうだった。これで一年間、ポールが結婚しないかとやきもきする必要がなくなる。

明日の晩の舞踏会を前に、神経を鎮《しず》めようと、ホイットニーは客間の薔薇色のサテンの長椅子で丸くなり、礼儀作法の本のなかに隠しておいたエミリーの手紙を全部読み返した。すっかり夢中になっていたため、人に見られていることには気づかなかった。

ニコラス・デュヴィルは妹のテレーズから託された手紙を持って、戸口に立っていた。ミス・ストーンに直接渡すようにと頼まれたのだ。ここひと月、ミス・ストーンと関わりを持たせようと、テレーズはあの手この手を使っていた。だから、この手紙の配達は、ふたりの少女たちによるくだらない計画にちがいないとわかっていた。妹が軽はずみな友人を紹介しようとするのはこれがはじめてではなかったので、ミス・ストーンが勝手にいだくロマンチックな夢をいわゆる蕾《つぼみ》のうちに摘《つ》みとるには、この小娘を脅し、当惑させて、彼が帰る姿を見て胸を撫で下ろすような気持ちにさせるのがいちばんだと、経験上承知している。

ニコラスの冷めた目が、もっとも魅力的に見えるよう前もって計画したにちがいないミス・ストーンの姿を捕らえる。彼女の横の窓から陽光が差しこみ、流れるような、つややかな褐色の髪を際立たせていた。本に夢中になっているふりをしながら、彼女はその巻き毛を何気なく人差し指に絡ませている。黄色い普段着のドレスを優雅にふくらませ、脚を純情そうに折り曲げ、体に引き寄せている。横顔は穏やかで、長い睫毛はわずかに下を向き、ふっくらした唇のあたりに、微笑みの兆《きざ》しが見えた。小娘の下手な芝居にうんざりして、ニコラスは部屋に足を踏み入れた。「とても魅力的な姿だ、マドモワゼル。ほめてあげよう」横柄《おうへい》な口ぶりで言った。

ホイットニーはさっと顔を上げ、エミリーの手紙をはさんだ礼儀作法の本を閉じ、それを横に置いて立ち上がった。貴族的な鼻の向こうから冷たい目で見つめる二十代後半の男を、とまどいながら見た。男は文句のつけようがないほどハンサムで、髪は黒く、鋭い目は金の斑点が入った茶色だった。

「目の保養は済んだかい、マドモワゼル？」男がぶっきらぼうに言った。

相手を凝視していたことに気づいて、あわてて目をそらし、彼の手にある手紙をうなずいて示した。「叔母さんに用かしら？」

びっくりしたことに、男は部屋にずかずかと入ってきて、手紙をこちらに突きだした。

「ぼくはニコラス・デュヴィル。おたくの執事がもう、きみがぼくを待っていると教えてくれたよ。だから、かまととぶって驚くふりをするのはやめようじゃないか?」

ホイットニーが衝撃のあまり立ち尽くしていると、男は大胆にも視線を彼女の顔から緊張した体へゆっくりと下ろしていった。視線が胸のあたりで留まった気がするのは、わたしが面食らっているせいだろうか? 正面からの品定めを終えると、彼はホイットニーの周囲を歩き、まるで購入を検討している馬を見るかのように、あらゆる角度から彼女を眺めた。ホイットニーがおずおずと手紙を開こうとすると、彼が「わざわざ見るまでもないよ」と言う。「テレーズがこの家にブレスレットを忘れたと書いてあるんだが、きみもぼくも、それがぼくたちを会わせるための口実にすぎないと知っている」

ホイットニーは驚きと当惑とおかしさと侮辱《ぶじょく》を同時に感じた。テレーズが兄のことを傲慢だと言っていたが、これほどとは思わなかった。

「じつを言うと」ニッキーがぐるりと回って、ホイットニーの前に立ち、言った。「きみはぼくの予想とは大違いだ」不承不承ではあるが、賛辞のこもった声だった。

「ニコラス!」アン叔母さんの愛想のいい挨拶のおかげで、ホイットニーは返事をせずに済んだ。「会えてよかったわ。あなたが来ないかなと思っていたの——侍女がソファーのクッションの下で、テレーズのブレスレットを見つけたのよ。留め金が壊れていたわ。いま、持ってくるわね」そう言って、アン叔母さんは急いで部屋を出ていった。

ニッキーは驚きの視線をミス・ストーンに投げた。彼女の唇が震えて、微笑みを形作り、ほっそりした眉が上がり、ニッキーに向けられる。明らかに彼の失望を楽しんでる。失礼な態度をとってしまったことから、ニッキーはなんらかの礼儀正しい会話が必要だと感じた。上体を傾け、エミリーの手紙がはさんである礼儀作法の本を取り上げ、題名をちらりと見てから、視線をホイットニーに移した。「礼儀作法の勉強をしているの？」質問をする。「ええ」ミス・ストーンが答えた。笑いを堪《こら》えて、目が輝いている。「わたしの本、お貸ししましょうか？」

その皮肉を聞いて、ニッキーは、けだるく、魅力的な賞賛の笑みを浮かべた。「どうやら、先ほどの非礼を償《つぐな》ったほうがいいようだ」明るく、まじめに言う。「明日の晩、ぼくと踊っていただけますか、マドモワゼル？」

ニッキーの愛嬌《あいきょう》のある微笑と、素直な賞賛にびっくりして、ホイットニーは即答できなかった。

男の気を惹くためにホイットニーが黙っているのだと勘違いして、ニコラスは肩をすくめた。彼の微笑から温かさが抜け、声にあざけりが交じった。「その沈黙からすると、ダンスは全部、予約済みということらしい。じゃあ、またの機会にしよう」

相手が誘いを引っこめかけていると気づき、ホイットニーは、最初に思ったように、この男は傲慢でひねくれているのだと結論を下した。「わたしのダンスはいつでも空いているわ」率直に認めることで、相手をやりこめた。「あなたはわたしがパリで会った最初の紳士だもの」

ホイットニーがわざと〝紳士〟を強調したとわかって、ニッキーは勢いよくのけぞり、笑い声をあげた。

「はい、ブレスレット」レディー・ギルバートが部屋に急ぎ足で入ってきて言った。「それからニコラス、留め金が壊れていると、忘れずにテレーズに言ってね」

ニッキーはブレスレットを受け取り、部屋を出た。馬車に乗りこむと、母親のところへ行くよう馬丁に告げ、革のクッションに背をもたせかけ、くつろいだ。馬車が公園のくねくね曲がった道を進む。春の花が咲き乱れていた。顔見知りのかわいい娘がふたり、淡い色の手袋をはめた手を振り、挨拶をしてきたが、ニッキーはゲーンズバラの絵のような風景をろくに見ていなかった。思いは、出会ったばかりの英国の娘のことでいっぱいだった。

どう考えても、ホイットニー・ストーンとばかでおしゃべりな自分の妹がなぜ親しくなったのか理解できなかった。ふたりは、レモネードと人を酔わせるフランスのワインぐらい違うのだ。テレーズはかわいいし、レモネードのように心地よいが、少なくとも兄という立場から見たところでは、男に、とくにニコラスのような意外性を好む男に興味をいだかせるほどの深みがない。

反対にホイットニー・ストーンは、さまざまな味わいを持つ本物の宝であり、こくのあるブルゴーニュの赤ワインみたいにきらめき、隠れた魅力をほのめかしている。まだ十七歳なのに、彼女はこちらの侮辱に驚くほど冷静に対処した。あと数年もすれば、ほれぼれするような女になるはずだ。ニッキーが礼儀作法の本について口にしたとき、それを貸そうと言って、見事に報復してきたことを思い出して、笑いがこみ上げてきた。

明日の晩、人がひしめくデビューの舞踏会で、彼女みたいな貴重な宝石が、たんにフランスでは新参者だという理由だけでその他大勢となってしまうことが残念に思えた。

贅沢《ぜいたく》なタペストリーが大きな舞踏室の一方の壁を飾り、反対の壁は鏡になっていて、頭上できらめくシャンデリアのたくさんの灯火を反射していた。鏡に映った自分の姿に気づいて、ホイットニーは神経質に確認作業を行なった。白のシルクの夜会服は、広いスカラップで飾られた裾が持ち上げられ、ピンクのシルクの薔薇で留められている。その薔薇は、頭の重たいカールにからみつく薔薇とおそろいだ。ホイットニーはじっと見て、判断を下し、さっきよりもずっと落ち着いた気持ちになった。

「すばらしい晩になるわよ、きっと」アン叔母さんがささやいた。

ホイットニーには、すばらしい晩になるとは思えなかった。まわりの、まぶしいブロンドや赤毛、そして控えめなブルネットたちとは勝負にならないとわかっていた。彼女らは、黒で固めながらも、内側にシルクやサテンの明るい色のベストを身につけた笑顔の若い紳士たちと気軽に笑ったり話したりしている。ばからしい舞踏会などどうだっていい、とホイットニーは胸の内でつぶやいた。けれど、ほんとうはよくなかった。

最初のダンスの曲のために楽士たちが楽器を持ち上げる寸前に、テレーズが母親とともに到着した。「すごいニュースがあるのよ」テレーズが息を切らせながらささやく。白いレースのドレスを着て、頰をピンクに染め、輝くような金髪を頭上で優雅にカールさせている姿は、まるでケーキみたいだ。「わたしの侍女が、ニッキーの従者といとこ同士なんだけど、彼女が彼から聞いた話では、ニッキーが今夜来るんだって。しかも友だちを三人連れて——ニッキーの五百フランと友だち三人の二時間を賭けて、さいころを転がしたら、三人が負けて、だから彼らはここに来て、あなたとダンスをしなくちゃならないって……」そこでテレーズが言葉を途切らせ、ホイットニーに謝るように肩をすくめて、ダンスを申しこんできた若者に感じのいいお辞儀をした。

ホイットニーがこのニュースにまだ動揺しているあいだに、楽士たちが最初の音を掻き鳴らし、今回デビューの娘たちがそれぞれのパートナーにともなわれ、ダンスフロアへ出ていった。デビューする娘全員ではない——ホイットニーは困惑した目をアン叔母さんに向け、顔を赤くした。今夜ここへ来たとき、最初にダンスを申しこまれることはないと覚悟していたが、叔母とマダム・デュヴィルといっしょに立ちながら、こんなにみじめなくらい人目が気になるのは予想外だと感じていた。この感覚は、悲しいほどよく知っている——まるで、英国にもどったようだった。故郷では、近所のパーティーに招かれることはめったになく、たとえホイットニーが出席しても、嘲笑されるか無視されるかのどちらかだったのだ。

テレーズが二曲めと三曲めのダンスを踊ったが、ホイットニーはどちらも申しこまれなかった。四曲めが始まろうとしたとき、これ以上無視されるのに耐えられなくなった。アン叔母さんに顔を近づけて、新鮮な空気を吸いによそへ行っていいか尋ねようとしたが、そのとき、入口のあたりで動きがあり、ホイットニーは好奇心から、ほかの客たちが見ている方向に視線を向けた。

ニコラス・デュヴィルと三人の紳士が、アーチ型の天井のある、舞踏室の玄関に立っていた。優雅な黒の礼装を易々《やすやす》と着こなしている彼らは、注目を浴びていることを気にするふうもなく、舞踏室を見渡した。ニコラス・デュヴィルの視線が、彼を見つめる、くすくす笑うデビューの娘たちやめかした若者たちに向けられるのを、ホイットニーは不安に凍りつきながら見守った。彼はようやくホイットニーを見つけると、軽く会釈した。四人組が歩きだす。

ホイットニーは壁に背中を押しつけ、壁とアン叔母さんのあいだに体を押しこもうと、子どもじみた努力をした。ふたたびニコラス・デュヴィルと対決するような危険は冒したくなかった。きのうは、びっくりしすぎて、彼に脅されているという感覚は持たなかった。だが今夜、ホイットニーのプライドと自信はすでにずたずただったし、さらに悪いことには、黒い夜会服を着たニコラスがあか抜けていて、魅力的に見える事実を意識せずにはいられなかった。

好奇心むきだしの人々のあいだをこちらに進んでくる男たちを見守りながら、恐怖に身がすくんでいる状態のなかでも、ホイットニーはニコラス・デュヴィル一行と舞踏室内のほかの男たちのいちじるしい差異に気づいた。ニコラス一行は、ここにいる大部分の、年下の娘たちにせっせと求婚する男たちよりも数歳年上であるばかりでなく、優雅で洗練された雰囲気を漂わせていて、それが双方の違いをさらに大きくしているのだ。

デュヴィル夫人が息子の挨拶を受けると、うれしい驚きに笑い声をあげた。「ニッキー、悪魔がここにやってきても、これほどびっくりしなかったわよ！」

「ほめ言葉、ありがとう、ママ」ニコラスはそっけなくつぶやき、軽くお辞儀をした。そしていきなりホイットニーのほうを向き、にやりと笑って、彼女の冷たい手を取った。その手に形式ばったキスをすると、人をいらだたせるような含み笑いをし、言った。「ぼくの注目を受けたからと言って、そんなにびっくりした顔をしないで、マドモワゼル。当然だというように振る舞うんだ」

侮辱されたと判断すべきか、それとも進んで助言してくれたことに感謝すべきか迷って、ホイットニーはニッキーをまじまじと見た。

ニッキーはきみの考えはわかっているというふうに、皮肉るように片眉を上げ、それから向きを変え、三人の連れをホイットニーに紹介した。

音楽が始まると、ニッキーは断わりもせずにホイットニーの手を取り、自分の腕にからみつかせて、彼女をダンスフロアへいざなった。くるくる回るワルツの曲で、易々とホイットニーを誘導する。ホイットニーのほうは、ダンスの教師から習ったステップを踏むのに夢中だった。

「マドモワゼル」ニッキーの低い声が愉快そうに震える。「きみが顔を上げてぼくを見てくれたら、ぼくがきみを見つめていることがわかるよ。まわりのあわてふためく見物人たちが、温かく、賞賛に満ちたまなざしと見なすような視線でね。だが、きみがぼくの首巻きのしわを記憶する作業を続けるなら、ぼくはうっとりと見つめるのをやめて、退屈しきった目で見ることにする。ぼくがそうしたら、きみは今夜、社交界へ華々しく旅立つことなく、壁の花のままだ。さあ、顔を上げて、微笑むんだ」

「壁の花！」ホイットニーは思わず声をあげ、視線をニッキーに向けた。ニッキーの目がおかしそうに笑っていて、ホイットニーの怒りが消える。「痛いほど人の視線を感じているの」彼女は認めた。「ここの全員がわたしたちを見ているみたいで……」

「ぼくたちを見ているのではない」余裕たっぷりの笑いを漏らして、ニッキーが異を唱えた。「ぼくを見ているんだ。そして、こんなうぶな連中ばかりの退屈な集まりにぼくをおびき寄せたのが、きみなのかどうか判断しようとしている」

「いつもならあなたは悪徳と堕落《だらく》を追求しているはずなのに、ということ？」ホイットニーはそう言ってからかった。生き生きした表情に、妖艶《ようえん》な笑みがゆっくりと、無意識に広がる。

「そのとおり」ニッキーがにやりと笑って同意した。

「だったら」ホイットニーは笑いの交じった声で言った。「このワルツを踊る前から、わたしの評判は落ちているってこと？」

「いや、だがぼくの評判は落ちるかもしれん」ニッキーは衝撃を受けたホイットニーの顔を見て、陽気に言った。「デビューの舞踏会への出席自体が、ぼくにあるまじき行為なんだ。そしてこんなふうに、きみみたいな生意気盛りの小娘と楽しそうに踊るようすを見せることは、前代未聞だ」

ホイットニーはニコラス・デュヴィルの彫りの深い顔から視線を剝《は》がし、明るいサテンのベスト姿のめかした若者たちをちらりと見た。彼らはいらだちを隠しもせず、ニッキーを見つめているが、それも当然だった。見事な仕立ての、ニッキーの黒ずくめの服と、彼のあか抜けた雰囲気によって、若者たちは着飾りすぎの青二才に見えていた。

「連中、まだ見ているかい？」ニッキーがからかった。

ホイットニーは唇を嚙んで笑いを押し殺そうとしたが、ニッキーのハンサムな顔を見上げたときには、目がすでに笑いで輝いていた。「ええ、でも、無理もないわ——あなたって、カナリアでいっぱいの部屋に入ってきた鷹みたいだもの」

ニッキーの顔に、賞賛の笑みがゆっくりと浮かぶ。「たしかに」軽く息を吐き出し、それから言った。「きみはうっとりするような笑顔の持ち主だ、シェリ」

彼のほうこそすばらしい笑みの持ち主だとホイットニーが思っていると、それがすっと引っこみ、渋面が現われた。「な——何か問題でもあるの？」ホイットニーは尋ねた。

「ああ」ニッキーがそっけなく答える。「婚約者以外の男に〝シェリ〟と呼ばせてはいけない」

「そんな男がいたら、にらみつけて、赤面させてやることにする！」ホイットニーは即座に約束した。

「それでいい」ニッキーがほめ、それから大胆にも付け加える。「……シェリ」

ワルツが終わると、ニッキーはホイットニーを彼女の叔母のところへ導いた。そのあいだずっと、ホイットニーの言葉をひと言たりとも聞き漏らすまいとするかのように、顔を彼女のほうに向けていた。三人の友人がかわるがわるホイットニーと踊るあいだ、彼女からほとんど視線をはずさずに待っていた。

ホイットニーは目まいと大胆さと喜びをそれぞれ少しずつ感じていた。すでに、満足のいくほどの数の紳士たちが、自己紹介をしに来ていた。ニコラス・デュヴィルとその友人たちから、ありえないほどの注目を浴びているせいだと承知していたが、安堵と感謝の気持ちが強くて、それは気にならなかった。

ニコラスといっしょに来た、金髪でハンサムなクロード・デラクロワは、ホイットニーが馬好きだとすぐに気づき、ふたりはさまざまな品種の優秀さについて、徹底的に意見を戦わせ、楽しんだ。彼は近いうちにいっしょに出かけないかとホイットニーを誘うことまでし、それは明らかにニッキーに頼まれたからではなかった。ホイットニーは大いに気をよくして、叔母のもとへ送り届けられたときには、口もとをほころばせていた。

しかしニッキーは、次のダンスを申しこんだとき、気をよくしてもいなければ、口もとをほころばせてもいなかった。腕をホイットニーの背に回しながら、無愛想にこう言った。

「クロード・デラクロワは、由緒ある家の出だ。すばらしい馬乗りで、優秀なギャンブラーで、いい友だちだ。だが、きみにふさわしい相手ではないし、きみも彼を将来の求婚者として見ないほうがいい。心《ハート》に関して、クロードは専門家だが、すぐに興味を失い、そして……」

「レディーの心を痛ませる？」ホイットニーはわざと深刻な顔をして、推測した。

「そのとおり」ニッキーが厳粛《げんしゆく》に答える。

ホイットニーは自分の心がすでにポールにあるとわかっていたので、そんなことは全然問題ではなかった。にっこりと笑って言う。「大いに注意を払って、心を守ることにするわ」

ニッキーの視線が、ホイットニーの柔らかく、誘うような唇にしばらく留まってから、輝くような翡翠《ひすい》色の瞳に移った。「もしかすると」ホイットニーには理解できない自嘲《じちよう》的な雰囲気を漂わせ、ニッキーは息を吐いた。「心を守るよう注意すべきなのは、クロードのほうかもしれんな。きみがもっと大人だったら、ぼくも注意しなくてはならなかっただろう」

ニッキーがホイットニーを叔母のもとへ返しにいったとき、そこには、ホイットニーにダンスを申しこもうと、十人以上の男たちが待っていた。ニッキーはホイットニーの腕に手を置いて、彼女を引き留め、それから列のいちばん最後にいる若者にうなずいた。「アンドレ・ルソーはきみのいい夫になるだろう」

ホイットニーは目で笑いながら、怒った顔をした。「そういう発言はいけないわ」

「わかっている」ニッキーがにやりと笑う。「さて、きのうの失礼な態度は許してもらえたかな？」

ホイットニーは幸せそうにうなずいた。「わたし、英国の船みたいに華々しく〝旅立った〟と言っていいと思う」

ニッキーが優しさに満ちた笑みを浮かべてホイットニーの手を持ち上げ、その指先を唇に当てる。「よい旅を、シェリ」

そう言うと、ニッキーは立ち去った。


翌朝、ホイットニーは前夜のことを考え、頬を緩《ゆる》めながら、叔父が所有する元気のいい牝馬に乗ろうと階段を下りていた。客間から廊下に、男の声が流れてきた。ホイットニーが客間を通り過ぎようとしたとき、笑みを浮かべたアン叔母さんが戸口に現われた。「あなたを呼びに行くところだったの」叔母さんが小声で言う。「お客さんたちが来たわよ」

「お客さんたち？」ホイットニーはあわてて、おうむ返しに言った。昨夜のダンスのときと同じように、決まりきった陳腐《ちんぷ》な言葉を口にするべきだろうか、それとも、わざわざ朝から訪ねてきてくれた紳士たちを喜ばせ、楽しませるべきだろうか。「何を話せばいいの？」ホイットニーは尋ねた。「何をすればいい？」

「何をするかって？」アン叔母さんが微笑んで、道をあけ、ホイットニーの背中にしっかりと手を置いた。「あなたらしくすればいいのよ」

ホイットニーはおずおずと部屋に入った。「公園で――馬を走らせる予定だったの」客たち――昨夜ダンスをした紳士三人――に説明した。三人の若者がさっと立ち上がり、それぞれが花束をホイットニーに差し出した。ホイットニーの視線が彼らの花束に移動し、口の両端が上がって笑みを形作った。「どうやら三人とも、そこから来たようね」

男たちが目をぱちくりさせ、それから、公園の花壇から花を盗んだことで、ホイットニーにからかわれているのだと理解する。そして、驚いたことに、三人はにやりと笑い、だれがホイットニーと公園へ行く名誉を得るべきかを、わいわいと議論した。公平を尊重する精神から、ホイットニーは喜んで全員の同行を許した。

その年、ミス・ストーンは〝独創的な人〟だと賞賛された。若いレディーは可憐《かれん》で弱々しく、はにかんだ態度をとるべきだという時代に、ホイットニーは行動的で明るかった。彼女の年頃の娘が控えめなのに対し、ホイットニーは賢く、率直だった。

その翌年、アンが見守っていると、自然と時の力によって、ホイットニーの若々しい顔は、以前からの予想どおり、まばゆいほど美しくなっていった。海緑色から深い翡翠色に変化する、信じられないほど表情豊かな目を黒い睫毛が縁取り、その上には、黒い眉が優雅なアーチを描いている。つやのあるマホガニー色の髪が、見事な形の顔を包み、唇は柔らかく豊かで、肌はクリーム色のサテンみたいになめらかだ。体はいまだに細いが、いまでは成熟していて、そそるようなカーブと優雅なくぼみが見受けられる。その年、ホイットニーは〝たぐいまれな美人〟だと賞賛された。

男たちは〝うっとりするほど美しい〟とか〝ほれぼれする〟とホイットニーに言い、彼らの夢にはいつもホイットニーが現われた。ホイットニーは彼らの盛大なお世辞や、一生愛するという情熱的な約束を微笑みながら聞き、その信じがたい言葉をおもしろがったり、彼らの優しさに心から感謝したりした。

アンはホイットニーを見ると、捕まえるのがむずかしい熱帯の鳥を思い出した。自分の魅力に驚き、喜びながら、少しのあいだ枝で翼を休め、求婚者のひとりが捕まえようとすると、飛び去るのだ。

ホイットニーはたしかに美しいが、男たちは同じように美しい娘たちには構わず、ホイットニーの明るさと気さくでいたずらっぽい態度に惹きつけられ、彼女のまわりに集まった。社交界に出て三年めには、ホイットニーはもっと世慣れた男たちの挑戦の対象になった。彼らは、ほかの男たちが失敗しても自分は成功者となれることを証明するためだけに、ホイットニーをわがものにしようとした。だが、気がつくと、自分の気持ちに全然応えてくれない娘になぜか首ったけになっていた。ホイットニーがまもなく結婚することは、だれもが知っていた。なにしろ、もう十九歳なのだ。ギルバート卿でさえ心配しはじめたが、ホイットニーは選《え》り好みが激しいと妻に言っても、アンは微笑むだけだった。

なぜなら、アンの目には、最近のホイットニーがはっきりとニコラス・デュヴィルをえこひいきしているように映ったからだ。

5

十分間でこれで三回、ホイットニーは会話の流れがわからなくなった。わざわざ訪ねてきてくれた娘たちを、申し訳なさそうにちらりと見る。幸い、テレーズが新婚生活を熱心に語っていて、全員がそれに聞き惚《ほ》れていたため、ホイットニーのうわの空の状態は気づかれていないようだった。

手渡されたばかりのエミリーの手紙を、指でいじっていた。ポールが妻を選んだという恐ろしい知らせが書かれているのではないかと、いつものように不安になる。これ以上は耐えられなくなって、ホイットニーは手紙をあけ、すでに速まっている心臓の鼓動をさらに速めながら読んだ。

『最愛のホイットニー』と、エミリーはきれいで几帳面《きちょうめん》な文字で書きだしていた。『これからはわたしを〝アーチボルド男爵夫人、レディー・エミリー、この世でいちばん幸福な女性〟と呼んでちょうだい。今度会ったときは、片足を後ろに引いてお辞儀をし、気どったしゃべりかたをしてね。これが夢じゃないと、わたしが実感できるように』次の二ページは、エミリーの新婚の夫をほめちぎる言葉と、特別結婚許可証が下りて行なわれた結婚式の詳細で埋まっていた。『あなたがフランスについて言ったことは、イングランドでも当てはまるわ』と、エミリーは書いている。『どんなに変な人でも、爵位を持っていれば、すばらしい結婚相手と見なされるというもの。でも、約束するけど、わたしの夫はたとえ爵位を持っていなくても最高の人だと、あなたも会ってみれば同意してくれるはずよ』

エミリーが愛情なしに男爵と結婚するはずがないとわかっていたので、ホイットニーは口もとをほころばせた。『わたしの話はもうじゅうぶんね』と、エミリーは続けている。『前の手紙で書き忘れたことがあるわ。同郷の六人がロンドンのパーティーに出たとき、女主人がある紳士を紹介してくれて、たちまち女性陣に気に入られたの。無理もないわ。なぜなら彼はとても美男子で背が高く、しかもフランスの名門の出だったんだもの。ホイットニー、その紳士って、ムッシュー・ニコラス・デュヴィルよ！　間違いなく、あなたが手紙で書いていた人と同じ人よね。それで、わたし、あなたのことを知っているかって、ムッシュー・デュヴィルに尋ねたの。知り合いだと彼が答えると、マーガレット・メリトンやほかの子たちが彼を取り囲んで、〝同情〟を示そうとした。

あなたがそこにいたら、大笑いしたでしょうね。なぜって、彼は女の子たちを石に変えてしまうような視線で一瞥《いちべつ》してから、パリのあなたの求婚者たちやファンについて語り、彼女たちをいたたまれない気持ちにさせたから。そのうえ、彼自身もかなりあなたを好いているふうな口ぶりで、女の子たちは嫉妬《しっと》ですっかり青ざめていた。彼が言ったことって、ほんとう？　どうして〝パリをわがものにしている〟って教えてくれなかったの？』

ホイットニーは微笑んだ。もっとも、ニッキーはロンドンでエミリーに会ったことは話してくれたけれど、ホイットニーの子ども時代の宿敵であるマーガレット・メリトンやほかの子たちに会ったことは言っていなかった。ニッキーがほんとうに友人以上の関係を望んでいる可能性があるかどうかを考えると、彼が弁護してくれたことに関する喜びは消えた。ほぼ三年間、ニッキーはたんなるハンサムな紳士で、予告なしにそばに現われ、ダンスの権利を主張したり、ホイットニーの多くの求婚者のだれかについてからかったりするだけだった。それが終わると、わがもの顔に彼の腕にしがみつく、目もくらむようなどこかの美人とともにいなくなってしまうのだ。

しかし、数カ月前から、突然態度が変わった。劇場で会ったのをきっかけに、ニッキーが意外にもオペラに誘ってきたのだ。いまでは、舞踏会、パーティー、ミュージカル、演劇と、どこにでも付き添ってくれる。知り合いの男性のなかで、ニコラス・デュヴィルほどいっしょにいて楽しい男はいないけれど、彼が下心からそうしているのだと考えると、ホイットニーは我慢ならなかった。

ホイットニーは呆然と手紙を見つめた。目は悲しげで、曇《くも》っている。もしニッキーが結婚を申しこんできて、こちらが断わったら（そのつもりだ）、テレーズとの友情や、叔母夫妻のデュヴィル夫妻との関係や、そしてもちろん、ニッキーとの友情が壊れる。それはホイットニーにとって大問題だった。

注意を無理やりエミリーの手紙にもどした。最後のほうに、ポールに関するニュースがあった。『エリザベスが社交シーズンでロンドンにいるけど、故郷にもどったら、ポールが結婚を申しこむだろうと、みんな思っているわ。なぜなら、彼女の両親が、娘の適齢期が過ぎたと感じているから』

エミリーのすばらしいニュースで、喜びに胸がいっぱいだったのに、いまは胸が張り裂けんばかりの気持ちだった。さんざん習い事をし、さんざん計画を立てて、ついにポールの愛を獲得する準備ができたのに、故郷に帰りたいという願いを父親に聞いてもらえず、フランスに留められている。

友人たちを家から送りだすとすぐ、ホイットニーは自室へもどり、父に手紙を書いた。今回は、以前の手紙のようには無視されない手紙を送るつもりだった。帰国したい――帰国しなければならない――しかも、いますぐ。いろいろ考えを巡らしてから、手紙をしたためはじめた。今回は、ぜひ帰国して、父親が誇りに思える女性になったことを証明したいと書いて、彼の傷ついた自尊心と体面に訴えた。最後に、会えなくてとても寂しいと書いた。それからエミリー宛の手紙を書いた。

二通の手紙を送ってもらうため、階下に下りていくと、召使いに、ムッシュー・デュヴィルがお出でになって、至急、お会いしたいとのことです、と言われた。ニッキーがなんの急用だろうと首を傾《かし》げながら廊下を歩き、叔父の書斎に入った。「こんにちは、ニッキー。きょうはすてきな日ね」

ニッキーが振り向く。「そうかい?」ぶっきらぼうな返事だった。どう見ても、肩が怒り、顎がこわばっている。

「ええ、そうよ。晴れていて、暖かいっていう意味」

「なぜ草競馬になんか関わったんだ？」礼儀作法を無視して、ニッキーがきつい声で言う。

「あれは草競馬じゃなかった」ニッキーの激しい口調に驚きながら、ホイットニーは言った。

「違うのか？　なら、きょうの新聞記事を説明できるんだろうな」

「さあ」ホイットニーはため息をついた。「きっと、だれかがだれかにしゃべって、またそれかにしゃべったのよ。いつだって、そんなものじゃない。どっちにしても」顔をぐいと上げて、締めくくる。「わたしが勝ったわ。実際にヴォン・オールト男爵を負かしたの」

ニッキーの威厳に満ちた声が鳴り響いた。「そういうことは二度とするな！」ホイットニーが困惑と怒りで体を硬くするのを見て、ふうっと息を吐く。「きつく言って、すまなかった、シェリ。今夜、アルマン家の仮装舞踏会に行くときに会おう。きみが気を変えずに、ぼくにエスコートさせてくれれば、だが」

ホイットニーは相手の謝罪を受け入れて微笑んだが、アルマン家の舞踏会へエスコートするというニッキーの申し出には首を横に振った。「わたし、叔母さんたちと行って、あなたには向こうで会うほうがいいと思うの。最近、あなたの注目を独占していることで、ほかのレディーたちに恨《うら》まれているんだもの」

一瞬、ニッキーはホイットニーに興味を持った自分をののしった。三年近く、分別を働かせて、彼女に近づかないようにしていたのに……。だが、四カ月前、依存心の強さに辟易《へきえき》しはじめていたレディーと不愉快きわまりない時を過ごしたあと、劇場の前でホイットニーとばったり会って、思わずオペラをいっしょに見ようと誘ってしまったのだ。

その晩が終わるまでには、ニッキーは完全にホイットニーの虜《とりこ》になっていた。彼女は、美しさとユーモア、心が浮き立つような知性とほっとするような常識が見事に組み合わさった女性だった。それに、逃げかたのうまさは天下一品だ。

ニッキーはホイットニーを見た。甘美な唇が曲線を描き、愛情のこもった笑みを形作っている。それは未来の夫ではなく、大好きな兄に向けられるような笑みで、ニッキーはいらだたしさから行動に出た。

ホイットニーがニッキーの意図に気づかないうちに、彼は手で相手の肩をつかみ、自分のがっしりした体に引き寄せ、唇を目的の場所へ向けて移動させはじめた。「ニッキー、やめて！　わたしは――」驚いて抗議するホイットニーを、すぐに唇で黙らせる。悩ましげに唇を動かして、相手の唇を味わい、誘った。これまで、不器用で熱くなりすぎた求婚者たちがホイットニーにキスをしようとしたけれど、ホイットニーはなんなく彼らをかわした。だが、ニッキーの刺激的なキスはホイットニーの内部に反応を起こさせ、彼女はそれに驚き、警戒した。なんとかじっと動かず、反応を表に出さずにいられたものの、ニッキーの腕が緩むと、ホイットニーは急いで一歩下がった。「たぶん」冷静なふりをして言う。「こんなことをされて、あなたの顔をひっぱたくべきなんでしょうね」

ホイットニーがあまりにも落ち着き払っているため、彼女の柔らかな唇と、胸板に当たる彼女の乳房の感触に思わず心を動かされていたニッキーは、かっとなった。「ぼくの顔をひっぱたく？」皮肉たっぷりに、くり返す。「きみからキスを盗んだ男は、ぼくが最初だとは、いや、百人めだとさえ、思えんが」

「あらそう？」男をもてあそぶ女だとほのめかされて、ホイットニーはすぐさま言い返した。「まあ、どうやらあなたのほうは、はじめてのキスだったみたいね！」言い終える前に、ニッキーの険しい表情から、彼の男らしさを侮辱するという、戦術上重大な間違いを犯したと気づいた。「ニッキー――」警戒してそうつぶやき、彼の手の届かない範囲へ注意深く後ずさりした。ニッキーが近づいてくる。ホイットニーは素早く叔父の机の後ろへ行き、手を天板に置いて、彼と向き合った。ホイットニーが一方に動くたびに、ニッキーも動いた。エドワード叔父さんの机をはさんで、ふたりはにらみ合い、相手が動くのを待っていた。突然、この状況のばからしさに気づいて、ホイットニーは笑い声をあげた。「ニッキー、わたしを捕まえたら、どうするか考えてあるの？」

ニッキーはホイットニーを捕まえたらすることについて、すばらしい考えを持っていたが、この状況の愚かさもわかっていた。体をまっすぐに伸ばし、顔から怒りを消す。「こっちへ来いよ」くすくす笑った。「紳士らしく振る舞うと約束するから」

ホイットニーはニッキーの顔をじっと見て、彼の言葉に偽りはないと判断し、おとなしく従った。ニッキーの腕に腕をからめ、ドアのほうへ導く。「今夜、仮装舞踏会で会いましょう」そう約束した。

6

　エドワード・ギルバート卿は客間の鏡の前に立ち、アルマン家の仮装舞踏会で着るために妻が選んだ、うろこのある緑色のクロコダイルの衣装を目を丸くして、いとわしげに見つめた。嫌悪《けんお》の視線を、いまにも嚙みつかんばかりに大きく開いた口のある異様な頭部から、かぎ爪のような爬虫類《はちゅう》の獰猛《どうもう》な足へ、そして背後の、床まで垂れている太い尻尾《しっぽ》へと移す。クロコダイルのなめらかな緑の腹があるべき場所には、エドワードの堂々としたお腹が突き出ていた。後ろ向きになり、肩越しに鏡を覗きながら、腰を回してみると、尻尾がくねくねと動いた。それをうんざりしながら見つめる。「いまいましい!」嫌悪感に声を荒らげた。

　そのとき、レディー・アンとホイットニーがやってきた。エドワードは妻のほうを向いた。「最低だ!」怒りを爆発させ、かぶり物を脱いで、妻に向かってそれを不快げに振り動かしながら、よたよたと前進する。尻尾が引きずられて、ついてくる。「これをかぶって、どうやって葉巻を吸ったらいいんだね?」

　レディー・アンは動じることなく微笑み、夫に相談せずに選んだ衣装をしげしげと眺めた。「あなたの好きなヘンリー八世の衣装が手に入らなかったし、象の衣装はきっと気に入らないと思ったから――」

「象！」エドワードは妻をにらみつけながら、おうむ返しに言った。「きみがその衣装を買わなかったとは驚きだ。買っていれば、私を四つん這いにさせて、胴体を揺らして歩かせ、牙で人々の尻を突き刺させることができたのに！　マダム、私には保つべき評判や威厳が――」

「口を閉じて」アンが優しく諫《いさ》めた。「ホイットニーになんて思われるか――」

「ホイットニーの感想はわかっている――間抜けな格好だと思っているよ。だれだって、間抜けな格好だと思うさ！」ホイットニーのほうを向く。「さあ、きみの叔母さんに、間抜けな格好だと教えてやってくれ！」

ホイットニーは優しく微笑みながら、叔父を観察した。「叔父さんの衣装は、とても気が利《き》いていて、独創的よ」そつのない感想を言ってから、叔父の永遠のライバルの名前を出して、話を完全にそらした。「そう言えば、ハーバート・グランヴィルは馬になるんだって」

「まさか、ほんとうか？」ギルバート卿がたちまち楽しそうになった。「頭と尻のどっちだ？」

ホイットニーは目を輝かせて叔父を見た。「きくのを忘れたわ」

エドワード叔父がくすくす笑い、それから言った。「きみの扮装を当てさせてくれ」叔父によく見えるよう、ホイットニーはくるりと回った。薄い白のシルクでできた、ギリシア風のドレスは、左の肩のところをアメジストのブローチで留め、もう一方のクリームみたいな肩を、はらはらするほどあらわにしていた。繊細なひだが、ホイットニーの豊かな胸と細い腰に貼りつき、それから優雅に床に落ちていた。つややかで豊かな髪は、生き生きした金鳳《きんぽう》花《げ》と菫《すみれ》とともにまとめられている。「ビーナス」と、叔父が結論を出す。

ホイットニーは首を横に振った。「これ――これがヒントよ」紫のサテンの肩掛けを巻きつけて、答えを待つ。

「ビーナス」今度はもっときっぱりと言った。

「違う」ホイットニーは叔父の頰にキスをしながら言った。「仕立屋さんがね、ギリシア神話の上を行くものにしたいと考えたの。ペルセポネの扮装なんだけれど、彼女はふつう、もっと素朴で女の子っぽい姿で描かれているから」

「だれだって?」エドワードがきき返す。

「ペルセポネ、春の女神。知っているでしょ、エドワード叔父さん。彼女はいつも、髪に菫と金鳳花を挿《さ》していて、こういう紫の肩掛けを掛けているじゃない?」困ったような叔父の顔を見て、ホイットニーは付け加えた。「ハデスが花を摘んでいる彼女を捕まえて、妻にしようと冥界《めいかい》に連れ去ったの」

「とんでもないことをしたやつだな」エドワードは気のない返事をした。「でも、きみの衣装は気に入った。みんな、きみの扮装がなんなのか当てるのに忙しくて、でぶのクロコダイルがだれかなど考えもしないだろう」そう言うと、エドワードはホイットニーに腕を差し出し、もう一方の腕をアンに差し出した。アンは、中世の女王の扮装で、円錐形の頭飾りとベールを付けていた。

笑いの波がアルマン家の大混雑の舞踏室を襲って、楽士たちの努力を水泡に帰し、それから引き波になって、しつこく続く話し声をあとに残す。人であふれたダンスフロアでは、着飾った客たちが、ほとんど聞こえない音楽に合わせて踊ろうと、場所を取り合っていた。

そのそばで、崇拝者たちに囲まれて、ホイットニーは穏やかに微笑んでいた。ニッキーが到着し、母親に軽く頭を下げてから、まっすぐホイットニーのほうに向かってくる。彼女が白い仮面で顔を半分隠していても、見分けたのだ。ほかのパーティーから来たので、ニッキーは仮装をしていない。ホイットニーは胸の内でにんまりしながら、彼を観察した。優雅な衣装の着こなしから、洗練された魅力まで、すべてがすてきだった。ほんの一瞬、ニッキーの唇が自分の唇に触れたときの感触が、ぞくぞくとホイットニーの体を貫いた。

ニッキーが近くに来て、ホイットニーのまわりに立つ男たちを無表情に一瞥《いちべつ》すると、彼らは命じられたかのように道をあけた。ホイットニーのギリシア風のドレス、紫の肩掛け、つやのある髪にからまる菫や金鳳花をざっと見て、ニッキーはにやりと笑った。ホイットニーの手に口づけをして、まわりのうるさい話し声に負けないよう、大声で言う。「うっとりするほどきれいだ、ビーナス」

「然り！」ホイットニーたちのわきを通り抜けようと苦闘していた巨大なバナナが同意した。

「魅惑的《ラヴィサーント》だ！」鎧甲《よろいかぶと》を身につけた騎士が、頰隠しを上げ、熱い視線でホイットニーを見つめ、断言した。

ニッキーがふたりの男に冷たい視線を送り、ホイットニーは慎み深く、扇子を持ち上げた。だが、シルクの扇の陰では、にんまりと微笑んでいた。いま、ここはホイットニーの世界だった。安心感に、心が温かくなった。フランスでは、ホイットニーが何か変わったことを言っても、鼻で笑われたり、むっとされたりはしない。かわりに人々は、〝機知に富んでいる〟とか〝鋭い〟とか言い、さらには彼女の発言を引き合いに出すことさえあった。英国に帰国しても、きっと同じはずだ。幼いころは、ひどい間違いを犯してしまった。しかし、経験を積んだいまなら、二度と自分の名を汚すことはないだろう。

ホイットニーは隣りで、ニッキーが彼女のシルクのドレスに賞賛の視線をさまよわせているのを感じたが、ビーナスの扮装ではないとわざわざ説明はしなかった。この舞踏会に来ている人たちは、ビーナス以外に、神話に登場する女性を知らないらしく、紫の肩掛けや髪を飾る菫や金鳳花というヒントは、彼らにはなんの意味もなかった。ホイットニーはとっくに説明をあきらめていた。

パンチのおかわりを持ってくる栄誉をだれに与えようかと迷っていると、ホイットニーのもっとも忍耐強い求婚者であるアンドレ・ルソーが、彼女の空《から》のグラスに気づいた。「これはいけません、マドモワゼル」アンドレが芝居がかって言う。「あなたのグラスが構ってもらえず、すねています。おかわりを持ってきましょうか?」そう言って、機嫌を損ねているグラスに、手を差し出した。

ホイットニーがグラスを渡すと、アンドレはお辞儀をした。「光栄です、マドモワゼル」

ほかの男たちに勝ち誇った視線を送ってから、アンドレは、とめどなくパンチを流出させている巨大な水晶の噴水へ向かった。

わたしにパンチを持ってくるのが光栄なことだと、ポールは考えるかしら? ホイットニーは夢見心地にそういう疑問を持った。ホイットニーの使い走りをする許可を与えられ、うれしさに顔を紅潮させるポール・セヴァリンを想像すると、滑稽すぎて、笑いがこみ上げる。求婚者たちに囲まれたわたしを、ポールが見られたらおもしろいのに……。

ポールに関する空想から現実にふともどると、部屋の向こうにいる全身黒ずくめの男をなんの気なしに見つめていたことに気づいた。男は、黒いハーフマスクの下で、おもしろがるように唇の両端をゆっくりと上げ、それから頭を下げて、お辞儀のまねごとをした。

見つめているところを見られて、ホイットニーは恥ずかしさのあまり、あわてて向きを変え、あやうくアンドレが突き出した手からグラスを落としそうになった。「あなたのパンチです、マドモワゼル」手にいっぱいのダイヤモンドを捧げるかのように、グラスをホイットニーに差し出し、彼は言った。ホイットニーが感謝の言葉を言い、グラスを受け取ると、アンドレは濡れて染みになった深紫色のサテンのベストを悲しげに見た。

どうして濡れたのかとホイットニーが気の毒そうに尋ねると、アンドレはパンチを得るために直面した危険を重々しく語った。「人ごみをかき分けて進むのは、とても危ないのです、マドモワゼル。あなたのもとを離れてすぐ、酔ったライオンに足を踏まれ、先ほどあなたに声をかけたバナナに押され、さらにはクロコダイルの尻尾につまずいたら、そいつに悪態をつかれてしまいました」

「おー——お気の毒に、アンドレ」クロコダイルの話に吹きだしそうになるのを我慢しながら、ホイットニーは同情の言葉を口にした。「とても恐ろしかったでしょうね」

「どうってことないです！」アンドレが強く否定し、かえって、ほんとうにひどく怖い思いをしたかのような印象を与えた。「あなたのためなら、なんでもします。あなたのためなら、どんな仕事もむずかしすぎることはありません。あなたのためなら、イギリス海峡を筏《いかだ》で渡るし、胸を引き裂いて心臓を取り出し……」

「パンチの噴水にもう一度行くことさえいとわない？」ホイットニーはからかった。

ニッキーが若者を、同情と笑いと嫌悪のこもった目で見つめる。「シェリ」そう言うと、ホイットニーに腕をつかませて、中庭に通じるフレンチドアのほうへ誘った。「アンドレと結婚するか、はっきり断わるか、どちらかにするんだ。でないと、あの気の毒な若者、きみのためにほんとうに危険を冒すかもしれん。たとえば、辻馬車の前を突っ切るとか」

「結婚するべきだと思うわ」ホイットニーは大胆な流し目を送って、にんまりと笑った。「あなたがいい夫になるって推薦したのよ。あのデビューの舞踏会で、わたしと踊ったときに」

中庭に出るまで、ニッキーは無言だった。「あの男と結婚するのはまずいな。アンドレ・ルソーの家族とうちの家族は昔から友人同士で、ぼくがきみを未亡人にするために、彼らのひとり息子を殺したら、その友情が壊れてしまうから」

脅し文句に驚いてホイットニーが顔を上げると、ニッキーがにやにや笑っていた。「それはよくないわ、ニッキー。わたしはアンドレが好きだし、あなたも好き。わたしたちはみんな友だちよ」

「友だち？」ニッキーがおうむ返しに言う。「きみとぼくは、もっといい関係だ」

「じゃあ、仲良しね」ホイットニーは落ち着かない気分で同意した。

ふたりはそのまま中庭にいて、そぞろ歩きをする知り合いに声をかけたりした。そのあいだホイットニーはずっと、ニッキーとの友情を数カ月前までの気楽で一般的なものにもどす方法がないかと考えていた。突然ニッキーが口を開き、ホイットニーはその話題に驚いて、よろめいた。「英国の女性は何歳ぐらいで結婚するよう求められているんだい？」

「三十五まで」ホイットニーは即座にうそをついた。

「よせ、ぼくはまじめにきいているんだ」

「了解」ホイットニーは明るい雰囲気を作りだしたくて、微笑んだ。「二十五歳までよ」

「きみも結婚を考える歳だな」

「わたしはむしろダンスのことを考えたいわ」

ニッキーは言い争おうとしたが、考え直し、ホイットニーに腕を差し出した。「なら、踊ろう」ぶっきらぼうに言う。

しかしその望みも絶たれる運命だった。陰から飛び出てきたような深い声が、ふたりの背後からした。「残念だが、ムッシュー、ミス・ストーンは私とこのワルツを踊る約束をした」

ホイットニーが驚いて振り返ると、暗がりから黒マントが現われた。サタンみたいな衣装がなくても、ホイットニーはそのおもしろがるような笑みを思い出しただろう。ホイットニーがなんの気なしに見つめているのに気づいて、この男が舞踏室の向こう側から送ってきたのと同じ笑みだ。「この曲を私と踊ると、きみは約束した」ホイットニーのためらいを見て取り、サタンが言った。

この正体不明の知り合いがだれなのか、ホイットニーはまったくわからなかったが、結婚に関する話をこれ以上ニッキーとするのはどうしても避けたかった。「今夜、だれかとダンスの約束をした記憶がないの」おずおずと言う。

「何カ月も前に約束したよ」サタンがそう言って、ホイットニーの肘に手を添え、舞踏室へ彼女をいざなうのに必要なだけの力を加えた。

男のとてつもない厚かましさに笑みを抑えながら、ホイットニーは肩越しにニッキーを見て、丁寧に挨拶をしたが、一歩歩くたびに、彼のさめた視線を背中に感じた。

けれど、すぐにニッキーのことは忘れた。サタンの腕のなかに足を踏み入れると、気づいたときには、部屋に響き渡る音楽に合わせて、くるくる回っていた。サタンは、これまで千回以上もワルツを踊ってきたかのように、淀《よど》みのない優雅さを保っている。流れるように旋回しながら、ホイットニーはこれ以上疑念を持ちつづけることに耐えられなくなった。「わたし、ほんとうに、今夜踊るって約束した？」質問する。

「いや」サタンが言った。

率直な返事に、ホイットニーは笑い声をあげた。「あなた、だれ？」

日に焼けた顔に、にやにや笑いがゆっくりと広がった。「友人かな？」豊かで低い声で言う。

ホイットニーにはまったく聞き覚えのない声だった。「違う。知り合いだけれど、友人じゃないわ」

「それは変えてみせるよ」自信たっぷりに答えた。

男の傲慢な自信を少し壊してやりたいと、ホイットニーは意地悪く思った。「残念だけれど、それは不可能よ。わたしにはもう手に余るほどの友人がいるし、彼らはみんな、生きているあいだはわたしに忠誠を尽くすと誓っているの」

「そうだとすると」男の灰色の瞳が笑みで輝く。「そのうちのひとりが、事故にあうかもしれないな——私のちょっとした手を借りて」

ホイットニーは返答の笑みを止められなかった。彼の発言が脅しでないことはわかっていた。彼はたんに言葉のチェスをしているだけで、ホイットニーは彼に対抗する一手を考えながら、わくわくした。「わたしの友人を死へと急《せ》き立てるのは、ひどすぎるわ。彼らは評判のよくない人たちで、最後に行き着くところは愉快な場所じゃないのだから」

「極寒の地？」男がからかう。

ホイットニーはわざと残念そうにため息をつき、厳かにうなずいた。「そうみたい」

男が笑い声をあげる。しわがれた、感染力のある笑い声だ。突然、彼の目が大胆で好奇心の強いきらめきを発して見つめてきたように思えて、ホイットニーは落ち着かない気分になった。視線をそらし、男がだれなのか判断を下そうとする。中庭では、彼は流暢《りゅうちょう》なフランス語を話したが、このダンスフロアでは、同じように流暢に英語を話していて、しかもまったく訛《なま》りがない。顔の、黒いマスクで隠れていない部分は、健康そうに黄金色に焼けている。この早春のパリで、このように焼くのは不可能だ。英国でも無理だ。

ここ二年で紹介された数百もの男たちのなかから彼を突き止める作業は無謀だけれど、とにかくやってみた。心のなかに知っている男性を思い浮かべ、背が彼ほど高くないとか、瞳が彼のような独特の灰色でないという理由で、次々に却下していく。百九十センチはある彼の身長は、もっとも目立つ特徴だ。ホイットニーはさまざまな手がかりを再度検討したが、それでもだれなのかわからなかった。しかし、彼のほうは、ホイットニーがハーフマスクを付けていても、だれなのかわかるぐらい、彼女のことをよく知っている。ワルツが終わっても、始まったときと同じく、男は正体不明のままだった。

ホイットニーは彼から離れ、ダンスフロアのへり近くに立つニッキーのほうへ体を半分向けたが、男が彼女の手を断固として放さず、自分の腕にからめさせ、反対側の、屋敷の南側にあるドアのほうへ彼女を導いた。ドアは庭園に向かって開いていた。

ドアから数歩出たところで、ホイットニーは依然として正体不明の男に夜の庭園へ連れ出されていいのかと迷いはじめた。これ以上歩くのを拒否しようとしたとき、ランタンに照らされた庭園をくねくねと進む煉瓦《れんが》の道に、少なくとも二十人以上の客が散らばっているのが目に入った。これならば、ホイットニーの連れが紳士らしくない振る舞いをしても、だれかが助けに来てくれるだろう。ホイットニーは、男が怪しい人物だと、本気で思ったわけではなかった。アルマン家には、客の選定にうるさいという評判があるからだ。

外に出ると、ホイットニーは手を後ろに回し、ハーフマスクの紐《ひも》を解き、マスクを手に下げながら、花の香りが漂う春の夜のにおいを吸いこんだ。歩いていると、装飾的な白い鉄のテーブルと椅子があった。屋敷もほかの客たちも見える場所だ。男がホイットニーのために椅子を引いた。「いいえ、立っているほうがいいわ」相対的な静けさと、まだらになった美しい月明かりに身を浸《ひた》しながら、ホイットニーは言った。

「さて、ペルセポネ、きみの現在の友人たちが近い将来、私のために死んでくれそうにないとしたら、私たちはどうやって友情を育《はぐく》もうか？」

ホイットニーは、この舞踏会で自分をビーナスと混同しない人間が少なくともひとりはいる事実に満足し、微笑んだ。「わたしがだれなのか、どうしてわかったの？」

ホイットニーはペルセポネのことを言ったのだが、サタンは彼女の発言を誤解したようだ。

彼が肩をすくめ、言った。「デュヴィルは仮面を付けていなかったし、きみたちふたりが切っても切れない仲だといううわさだから、彼を見て、きみだとわかった」

自分とニッキーの関係があれこれ言われているという不快な知らせに、ホイットニーのなめらかな額がしわで損なわれた。

「私の答えが気に入らなかったようだから、もう少し正直に言ったほうがよかったかな」男がしれっと言う。「つまり、きみにはある種の……空気が漂っていて……だから、仮面を付けていて、デュヴィルがやってくる前でも、簡単に見分けられたんだ」

なんなの！　彼は視線をわたしの体にさまよわせているの、それともこれはたんなる妄想？　男が体を後ろに傾け、錬鉄製のテーブルに何気なく腰をのせると、ホイットニーは突然落ち着かない気分になった。「あなたはだれ？」強い口調で尋ねる。

「友人」

「絶対違う！　あなたみたいな身長や目の色で、こんなに厚かましくて、しかも英国人の知り合いなんて、覚えがないもの」いったん口を閉ざし、自信なく男を見つめる。「英国人、よね？」

男が、ホイットニーの探るような緑の目を見下ろし、喉の奥で笑った。「これはしたり」にやりとする。「『おーい《ホワット・ホー》とか、いやはや《イガッド》とか、そのとおり《クワイト・ソー》とか言うべきだったな——そうすれば、すぐわかってもらえたのに」

彼のユーモアは伝染性があって、ホイットニーは微笑まずにはいられなかった。「じゃあ、英国人だと認めたんだから、今度はだれなのか教えて」

「だれだったらいいかな、お嬢さん？」男が尋ねる。「女性はいつも高貴な爵位が大好きだ——私が公爵だったら、うれしいか？」

ホイットニーは笑いだした。「あなたは辻強盗かもしれないし、海賊の可能性だってある」男に向かって、まばたきをする。「でも、わたしが公爵じゃないのと同じぐらい、あなたも公爵じゃないわ」

男の顔からおもしろがるような笑みが消え、かわりに当惑が現われた。「私が公爵ではないと、どうしてそんなに自信を持って言えるのかな？」

ホイットニーは会ったことのある唯一の公爵を思い出しながら、厚かましくも、男を頭から足までじろじろ見て、先ほど彼から眺められたことのお返しをした。「いちばんはっきりしているところから始めると、もしあなたが公爵なら、片眼鏡を持っているはずよ」

「でも、仮面を付けているのに、どうして片眼鏡を使うんだ？」好奇心たっぷりに、反論する。

「公爵は、見るために片眼鏡を使うんじゃないの――たんなる格好つけよ。目に当てて、部屋のレディーたち全員を観察するの。でも、あなたが公爵であるわけがない理由は、ほかにもある」調子に乗って、ホイットニーは続けた。「杖を使って歩いていないし、ぜいぜい息をしたり、鼻を鳴らしたりしないし、正直言って、軽い痛風にだってかかっていると言えないでしょ」

「痛風！」笑いすぎて、口がきけなくなる。

ホイットニーはうなずいた。「杖も、痛風も、ぜいぜい息をしたり、鼻を鳴らしたりもしないなら、人に公爵だと信じさせることは無理よ。もう少しましな爵位を考えつかなかったの？　あなたがやぶにらみで内反足だったら、伯爵として通ったかもね」

男がのけぞって大笑いし、それから首を横に振り、何か考えているような、ほとんど優しげな顔を向けた。「ミス・ストーン」笑みを浮かべながら、重々しく尋ねる。「高貴な爵位は、笑うものではなく、敬《うやま》うべきものだと、だれかに教えられなかったのか？」

「みんな教えようとしたわ」ホイットニーは笑顔で認めた。

「それで？」

「見てのとおり、不首尾に終わったの」

しばらくのあいだ、男の視線がホイットニーの、非の打ちどころのない輝く顔に留まり、それから、うっとりするような緑の瞳に向けられた。「だが、私が公爵でない第一の理由は、片眼鏡を持っていないことなんだな？」ほとんどうわの空で言う。

ホイットニーはハーフマスクの紐をいじり、微笑みながらうなずいた。「公爵なら、いつだって持っているわ」

「狩猟で馬に乗るときも？」男が食い下がる。

ホイットニーは軽く肩をすくめた。「公爵は、太っていて、馬に乗らないものよ」

驚くほど何気ない身のこなしで、男がホイットニーの両手をつかみ、自分のほうに引いた。ホイットニーの腰が男の硬い太腿に押しつけられる。「ベッドでも？」男がそっと尋ねた。

予想外の男の動きに、体が動かなくなったホイットニーは、彼の手を振りほどき、冷ややかな視線を向け、山ほどの非難の言葉をぶつけようとした。

口を開きかけたとき、男が立ち上がり、ホイットニーを見下ろした。「シャンパンでも持ってこようか？」なだめるように言う。

「あなたなんか――」威圧的な背の高さと広い肩に気圧《けお》されて、ホイットニーは怒りを呑みこみ、うなずいた。「お願い」言葉に詰まった。

男はすぐには動かず、平然とした視線でホイットニーの怒りに満ちた緑の目を見つめ、それから向きを変えて、シャンパンを取りに屋敷のほうへ大股で向かった。

男がアーチのなかへ消えると、ホイットニーは安堵し、息を勢いよく吐き出した。くるりと向きを変え、芝地を速歩で横切って、反対側にある舞踏室へ入る。

その後はさんざんだった。ホイットニーに〝サタン〟を思わせる、黒マントの男が声をかけてくるのではないかと、不安で緊張していた。もっとも彼はホイットニーには近づかず、何人かの人々に囲まれて、話をしたり笑ったりしていた。

叔母や叔父とともにホストの夫妻に帰りの挨拶をする順番を待つあいだ、ホイットニーは、前方の帰宅する客たちの列に並ぶ、背の高いサタンの姿をこっそり見ていた。彼は頭を低くし、ブロンド女の話に耳を傾けている。女は笑顔を彼に向けていた。彼女が何かを言って、彼が笑い、ホイットニーは庭園での彼の笑いかたを思い出し、顔を赤くした。顔が見えるよう、男が仮面をはずしてくれないかといらいらしながら思い、それから、いっしょにいるブロンドはだれかと考えた。愛人だろう、と情け容赦なく決めつける。なぜなら、その役割を喜んで果たしてくれる女とでなければ、あの男はひと晩たりとも無駄にしないはずだからだ！

不意に男が振り向いて、その晩またもや、ホイットニーは見つめているところを見られてしまった。目と目が合うと、ホイットニーは顎を上げ、その視線で相手をまごつかせようとした。男が口の両端を上げて、奇妙で不可解な笑みを浮かべ、ホイットニーに向かってゆっくりと頭を下げる。ホイットニーはかっとなって、顔を横に向けた。傲慢で、うぬぼれていて――男を非難するのにじゅうぶんな言葉が見つからなかった。

「どうかしたの？」アン叔母さんが小声で尋ねてきた。

ホイットニーはびくりとしてから、玄関のほうへ用心深く頭を傾げた。そこでは、サタンがブロンドの肩に優雅なケープを掛けてやっていた。「アン叔母さん、あの男の人がだれなのか知っている？」

叔母はふたり連れをちらりと見てから、否定するために首を横に振りはじめたが、手を上げてハーフマスクをはずすブロンドを見て、急に首を止めた。「彼女はマリー・サンタレマン――有名な歌手よ」小声で言う。「間違いないわ」黒いマント姿の黒みがかった髪の男をじっと見る叔母の顔に、畏怖《いふ》の混じった妙な表情がすっと浮かんだ。「そして彼女がサンタレマンなら、男性のほうはきっと……まあ！　そうだわ！」

アンは視線を急いで姪にもどしたが、ホイットニーの視線は、ブロンドの背中に軽く手を置き、玄関から出ていくサタンに向いていた。ホイットニーはあの手に引き寄せられたことを思い出し、くやしさに顔を赤くした。

「どうしてきくの？」アンがこわばった声できく。

会ったことがない、といまでは断言できる男と庭園へ行った自分の愚かさを、ホイットニーはだれにも認めたくなかった。「そ――その、知り合いかと思ったんだけれど、違っていたわ」そう答え、叔母がこの話題を打ち切るつもりらしいと見てとって、胸を撫で下ろした。

じつを言えば、アンはこの話題を打ち切るのを喜んでいた。長いこと計画を練り、夢見てきたのに、ホイットニーがクレイモア公爵の愛人になったのではたまらない。ここ一年ほど彼はマリー・サンタレマンに夢中で、うわさでは、二カ月前に、スペインの国王夫妻の前で彼女が歌う御前上演のさい、スペインへいっしょに行ったそうだ。

長年、ヨーロッパじゅうの良家の美しい娘たちとの関係がさんざんうわさされたが、公爵が結婚を申し出たことはない。あのハンサムな貴族が歩いたあとには、娘たちの傷ついた心と打ち砕かれた結婚の望みが山となって残った。そんな話を聞けば、親類に未婚の娘がいる良識的な女ならだれでも、身震いするはずだ！　ヨーロッパの男たちのなかで、あの男にだけはホイットニーが興味をいだかないよう、アンは願った。

この世の男たちのなかで、あの男だけはだめだ！

7

アルマン家の仮装舞踏会からちょうど四週間後、マシュー・ベネットは事務所を出て、暗紅色の漆《うるし》が塗られた豪華な馬車に乗りこんだ。馬車のドアには、ウェストモアランドの公爵の紋章が金であしらわれている。マシューは、ミス・ホイットニー・アリスン・ストーンに関する報告書が入った鹿革の鞄《かばん》をわきに置いてから、公爵の豪勢な馬車のなかで長い脚を伸ばした。

一世紀近く、マシューの先祖はウェストモアランド家の私的な法律業務を任されてきたが、クレイトン・ウェストモアランドの本邸はイングランドにあるため、公爵を直接知っているのは、事務所のロンドン・オフィスにいるマシューの父親だった。マシューはこれまで、いまのクレイモア公爵とは、書面でしか連絡をとったことがない。従ってきょうは、いい印象を持ってもらわねばと、ことさら神経質になっていた。

野の花がそこここに咲く、なだらかな緑の丘を、馬車が緩やかに曲がりながら着々と登っていくと、ついに公爵のフランスの邸宅が見えてきた。マシューは驚嘆の目でそれを見た。青々とした丘のてっぺんに、テラスで囲まれた、石とガラスの二階建ての屋敷が広がり、あらゆる方角の景色を見下ろしている。

屋敷の正面で馬車が停まり、マシューは鞄を取り上げ、石の段をゆっくりと上がっていった。お仕着せを着た執事に名刺を差し出すと、広い書斎に案内された。壁には、浅いアルコーブに入れられた本が並んでいた。

ひとりになると、マシューはつやのある紫檀《したん》のテーブルに置かれた、とても高価な芸術品を恐れかしこまって見た。大理石の暖炉の上には、見事なレンブラントが飾られ、ある壁の一部は、レンブラントのすばらしいエッチングのコレクションで埋まっていた。また、ある長い壁はすべてが、大きな窓ガラスが嵌《は》めこまれたフレンチドアから成り立っていて、広々とした石のテラスに向かって開き、息を呑むような周囲の景色が見晴らせた。

部屋の反対側に、窓に向かって、どっしりしたオークの机が置かれていた。机のへりには、手のこんだ葉や蔓《つる》が彫られている。マシューはその見事な細工から、机を十六世紀後半のものだろうと推測し、宮殿を飾ったものかもしれないと思った。分厚いペルシア絨毯の上を歩き、机の前の、背もたれの高い革椅子に腰を下ろし、鹿革の鞄を横の床に置いた。

書斎のドアがあいたので、マシューはさっと立ち上がり、自分の将来がかかった黒みがかった髪の男に、品定めの一瞥を投げた。クレイトン・ウェストモアランドは三十代前半で、きわめて背が高く、明らかにハンサムだった。大股の素早い歩きかたは自信に満ちて力強く、裕福な貴族に対してマシューが想像するような怠惰《たいだ》でわがままな人生ではなく、活動的で積極的な人生を送っているように見えた。慎重に保ちつづけている権力のオーラが、力強さのオーラが感じられた。

公爵が机の向こうに回って、腰を下ろすとき、灰色の鋭い目が向けられ、マシューは少し緊張して、つばを呑みこんだ。公爵が机の向こうでうなずいて、マシューに座るよう促《うなが》し、落ち着いた、重みのある声で言った。「始めようか、ミスター・ベネット?」

「はい」マシューはそう答え、咳払いをした。「ご指示のとおり、例の若い女性の家族と素性について調べました。ミス・ストーンはスーザン・ストーン――ミス・ストーンが五歳のとき死亡――とマーティン・アルバート・ストーン――こちらは存命――とのあいだに生まれた子です。一八〇〇年六月十三日、ロンドンから七時間ほどの、モーシャムの村に近い両親の家で生まれました。

ストーン家の地所は小さいながらも肥沃で、マーティン・ストーンは一般的な地主階級の生活を送っていました。しかし四年ほど前、財政状態が劇的に変化しました。覚えておいででしょうが、あのころ、イングランドの一部が何週間もの雨で水浸しになったのです。ストーン家のような、ろくな排水設備のない地所はひどい被害を受けましたし、ストーン家はとくに大きな打撃を被ったようです。なぜなら、家畜などの、地所を維持するためのべつの手段がなかったからです。

報告によると、そこでストーンは危険のあるさまざまな事業に巨額で愚かな投資を行ない、それが失敗すると、同じような事業に二倍、三倍の投資をしました――言うまでもなく、損失を取りもどしたいからです。そのような事業はすべて大失敗で、二年前、彼は地所を抵当に入れ、最後の――そして最大の――投機のための資金を得ました。その資金はすべて、植民地の船会社に投資されました。残念ながら、結果はまたも大失敗。

この時点で、彼は借金で首が回らなくなっていました。ロンドンの金貸しだけでなく、地元の小売店主にまで金を借りていました。地所はすぐに荒廃し、使用人は最低人数しか残っていません」

マシューは鹿革の鞄に手を入れ、書類を取り出した。「これが債権者名簿です。もっとも、短期間の調査では調べきれなかった債権者がまだいるはずですが」書類を豪華な机の向こう側に滑らせ、公爵の反応を待つ。

クレイトン・ウェストモアランドが椅子の背に体を預け、無表情で名簿に目を通した。

「どのぐらいの借金だ?」最後のページを読み終えて、きいた。

「全部ひっくるめて、十万ポンドぐらいでしょう」

膨大な額にも公爵は動じたようすを見せず、書類をマシューにもどすと、話題を変えた。

「娘について、何がわかった?」

マシューは〝W・ストーン〟と記されたファイルを取り出しながら、彼女についていちばんよく知っているのは、彼女を愛人にするつもりの男自身ではないか、と思った。クレイモア公爵が実際に口にしたわけではないが、マシューの推測では、公爵は快適な住まいと手当を渡して、この若い娘を愛人にしようと考えている。彼女の家族に公爵が興味を持つのは、彼らが反対するとしたら、どんな反対なのか知りたいからだろう。

法律家としてのマシューの考えでは、ストーンの驚くばかりの財政状況では、答えはすでに決まっている。つまりマシュー・ストーンは、この好機をつかんで、娘の扶養義務をクレイトン・ウェストモアランドに渡さなくてはならない。選り好みはしていられないのだ。ストーンにはこれ以上、娘に衣服をあてがい、上流社会の人々のなかで暮らさせるゆとりはない。娘の評判が心配だとしても、彼自身の評判のほうがもっと危機に瀕《ひん》しているのだ。いまにも債権者たちに、にっちもさっちも行かない状況を知られかねないし、それが知られたら、ストーンは面目を失うばかりではなく、債務不履行で不快な監獄暮らしを強《し》いられるだろう。

娘のファイルを開いたまま、無言でそれを見つめていたことに気づいて、マシューは顔を赤らめ、急いで言った。「不要な疑いを持たれずに、個人の性質をくわしく調べるのはむずかしかったのですが、わかったところでは、ミス・ストーンは非常に手の焼ける子どもで……その……何をしでかすかわからない性格だったようです。とても本好きで、多くの家庭教師によって、かなりよい教育を授けられたようです。言うまでもなくフランス語は流暢に話せますし、ギリシア語も堪能《たんのう》で、ギリシアの外交官が出席する集まりに叔父が出席するときは、通訳として同行することもあるほどです。イタリア語、ラテン語、ドイツ語も読めます。たぶん話すこともできると思われますが、確認はできませんでした」

ウェストモアランド卿がすでに知っているはずのことを話しているのが、とてもばからしく思えて、マシューはためらった。「続けて」明らかに困惑しているマシューに、公爵がうっすらと微笑んで、そう言った。

心地悪さをおぼえながら、マシューはうなずき、話を続けた。「われわれが接触した人々の多くは、彼女と父親とのあいだにかなりの衝突があったことを口にしました。父親のせいだと言う者もいましたが、多くの者は、反抗的で手に負えない子どもを持った不幸なマーティン・ストーンに同情していました。十四歳のとき、ミス・ストーンはどうやら……あー……その、ポール・セヴァリンという紳士にかなり夢中になったもようです。セヴァリンはミス・ストーンよりも十歳年上で、彼女の子どもっぽい恋心を父親と同様、うれしく思っていませんでした。そのため、そしてストーンが娘の扱いに困り果てたため、娘が十六歳のとき、父親は彼女を叔母と叔父とともにフランスへ行かせました。そして叔父夫妻は彼女を、十七という、しきたりどおりの年齢でフランスの社交界にデビューさせました。それ以来、彼女はこの地でとてつもない人気を集めています。もちろん、彼女の父親の財政状態と持参金の欠如が知れ渡れば、その状況は劇的に変化するでしょう」マシューは自分の推測を口にし、それから申し訳なさそうに公爵をちらりと見て、手もとにある報告書の紹介にもどった。「ミス・ストーンは数多くの結婚の申しこみを受けかけていましたが、求婚者たちの意向を知るとすぐ、彼らを思いとどまらせてきました。彼女の叔父、エドワード・ギルバート卿に直接話をするところまで粘った紳士たちに関しては、その叔父がマーティン・ストーンにかわって断わったようです。報告によると、ミス・ストーンの礼儀作法は完全に社交界に受け入れられるものだそうですが、いささか風変わりなようです。この件で何か間違いはありましたでしょうか？」公爵が笑いだしたので、マシューは尋ねた。

「いや。間違いはない」クレイトンは喉の奥で笑った。「きみの情報はまことに正確だよ」

彼女が高貴な爵位を——とくに彼の爵位を——あざ笑ったとき、緑色の目が輝いたようすを、まだ頭のなかに思い浮かべることができた。「ほかに何かあるかね？」ようやくそう尋ねる。

「二、三、残っているだけです。彼女の叔父、エドワード・ギルバート卿はご存じのとおり、ここの英国領事館勤務で、評判に傷はありません。ミス・ストーンは、彼や彼の妻のレディー・アン・ギルバートとてもよい関係にあるとのことです。現在、多くの者の考えでは、ニコラス・デュヴィルが彼女に結婚を申しこむ寸前にあるようです。間違いなく、ギルバート卿にとっては、もっとも満足のいく求婚でしょう。デュヴィル家は、ご存じでしょうが、フランスの名門中の名門であり、ニコラスは跡取り息子です」

マシューはファイルを閉じた。「与えられた期間に調査できたのは以上です」

弁護士には勝手に物思いにふけらせておいて、クレイトンは立ち上がり、なだらかな緑の丘を見渡せる、広々した窓のほうへ歩いた。胸の前で腕を組み、窓枠に肩をもたせて、すばらしい眺めに目を向けながら、最後にもう一度、いまでは実行するつもりになっている計画について考える。

フランス滞在中、彼はしばしばホイットニーを目撃し、彼女に惹きつけられ、しつこい求婚者に彼女が肘鉄を食らわすようすに無言で快哉《かいさい》を叫んでいた。二度、ふたりは正式に紹介されたことがあった。一度めは、ホイットニーが幼なすぎて、クレイトンの守備範囲外だったし、二度めは、注意を惹こうとする求婚者たちに彼女が囲まれていて、ろくにクレイトンを見たり、名前に耳を傾けたりせず、うわの空の一瞥を投げてきただけだった。

その後は、ホイットニーを腕にいだくには、とてつもない時間と口説《くど》きが必要だと感じとって、さらなる接触を避けた。時間に関しては、クレイトンにはほとんど余裕がなかった。口説きに関しては、大人になってからは、積極的に口説く必要性を感じた覚えがない。少なくともその気のない女には、そうだ。女たちはみんな用意周到で、向こうのほうが熱心に口説いてきた。

そして四週間前、クレイトンはアルマン家の庭園でホイットニーに見とれながら、顔を下げて、彼女の柔らかで誘うような唇に浮かぶ冷笑を、ゆっくりとした終わりのないキスで封じてしまいたいという愚かな衝動を懸命に抑えていた。彼女を暗がりに誘いこみ、その場でものにしてしまいたかった。

彼女は魅惑的で刺激的な、生まれながらの妖婦《ようふ》だった。天使の微笑、ほっそりして官能的な女神の体、自然な魅力……。彼女を思い浮かべると、クレイトンはにやりとしてしまう。それにユーモアを解する心や、ばかばかしいことをあざ笑う態度は、自分とよく似ていた。クレイトンはこれからとる行動の理由を理解しようとしたが、あきらめた。彼女が欲しい。それだけで、理由はじゅうぶんだ。彼女は温かく、機知があり、蝶みたいに捕まえにくい。ほかの女たちと違って、彼を飽きさせないだろう。長年女性を相手にしてきた経験から、そうわかる。

クレイトンの心は決まった。向きを変え、急ぎ足で机へ歩く。「いくつか書類を用意してくれ。それから、ストーンが私の申し出を受け入れるさい、かなりの金が動くことになる」

「もしストーンが受け入れれば、です」マシューは反射的に訂正した。

ウェストモアランドの顔が嘲笑で歪《ゆが》む。「彼は受け入れる」

きょう、緊張していたものの、マシューは評判の高い弁護士であり、むずかしい問題を依頼人のために扱うとき、感情を見せないよう訓練を積んでいた。それでも驚くべき額の金をマーティン・ストーンに提供するという依頼人の言葉を書き取りはじめたときには、顔を上げ、呆然と公爵を見た。

クレイトンは窓辺に立ち、マシュー・ベネットを乗せた馬車が丘の曲がりくねった道をパリに向かって下るのを、うわの空で見つめていた。すでに彼の心は、早く決着をつけたいと逸《はや》っていた。ホイットニーが欲しかった。いますぐに欲しかった。しかしこのフランスで、列に並んでしゃれ男を演じ、ばかみたいに頭を下げて、彼女に求婚するのはごめんだ。どの女に対しても、たとえミス・ストーンに対しても、そんなことをする気はない。それに、彼はすでに長いことイングランドから離れていた。仕事の管理のためにも、ロンドンのそばにいる必要があった。

ストーン家の屋敷は街から数時間のところにあるから、クレイトンはどこか彼女に近い場所で、仕事も求愛もうまくこなすことができる。そこで彼は、ホイットニーの父親に、書類へのサインと金の移動が済んだらすぐ、娘をイングランドへ呼びもどさせようと決めた。

マーティン・ストーンが申し出を断わるとは一瞬たりとも思わなかったし、ホイットニーを自分の腕のなかへ誘う能力にはいささかの疑念も持たなかった。

心配なのは、ホイットニーと父親とのあいだにあったという衝突だ――ホイットニーがあまりにも早くこの取引に気づいたら、マーティン・ストーンに反抗するためだけに、反発する可能性がなくもない。クレイトンの本能は、ホイットニーが自分に敵対する立場にならざるを得なくなったら、彼女はとても手ごわい敵になるだろうと警告していた。ホイットニーとは面倒を起こしたくない。ホイットニーとは愛を交わしたいのだ。

そのうえ、クレイトンの正体と知名度が事を複雑にする。クレイトンとしては、田舎での求愛にかなり惹かれている。しかし、だれもが彼に腰を屈め、慎重に距離を置く状態で、どうやってそんなことができるだろう。それに、彼が辺鄙《へんぴ》な田舎に住んでいると新聞に知られたら、そこにいる理由をめぐって揣摩憶測《しまおくそく》が飛び交い、村人たちに一挙手一投足を好奇心たっぷりに監視される。ホイットニーを口説きはじめたら、なおさらだ。

ホイットニーは高貴な身分――とくに公爵――を低く評価しているから、彼女を手に入れるまでは、父親との取引だけでなく、正体も秘密にしておいたほうがいいかもしれない。

一週間後、マシューが公爵のフランスの別荘をふたたび訪れると、広いベランダに案内された。ウェストモアランドは広大な景色を背にして、飾りの付いた錬鉄製のテーブルに着き、何かの書類に向かっていた。「ブランデーをいっしょにどうだ、マシュー？」顔を上げずにきいてきた。

「はい、ありがとうございます」マシューは小声で答えた。公爵に名前で呼ばれ、親切にもブランデーを勧《すす》めてくれたことに、喜び、かつ驚いていた。クレイモア公爵が石の手すりのそばでうろつく従僕に肩越しに視線を送ると、何も言わないうちに飲み物が出てきた。数分後、公爵が書類をわきにやって、テーブルの向かい側の椅子に座ったマシューを見た。

マシューは気がつくと、従僕と同じように無言の命令に反応して、鞄から書類を取り出し、手渡していた。「ご依頼のとおり、ミス・ストーンの支出の財政的責任はあなたが引き受けるという条項を入れておきました。限度額の明記は希望されましたでしょうか？」

「いや、彼女の費用は完全にこちらが持つ」クレイトンがうわの空でつぶやいた。視線は書類の内容を追っている。数分後、書類をわきに置いて、マシューに向かってにやりと笑った。

「さて、きみはどう思う？」

「ミス・ストーンはどう思うでしょう？」マシューはそう応じて、笑みを返した。

「ミス・ストーンがどう思うかは、まだしばらくわからない。彼女はこの件について何ひとつ知らない。それを言うなら、彼女は私について何ひとつ知らない」

マシューは極上のブランデーを飲む行為で、衝撃を隠した。「そういうことなら、父親と娘に関して、あなたに運があるよう願っています」

運など必要ないというかのように、公爵がその申し出を手で払いのけ、椅子の背に体を預けた。「一週間以内にイングランドへ発ち、この件をマーティン・ストーンと話し合うつもりだ。彼の同意が当然得られるとすると、近くに滞在場所が必要になる。ロンドンのきみの父上に連絡して、居心地のいい場所を手配してくれないか？　質素なところでいい」そう付け加えて、マシューをさらに驚かせた。「できるなら、ストーンの地所から馬で三十分以内が希望だ。ミス・ストーンとの交渉に必要以上の時間をかけたくないし、父親の家と私の家との往復で時間を無駄にするつもりはない」

「質素なところで、ストーン家から三十分以内」マシューは当惑しながら言った。

弁護士が明らかにうろたえているのを見て、クレイトンの目がおもしろそうに輝いた。

「そのとおり。それからウェストモアランドではなく、ウェストランドという名で借りてくれ。うちの使用人と私の引っ越しが済んだら、可能なかぎり外部とは関わらないようにし、私は新しい隣人、クレイトン・ウェストランドで通す」

「まさかミス・ストーンにそう言うおつもりですか？」マシューはきいた。

「とくにミス・ストーンにはそう言い通す」クレイトンが喉の奥で笑った。

8

一カ月後、ギルバート家の威厳たっぷりの執事、ウィルソンが廊下を歩いてギルバート卿の書斎へ行き、郵便を手渡した。郵便の束のいちばん上は、イングランドからの手紙だった。五分後、書斎のドアが勢いよくあき、ギルバート卿が大声で執事に命じた。「レディー・ギルバートをすぐに呼んでくれ！　ぐずぐずするな。急げと言ったんだ」すでに黒い後ろ裾をはためかせながら廊下を駆けている執事に、彼はさらに言葉を投げた。

「なんなの、エドワード？」緊急の呼び出しに応えて、夫の書斎にやってきたアンが言った。

「これだ！」エドワードはマーティン・ストーンの手紙を妻に突き出した。アンは夫の青ざめた顔を見てから、手もとの紙に書かれた署名を見た。「ホイットニーを呼びもどそうというの？」辛そうな声で、そう推測する。

「わたしが明細を送れば、この四年間にホイットニーにかかった費用をすべて返すと言っている」エドワードは憤慨して言った。「それから、この手紙といっしょに大金を送ったから、帰国の前に〝服やアクセサリー〟を買ってやれとさ。あの男、自分を何様だと思っているんだ？　これまで娘に一ペンスも送ってこなかったのに。あの野郎！　わたしはあいつに明細を送らないし、ホイットニーにはりっぱな支度をととのえて帰国させてみせる。あの男の金など、くそ――」

「ホイットニーは帰国するのね」アンは椅子に座りこみながら、途切れがちに言った。「わ――わたし、彼は娘のことなんか忘れているって思いこもうとしていた」顔を輝かせて、「そうだわ！ す――すぐにマーティンに手紙を書いて、ニコラス・デュヴィルとの結婚をほのめかすのよ。それで時間を稼げる」

「手紙を読んでごらん。言い訳も遅延もなく、きっかり一カ月後にここを発つようにと、とても明瞭かつ不作法に書いてある」

アンは言われたとおりにした。視線がのろのろと文を追う。「残された時間で、友人たちに別れを言い、お気に入りの仕立屋と小物屋を訪れるようにと書いているわ」彼女は明るい面を見ようとした。「彼はこの四年で変わったのよ、きっと。流行の最先端のパリで服を注文するのにどれぐらい時間がかかるかなんて、考えたこともないような人だったんだから。もしかすると、ホイットニーが昔から好きだった若者から、結婚の申しこみがあったんじゃない？」

「結婚の申しこみはないよ」エドワードはぴしゃりと言った。「あったら、手紙のなかで自慢しているはずだ。私たちができなかったことをやってのけたと考えてね」妻に背を向けて、「いますぐホイットニーに知らせたほうがいい。私も少ししたら行く」

ホイットニーは待ちこがれていたはずの知らせを理解しようとして、呆然と立っていた。
「わ——わたし、家に帰れてうれしいわ、アン叔母さん」ようやくそう口にした。「ただ……」言葉が途切れる。

家に帰れてうれしい？ 家に帰るのは怖い！ チャンスが巡ってきたいま、失敗する可能性も出てきて、恐ろしい。お世辞を言い、崇拝してくれる男の人たちに囲まれながら思い悩むのと、帰国して、ポールに彼らのような視線で自分を見るよう仕向けるのは、同じではない。父との関係もなんとかしなくてはならないし、マーガレット・メリトンや、虫けらよりも劣っているという気持ちをいつも自分にいだかせた、たくさんの母親たちもいる。けれどこのフランスには、自分を愛し、いっしょに笑ってくれるアン叔母さんとエドワード叔父さんがいて、温かく幸せに暮らしていられる。

アン叔母さんが窓のほうに顔を向けたが、その頬に一粒の涙が流れるのをホイットニーは見逃さなかった。唇を噛む。もしアン叔母さんがわたしの帰国に不安をいだいているのなら、帰国は早すぎるということで間違いない。まだみんなと対決する準備がととのっていないのだ。ホイットニーは、何か安心させてくれるものを求めて、鏡に映る自分の顔を見た。パリでは、殿方たちは美しいと言ってくれる。ポールはそう思ってくれるだろうか？ 鏡はただちにその考えを潰《つぶ》した。すでに始まっている、と狼狽《ろうばい》しながら気がついた。自分のうわべが、この地を発つ前から、崩れていくのが感じられる。わたしは不器量で、不格好で、背が高すぎる——指までもが、昔のように、神経質にそわそわしていた。そして——鼻梁《びりょう》に——大嫌いだった雀斑のかすかな跡がまだ見える。ああ、いまいましい！　ホイットニーは突然自分にいらだちをおぼえながら、心のなかでそう叫んだ。雀斑がふたたび現われることはないし、指をそわそわ動かすことはないし、わたしはもうけっして昔みたいに短所や欠点をあげつらったりしないの！

胃のひどいむかつきが治まった。体内で何かが花を開きはじめる。希望だ。唇がうっすらとした笑みを形作った。わたしは帰国するんだ、と胸の内で言う。帰国して、ポールに会うんだ。自分がどれぐらい変わったのかをみんなに見せるんだ。いよいよ帰国するんだ！　けれど、帰国は、最愛の叔母や叔父との別れも意味する。

ホイットニーが鏡に背を向けると、アン叔母さんが声を出さずに泣き、肩を震わせていた。「身を引き裂かれるような気持ちよ」叔母さんが声を詰まらせる。

「大好きよ、アン叔母さん」ホイットニーはささやいた。熱い涙がこみ上げてきて、頬を落ちていく。「心の底から愛している」アン叔母さんが両手を広げ、ホイットニーはそのなかに跳びこんだ。叔母さんを慰め、叔母さんに慰められたいと思って。

エドワードはホイットニーの寝室の外でいったん立ち止まり、肩を角張らせ、悲しげな顔をこわばった、明るい笑顔になんとか変えた。手を背中でつなぎ、大股で部屋に入る。「ご婦人がた、楽しんでいるかい？」無理やり陽気な声を出し、泣いている女たちそれぞれをちらりと見た。

涙を流し、苦悩するふたつの顔が、あっけにとられ、彼を見る。「楽しんで……？」アンは信じられないという口調で言った。ホイットニーを見ると、ホイットニーもアンを見ていた。突然、ふたりはくすくす笑いだし、それから声をあげて、げらげら笑った。

「そう……あー……それでいい。笑顔が見られてうれしいよ」エドワードは女たちの過度に不安定な態度にとまどいながら、そうつぶやいた。それから咳払いをして、「きみがいなくなると寂しいよ。きみは私たちふたりにとって、祝福であり喜びだった」

ホイットニーの陽気さが消えてなくなり、新たな涙が彼女の目を刺激した。「ああ、エドワード叔父さん」途切れ途切れに言う。「わたし、けっして、絶対に、叔父さん以上に男性を愛することはないわ」

エドワードは目が曇るのを感じて、あわてふためいた。腕を大きく広げると、姪が飛びこんできた。やがて感情の嵐が過ぎ去り、三人はハンカチを握りしめながら、おどおどと視線を交わした。最初にエドワードが口を開いた。「まあ、イングランドは世界の果てにあるわけではない」

「と――隣りにあるわけでもないわ」ホイットニーはハンカチで目を押さえながら言った。

「向こうには友だちがいるだろ」エドワードは指摘した。「それにもちろん、きみが崇拝していた若者もいる――あのブロンド男は、目の前に宝石があるのに、それに気づくだけの脳みそがなかった。名前はなんだったかな？」

「ポール」ホイットニーは涙を浮かべながら微笑んだ。

「あいつはばかだ――さっさときみを奪えばよかったのに」エドワードは言葉を切り、それからホイットニーに顔を接近させて言った。「今度はそうするだろう」

「そうならうれしいわ」ホイットニーは熱っぽく言った。

「だろうと思っていたよ」言ったとおりだろう、という視線をアンに送って、エドワードは言った。「きみがこの地で求婚者たちを受け入れない理由は、イングランドに帰って、その男に求婚させたいからではないかと、いつも思っていたんだ。そういう計画なんだろう？」

「やってみるつもり」急に叔父がいたずらっ子のように見え、とまどいながら、ホイットニーは認めた。

「そうとなれば」叔父が続ける。「雪が降るころには、婚約しているな」

「できればね」ホイットニーは頰をゆるめて言った。

エドワードが何か思案するように、ズボンのポケットに手を入れる。「そういう場合、若い娘のそばには助言をくれる女性がいるべきだと思う。きっちり計画を立てないと、時間がかかるんだよ。のんびり屋を捕まえるには。その、なんとかいう名前の……」

「ポールよ」ホイットニーは夢中になって言った。

「そう、ポールだ。そこでだ」エドワードが考え考え言った。「叔母さんにそばにいてもらうというのはどうかな」眼鏡越しにホイットニーを見る。「いい考えだろう？」

「もちろん！」ホイットニーはそう叫んで、笑い声をあげた。「もちろん、もちろん、もちろん！」

エドワードはホイットニーを抱きしめ、その肩越しに、顔を輝かせている妻を見た。彼女の感謝の笑みで、彼自身の犠牲の埋め合わせにはじゅうぶんだった。「私はスペインへの出張を先延ばしにしている。きみたちふたりが発ったら、向こうで王国の仕事をする予定だ。そして一、二カ所に滞在してから、イングランドへ行き、きみの婚約者となる、のんびり屋におめでとうと言って、叔母さんを連れてここにもどってくる」

ホイットトニーに適切なスタートを切らせるためにアンを同行させれば、マーティン・ストーンに一杯食わせられる。そう思うと、エドワードは満ち足りた気持ちになり、マーティンがホイットトニーのために送ってきた大金に関して最初の決定を変えた。そのため、女性たちは毎日、一連の買い物に朝から出かけ、夕方帰宅すると、晩の行事のためにあわてて着替えたり、ベッドに倒れこんだりした。

レディー・アンとホイットトニーが出発する前日の晩、ニコラス・デュヴィルの両親はホイットトニーのために豪華なパーティーを開いた。その晩ずっと、ホイットトニーはニッキーに別れの挨拶をするのを恐れていたが、ついにその時が来ると、ニッキーのおかげでそれほど辛い別れとならなかった。

ふたりはニッキーの両親の広い屋敷の次の間で、ふたりだけの時間を数分間、手に入れた。ニッキーは暖炉のそばに立ち、片方の肩を炉額にもたせかけて、手のなかのグラスをぼんやり見ていた。「あなたに会えないと寂しくなるでしょうね、ニッキー」沈黙に耐えられなくなって、ホイットトニーは静かに言った。

ニッキーが視線を上げる。おもしろがっているような顔だ。「そうなの、シェリ?」ホイットニーが答える前に、ニッキーは付け加えた。「ぼくはそんなに長いあいだ寂しく思わないだろう」

驚きにホイットニーの唇が震え、笑いが漏れた。「騎士道にかなっていない、とんでもない発言ね!」

「騎士道は青二才や年寄りのためのものだ」声にからかうような抑揚をつけて、ニッキーが言う。「だが、ぼくは長いあいだ寂しく思わないよ。なぜなら、二、三カ月したらイングランドへ行くつもりだからね」

ホイットニーは首を横に振り、必死になって言った。「ニッキー、ほかに好きな人がいるの。イングランドにってこと。少なくとも、わたしはそう思っている。名前はポールと言って、それから……」ニッキーの顔に笑みがゆっくりと広がるのを見て、ホイットニーは言葉を途切らせた。

「彼はきみに会うためにフランスへ来たことがある?」ニッキーが用心深く尋ねる。

「いいえ、そんなこと、考えもしなかったでしょうね。ほら、わたしは昔は違っていたから——子どもっぽかったのよ。彼が覚えているわたしは、無謀で、手に負えなくて、あか抜けない少女で……なんでそんなふうににやついているの?」

「うれしいからだ」ニッキーが小さく笑い声をあげる。「ぼくのライバルがどんなやつかと何週間も悩んだ挙げ句、そいつがきみに四年も会っていず、きみがどんな女性になるか予想もできなかった間抜けな英国人だとわかって、うれしいんだ。国に帰るといい、シェリ」にやりと笑い、グラスを置くと、ホイットニーをぎゅっと引き寄せた。「心《ハート》に関しては、思い出は現実よりもずっと優しいと、きみはすぐに知る。そして、二、三カ月後にぼくが行って、きみに言いたいと思っていることを聞かせてあげよう」

ニッキーが求婚するつもりなのだとホイットニーはわかっていた。その点について、いま議論しても無駄だともわかっていた。ホイットニーの思い出が現実よりいいわけはない。なぜなら、いい思い出などひとつもないからだ。けれど、自分がぞっとするような行ないをしてきたことや、人前に出しても恥ずかしくない女性になるだろうとポールがどうしても想像できなかったわけを、ニッキーに説明したくなかった。

それに、ニッキーはどうせ聞こうとしなかっただろう。すでに首を曲げて、長く、猛烈に甘ったるいキスをホイットニーに求めていたからだ。

イングランド　一八二〇年

9

すばらしい九月の日に夕闇が迫り来るころ、ホイットニーは四輪馬車の窓から懐《なつ》かしい景色を熱い思いで見つめていた。家まであとほんの数キロメートル。

エドワード叔父さんの強い求めで、りっぱに旅支度が調えられていた。ホイットニーたちの馬車のほか、トランクや旅行鞄をどっさり積んだ馬車が二台、それにアン叔母さんの侍女とホイットニーの侍女クラリッサを乗せた四台めが続く。御者四人と騎乗御者四人に加え、騎馬従者も六人いて、馬車の前後に三人ずつ付き添っている。全体的に見てかなり派手やかな隊列になっており、ホイットニーはなばなしくもどるところをポールが見てくれたらいいのにと思った。

馬車が揺れて北へ向きを変え、家へ続く私道に入っていった。ホイットニーは震える手に薄紫色の手袋をはめ、父親に会ったとき完璧に見えるようにした。

「落ち着かない?」

「ええ。わたし、どんなふうに見える?」

レディー・アンは測るようなまなざしをホイットニーに向けた。額にかからないよう、豊かな褐色の髪を繊細な金線細工の飾りピンで留めた頭のてっぺんから、紅潮した顔、そして当世風な薄紫色の旅行用衣装へ。「完璧よ」

レディー・アンもホイットニーとほぼ同様にそわそわしながら、手袋をはめた。ホイットニーを家まで送ることで、妻がマーティン・ストーンから文句を言われる可能性を見越し、エドワードは最善策を打ち立てた。前ぶれなしにホイットニーといっしょに到着すれば、マーティンは彼女を迎え入れざるを得ないというものだ。そのときは夫の考えが賢明に思えたアンだったが、マーティンとの対決が近づくにつれ、招かれざる客であることに気詰まりを感じていた。

馬車が玄関前の幅の広い階段のところで停まった。従僕が扉を開けて踏み段を降ろすと、ふたりは上品な足取りで馬車に近づくマーティンを目で追った。ホイットニーはスカートの裾を集めて踏み段を降り、笑顔をアンに向けた。

馬車からアンが熱心に見つめていると、マーティンがあでやかで優雅な娘の前に立ち、そのまばゆいばかりの微笑みと向き合った。いやに堅苦しい、気どった声で、四年ぶりに会った娘に話しかける。「なんと、また背が伸びたな」

「それとも」ホイットニーは深刻な口調で応じた。

「お父さんが縮んだのか」

低い笑い声が漏れ、馬車のなかにいることを告げてしまったため、レディー・アンはやむなく家の主の前へ出た。マーティンはけっして感情をあらわにしないし、めったに優しさを見せないので、アンもあふれんばかりの優しさなど期待していなかったが、ぽかんと口をあけて見られるとも予想していなかった。そのとき、雷に打たれたような義兄の表情が警戒へ、そして怒りへと変わった。「ホイットニーを家まで送ってくれるとはご親切に」ようやく口を開いた。「いつ発《た》つつもりだね？」

「アン叔母さんは、二、三カ月いてくださるわ。わたしがここの暮らしに馴染《なじ》むまで」ホイットニーは急いで言葉を差しはさんだ。「叔母さんって親切よね？」

「ああ、親切だとも」マーティンがじつに腹立たしそうに同意する。「ふたりとも夕食の前にゆっくりしたらどうだ……ひと休みするとか、荷ほどきの指図をするとか。わしは書き物をしなくてはならん。あとで会《ま》おう」言い終えぬうちに家へ歩きだした。

父親の叔母への接しかたを目の当たりにした恥ずかしさと、懐かしい家にもどった喜びとの板ばさみで、ホイットニーはとまどっていた。階段を上がりながら、見慣れた古い家へ視線を漂わせた。落ち着いた色合いのオークの鏡板を張った壁には、イングランドの風景画や、額に入れられた先祖の肖像画が並んでいる。ホイットニーのお気に入りは、さわやかな朝靄《あさもや》に包まれた狩猟のようすをあざやかに描いた絵で、バルコニーの特等席とも言うべき、一対のチッペンデールの突出し燭台のあいだに掛かっていた。すべてが同じだけれど、以前とは違っていた。以前の三倍は使用人がいるらしく、増えた使用人たちの丹念な仕事のおかげで、家はぴかぴかだ。最近かけたつやだし剤によって、寄せ木の床のすみからすみまで、鏡板の壁のはしばしまで輝いている。廊下に並ぶ燭台は淡い光を放ち、足もとの絨毯は新品だった。

もとの寝室の戸口で、ホイットニーは立ち止まり、息を呑んだ。留守のあいだに部屋がすっかり模様替えされていた。うれしさに笑みを浮かべ、ベッドと天蓋《てんがい》、そしてゴールドと淡いオレンジの糸が織りこまれた、象牙色のサテン地の上掛けを見やった。窓にはその生地とよく調和するカーテンが掛かっている。「クラリッサ、すばらしい部屋じゃない？」感嘆の声をあげ、侍女のほうを見た。しかしそのぽっちゃりした白髪混じりの婦人は、馬車からトランクを運びこむ従僕たちの指図で忙しかった。興奮のあまり休む気になれないため、ホイットニーはクラリッサと新しい女中が荷ほどきするのを手伝った。

食事時間までに入浴と着替えを済ませても、侍女たちの荷ほどきはまだ続いていた。ホイットニーは廊下の先にある叔母の部屋へ行った。大きな来客用のスイートは模様替えされておらず、ほかの部屋と比べてみすぼらしく見えた。そのことと、父親の無礼な応対について謝りたいと思ったけれど、アン叔母さんは寛大な笑みを浮かべて制した。「気にしなくていいのよ」そう言うと、ホイットニーと腕を組み、階下へ下りた。

食事室では父親がふたりを待っていた。テーブルまわりの椅子が薔薇色のビロードに張り替えられ、重たげな房飾り《タッセル》でわきに引き寄せられた新しいカーテンと調和していることに、ホイットニーはぼんやりと気づいた。清潔なお仕着せを着た従僕ふたりが、食器棚の近辺をうろついており、べつのひとりが厨房《ちゅうぼう》から持ってきた蓋付き料理を銀のワゴンに載せて押していた。

「この家には、新しい使用人が二十人ほどいるみたいね」ホイットニーは礼儀正しくアンを席に座らせている父親に言った。

「前から使用人が必要だった」父がぶっきらぼうに応じる。「傷《いた》みが目だってきたからな」

四年ぶりに人からそんな口調で話しかけられ、ホイットニーは当惑して父親を見つめた。と、テーブルの上のシャンデリアが放つ明るい光に父親が照らされ、離れていたあいだに、黒かった髪が白髪になり、額に深い溝が刻まれ、口もとと目もとのしわも深まっているのに気づいた。四年間で十歳も年を取ったかのようなその姿に、ホイットニーは鋭い胸の痛みをおぼえた。

「なぜわしを見つめている?」マーティンが無愛想に言った。

昔もこんなふうにつっけんどんな応対をされていたのをホイットニーは悲しく思い出した。もっとも、そのときは、それなりの理由があった。けれどこうして家へもどったいまは、互いに反発するという過去のくり返しは避けたかった。「白髪になったのに気づいたから」

「そんなに驚くようなことか?」切り返してきたが、声のとげとげしさは和らいでいた。ホイットニーは細心の注意を払って父親に微笑み、そこで、以前は彼に笑みを向けた記憶がないことに思い当たった。「もちろんよ」まばたきをしながら言う。「わたしが成長するあいだにお父さんを白髪にさせられなかったのに、ほんの数年でそうなったのに驚いているの」

娘から微笑みかけられてびっくりしたようだが、マーティンはわずかに堅苦しさをゆるめた。「おまえの友だちのエミリーが結婚したのを知っているだろう？」ホイットニーがうなずくと、言葉を継いだ。「彼女が三度めのシーズンを経験したあとに父親から聞いたんだが、娘がふさわしい結婚相手と出会うのをほぼあきらめていたそうだ。が、いまやその縁組みは、村じゅうの話題をさらっておる！」その視線は責めるようにレディー・アンへ向けられ、ホイットニーにふさわしい相手を見つけられなかった彼女を非難していた。

レディー・アンが身をこわばらせたので、ホイットニーはあわててからかうように言った。「もちろんお父さんは、わたしにふさわしい結婚相手を見つけるのを、あきらめていないわよね？」

「いや」にべもなく言う。「あきらめた」

すばらしい結婚の申しこみをエドワード叔父さんがたくさん受けたことを父に話すようにと、ホイットニーのプライドが要求していた。しかし理性が警告する。エドワード叔父さんが相談なしに申しこみを断わったと知ったら、父が激怒するだろうと。どうして父はこれほど冷淡で近寄りがたいのだろう？　ホイットニーはみじめな気持ちで思った。ふたりのあいだの溝を埋められると期待していいのだろうか？　カップを置いて、もの言いたげな温かな笑みを投げかけ、軽い調子で言った。「四度めのシーズンが過ぎたいまも未婚の娘を持つはめになった、お父さんの屈辱感を軽減できるのなら、准男爵ふたりと、伯爵と、公爵と、王子から求婚されて、わたしが辞退したことを、叔母さんといっしょに言いふらしたのに！」

「それはほんとうかね、マダム？」父がアン叔母さんに嚙みつくように言う。「そんな申し出があったことを、なぜわしに知らせなかった？」

「もちろんほんとうのことじゃないわ」なんとか笑顔を保ちながら、ホイットニーは言葉をはさんだ。「本物の公爵ひとりとうその公爵ひとりに会っただけ——けれど、ふたりともいやな男たちだったわ。ロシアの王子にも会ったけど、もう王女に気に入られていた。だから、彼女が彼をあきらめて、わたしがエミリーに勝てる見こみはなさそうね」

しばらく娘を凝視してから、マーティンが唐突に言った。「あすの夜、おまえのためにちょっとしたパーティーを開くつもりだ」

ホイットニーは温かな喜びが体内を貫くのを感じ、父親がいらだたしげに言い直したときも、その余韻《よいん》に浸っていた。「厳密に言うと、ちょっとしたパーティーなどではない。そこらの連中をごっそり招待したお祭り騒ぎだ——オーケストラやダンスや何やら、まあ、ろくでもない催しだ！」

「すてき……に思えるけど」笑いをこらえた目を伏せて、どうにか言った。

「エミリーは結婚したばかりの夫といっしょにロンドンから来ることになっておる。みんな来るはずだ」

父親の感情の起伏についていけず、ホイットニーは会話を試みるのをやめ、あとは慎重に黙って食事をとった。デザートをほぼ食べ終わったとき、やっと父親が口を開いた。その声が不自然すぎるほど大きかったので、ホイットニーは驚いた。「新しい隣人ができた」声高に言い、自分でそれに気づいて、咳払いをしてから、自然な声音を取りもどした。「おまえのパーティーにも来るはずだ。彼と会ってもらいたい。男前の——独身男だ。馬の扱いにも長《た》けておる。先日、馬に乗っているのを見た」

ホイットニーは状況を呑みこみ、笑いだした。「まあ、お父さんったら」長いつややかな髪を揺らしながら言う。「結婚の仲介をする必要なんてないのに——望みがまったくないわけじゃないんだから」父親の表情から、この件ではユーモア感覚を共有できそうにないと判断して、調子を合わせ、まじめな顔で新しい隣人の名前を尋ねた。

「クレイトン・ウエストモア……クレイトン・ウエストランドだ」

レディー・アンのスプーンが皿に当たり、テーブルに落ちた。アンが細めた目でマーティンを見ると、彼は顔を変に赤らめ、にらみ返した。

父親のとげとげしい表情に気づいて、ホイットニーはその不機嫌さから叔母を救うことにした。スプーンを置いて立ち上がる。「旅のあとだから、叔母さんとわたしは早めに部屋に下がるわ」

驚いたことに、レディー・アンが首を横に振った。「あなたのお父さんとちょっとお話があるの。先に行っててちょうだい」

「そうだな」マーティンがあっさりと応じた。「ベッドに行くといい。叔母さんとわしは、仲よく話でもするよ」

ホイットニーが去ると、マーティンは従僕をさっさと下がらせ、警戒と困惑の入り交じった視線をアンに注いだ。「隣人の名前を聞いて、やけに妙な反応をしていたな、マダム」

レディー・アンが首を傾《かし》げ、義兄をじっと見る。「わたしの反応が〝妙〟だったかどうかは、彼の名前がクレイトン・ウェストランド、いえ、クレイトン・ウェストモアランドかどうかによるわ。その男性がクレイトン・ウェストモアランドなら、紹介されたことはないけれど、会えばすぐにわかるはずよ」

「たしかにウェストモアランドだ」マーティンは語気鋭く言った。「で、彼がここに来たのにはほかならぬ理由がある。静養だ――昔かかった病気のせいで、ときどき心身が消耗するそうだ」

あまりにばかげた説明に、アンはまじまじと彼の顔を見た。「冗談でしょ！」

「くそっ、わしが冗談を言ってるように見えるか？」いらだちの声をあげる。

「そんな作り話をほんとうに信じているの？」アンは確信を持てず、尋ねた。「休息が必要なら、クレイモア公爵が静養する場所はいくらでもあるわ。ここを選ぶことは、まずないでしょうね。これから冬が来るのだから」

「そうかもしれんが、公爵の説明はそうだった。人生の重荷から解放される必要を感じ、ここを選んだのだ。彼の素性を知るのは、わしと――いまはあんただけだから、わしらふたりが彼の正体を明かさなければ、公爵のプライバシーは守られる」

レディー・アンは二階の部屋でひとりになり、頭のなかのもやもやを整理しようとしていた。矢継ぎ早にアルマン家の仮装舞踏会の夜のことを思い起こす。あのとき、マリー・サンタレマンといっしょにいた灰色の瞳の長身の男性の名を、ホイットニーから尋ねられた。あの男性は間違いなく公爵だった。目も覚めるように美しいサンタレマンがクレイモアの愛人で、ほかの男性にはけっして自分の相手を務めさせないことは、周知の事柄だからだ。公爵はもちろん、彼女ひとりに関心を向けているわけではなく、サンタレマンが巡業でヨーロッパを回っているときには、ほかの美女たちをしばしばエスコートしている……。

まあいいわ。アンはサンタレマンのことを頭から追い出し、クレイモアが仮装舞踏会にいたことと、ホイットニーが彼について尋ねたことに思いを巡らせた。しかし、ふたりがいっしょに時を過ごしたわけがない。いっしょだったのなら、ホイットニーは尋ねるまでもなく彼が何者か知っていただろう。それに、クレイモアがここまでホイットニーを追って来たわけがない――あの娘《こ》が到着したときには、彼はすでにここにいたのだから。つまり、アルマン家の舞踏会でホイットニーが彼のことを尋ねたのは、たんなる偶然の一致にちがいない。しかも彼はいま、静かな隠遁生活を送っている。

レディー・アンの気分が晴れたのも、ほんの少しのあいだだった。あすの夜には、クレイトン・ウェストモアランドとホイットニーは引き合わされるだろう。ホイットニーが公爵を魅了するのは間違いない。それに関して、アンは確信していた。もし彼がホイットニーの獲得に乗りだしたらどうなるだろう？　アンは身震いして立ち上がった。女らしい顎をこわばらせ、意を決する。影響力のあるクレイモア公爵の正体を明かして、敵に回したいとは思わないけれど、公爵の名高い魅力と美しさの虜にホイットニーがなりそうだったら、彼の身元だけでなく、女性遍歴や素行のすべてをあの娘《こ》に明かそう！　クレイモアがホイットニーと会って恋に落ち、裕福でもなく（公爵の基準から見て）、貴族の出でもない事実に目もくれず、結婚を申しこんでくると夢見ることを、アンは一瞬たりとも自分に許すつもりはなかった。とんでもない！　高望みをしたばかりに悲嘆に暮れた娘を持って、困惑している母親が山ほどいるのだから！

レディー・アンは服を脱いでベッドに入ったが、この地にクレイトン・ウェストモアランドがいると思うと、長いこと寝つけなかった。ホイットニーも眠れずにいた。あすの夜のパーティーで、優雅に装い女らしくなって、はじめてポールと対面するときのことを、うっとりと考えていたからだ。

五キロメートルほど先では、ふたりの眠れぬ対象である当の本人たちが、クレイトンの仮住まいにいっしょにいて、カードゲームのあと、ブランデーを飲みながらくつろいでいた。暖炉のほうへ脚を伸ばしたポールが、グラスのなかの琥珀《こはく》色の液体を味わいながら、質問した。「あすの夜、ストーン家のパーティーに行くつもりかい？」

クレイトンは用心深い表情で応じた。「ああ」

「ぼくも絶対行くよ」ポールが喉の奥で笑う。「ホイットニーが様変わりしていなければ、きっと愉快な夕べになるだろう」

「珍しい名前だな――ホイットニーとは」クレイトンは控えめな好奇心をほどほどに示して、客が話を続けるように仕向けた。

「洗礼名だよ。聞いたところでは、父親が男の子が生まれると決めつけていて、とにかくその名前をつけたそうだ。彼は願いを達成したようなものだ。彼女ときたら、魚のごとく泳ぎ、猿のごとく木に登り、どの女性よりも馬の扱いがうまい。男物のズボンで現われたことがあったし――アメリカまで冒険の旅をすると言って、筏《いかだ》に乗って出発したこともあった」

「で、どうなった?」

「池の端にたどり着いたよ」ポールがにやっと笑って言った。「一応ほめておくと、あの娘の瞳は注目に値するもので――いや、だったと言うべきかな――見たこともないほど深い緑色だった」暖炉の火を見つめ、昔を思い出して口もとをゆるめる。「四年前に彼女がフランスへ発つとき、待っていてほしいと言われてね。ぼくが受けたはじめてのプロポーズだ」

謎めいた灰色の瞳の上方で、黒褐色の眉が上がった。「受けたのかい?」

「まさか!」ポールが笑い声をあげ、ゆっくりとブランデーを飲み下した。「まだ学校を出たばかりなのに、彼女はエリザベス・アシュトンと張り合うと決心していた。エリザベスがおたふく風邪になると、ホイットニーはもっと重い病気にかかることを望んだ。まったく!彼女は髪をもつれさせた小悪魔だった。礼儀作法のひとつとして、従ったことはなかった」

ポールは黙りこみ、ホイットニーがフランスへ発った日に思いを馳《は》せ、小さなペンダントを持っていってやったことを思い出した。でも、わたしはただの友だちじゃいや、と彼女は必死に訴えた。顔から笑みを消して、「彼女の父親のために」と同情するように言う。「ホイットニーが変わっていることを願うよ」

クレイトンはセヴァリンをおもしろそうに見つめるだけで、沈黙を決めこんでいた。

客が帰ったあと、クレイトンはゆったりと椅子にもたれ、思いにふけりながら、グラスのなかのブランデーを揺り動かした。ひいきめに見ても、他人になりすますこの生活は危険で、多くの人と近づきになればなるほど、自分の正体がばれる可能性が高まっていく。

きのうは、話題によくのぼるエミリー・アーチボルドが、自分のちょっとした知り合いと結婚しているとわかり、衝撃を受けた。その問題は、マイケル・アーチボルドと五分ほど個人的に会って、手を打っておいた。〝静養の必要性〟という説明を信じてもらえたとは思わなかったが、真の紳士である男爵がクレイトンの正体を伏せておいてくれるぐらい高潔だとはわかっていた。

きょう、ホイットニーといっしょにレディー・アン・ギルバートが到着したという事実は、もうひとつの予期せぬ厄介な問題だが、マーティン・ストーンのこの日二通めの手紙によると、ここに静養にきたという説明で、彼女も納得したようだ。

クレイトンは立ち上がり、これらの小さな出来事を頭から追い出した。正体がばれたら、普通の田舎の紳士としてホイットニーを追う楽しみは奪われるだろうが、法的な契約書は署名済みだし、ストーンに渡した金は、状況から判断して、せっせと費やされているようだ。それゆえ、クレイトンの究極の目標については、まったく心配がなかった。

10

　ホイットニーは窓を押し開け、田舎の新鮮な、すばらしい空気を吸いこんだ。趣味のいい青緑色の乗馬服をクラリッサの手を借りて着ながら、心のなかで、ポールのところへ朝の訪問をしてはどうかと考えていた。そのたびに、その不誠実な考えを押しやった。これから会いに行く相手は、エミリーなのだ。

　馬小屋は小道の先を左にそれたところにあり、高い柘植《つげ》の生け垣が母屋からの視界をさえぎっている。小屋は二十の馬房が両側に並び、広く張り出した屋根が、そこの住人である馬たちの日よけと保護の役目を果たしていた。小屋へ行く途中で、ホイットニーは立ち止まり、美しく懐かしい風景を賞賛のまなざしで眺めわたした。

　遠くのほうに、白く塗ったばかりの柵が楕円形に広がり、馬場の境界になっている。あそこで、祖父は、競馬大会に出す馬を決めるために、馬の速さをテストしていたものだ。走路の向こうには、樫《かし》やシカモアの木々が点在するなだらかな丘陵があり、その後、勾配《こうばい》が急になって、北東の地所の境界線に沿った、木の生い茂る丘まで続いている。

　馬小屋に近づくと、片側の馬房が馬でいっぱいなのを見て驚いた。それぞれの扉に真鍮《しんちゅう》の名札が留めてある。角の、いちばん最後の馬房のところで立ち止まり、名札に目をやった。「おまえはパッシング・ファンシーね」美しい鹿毛《かげ》の牝馬に話しかけながら、つややかな首を撫でる。「なんてかわいい名前なの」

「いまでも馬に話しかけておるな」後ろでくっくっと笑う声がした。

ホイットニーはくるっと振り返って、馬丁頭のトマスのかくしゃくとした姿に笑顔を向けた。トマスはホイットニーの少女時代の相談相手で、彼女の悪名高い癇癪《かんしゃく》の爆発や不運の数々を同情に満ちた目で見守ってきた人物だ。「馬小屋がいっぱいだなんて信じられない」挨拶を交わしてから、ホイットニーは言った。「これだけの馬を何に使うの?」

「運動させるのが中心だ。さあ、そんなとこに突っ立ってねえで。見せたいものがある」オイルと革のすてきなにおいに迎えられて、ホイットニーはひんやりした小屋へ入り、まばたきをして薄暗い光に目を慣らした。通路の突き当たりで、ふたりの男が横木に繋《つな》がれた見事な黒い牡馬を落ち着かせようとしていた。三人めの男が蹄《ひづめ》を切ろうとしている。牡馬は興奮していて、頭を上下左右に振ったり、ロープのゆとりが許す何センチかだけ前足を上げたりしていた。「デンジャラス・クロッシングだ」トマスが誇らしげに告げた。「こいつには、まさにぴったりの名前だろうが」

ホイットニーは見ただけで、またがったときに、その馬のりっぱな筋肉が収縮する感触を想像できた。「乗馬用に調教しているの?」

「ときどきな」トマスが喉の奥で笑う。「たいていは乗り手のほうが調教されそうになっとるが。世界一気分屋の動物なんでな。ある日、言うことを聞く素振りを見せたかと思えば、次の日には柵に体をこすりつけ、こちらを落とそうとする。何かにひどく興奮しようもんなら、雄牛さながらに突進してきおる」トマスが鞭を上げ、べつの馬房を示すと、その馬は拘束から逃れようとさらにいきり立った。

「どうどう！　落ち着け。落ち着くんだ」悪戦苦闘していた馬丁のひとりが息を弾《はず》ませながら言った。「トマス親方、その鞭を後ろにしまってもらえませんか？」

汗をかいている馬丁に申し訳なさそうな視線を向けて、トマスは鞭を後ろに隠し、ホイットニーに説明した。「こいつは鞭が見えるのがいやなんだ。おかげで、先週、そこにいるジョージなんぞ、鞭を使ってこいつを柵から離そうとして、もう少しで神とお近づきになるところだった。この牡馬のことはさておいて、見せたいものはべつにある」ホイットニーを連れて馬小屋の反対の入口へ行くと、べつの馬丁が、四本の脚が雪のように白い、見事な栗毛の去勢馬を引いていた――というか、引かれていた。

「カーンね？」ホイットニーはささやいた。トマスが返事をする前に、栗毛の馬は彼女の腰に鼻をすりつけ、ポケットを探した。まだカーンが子馬だったころ、そこに好物を隠していたのだ。「まあ、この子ったら！」笑い声をあげ、肩越しにトマスへ微笑みかける。「この子、どんなぐあいなの？　わたしが発ったころは、小さすぎて鞍《くら》もつけられなかったのよ」

「自分で試してみたらどうだ？」

ホイットニーはその気になった。鞭を歯でくわえ、手を上げて、青緑色のリボンをぎゅっと結び、うなじで髪をしっかり束ねる。デンジャラス・クロッシングが馬丁たちに向かって後ろ脚を蹴り上げ、獰猛《どうもう》さを発揮した。「鞭を隠せ!」トマスの鋭い警告に、ホイットニーはすばやく応じた。

カーンがうれしげに跳ねつつ、戸外へ引かれていく。ホイットニーはトマスに片脚を持ち上げてもらい、優雅に片鞍に乗った。カーンを開いた門へ向けて言う。「ちょっと練習不足なの。もしカーンだけがもどってきたら、わたしはここレディー・アーチボルドの実家のあいだにいるわ」

エミリーの家の私道をカーンに乗って速足で進んでいくと、大きな張り出し窓のカーテンが動いた。そのあとすぐ、正面の扉が開き、エミリーが飛び出してきた。「ホイットニー!」歓声をあげ、腕を広げて、ホイットニーと抱き合う。「ああ、ホイットニー、よく顔を見せて」笑い声をあげ、ホイットニーの両手を握ったまま、後ろに下がった。「あなた、とってもきれいよ!」

「あなたのほうこそ、すてき」ホイットニーは、明るい茶色の髪を今風に短くカットし、リボンを編みこんだエミリーの髪型に見とれた。

「それはわたしが幸せだからで、きれいだからじゃないわ」エミリーが言った。

ふたりは腕を組み、客間へ歩いていった。細身で砂色の髪をした、二十代後半の男性が立ち上がり、薄茶の目に笑みを浮かべた。エミリーが急いで紹介を始める。「ホイットニー、わたしの夫の――」

「マイケル・アーチボルドです」ホイットニーとのあいだに爵位という壁を築く機会を妻に与えず、あとを引き取った。率直な友情を示そうとする気どりのなさに触れ、ホイットニーはその細やかな思いやりを高く評価した。喜びにあふれた彼の妻もそのようだった。

しばらくして、彼は中座し、二時間ほど女ふたりで積もる話ができるようにしてくれた。

「けさ、ポールがここへ来たわ」ホイットニーが帰るためにやむなく立ち上がったとき、エミリーが言った。「父と何か話があったみたい」後ろめたそうな笑みが、エミリーのかわいい顔をよぎる。「わたし……あの……いけなかったかしら……ほら、つい軽い気持ちで……あなたがフランスでどれほど人気者だったか、ムッシュー・デュヴィルから聞いた話を受け売りしちゃったの。それにしても」その先を続けるときには、笑みが消えていた。「ムッシュー・デュヴィルは、マーガレット・メリトンの前であんなふうにあなたのことを話して、あなたのためになったとは言いがたいわ。あなたにぞっこんの殿方たちの話をして、彼女をひどく刺激したんですもの。それでマーガレットは、ますますあなたを憎むようになったのよ」

「どうして?」玄関へ歩きながらホイットニーは尋ねた。

「どうして彼女があなたをずっと憎んでいるかってこと? わたしたち全員のなかで、あなたがいちばん裕福だったからじゃないかしら。でも、いまやマーガレットはあなたの新しい隣人に夢中よ。もしかすると、彼女も不愉快な人間をやめて、たまにはいい人になるかも」

ホイットニーのきょとんとした表情を見て、エミリーが説明した。「ミスター・ウェストランド、あなたの新しい隣人のことよ。エリザベスからきのう聞いた話だと、マーガレットは彼を自分のものだと考えているんですって」

「エリザベスは元気?」ポールをめぐる恋敵《こいがたき》の話が出ると、マーガレットのことをすっかり忘れ、ホイットニーは尋ねた。

「相変わらずきれいで可憐よ。それから、どこへいくときも、ほとんどポールがエスコート役だということを知っておくといいわ」

そのことを考えながら、ホイットニーは馬を飛ばし、エミリーの父親が所有する開墾されていない野原を斜めに横切った。エリザベス・アシュトンは、ホイットニーの望むすべて——しとやかさ、慎み深さ、金髪、小柄な体、可憐さ——をつねに備えていた。

髪が風にあおられ、ベルベットのリボンから解き放たれて、ゆさゆさと揺れた。ホイットニーは自分の下で、カーンが優雅に筋肉を躍動させながら、驚くようなスピードで疾走しているのに気づいた。残念だったが、徐々に緩い駆け足にもどし、さらにスピードを落として森に入り、いまやホイットニーの記憶のなかにしか存在しない小道を歩かせる。兎《うさぎ》たちが下生えのあいだを跳ねまわり、栗鼠《りす》たちが木々を駆け上がったり、密集した草地をうろちょろしたりしている。やがて丘の頂上に達すると、ホイットニーは、幅のある小川に接する急勾配の草地を、慎重に下りていった。この小川は、父親の地所の北の部分を流れている。

ホイットニーはカーンから降り、手綱をオークの大木に巻きつけ、馬がおとなしくしているか確かめてから、なめらかな首を撫でてやり、草地を横切って小川へ向かった。ときどき足を止めては、大人になって鑑賞力が増した視線で周囲を見たり、晩夏に咲く野草やみずみずしいクローバーの香りを楽しんだりした。けれども、視線を上げ、肩越しに後ろを振り返ることはしなかったので、りっぱな月毛《つきげ》の牡馬にまたがった男に一挙手一投足をじっと見られているとは知らなかった。

ホイットニーが青緑色の上着を脱ぎ、右肩にさっと掛けたのを見て、クレイトンは口もとをゆるめた。彼女はパリ社交界のもろもろの束縛から解放され、軽快かつ魅力的な足取りで、豊かで長い髪を前後に揺らしながら、ゆったりと小川へ向かっていた。水際へと傾斜するなだらかな小山をぶらぶらと上がる。小山の上に歩哨《ほしょう》のように立つ、節だらけのシカモアの古木の下に座ると、乗馬靴を脱いで、ストッキングを下ろし、靴の隣りに投げた。

クレイトンが獲物に近づくべきかどうか思案するあいだ、またがった馬は落ち着きなく動いていた。ホイットニーがスカートを持ち上げ、小川へ入っていくのを見て、クレイトンは含み笑いを漏らし、心を決めた。馬の首をもと来た木立のほうへ向け、木々のあいだを抜けて、草地へ下った。

記憶とは違って、小川を歩くのはそれほど楽しくない、とホイットニーはすぐに気づいた。水が凍えそうなほど冷たかったし、足もとの岩が尖《とが》っていたり、滑りやすかったりした。用心して岸へ引き返し、草の上で手足を伸ばした。両肘をついて寝そべり、手のひらで顎を支え、両わきに垂れた髪をさざ波の立つ水面にたゆたわせながら、ものうげに、ふくらはぎを上げ下げして、濡れた足をそよ風で乾かす。小魚が浅瀬でささっと動くのを目で追い、今夜ポールと顔を合わせた瞬間のことを想像しようとしたとき、左手のシカモアの付近をちらっとよぎったものに気づいた。

視界の隅に、ぴかぴかに磨かれた高価な茶の乗馬靴が見えた。ホイットニーはぎょっとして横に転がり、すぐに上体を起こして膝を胸に引き寄せると、大急ぎで濡れたスカートを裸足のくるぶしまで引っ張った。

男は片方の肩をどうでもよさそうにシカモアにもたせかけ、胸の前でゆったりと腕を組んで立っていた。「釣りをしているのかな?」ホイットニーの体の温かな曲線へ視線をさまよわせ、乗馬用スカートの濡れた裾からのぞくつま先をちょっと眺めたあと、視線を上へ移動して女らしい部分をじっくりと検分し、ホイットニーに服を全部脱がされたかのような気分を味わわせた。

「監視しているの?」ホイットニーは冷たく言い返した。

男は返事もせず、あからさまに楽しげな表情で見つめている。ホイットニーは顎を上げ、堂々と見つめ返した。彼はとても背が高く、優に一メートル九十センチはあり、細身でとても魅力的だ。顎は引き締まり、形がよく、鼻はまっすぐ。そよ風が、ふさふさしたチョコレート・ブラウンの髪を軽くかき乱した。黒褐色の眉の下にある灰色の瞳が、興味津々にこちらを観察している。きれいに髭をそった顔はとてもハンサムだと思ったが、ぶしつけな視線に漂う強烈な男っぽさや、顎のあたりに滲《にじ》む揺るぎない威信や横柄さは、ホイットニーの好みにはほど遠かった。

「わたしはひとりになってみようと思って、ミスター……？」

「ウェストランドだ」名前を教え、真っ白なシャツを押し上げているホイットニーの豊かな丸い胸に視線を貼りつける。

ホイットニーが身を守るように胸の前で腕を組むと、男はわかっているという目つきで、ますます楽しそうに笑った。「ミスター・ウェストランド！」ホイットニーは憤然と言った。「あなたの方向感覚は、そのマナーと同様、乏しいようね！」

その辛辣な非難の言葉に、彼はいまにもおおっぴらに笑い声をあげそうだった。「おや、それはどうしてかな、お嬢さん？」

「不法侵入しているからよ」相手に立ち去る気も、詫《わ》びる気もなさそうなので、ホイットニーは自分が立ち去るしかないと思った。歯を食いしばり、うんざりした目でストッキングと乗馬靴のほうを見やった。

彼は木にもたれるのをやめ、ホイットニーのところまで歩いてきて、手を差し出した。「お役に立てますか？」

「もちろんよ」わざと冷ややかで不躾《ぶしつけ》な笑みを浮かべて答えた。「馬に乗って、立ち去ってちょうだい」

彼の灰色の瞳を一瞬何かがよぎったが、微笑みが消えることはなく、手は差し伸べられたままだった。「さあ、私の手につかまるといい」ホイットニーはその手を無視して、自力で立ち上がった。木にもたれて自分を観察する男に脚をさらさずにストッキングを履《は》くのは無理だったので、じかに乗馬靴を履いて、ストッキングは上着のポケットに押しこんだ。カーンのところへ素早く歩いていき、鞭を拾い上げ、倒れた木の幹を台にして、馬に乗った。見事な筋肉の付いた彼の月毛は、カーンのそばに繋がれていた。ホイットニーはカーンを急旋回させ、森に沿って全速力で進むよう促した。

「また会おう、ミス・ストーン」クレイトンがにやりと笑った。「きみは、ちょっとしたじゃじゃ馬だな」愉快そうに言う。

離れたところまで行くと、ホイットニーはカーンをゆるく駆けさせた。父親が高く評価する隣人がミスター・ウェストランドだとは、とても信じられなかった。今夜のパーティーに彼が招待されているのを思い出して、顔をしかめる。まったく、あの男は我慢ならないほど不作法で、ものすごくずうずうしくて、腹立たしいほど尊大なのに！　よくも父は彼を好きになれたものだわ。

まだそのことを考えながら、ぶらぶらと裁縫室へ入っていき、叔母の隣りに座った。「わたしがいまだれと会ったか、絶対当てられないと思うわ」そう叔母に言っているとき、昔からいる執事のスーエルが慎重に咳払いをして、告げた。「レディー・アメリア・ユーバンクがお目にかかりたいそうです」

ホイットニーは青ざめた。「わたしに？　まあ、どうして？」

「レディー・ユーバンクを薔薇の間へお通ししてちょうだい、スーエル」レディー・アンが言い、隠れ場所を求めて室内を見まわしているホイットニーを不思議そうに見つめる。「いったい何をそんなに動揺しているの？」

「叔母さんはあの人をよく知らないからよ。小さいころ、爪を噛んではいけませんって、よく怒鳴りつけられていたんだから」

「それじゃあ、少なくともあなたのことをとても気にかけてくれ、正してあげようと思っていたのね。この家のだれかさんとは違って」

「でも、教会のなかでよ」ホイットニーは必死に訴えた。

アンの笑みは温かかったが、決然としていた。「少し耳が悪くて、はっきりものを言う人だとは認めるわ。けれど、四年前、わたしに会いに来てくれた人たちのなかで、レディー・ユーバンクだけがあなたのことを好意的に話してくれたのよ。あなたには気骨があるって。それにこのへんの人たちに、彼女は大変な影響力があるわ」

「みんな死ぬほど彼女を恐れているからよ」ホイットニーはため息をついた。

レディー・アンとホイットニーが客間へ入っていくと、未亡人であるレディー・ユーバンクは磁器製の雉《きじ》のできばえを吟味《ぎんみ》していた。顔をしかめて好みに合わないことを示し、炉棚の上にもどしてから、ホイットニーに言った。「あのひどい代物《しろもの》は、あなたのお父さんの趣味のようね。お母さんなら、あんなものを家に置かせなかったと思いますよ」

ホイットニーは口をあけたが、なんと答えればいいのかわからなかった。レディー・ユーバンクが、豊満な胸の前に黒いリボンでぶら下げた片眼鏡に手を伸ばして、目にあてがい、ホイットニーを頭のてっぺんからつま先まで丹念に眺めた。「で、あなた、何か忘れてやしませんか?」

ホイットニーは子どものように両手を揉み絞りたいという衝動と闘い、礼儀正しく言った。

「ひさしぶりにお会いできて、うれしゅうございます、マイ・レディー」

「仰々しいこと!」未亡人が言う。「あなた、まだ爪を噛んでいるの?」

ホイットニーはいまにも目を白黒させそうになった。「いいえ、いまは噛んでいませんわ」

「よろしい。あなたはスタイルはいいし、器量よしなのですからね。では、きょう訪問した本題に入りましょう。あなた、いまでもセヴァリンを手に入れるつもりなの?」

「わたしが——なんですって?」

「お嬢ちゃん、耳が悪いと思われているのは、わたくしのほうよ。さあ、セヴァリンを手に入れるつもりなの、どうなの?」

ホイットニーは必死にあれこれ考え、返答を六つほど却下した。懇願するように叔母をちらりと見ると、お手上げで笑っているような目で見返してきた。ついに背中で両手を握り合わせ、自分を苦しめる人間の顔を直視した。「そのつもりです。できれば」

「ほら! そうだと思っていた!」未亡人が満足そうに言い、目を細める。「あなたには顔を赤らめたり、作り笑いをしたりする癖はないわよね? もしそうなら、フランスへもどったほうが身のためですからね。ミス・エリザベスは何年もそれをやっているのに、いまだにセヴァリンをものにできないのだから。あなたはわたしの忠告を取り入れて、あの若者を競争相手と競わせるのよ! 彼に必要なのは競争相手——女に対して自信過剰になっているし、ずっとそうだったから」レディー・アンのほうを向く。「この十五年間、うんざりする隣人たちが姪御さんの悲惨な未来を予言するのを聞いてきたのよ、マダム。でも、わたくしは常々、見所のある娘《こ》だと思っていました。これからは」満足げににやりと笑って、「あの人たちの目の前でこの娘がセヴァリンを仕留めるのを、のんびり見学しながら、笑いころげさせてもらうわ」片眼鏡を目にあてがい、ホイットニーの最後の検分を終え、唐突にうなずいた。「わたくしをがっかりさせないでね、お嬢ちゃん」

ホイットニーはあっけにとられたまま、未亡人が立ち去った戸口を見つめていた。「あの人、頭がちょっとおかしいと思う」

「狸《たぬき》みたいにしたたかなのよ」レディー・アンがうっすらと微笑む。「彼女の忠告、肝に銘じたほうがいいと思うわ」

うっとりとした面持ちでホイットニーは鏡台の前に座り、クラリッサが豊かな髪を器用にねじって、一連のダイヤモンド――父親がパリに仕送りしてくれたお金で最後に買った、いちばん贅沢な品――を絡ませ、凝った巻き毛を作るようすを見守っていた。耳の上に柔らかな巻き毛を下ろしてもらっているとき、夜風がカーテンを揺らし、ホイットニーの腕に鳥肌を立てた。今夜はこの季節には珍しく、涼しくなりそうだ。それはホイットニーには好都合だった。ベルベットのドレスを着たいと思っていたからだ。

ドレスの後ろを留めてもらっていると、何台かの馬車が私道に入ってくる音が聞こえ、押さえた笑い声が遠いけれどはっきりと、開いた窓から漂ってきた。わたしの過去のばかげた行動をあげつらって、笑っているのだろうか？　マーガレット・メリトンかだれかが、わたしの昔の恥ずかしい振る舞いをくすくす笑っているのだろうか？

気づかないうちに、クラリッサが支度を終え、そっと部屋を出ていた。ホイットニーは体全体に寒けをおぼえ、不安で、これまでの人生で経験したことがないほど、痛々しいぐらいに自信を失っていた。今夜のために、フランスで何年も訓練を積んできた。今夜は、ずっと夢に見てきた夜なのだ。

窓辺へ歩き、エリザベスは今夜何を着てくるだろうかと、ぼんやり思いを巡らせた。きっと淡い色調のものだろう。そして上品で人目を引くもの。象牙色にゴールドの混じったカーテンを開いて、下に目を向け、馬車がランプをきらめかせながら、弧を描く私道をやってくるのを眺めた。驚くべき数の馬車が次々に来て、階段のところで停車する。父は田舎の住人の半数を招待したにちがいない、と神経質になりながらホイットニーは胸の奥でつぶやいた。言うまでもなく、全員がその招待に応じた。彼らはわたしを眺めまわし、手に負えなかったころの欠点や痕跡を見つけたくてたまらないのだ。

ホイットニーの部屋へ足を踏み入れたとたん、アンはふと足を止め、ゆっくりと笑みを満面に浮かべた。ホイットニーの見事に形作られた横顔は、現実のものとは思えないほど美しかった。淡いピンクの肌に影を落とす長い睫毛から、つやのある赤褐色の巻き毛のあいだで光を放ったり、あるいは両耳の柔らかな巻き毛からのぞいたりしているダイヤモンドに至るまで、アンはすべてを見逃さなかった。曲線の美しい体は、ハイウエストで切り替えたエメラルドグリーンのベルベットのドレスにおおわれている。身ごろは胸にぴったりと沿い、スクエアカットの襟元から大胆なほど肌を露呈させていた。不謹慎なぐらいにあらわな胸もとを埋め合わせるかのように、袖はぴったりしたエメラルド色で、肩から手首まで肌はちらりとも見せず、指の近くまですっぽりとおおっている。前側と同じように、ドレスの後ろもべルベットのひだがあるだけの、飾り気のない優雅なデザインだった。

ホイットニーが見ていると、下で馬車が止まり、長身のブロンドの男性が飛び降りて、美しいブロンドの女性に手を差し出した。ポールが到着した。しかもエリザベスといっしょだった。窓からぱっと離れると、叔母が文字どおり跳び上がった。

「とってもきれいよ！」レディー・アンがささやく。

「ほんとうに気に入った――ドレスのことだけど？」ホイットニーの声は高まる緊張感でうわずっていた。

「気に入ったかですって？」アンが笑った。「あなたそのものよ！　大胆で、優雅で、独特」手を差し出す。その手から、すばらしいエメラルドのペンダントがぶら下がっていた。「けさ、お父さんがあなたのドレスの色をわたしに尋ねて、それからこれを渡してほしいと持ってきたの。あなたのお母さんのものよ」きらめく宝石を見つめるホイットニーに言った。

エメラルドは一辺が二センチ以上はあり、きらきらしたダイヤモンドで四方を囲まれていた。母のものではなかった。ずっと昔、母親の宝石箱にあった小さな宝物や装身具を愛おしむように触れて何時間も過ごした経験があるからわかる。しかし興奮していて、それを指摘する気にはならなかった。叔母がペンダントをつけるあいだ、身をこわばらせて立っていた。

「よく似合うわ！」ホイットニーの胸の谷間で輝く宝石の効果を確かめて、アンが感嘆の声をあげた。姪と腕を組み、一歩前に進む。「さあ――あなたの二度めの公式デビューの時よ」

ニコラス・デュヴィルがここにいて、今夜のデビューも手助けしてくれたらいいのに、とホイットニーは心から思った。

父親が階段の下で神経質に歩きまわり、舞踏室へ娘をエスコートするのを待ち構えていた。階段を下りてくる娘を見て、彼は途中で足を止めた。その顔に浮かんだ驚きと賞賛が、ホイットニーのぐらつく自信を支えてくれた。

大きく弧を描いた舞踏室の入口で父親が立ち止まり、遠くのアルコーブにいる楽士たちにうなずいた。音楽が急に止む。ホイットニーは人々の視線が自分へ向けられるのを感じた。どよめきがすぐに弱まり、話し声が小さくなっていき、不気味な静けさが広まった。ホイットニーは緊張しながら深呼吸をし、人々の頭上あたりに視線を定めると、父親に導かれて短い階段を下り、部屋の中央へ向かった。

何ひとつ見逃すまいとする静寂がホイットニーを追う。自分に勇気があれば、スカートの裾をつかんで逃げだすのに、とホイットニーは思った。ニコラス・デュヴィルの思い出にしがみついた。彼の誇り高く、陽気な優雅さや、あちこちへエスコートしてくれたときの彼の振る舞いが思い出される。彼ならば、身を屈めて、耳もとでこうささやいてくれただろう。

「連中はただの田舎者だぞ、シェリ！　頭をしっかり上げているんだ」

人々のあいだを、赤毛の青年が押し分けてやってきた。ピーター・レッドファーンだ。子どものころ、彼に容赦なくいじめられたものの、数少ない友だちのひとりでもあった。二十五歳になったピーターは、額の生え際をやや後退させていたけれど、持ち味とも言える少年っぽさはいまも健在だった。「これは、これは！」ホイットニーの真ん前に立つと、ピーターが手放しで賞賛した。「これが、あのやんちゃだったきみなのかい！　雀斑《そばかす》はどうしたんだ？」

ホイットニーは、この品のない挨拶にあきれはて、笑い声をあげそうになったのを呑みこみ、差し出された手に自分の手を重ねた。「ピーター、あなたの髪の毛はどうしたの？」と逆襲して、にこやかに笑いかける。

ピーターが大笑いすると、沈黙の呪縛が解けた。客たちがいっせいに話を始め、ホイットニーに近づいてきて、挨拶を交わした。

期待と緊張がすぐに高まったが、ホイットニーは向きを変えてポールを捜したいという欲求を抑えた。時が刻まれていくなか、決まりきった返事を何度も何度もくり返した。ええ、パリは楽しかったわ。ええ、エドワード・ギルバート叔父さんは元気です。ええ、そのトランプの集まりや晩餐《ばんさん》会に、喜んで出席させていただきます。

十五分後、ピーターはまだそばにいて、ホイットニーは薬屋の妻と話していた。左手の、地元の娘たちやその夫たちが立っているあたりから、マーガレット・メリトンの聞き慣れた、悪意に満ちた笑い声が聞こえてきた。「彼女、パリで物笑いの種になって、あちらの上流社会ではほとんど敬遠されてたそうよ」マーガレットが彼らにしゃべっている。

ピーターも彼女の声を耳にして、ホイットニーににやりと笑いかけた。「マーガレット・メリトンとそろそろ話をしたらどうだ。彼女を永遠に避けるわけにはいかないんだから。それに、きみがまだ会っていない人といっしょだよ」

ピーターに促され、ホイットニーはしぶしぶ子ども時代の宿敵のほうを向いた。

マーガレット・メリトンが、クレイトン・ウェストランドの赤紫色の袖にわがもの顔に手を置き、立っていた。きょうの午後なら、ホイットニーはこれ以上クレイトンを嫌いになることはないと断言しただろうが、マーガレットといっしょにいるところを見て、彼女の毒舌に耳を傾けているのを知ると、初期の反感は本物の嫌悪に変わった。

「あなたがフランスで結婚相手を見つけられなくて、みんなとてもがっかりしてるのよ」悪意をオブラートに包んで、マーガレットが言う。

ホイットニーは冷ややかな軽蔑のまなざしで彼女を見た。「マーガレット、あなたが口を開くたびに、また無駄話が聞けるって思ってしまうの」そう言ってから、スカートを持ち上げ、エミリーのほうを向いて話をしようとしたとき、ピーターに肘をつかまれた。「ホイットニー、ミスター・ウェストランドを紹介しよう。彼はホッジズ家の屋敷を借りていて、フランスからもどってきたばかりだ」

まだマーガレットの中傷に傷ついていたホイットニーは、クレイトン・ウェストランドがフランスからもどってきたばかりなら、自分が向こうでのけ者にされていたといううそを、マーガレットに吹きこんだ張本人にちがいないと早合点した。「田舎暮らしはいかが、ミスター・ウェストランド?」退屈で関心がないという声で尋ねた。

「これまでのところ、住人のほとんどはとても友好的でしたよ」彼が意味ありげに答える。

「そうでしょうとも」ホイットニーは、小川のとき同様、彼の視線が自分を裸にしていくような感覚をおぼえた。「たぶん、あなたの地所の境界線をちゃんと教えてくれるくらい〝友好的〟な人もいるでしょうね。きょうの昼間のあなたのように、家《うち》の地所に無断侵入して、恥ずかしい思いをしないで済むように」

周囲に、驚きのあまり沈黙が落ちた。クレイトン・ウェストランドの顔から、おもしろがるような表情が消える。「ミス・ストーン」ぎこちない忍耐を含ませた声で言う。「われわれは出だしを少々誤ったようだ」ダンスフロアのほうへ頭を傾けて、「よろしければ、踊っていただけませんか……」

彼がそれ以上何か言っても、ホイットニーの耳には届かなかっただろう。なぜなら、すぐ後から耳もとに、胸が痛くなるほど懐かしい低音の声が発せられたからだ。「すみません、今夜ここにホイットニー・ストーンがいると聞いたんですが、見あたらないもので」彼の手が肘に触れると、ホイットニーの脈拍数が急上昇した。彼女はゆっくり振り向いて、ポールと対面した。

視線を上げ、この世でもっとも青い瞳を覗きこむ。無意識のうちに両手を差し出し、ポールの力強くて温かい手にしっかりと包まれるのを感じた。この四年間、この瞬間が来たら気の利《き》いた言葉をかけようと何度も練習した。しかし、愛しいハンサムな顔を見上げて、口から出たのはこれだけだった。「こんにちは、ポール」

顔にうれしそうな笑みが徐々に浮かぶ。彼は腕を曲げ、ホイットニーにつかませた。「ぼくと踊ってくれ」さらりと言った。

ホイットニーが胸を震わせながら、ポールの腕に手をからませると、彼の手が腰に回され、引き寄せられるのを感じた。指先に触れる彼の美しい紺青色の上着が生き物のように思え、ホイットニーは手のひらを滑らせ、撫でまわしたくてたまらなかった。いまこそ、パリ時代のような落ち着きのある明るい女性として振る舞うべきだとわかっているのに、十五歳にもどったかのように、思考が混乱し、常軌を逸した。「あなたが大好き。ずっと好きだったわ。いま、あなたはわたしを欲しい？　あなたが欲しいと思うぐらい、わたしは変わった？」そう言いたくてたまらなかった。

「ぼくに会えなくて寂しかった？」ポールが尋ねた。

彼の口調に自信を聞きとって、ホイットニーの頭のなかで合図の鐘が鳴る。ホイットニーは直感の命ずるまま、挑発的に微笑んで見せた。「どうしようもないほどあなたが恋しかった！」大げさすぎると思わせるくらい強調して言った。

「どのぐらい〝どうしようもなかった〟？」ポールがにやりと笑って、さらに追求する。

「心の底から寂しかったわ」パリで人気者だったという話をエミリーから聞かされていると

じゅうぶん承知のうえで、ホイットニーはからかった。「じつのところ、寂しすぎて病気になりそうだった」

「うそつきめ」ポールは愉快そうに笑い、わがもの顔で腰に回した手に力をこめた。「けさ聞いた話とは違うな。きみはあるフランスの貴族に、もし彼のうぬぼれに負けないぐらい、その爵位にも感じ入ったら、彼の提案を受ける気になってしまうだろうと、言ったとか、言わなかったとか。どうなんだい？」

ホイットニーはゆっくりうなずいた。笑いたくて唇が震えている。「言ったわ」

「どんな提案だったのか、尋ねてもいい？」

「だめよ」

「ぼくは彼に決闘を申しこむべきかな？」

ホイットニーは舞い上がった。ぼくは彼に決闘を申しこむべきかな？　ポールがわたしとふざけ合っている。ほんとうにふざけ合っている！

「エリザベスは元気？」言い終える前に、フランス語と英語で自分をののしった。そして満足げな笑みがポールの顔をよぎるのを見ると、自己嫌悪で地団駄を踏みたくなった。

「彼女を見つけてくるから、自分で確かめるといい」ポールが心得顔で目に笑みを浮かべたとき、音楽がうねりを上げて終わった。

ホイットニーは大失敗の屈辱から立ち直ろうとしながら、ポールに連れられてクレイトン・ウエストランドたちのところへ向かっていることに気づいた。このときまで、彼からダンスの誘いを受けている最中に、背中を向けてポールと立ち去ったことをすっかり忘れていた。

「きみがダンスを申しこもうとしていたとき、ぼくがミス・ストーンを横取りしたんじゃないかな、クレイトン」ポールが言った。

先ほどしでかした不作法な振る舞いからすると、ふたたび誘われるのを待ったが、クレイトンはそんな素振りをまったく見せない。悔しさをにじませた姿をみんなに目撃されながら、ホイットニーはその場に立ちつづけ、ついには怒りと恥ずかしさで顔を赤らめた。そのときになってようやく、クレイトンが腕を差し出し、めんどくさそうに言った。「ミス・ストーン」

「いいえ、遠慮するわ」ホイットニーは冷ややかに言った。「踊る気にならないの、ミスター・ウェストランド」くるりと向きを変えて、不作法な田舎者とできるだけ距離を置くため、部屋の反対側へと歩き、アン叔母さんがいる集団に加わった。そこに五分ほど立っていたとき、父親が現われ、肘に手をかけ引っ張られた。「おまえに会わせたい人がいる」有無を言わせぬ口調で言う。

その口調にもかかわらず、ホイットニーは、父親が今夜、娘をとても誇らしく思っているとわかった。だから喜んでついていった。舞踏室をぐるりと歩き……やがて、どこに連れていかれるのか気がついた。まっすぐ前方で、クレイトン・ウェストランドがエミリーとその夫と笑いながら話をしていた。マーガレット・メリトンはまだ彼の腕にしがみついたままだ。

「お父さん、お願い！」ホイットニーはあわてて小声で言い、引き返そうとした。「わたし、彼は苦手なの」

「ばかなことを言うんじゃない！」父親はいらだたしげに言って、無理やりその先へ引っ張っていった。「この娘《こ》ですよ」陽気に声を張り上げる。それからホイットニーのほうを向いて、まるで九歳の子に言い聞かせるように言った。「お辞儀をして、友人であり隣人でもあるミスター・クレイトン・ウェストランドに〝はじめまして〟の挨拶をしなさい」

「もう顔合わせは済んでいます」クレイトンがそっけなく言う。

「済んでいるの」ホイットニーは弱々しくくり返した。頬をほてらせ、クレイトンのあざけるような視線に耐える。父親の前で恥をかかせるようなことを言ったりしたりしたら、彼を殺してやろうと思った。生まれてはじめて、父親に好ましい人物だと、自慢の娘だと、思ってもらえたからだ。

「そうか、よしよし」父親はそう言うと、期待のまなざしをホイットニーからクレイトンへと向けた。「じゃあ、ふたりで踊ってきたらどうだ？　音楽は踊るためにあるのだから――」

ふたりで踊ることはない、とホイットニーは即座に悟った。頭に銃を突きつけられても、二度とダンスを申しこむ気はないと、クレイトンの冷淡な表情が語っている。虫けらよりもみじめな気分で、ホイットニーは彼を、そしてダンスフロアをすがるように見て、あからさまに誘った。

クレイトンの眉が嫌みたらしく上がる。その不愉快な一瞬で、ホイットニーは自分の誘いが無視されると思った。しかし彼は肩をすくめると、腕を差し出しもせず、ダンスフロアへ歩いていった。ついていくか、その場に留まるかは自分で決めろというわけだ。

ホイットニーはあとを追ったが、一歩ごとにクレイトンを恨んだ。後ろを歩きながら、赤紫色の上着の背中をにらみつける。けれど、彼が振り向くまで、笑っているとは気づかなかった。ホイットニーの屈辱的な姿を、彼はおもしろがっていた。

ホイットニーは彼のほうへ歩いていき、そばを通り過ぎた。踊る人々のなかにぽつんと置き去りにするつもりだった。

彼の手がさっと伸び、ホイットニーの肘をつかんだ。「やめておけ！」そうたしなめると、声をあげて笑い、ワルツを踊るためにホイットニーをくるりと回して自分のほうへ向かせた。

「ダンスを申しこんでくれて、ほんとうに親切ね」ホイットニーは皮肉っぽく言って、しぶしぶ彼の腕のなかに入った。

「それがきみの希望じゃなかったのか？」そ知らぬ顔で尋ね、返事を待たずに付け加える。「自分で申しこむのがきみの好みだと気づいていれば、こちらから二度も無駄に申しこまなかったのにな」

「なんてうぬぼれが強くて、失礼で――」父親の心配そうな視線に気づいて、ホイットニーはにっこりと彼に笑みを投げ、とても楽しくやっているふりをした。視線がそれたとたん、ダンスのパートナーをきっとにらみつけ、先を続けた。「――口では言い表わせないほど、しゃくにさわる――」クレイトン・ウェストランドが肩を揺すって笑いだしたので、ホイットニーは怒りで言葉に詰まった。

「続けるんだ」にんまりとして、クレイトンが促す。「こんなに大目玉を食らうのは、子どものとき以来だ。さて、どこまでいっていたかな？　私が〝口では言い表わせないほど、しゃくにさわる〟だったか――？」

「ものすごくずうずうしくて」奮然と言ってから、ほかにぴったりの言葉を探す。「――それに、紳士らしくない！」

「私を大変むずかしい立場に立たせてくれたものだな」クレイトンが軽く茶化《ちゃか》した。「自分を弁護するには、今夜のきみの振る舞いを指摘する以外に方法がないのだから。淑女らしくない、と」

「笑って、お願い。父がわたしたちを見ている」ホイットニーはそう言うと、口もとに笑みをこしらえた。

クレイトンはすぐに応じた。白い歯を見せて、めんどうくさそうに笑ったが、視線はホイットニーの柔らかな唇に貼りつけた。

その視線が離れようとしないので、ホイットニーは彼の腕のなかで身を硬くした。「ミスター・ウェストランド、こんな不愉快な対決、もうじゅうぶんよ！」

ホイットニーは身をはがそうとしたが、彼の腕に力がこもり、彼女を行かせまいとした。「きみだって恥をさらしたいとは思わないだろう、かわいい人」警告の言葉。ホイットニーは彼に導かれるままに動くしかなかったので、その不適切な呼びかけを無視して、肩をすくめ、目をそらした。「すてきな夕べだね」クレイトンが甘ったるい声で言ってから、小声で忠告する。「きみのお父さんが、またわれわれを見ている」

「すてきな夕べだったわ」ホイットニーは言い返した。クレイトンの返答を待ったが、数秒たってもなんの反応もないので、不安げにちらりと彼を見た。彼はこちらを凝視していたものの、からかわれて怒っているようすはない。突然、ホイットニーは自分が愚かで意地悪いと思った。たしかに彼はきょうの午後、小川で目に余る振る舞いをしたが、彼に対する今夜の自分の言動もほめられたものではない。悔悟の微笑みが、ホイットニーの瞳をあざやかな翡翠《ひすい》色にした。その目でクレイトンを見る。「今度はあなたが、わたしに不作法に振る舞う番だと思う」

公平に申し出た。「それとも、わたし、数え間違ったかしら？」

ホイットニーの急な態度の変化を認めて、クレイトンは目もとに笑みを浮かべた。「五分五分ってところだろう」そっと言う。

彼の深みのある声、灰色の瞳、そして軽やかなワルツのステップのどこかに、ホイットニーのぼんやりした記憶を呼び起こすものがあった。彼に見つめられているのも忘れて、ホイットニーはその目を覗きこみ、心の奥に引っかかっているものの正体をつかもうとした。

「ミスター・ウェストランド、以前、会ったことがある？」

「もし会っていたとしたら、きみに忘れ去られているとは遺憾《いかん》だな」

「会っていたとしたら、わたしが忘れるわけがないでしょう」ホイットニーはお世辞を言い、その考えを退《しりぞ》けた。

クレイトンとホイットニーがダンスフロアを出ると、ポールが約束どおりにエリザベスを連れてきた。エリザベス・アシュトンは美しくてもろい磁器の人形みたいだ、とホイットニーは絶望的な気持ちで思った。ピンクの頰と輝く金色の巻き毛を引き立てる、薄青色のサテンのドレスに身を包んで、エリザベスが柔らかな感嘆の声をあげる。「あなただなんて、信じられないわ、ホイットニー」

もちろん裏を返せば、以前は見栄えがよくなかったので、この変貌ぶりが信じられないという意味になるが、クレイトンに腕をからませて歩み去るエリザベスを見て、侮辱をこめて言ったのではないだろうとホイットニーは思った。

エリザベスがクレイトン・ウェストランドと踊っているので、ポールがもう一度ダンスを申しこんでくれるのをホイットニーは期待して待った。が、そうはならず、ポールは顔をしかめて唐突に言った。「紹介されたばかりの男女が踊りながら見つめ合うのが、パリの風習なのかい？」

ホイットニーは驚いてポールを見た。「わ――わたしはミスター・ウェストランドを見つめたりしていないわ。全然知らない人なのに、見覚えがあるような気がしただけ。そんな経験はない？」

「今夜、ぼくもそんな気分になった」ポールがそっけなく言う。「きみはぼくの知り合いだと思っていた。いまは、知り合いなのか確信が持てない」くるりと背を向け、去っていった。

取り残されたホイットニーは、その後ろ姿をじっと見た。昔なら、後を追って、わたしが欲しいのはあなたよ、あなただけ、クレイトン・ウェストランドではない、と言って彼を安心させただろう。でも昔とは違い、ホイットニーはずっと思慮深くなっていたので、笑みを浮かべ、反対のほうを向いた。

ポールは二度と近寄ってこなかったが、ホイットニーは田舎の若者たちと踊って、楽しく夜を過ごした。自信過剰のポールと、嫉妬してよそよそしいポールのどちらかを選べと言われれば、後者のほうがずっとよかった。レディー・ユーバンクは正しい、とホイットニーは結論を下した。ポールが必要としているのは、競争相手だ。

翌日の正午近くになって、ホイットニーは目を覚ました。間違いなくポールが訪ねてくると思い、上掛けをはねのけ、ベッドから飛び出た。

ポールは来なかったが、隣人が数人来た。ホイットニーは楽しく陽気に午後を過ごそうとしたが、心は沈む太陽とともに落ちこんだ。

その夜、ベッドのなかで、あすはポールが絶対に来る、と自分に言い聞かせた。だがあすが来ても、ポールが来る気配はなかった。

その翌日、やっと彼に会えた。それもまったくの偶然だった。ホイットニーとエミリーは村から帰るところで、ふたりの馬はほこりを立てながら道を歩いていた。「あなたのパーティーの翌日、ミスター・ウェストランドがロンドンへ呼び出されたのを知っていた?」エミリーが尋ねた。

「父がそんなようなことを言ってたわ」ポールのことを考えながら、ホイットニーは言った。「明日にはもどってくるらしいけれど。それがどうかした?」

「うちの母がマーガレットのお母さんから聞いた話によると、マーガレットは彼の帰りを指折り数えて待っているんですって。マーガレットが彼に狙いをつけているのは間違いなさそうよ。で——」エミリーは言いかけたまま、目を細めて道の向こうを見た。「わたしの見間違いでなければ」からかうように、ホイットニーをちらりと見る。「あなたのお目当ての人と顔を合わせることになりそう」

ホイットニーは身を乗りだし、猛烈な勢いでこちらに駆けてくるしゃれた軽四輪馬車を認めた。乗馬用スカートを撫でつける間もなく、ポールがそばに来た。馬車を停め、ホイットニーに礼儀正しく挨拶したかと思うと、エミリーに関心のすべてを向け、慇懃《いんぎん》な軽口でほめそやす。とうとうエミリーが結婚している身だからと言って、彼をあしらった。

ポールのりっぱな黒毛にたちまち反感を持ったカーンをなだめながら、ホイットニーはふたりの会話に耳を傾けた。「あした、レディー・ユーバンクのところの集まりに行く?」ポールが尋ねている。沈黙が続いたので、ホイットニーが目を上げると、ポールがこちらを見ていた。

「あした、レディー・ユーバンクのところの集まりに行く?」ポールが質問をくり返す。

ホイットニーは鼓動が速まるのを感じながら、うなずいた。

「じゃあ、そこで会おう」それだけ言うと、ポールは手綱をさっと振って馬車を出した。エミリーは向きを変え、道をさっそうと走っていく馬車を見えなくなるまで目で追った。「これが、わたしが経験したうちでいちばん風変わりな出会いでないとしたら、ほかに何があるの!」ホイットニーを見る彼女の顔に、笑みが徐々に広がっていく。「ポール・セヴァリンったら、あなたを無視しようと必死になっていた。ホイットニー!」興奮気味の声。「それって、かなり変じゃない?」

「全然」ホイットニーは落胆のため息をついた。「覚えているでしょうけれど、ポールはいつだってわたしを無視していた」

「ええ、わかっている」エミリーはくすりと笑った。「でも、あのころのポールは、あなたに目もくれず、ずっと無視していた。ついさっきのポールは、わたしと話をしながら、ずっとあなたを見ていたわ。それに、このあいだのパーティーの夜も、あなたが見てないときに、しきりにあなたを見ていたのよ」

ホイットニーは手綱をぐいと引いて、カーンを停めた。「ほんとうに見ていたの? 間違いない?」

「もちろん、間違いないわよ、おばかさん。わたしはね、あなたのことを見る彼を見ていたんだから」

「まあ、エミリー」ホイットニーは声を震わせながら笑った。「来週、あなたがロンドンに帰らなければいいのに。あなたがいなくなったら、わたしが耳にしたいことを、だれが聞かせてくれるの?」

11

レディー・ユーバンクのパーティーの夜までに、ホイットニーは期待と不安を徐々に募《つの》らせていった。早々と支度をして、玄関ホールで叔母を待った。ドレスは、きらきら光るシルバーのスパンコールが付いた、濃紺色のシフォン。ダイヤモンドとサファイアが耳と首もとに輝きを添え、ギリシア風に結《ゆ》った優雅な巻き毛のあいだからきらめきを発している。

「アン叔母さん」レディー・ユーバンク邸へ向かう馬車のなかで、ホイットニーは言った。「ポールはエリザベスをほんとうに愛していると思う?」

「愛しているなら、ずっと前にプロポーズしていたでしょうね」陰気で古めかしい屋敷の、長い私道へ馬車が入ると、アンは手袋をはめた。「それに、お友だちのエミリーはまったく正しいわ――あなたのパーティーの夜、彼はたえずあなたを見ていた。だれにも見られていないと思っているときにね」

「じゃあ、どうしてなかなか誘ってくれないのかしら?」

「ねえ、彼の立場というものもあるでしょ。四年前には、みんなが知ってたように、彼はあなたの一途《いちず》な愛情を迷惑がっていた。けれど、いまは気持ちをひるがえし、あなたに晴れて言い寄ろうかと悩んでいるわけだから」アンがホイットニーの浮かぬ表情を見て微笑む。「速い展開を望むのなら、レディー・ユーバンクの忠告を受け入れて、恋敵がいると思わせたほうがいいわ」

三時間後には、ホイットニーもその気になりつつあった。パーティーでは、結婚相手としてふさわしい男たちから引っ張りだこだった……例外は、お目当てのひとりだけ。

部屋のホイットニーの反対側では、地元の娘数人に囲まれたクレイトンが、マーガレット・メリトンのほうに首を傾げ、作り笑いを浮かべて彼女のとりとめのない話に耐えていた。

急な仕事で呼び出され、ロンドンで数日過ごした彼は、今夜のアメリア・ユーバンクの集まりにぎりぎり間に合う時刻にもどり、服を替えて、やってきたのだった。そして、このとんでもない婆さんは玄関口で彼を出迎えると、今夜はミス・ストーンに特別気を遣《つか》い、セヴァリンの恋敵になってもらえたらありがたいと告げた。というわけで、クレイトンの機嫌はよいとは言えなかった。

アメリア・ユーバンクは話しかけてきた夫人に失礼にも背を向け、片眼鏡を持ち上げると、ゲストたちをさっと眺め、クレイモア公爵に目を留めた。彼のまわりには、気を惹こうと張り合う地元の娘たちが数人いた。クレイモアは辛抱強く笑顔で対応しているものの、彼の注意はその魅力に動じてないように見えるただひとりの女性、ホイットニー・ストーンに向けられていた。

アメリアが黒いリボンでつり下げた片眼鏡を手から放して、豊満な胸の上に垂らす。彼女は亡くなった夫の血筋によって、公爵とかなり遠い親類関係にあった。数週間前、クレイモアが家へ訪ねてきて、〝たっぷり休養を取る必要があるので〟ウェストランド名義で八キロほど離れた場所に居を定めたと告げた。アメリアはただちに自分の口の堅さを請け合った。

けれどもいま、おもしろい考えが頭に浮かんだ。アメリアは目に好奇のきらめきを宿し、ミス・ストーンを眺める公爵を観察した。ふうっと息をつき、自分の計画がどれほど不道徳かつよこしまであるかに思いを巡らせてから、満足げに小さく微笑み、背を伸ばして従僕を呼び、すぐにミス・ストーンを連れてくるように、そのあとミスター・ウェストランドもお連れするようにと指示した。

ホイットニーがエミリーの夫と踊っていると、従僕がそばに来て、レディー・ユーバンクが会いたがっているのでいますぐ来てほしいと言われた。ホイットニーはアーチボルド卿に詫びを言い、不安をはっきり感じながら、レディー・ユーバンクの有無を言わさぬ呼び出しに従った。不安がたちまち恐れに変わったのは、未亡人が椅子から腰を上げ、いらだたしげに告げたときだった。「セヴァリンには恋敵が必要だと言いましたよね。あなたの親友の旦那さまでは恋敵にはならないでしょう。ミスター・ウェストランドに言い寄りなさい。目くばせするとか、あなたたち若い娘が殿方の気を惹くためにするようなことをやりなさい」

「できません、そんなこと。それよりも、レディー・ユーバンク――」

「お嬢ちゃん」未亡人が口をはさむ。「言っておきますけれど、あなたがセヴァリンをものにするのを助けるために、このパーティーを開いたんですからね。取りかかりかたもわかっていないようだから、世話を焼かずにはいられません。クレイトン・ウェストランドはここにいる殿方のなかで、セヴァリンがライバル視しそうな唯一の人物よ。だから従僕を遣《や》って、彼を誘っておきました」ホイットニーが青ざめると、レディー・ユーバンクはにらみつけた。「さて、ミスター・ウェストランドがいらしたとき、いまみたいな顔で彼を見るのね。その場合、お医者さまに行こうと申し出てくれるでしょう。あるいは、微笑みかけてもいいわ。その場合は、バルコニーに誘ってくれるでしょうから」

「わたし、バルコニーになんて出たくありません！」ホイットニーは必死に言った。

「出たくなります」未亡人が予言する。「後ろを向いて、エリザベスがうっとりした表情でセヴァリンの腕に手をかけ、そっちのほうへ歩いていく姿を見ればね」

ホイットニーが振り向くと、ポールとエリザベスがほんとうにバルコニーのドアへ歩いていくところだった。ホイットニーは落胆し、レディー・ユーバンクがやらせようとしていることの意義を認めたものの、露骨な計画に従うのはためらわれた。しかし、ホイットニーのためらいは問題にならなかった。なぜなら、レディー・ユーバンクが選択の自由をさっさとホイットニーから取り上げ、うっすらと笑みを浮かべたクレイトンにすでに話をもちかけていたからだ。「ミス・ストーンが踊りすぎで体がほてってしまったので、バルコニーで涼みたいと言っていたところなのよ」

クレイトン・ウェストランドがバルコニーのドアのほうをちらりと見た。彼の気だるげな笑みが、またたく間に皮肉っぽい愉快そうな表情に変化するのをホイットニーは目にした。

「もちろん、そうでしょう」クレイトンが嫌みっぽく言う。

クレイトンが乱暴にホイットニーの肘をつかんだ。「行こうか、ミス・ストーン?」ホイットニーは導かれるままに、歓談するゲストのあいだをすり抜け、軽食が並んだテーブルをぐるりと回った。ポールのことで頭がいっぱいだったので、ポールとエリザベスが通り抜けたフレンチドアと直角を成すドアへ連れていかれようとしているのに気づかなかった。こっちへ行くと、角を曲がったところの、ポールとエリザベスには見えない場所に出る、とホイットニーはやっと悟った。

「どこへ行くの?」あわてて尋ね、後ずさりしかけた。

「見てのとおり、バルコニーに出るところだ」冷ややかな返事。クレイトンはホイットニーの肘をつかんだ手に力を入れ、もう一方の空いた手でフレンチドアを開け、彼女を外に押し出してから、後ろのドアを閉めた。何も言わずにホイットニーの腕を放し、石の手すりへ歩いていった。手すりに腰をかけ、無言でホイットニーを見つめる。

ホイットニーはその場にたたずんだ。レディー・ユーバンクの計画がうまくいかないことでみじめな気分になり、自分がその計画に関わったことで困惑していたが、なんとかやってのけようと心を決めた。「向こう側へぶらぶら歩くのはどうかしら?」

「悪くはないが、やめておこう」クレイトンはつっけんどんに応じて、ホイットニーをじっと見た。自分がおとりにされかけているのがわかっていて、だんだんいらだちと不快感が募っていった。夜風にドレスがかすかに揺れ、シルバーのスパンコールが月光を受けてきらめく。男を惑わす若い娘そのものという姿だが、彼女が惑わす相手は私でなくてはならない。彼女のドレスの代金は、この私が払っているのだ。

しばらくして、クレイトンにある考えが浮かんだ。体を後ろに反らし、角の向こうを見て、セヴァリンとエリザベス・アシュトンが手すりのところに立っているのを確かめると、そわそわとドレスのひだをいじっている美しい娘へ注意をもどした。「さて、ミス・ストーン」角を回った向こうまで届く声で呼びかける。

ホイットニーは名前を呼ばれてびくっとした。「何……？」角の向こうでポールとエリザベスが何をしているのか探れないかと、前へ歩きかけた。しかし、すぐに阻《はば》まれた。クレイトンが唐突に立ち上がり、こちらに歩いてきて、胸と肩で視界をさえぎってしまったからだ。

「何……？」もう一度尋ね、ふたりの距離を広げようと、無意識に後退した。何も考えずに後ろに下がっていると、壁の、陰になっている場所に入ってしまった。

「さて、きみをここに連れてきてあげた」クレイトンが打ち解けた口調になる。「次はどうしてほしい？」

「次？」ホイットニーは用心深く言った。

「そう、次だよ。このちょっとしたゲームで、私が演じている役割をはっきりさせたい。セヴァリンに嫉妬させるために、きみにキスをすることになっているんだろう？」

「窮地から救ってもらうために、自分を差し出すつもりはないわ！」ホイットニーは驚き、そして腹を立て、言い返した。

その言葉を完全に無視して、クレイトンが考えこむように言う。「自分の役割を演じるのは構わないが、それを楽しめるのかどうか気になってね。私は経験の浅い女性にキスをすることになるのか、それともきみは数多くのキスをこなしていて、やりかたを熟知しているのか？　きみは何回ぐらいキスしたことがある？」

「あなた、紳士だと思われることを相当嫌っているようね！」ホイットニーは膨れあがる不安を隠したくて、ぴしゃりと言い切った。クレイトンが両手でホイットニーの腕をがっちり捕らえ、自分の胸に引き寄せようとする。ホイットニーは無駄に抵抗するのはやめて、からかうような輝きを放つ彼の目を思いきりにらみつけた。「手を放して！」

「キスした回数は、数えられないほど多いのか？　それとも、どれも取るに足らないものだったので、思い出せないのか？」

　ホイットニーは怒りが爆発しそうだった。「キスは何度もしているから、あなたみたいな人に教わる必要はないわ。そんな魂胆《こんたん》を持っているんでしょうけれど！」

　クレイトンは含み笑いをしながら、身をこわばらせたホイットニーに腕を回した。「きみはそんなにキスの経験があるのか、かわいい人？」

　ホイットニーは目を上げて顔を見ることを拒み、彼の胸を見つめていた。悲鳴はあげられなかった。こんな疑いを招くような状況にいるところをだれかに見られたら、評判はがた落ちになる。自分に現実にこのようなことが起きているとは、どうしても信じられなかった。泣きだしたい気持ちと、殴りつけたい気持ちのあいだで心を乱しながら、努めて平静を装って言った。「わたしを脅して、屈辱を与える目的はほぼ達成したのだから、放してちょうだい」

「その豊富な経験とやらから、きみがどの程度学んだのかを知るまでは、だめだ」クレイトンがささやく。

ホイットニーは頭をきっと上げ、文句を言おうとしたが、彼の口に言葉をふさがれてしまった。唇が触れ合った驚きに最初は凍りついたが、その後は押しつけられた唇に何の反応もすまいと努力した。キスの経験はほとんどなかったとはいえ、それを避ける経験はたっぷり積んできた。抗《あらが》いも応じもしなければ、のぼせあがった男性に、弁解がましい後悔の念をいだかせることができると知っていた。

だが、ようやく体を離したクレイトンには、後悔の念も弁解の言葉もなさそうだった。それどころか、腹立たしい笑みを浮かべ、ホイットニーを見つめた。「教師たちがよほど未熟だったか、もっと学ぶ必要があるかのどちらかだな」

彼の腕の力がゆるむと、ホイットニーは後ろに下がった。くるりと向きを変え、肩越しに捨てぜりふを吐いた。「少なくとも、わたしが学んだ場所は売春宿じゃないわ!」

それは反応する間もないほど突然の出来事だった。悪魔のような手が伸びてきて、ホイットニーは手首をつかまれ、体をくるりと回されたかと思うと、暗がりに引きもどされ、彼の腕に抱きしめられていた。「思うに」恐ろしい声でクレイトンが言う。「きみの問題は、たんに教師たちが未熟だったせいだ」

彼の唇が唇に押し当てられ、荒々しく動いて、無理やり口を開かせようとした。強引な抱擁に身をよじったが、それは不毛な抵抗で、どうすることもできない怒りから、ホイットニーの頬を涙が流れ落ちていった。もがけばもがくほど、クレイトンの口が強引で手荒になるので、ついには敗北を認めて抵抗をやめ、彼の腕のなかでおののいていた。抗うのをやめたとたん、クレイトンはホイットニーの顔を上に向け、両手で優しくはさんだ。涙できらめく、怒りに満ちた目を覗き、そっと言った。「いまのが、きみへのひとつめの教えだ。かわいい人。けっして私を相手にゲームをするな。私はあらゆるゲームをしてきたのだから、きみが勝てるわけがない。そして、これがふたつめの教えだ」唇を近づけながら、ささやく。

ホイットニーは鋭く息を吸いこみ、悲鳴をあげかけたが、押しつけられた唇のせいで、ヒステリックなうめき声にしかならなかった。今度のキスは驚くほど優しいキスで、ホイットニーは驚きのあまり、声を呑みこんだ。彼の手がうなじに回り、指先で優しく愛撫を続けながら、もう一方の手はゆっくり休みなく、いつくしむように動きながら背中へと移動し、ホイットニーの体を自分に引き寄せる。その間も彼の唇はじつに優しく動き、彼女のふっくらした唇と自分の唇をぴったり合わせようとしていた。

彼の舌の感触がして、唇が押し開かれようとしたとき、ホイットニーの体に抑えきれない衝撃が走った。彼女はクレイトンの首に両腕を伸ばし、支えを求めてしがみついた。クレイトンはホイットニーを守るように腕に力をこめると、舌を口の柔らかな部分にまで侵入させ、味わい、探求し、満たした。ホイットニーの全身が、目もくらむほどの激しい興奮に包まれる。

クレイトンはむさぼるようにキスをし、手を背中から腹部へ、そして乳房へと滑らせ、柔らかく、そそるようなふくらみを大胆に手で包んだ。

ホイットニーはその親密な愛撫に怒りをおぼえ、ほかのすべての感情はまたたく間に消えた。自分でも思いもよらなかった力で、彼の腕を振りほどき、体を引きはがした。「なんてずうずうしいの!」そう言ったのと同時に、手を上げて、思いきり強く平手を食らわせた。

クレイトンの顔に満足げな笑みがよぎるのを見て、ホイットニーは自分の目を疑った。激昂《げっこう》のあまり、息を吸って口をきくのがむずかしかった。「もう一度でもわたしに触れたら、殺してやる!」

その脅しの言葉も、いっそう彼を喜ばせただけで、聞き間違えようがない忍び笑いに続いて、彼の声がした。「もう触れる必要はない。求めていた答えは、手に入れたから」

「答え!」ホイットニーは息を呑んだ。「わたしが男なら、ピストルで答えてやるところよ」

「もしきみが男なら、そんなことをする必要がないだろう」

ホイットニーは怒りに体を震わせてその場に立ちながら、何かを言うかするかして、彼の冷静沈着な外面を突き崩してやりたいと思っていた。目に浮かぶ涙は憤怒の涙だったが、クレイトンはそれを見るとすぐ、後悔した。「涙を拭《ふ》くんだ。なかにいるきみの友だちのところへ返してあげるから」そう言って、白いハンカチを取り出し、ホイットニーに差し出した。

ホイットニーは、荒れ狂う嫌悪と憎しみから体が裂けてしまうのではないかと思った。彼の手からハンカチをひっつかみ、床に投げつけると、ひとりで舞踏室へもどるつもりで、くるりと向きを変えた。

「失礼」ポールがそっけない会釈をして、エリザベスを連れてそばを通り、舞踏室へ続くドアへ向かった。

「ポールはどのぐらいそこにいたの?」ホイットニーはこぶしを握りしめてクレイトンのほうを向き、ものすごい剣幕で尋ねた。「あなたって、なんて卑劣なの……彼に見せるために、何もかもわざとやったのね。見せつけようとしたのね!」

「わざとやったよ。自分のためにね」クレイトンは穏やかに訂正し、ホイットニーの肘に手を添え、フレンチドアのほうへ導いた。

ふたりは明るく照らされた安全な室内に入った。ホイットニーはクレイトンの腕を払いのけ、怒った声でささやいた。「あなたは悪魔の息子にちがいないわ!」

「だとすると、父はがっかりしただろうな」クレイトンが不愉快きわまりない含み笑いをした。

「父?」ホイットニーは彼から離れ、あざけるように言った。「あなたのお母さんが子どもの父親の名前を知っていると思っているなら、それは思い違いよ!」

クレイトンは庶子《しょし》呼ばわりされたのだとぴんとくるまで、一瞬ぽかんとし、血筋に関するお嬢さまらしい誹謗《ひぼう》をじゅうぶんに理解したところで、笑い声をあげた。なおもにやにやしながら、憤慨したホイットニーの後ろを歩き、ほっそりした腰の揺れを観賞した。

怒りで判断力を失ったホイットニーは、叔母がいる中年のゲストたちのなかに勢いよく飛びこむと、会話にも加わらず、あらぬほうを見つめていた。クレイトン・ウェストランドは見下げ果てた、最低の男だ！　できるものなら、今夜のことで彼にしっかりお返しをしたい。あの薄汚れた誘惑の手で触れてきて、ポールの前でわたしをふしだらな女のように見せたのだから。

少なくとも一時間はたったころ、ホイットニーの耳もとでポールの低いささやき声がした。「ぼくと踊ろう」彼の手がすでに肘に添えられていたので、ホイットニーはいっしょに歩いていった。非難めいた彼の顔を見るのが恐くて、踊っている最中も目を合わせる気になれなかった。「きみの気を惹こうと思ったら、ベランダへ連れ出す必要があるのかな、ミス・ストーン？」ポールが挑発的に言った。

ホイットニーはポールのほうへ視線を投げた。バルコニーで目撃した光景に彼がいらだっているのは明らかだったが、愛想をつかした表情ではなかったので、心底ほっとした。

「夜気に当たるほうが好きなの？」ポールがからかう。

「お願い、そのことでからかわないで」嘆願し、ため息を漏らした。「長い夜だったから、へとへとなの」

「そりゃあそうだろう」ポールはたっぷり皮肉をこめて言ったが、ホイットニーが困惑して顔を赤らめると、態度を和らげた。「あすの朝までに、きみの〝へとへと〟は回復しているかな――ピクニックに行けるぐらいに。十人程度が参加する、きみのためのピクニックだけど」

レディー・ユーバンクとアン叔母さんの言ったとおりだ！　ホイットニーは歓喜した。

「楽しみだわ」幸せそうににっこりする。

ダンスが終わると、ポールは比較的静かな部屋のすみにホイットニーを連れていった。シャンパンのトレイを手にした従僕を呼び止めて、グラスをふたつとり、ひとつをホイットニーへ渡した。柱にもたれて、にやりと笑って言う。「ウェストランドも誘おうか？」

それを聞いて、ホイットニーが最初に思ったのは、ポールの襟をつかんで、やめて！　と叫ぶことだった。だが、彼の自信に満ちた笑みを見て、もっと賢く振る舞うことにした。肩をすくめ、笑みらしきものまで浮かべる。「いいわよ、あなたがそうしたければ」

「反対しないの？」

ホイットニーは無邪気そうな目でポールを見た。「反対する理由がないもの。彼は、そうね、とてもハンサムだし……」不快感から顔をしかめているのを見られないよう、グラスに視線を落とす。「魅力的だし……」

「ミス・ストーン」おもしろそうにじろじろ見ながら、ポールが言った。「まさかぼくにやきもちを焼かせようとしてるんじゃないだろうね」

「そうなの？」ホイットニーはたわむれるような笑みを向け、言い返した。

返事は返ってこなかったけれど、ポールが嫉妬しているのはまず間違いないと思った。いずれにしても、今夜の全体的な状況は、ホイットニーが夢見ていたとおりになった。ポールはその後ほとんどずっとホイットニーのそばにいて、立ち去ったあとも、エリザベスのところへもどらなかった。

従者を下がらせると、クレイトンは軽いブランデーを注いだ。今夜の自分の求愛行為が引き起こした奇妙な展開を思い出して、にんまりする。いくら想像をたくましくしても、さすがにあんなことは予想外だった！　それでも、数時間前のアメリア・ユーバンクのバルコニーで得た情報に、とても満足していた。フランス時代のホイットニーの求婚者はだれひとりとして、自分のような打ち解けた振る舞いを許してもらえなかったようだ。彼女は今夜の親密なキスに衝撃を受けていたし、乳房に触れたときは激怒していた。

ああ、彼女はなんと魅惑的な創造物なのだろう——天使の顔と、短気な女の顔を持っている。それに、自然な知性と、男の血を熱くかきたてる、成熟した女の美しさがある。

グラスを掲げ、眉間にしわを寄せて液体を覗きこんだ。今夜は彼女に辛く当たってしまった。あすは埋め合わせする方法を見つけたほうがよさそうだ。

12

ピクニックの朝の夜明けはあざやかな青色で、肌寒いさわやかな微風に秋の香《か》が感じられた。ホイットニーは入浴して、髪を洗い、どんな服装にするか検討した。ポールはきっと馬車で迎えに来るだろうが、かつてときどきしていたように、いっしょに馬に乗っていきたかった。心が決まると、衣装簞笥《だんす》から黄色い乗馬服を取り出した。

ポールの馬車がやってきて、開け放った寝室の窓のすぐ下に停まる音がしたときには、準備が整っていた。それなのに、わざわざ部屋の端から端まで十回歩いてから、急いで廊下へ出て、バルコニーを横切った。

ポールは階段を下りるホイットニーを目にして、ハンサムな顔に明らかな賞賛の表情を浮かべながら、しゃれた黄色い乗馬服や、前を開けた上着からのぞく、黄色と白の水玉柄のシルクのシャツを眺めた。首には、そろいの水玉のスカーフが巻かれ、横で結び、両端を右肩に垂らしている。「朝早々から、どうしてそんなに美しく見えるんだい？」ポールが声をかけ、磨きあげられた玄関の床にホイットニーが足を下ろすと、両手を取った。

彼の腕のなかに飛びこみたい気持ちを抑え、ホイットニーは笑顔でポールを仰ぎ見た。

「おはよう」柔らかな声で言う。「馬車じゃなくて、馬で行かない？　馬小屋には馬がいっぱいいるから、好きなのを選べるわ」

「悪いけれど、ぼくはいっしょには行けない。落馬の恐怖から逃れられないらしい娘たちをエスコートするのに、馬車が必要なんだ」玄関ドアのそばの黒い影に頭を傾ける。「クレイトンなら、いっしょに馬に乗って、目的地まで案内してくれるだろう」

ホイットニーは落胆と衝撃に喉が詰まり、うろたえた。ポールがこんな提案するとは、信じられなかった。向こうから誘ったのだし、わたしのためのピクニックなのだから、ポールの最優先の務めは、わたしをエスコートすることだ。しかも、近所の娘で馬を恐がるのはたったひとり――エリザベス・アシュトンだけだ。かわりのエスコート役にクレイトン・ウェストランドを指名したのは、やきもち焼きの求婚者の役を演じる気はないとポール流に意思表示したのではないか、という恐ろしい予感がした。昨夜、彼は嫉妬するよう仕向けられていたことに気づき、けさはその手に乗らないことを示しているのだ。

ホイットニーは最大の努力を払って、軽く肩をすくめ、微笑んでみせた。「じゃあ、せっかくの楽しい乗馬をあきらめるのね。馬車に閉じこもっているにはもったいないぐらい、いい日和《ひより》なのに」

「クレイトンがきみを連れていってくれる」ポールがもう一度言い、落ち着き払ったホイットニーをじっと見た。そして、そっけなく付け加える。「きみたちふたりは、名前で呼び合うぐらい、親しい間柄なんだろ？」

戸口でのんびりと立つ長身の人影へホイットニーはなんとか視線を向け、歯を食いしばって不快感を見せまいとした。

「クレイトンがきみの家の馬に乗っても、きみのお父さんは文句を言わないはずだ」ポールが出ていきかけながら、言った。

外の階段の四段めのところで、彼が振り向く。「ぼくの彼女の面倒を頼んだぞ」クレイトンに大声で言って、立ち去った。残されたホイットニーは、ポールが紳士としての第一の務めをクレイトンに任せ、それから〝ぼくの彼女〟と呼んだことに、少しなだめられ、かなり当惑させられていた。

ホイットニーが物思いにふけっていると、「おはよう」と例の大嫌いな低い声が割りこんできた。声のほうを見ると、クレイトンがまだ戸口に立っていた。彼のあっさりした挨拶に、意地の悪い返答が三つ思い浮かんだが、それをぐっと抑え、彼の襟もとをあけた真っ白なシャツと、グレーの乗馬ズボンと、つやのある黒い深靴に軽蔑のまなざしを向けた。「あなた、馬に乗れる？」冷ややかに尋ねた。

「おはよう」クレイトンがなおも微笑みながら、わざと穏やかな声でくり返す。

ホイットニーは口を閉じたまま、彼のわきを通り過ぎ、明るい陽射しのなかへ出た。クレイトンがついてこようが、室内に残ろうが構わなかった。

ホイットニーは小道をどんどん歩き、家の裏を回って馬小屋へ向かった。クレイトンも一定の速度であとに従っていたが、途中で追い越し、行く手をふさいだ。笑顔で見下ろす。

「きみの唇を奪った紳士にはだれにでもこんな敵意をいだいた態度をとるのか——それとも私だけか?」

相手をひるませるような軽蔑の目で、ホイットニーは彼を見た。「ミスター・ウェストランド、そもそもあなたは〝紳士〟じゃないわ。それに、わたしはあなたのことが好きじゃないの。さあ、どいて」

クレイトンは動かず、黙って、考えこむようにホイットニーの怒った顔を見つめていた。

「悪いけれど、通してちょうだい」ホイットニーはもう一度言った。

「少し黙っていてくれれば、きみに昨晩のことを謝りたい」静かに言う。「最後にいつ謝ったのか覚えていないから、少々下手な謝罪かもしれないが」

わたしに失礼なことをしておいて、その後、適当に謝罪の言葉をかければなだめられると思っているなんて、なんて傲慢でうぬぼれた人でなしなの。「黙っていて」と言われたとたん、とにかく彼の話を最後まで聞いて、さっさと済ませたいという気持ちがすっかり失せた。

「あなたの謝罪を受け入れる気はないわ。下手だろうと、なかろうと。さあ、そこをどいて!」

クレイトンの顔がいらだちで曇り、彼が必死に怒りを抑えているのが、ホイットニーにも感じ取れた。ちらりと馬小屋のほうをうかがい、助けが必要なときにだれかが声の届く場所にいるかどうか確かめた。トマスがいて、体を不意に起こして後ろ脚で立とうとするデンジャラス・クロッシングを抑えようとしていた。

復讐が、気の荒い黒の牡馬という形をとって現われた。

　ホイットニーは正真正銘のまぶしい笑顔を、目の前の怒っている男に向けた。「わたしの態度も、まったく非の打ちどころがないものではなかったわね」笑いそうになるのをこらえて、後悔しているような顔をなんとか作った。「もしあなたが謝りたいのなら、喜んで受け入れるつもり」即座にクレイトンが疑わしげな顔をしたので、ホイットニーは言い募った。「それとも、気が変わった？」

「気は変わっていない」クレイトンが穏やかに言った。彼女の顎の下に手を置き、持ち上げる。「昨夜、きみを怖がらせたのなら、ほんとうにすまない。傷つけるつもりはまったくなかったんだ。きみと友だちになりたい」

　彼の手を振り払いたい気持ちを抑え、ホイットニーは申し出を考慮するようなふりをした。「友だちになるなら、共通の何かが必要よね。わたしが大好きなのは乗馬よ。あなたはちゃんと乗れる？」

「ちゃんと乗れる」クレイトンが請け合い、値踏みするような冷静な視線を注いできた。

　その探るような視線から逃れたくて、ホイットニーは身を引き、馬小屋へ向かって歩きはじめた。「あなたの馬を用意するわね」肩越しに言う。クレイトン・ウェストランドはあの牡馬にしぶしぶ乗るか、恐くて乗れないと認めるしかない。どちらにしても、彼の巨大な自尊心は痛手をこうむる。何が彼を待ち構えていようとも、当然の報いだ。

　息を切らせてトマスのところへ走っていった。そっと後ろを見ると、クレイトンが五歩も離れていないところに迫っていたので、声を低くして、あわててささやいた。「すぐにデンジャラス・クロッシングに鞍をつけて、トマス。ミスター・ウェストランドがどうしても乗りたいんですって」

「なんと？」トマスが息を呑み、ウェストランドを眺める。「本気かね！」

「もちろんよ！」ホイットニーがそう言って小さく笑うと、トマスは馬小屋へ入っていった。自分の思いつきに満足して、ホイットニーは後ろで両手を組み合わせ、白い柵のほうへ歩いていき、クレイトンのそばに立った。「あなたがうちの最高の馬に乗れるよう頼んできたわ」

クレイトンはホイットニーの晴れやかな笑顔をじっと見ていたが、馬小屋の騒がしい音に注意をそらされた。馬丁の罵声《ばせい》に続いて、悲鳴がした。そのあとデンジャラス・クロッシングが囲いのなかに飛び出してきて、ひとりの馬丁を柵へたたきつけ、もうひとりの馬丁に向けて猛烈な蹴りを入れた。

「ね、見事な馬でしょ？」ホイットニーは熱い口調で言い、自分の企《たくら》みの犠牲者を楽しそうに横目で見た。そのとき、馬が方向転換し、ふたりが立っている柵へ突進してきて、直前で向きを変えた。ホイットニーが飛びのいた拍子に、後ろ脚が蹴り上げられ、大砲の炸裂音のような音を立て、柵を蹴った。ホイットニーは声を震わせて説明した。「あの子……その……とても威勢がいいの」

「そのようだな」クレイトンが同意し、落ち着いた視線を、いらだち、汗をかいている牡馬からホイットニーへ移した。

「この馬が怖いなら、そう言ってくれていいのよ」ホイットニーは寛大に言った。「もっとあなた向きの馬を見つけられるわ……シュガー・プラムのような」笑いをこらえつつ、のんびりと草を食《は》む年寄りの繁殖牝馬のほうへにこやかにうなずく。その馬は腹部が垂れ、背骨が曲がっていた。ホイットニーの視線の先をたどったクレイトンの顔に、冷たい憎悪の色がよぎる。クレイトン・ウェストランドがあの年寄り馬に乗ってピクニックへ行ったら、もっと楽しいことになるだろう、とホイットニーは即座に思った。「トマス！　ミスター・ウェストランドはシュガー・プラムのほうに乗ることにしたわ、だから――」

「牡馬のほうでいい」クレイトンはトマスにきっぱりと言ってから、冷たい視線をホイットニーに投げた。

「ピクニックの場所を教えてくれたらどうかしら。そうしたら、先に行っているから」

「そんな気はないし、その牡馬の足もとに倒れた私を見たいという、きみの望みをかなえる気もない」馬小屋から引かれてくるカーンのほうへ頭をさっと傾け、ぶっきらぼうに言う。「きみは馬に乗って、横木のところで待っていてくれ。自分のことで手一杯になりそうだから、きみの心配などしていられない」

牡馬を乗りこなしてみせるというクレイトンの傲慢な仮定に、ホイットニーの心にちらりと浮かんだ罪の意識は消え去った。ホイットニーはカーンに乗り、囲いのずっと端の横木まで誘導していった。カーンの手綱を歯でくわえ、首の後ろに手を伸ばし、うなじのところで髪を丸めると、首のスカーフを引っ張ってはずし、それで結んだ。

馬丁や小屋番や庭師たちがあわただしく囲いに集まり、柵沿いの、よく見える位置に立った。トマスとふたりの馬丁が牡馬の頭を押さえているあいだ、クレイトンは馬のなめらかな首を手で撫で、静かに話しかけた。その同じ手が乳房に触れたときの感触を思い出し、ホイットニーの顔が怒りでぱっと赤らんだ。

クレイトンが足をあぶみにかけて、そっと体を持ち上げ、不意な動きで牡馬に警戒心を与えないよう、注意深く、ゆっくり鞍に腰掛けた。その慎重さにもかかわらず、デンジャラス・クロッシングは鼻を鳴らし、抑えている男たちを振り払おうと荒々しく動いた。最後にその鞍を使った男は、クレイトンより背が低かった。あぶみ革が調整されているあいだに、クロッシングが不快な重荷を振り落とすつもりのように見えた。

牡馬が身をよじって抵抗するさまを見て、ホイットニーは笑い声をあげた。すぐにもクレイトンがあきらめ、馬から降りるだろうと思った。しかし彼は手綱を引き寄せ、馬丁たちは牡馬を自由にしてやり、蹴られないよう飛び退いた。

クレイトンは全神経を、自分の下の、汗まみれでいきり立つ牡馬に集中した。「さあ、落ち着け」なだめながら、ほんの少し手綱をゆるめる。デンジャラス・クロッシングは激しく頭を振り立て、勝手に動こうと、囲いのなかを飛び跳ねながら斜めに進んだ。前脚を上げて立とうとし、それから頭を下げ、後ろ脚を跳ね上げようとする。「さあ、落ち着くんだ……いい子だ……」その声に、馬のぴりぴりした神経が鎮まった。クレイトンは手綱を軽く引き、しっかりと、しかし優しく馬を制した。

クロッシングが少しいらだつ動きをみせてから、落ち着きを取りもどし、派手な速歩で囲いの反対側へ進んでいくようすを、ホイットニーは目をまん丸にして見守った。馬は耳を前へ傾け、背中に乗った長身の男の重みに耐えられることを誇り、楽しんでいるようだった。やがてクレイトンが鞭で牡馬の脇腹をこすって、駆け足の合図を出した。そのとたん、クロッシングが頭を大きく振り立て、跳ねようとして背をぐっと曲げた。

「旦那、鞭だよ」トマスが愉快そうに叫んだ。「鞭を落とすんだ——こいつは鞭が苦手でな」

ホイットニーはそのとき、彼に対する腹立ちを忘れた。彼女自身、優れた乗り手なので、いま目にした光景に感銘を受けないふりはできなかった。クレイトンの手綱さばきの見事さに心から感服し、牡馬が近づいてきたときも、それを隠そうとしなかった。口もとに笑みをたたえ、彼が受けるに足る賛辞を口にしようとした。が、クレイトンはホイットニーの差し伸べた手に鞭をたたきつけるように渡し、きつい口調で言った。「きみをがっかりさせて申し訳ない。次回は、べつのやつを相手に、お子様ゲームをやってくれ」

「ひどい人!」ホイットニーは声を引きつらせ、腕を振り上げた。鞭が空気を切り、クレイトンの肩を打ち損ない、牡馬の脇腹に当たった。猛り狂った馬が身を躍らせ、柵に向かって突き抜けそうな勢いで突進したが、土壇場で跳び越えた。すっかり制御不能になっている。

「まあ、なんてこと」馬と騎手がなだらかな起伏を疾走していくのを、ホイットニーは目で追った。いまさらながら恥ずかしくなり、目をそらす。子どもじみた復讐をした自分に、無言の罰を与えつづけたが、トマスによって、さらに罰が加えられた。怒りで顔を紫にした馬丁頭が、囲いの向こう側からすっ飛んできて、怒鳴る。「これが、おまえさんがフランスで学んだことか——他人さまに怪我を負わせることが？　だれも二度とあの馬に乗ろうとは思わんだろう、このばかたれ！」トマスが向きを変え、牡馬を追うための馬を探しに走っていった。

トマスを追いかけ、馬ではなく騎手に鞭を振るうつもりだったと弁解したいのを何とかこらえた。馬に当てるつもりはなかった。左手の遠くで、牡馬は急速に地平線上の点と化しつつあった。騎手がまだ馬上にいるのかどうか、わからない。まわりに目をやると、どの使用人もとがめるような表情を浮かべていたが、すぐにホイットニーから目をそらした。

このままここで彼らの沈黙の非難を受けることなど、耐えられなかった。カーンに方向転換をさせ、駆け足で囲いから出てみたものの、どこへ行けばいいのかわからなかった。カーンを止めて、ためらった。ここにいて、自分のまずい行ないの結果を直視するのがほんとうだろう。クレイトンは担架で運ばれてくるのだろうか？　もしそうなら、どんなことでも手伝えるよう、ここにいなくてはいけない。

カーンを馬小屋へもどしかけ、また急に止めた。クレイトンがデンジャラス・クロッシングに乗ったまま、もどってくることはあるだろうか？　そうならいいが、その場合、彼がもどってきたときにここにいたくない。彼の当然の怒りを想像しただけで、恐怖に手が震えた。「意気地なし！」と、自分を叱りつけ、カーンに方向転換させて、ピクニックの場所を尋ねるためにセヴァリンの家へ向かった。

カーンが頭を上げ、速く走りたくて手綱を引っ張ったが、ホイットニーはスピードを出したい気分ではなかったので、ゆっくり駆けさせた。これほど不快な思いをしたことはなかった。なぜ、イングランドに足を踏み入れたとたん、人生が混乱状態に陥ったのだろう、とみじめな気持ちで思う。少女時代のように、つい子どもじみた怒りに身を任せてしまう自分に、嫌気がさしていた。しばらく自分を非難したあと、いま置かれている苦境をふたたび考えずにいられなかった。どうやってこの悲惨な出来事の罪滅ぼしをすればいいの？　馬は怪我をして、殺さざるをえなくなるだろうか？　馬が負傷していようがいまいが、きょうのことを父親は許してくれそうにない。

お父さん！　人生ではじめて、父親に賞賛のまなざしを向けてもらえたのに、いまやすべてがぶち壊しになりそうだ。馬に鞭を振るったことで軽蔑され、ほんとうはあの男を打つつもりだったと説明しても、さらに怒りを買うだろう。なんとかして、この件を父に秘密にしなくてはいけない。使用人はだれも告げ口はしない。それについては、かなり確信があった。クレイトン・ウェストランドが話す可能性があるが、話さないでと頼めば、慈悲を請いさえすれば……。

蹄《ひづめ》が素早く土を蹴る音が後ろからして、ホイットニーのみじめな物思いはさえぎられた。右肩越しにようすをうかがい、泡汗をかいたデンジャラス・クロッシングにまたがったクレイトンが、こちらへ猛スピードで迫ってくる光景に、あんぐりと口をあけた。

ホイットニーは何も考えずに鞭を上げ、カーンを駆けださせようとしたが、思いとどまって腕を下げた。ここにいて、あの男と向かい合い、自分が悪かったと言おう——いくら謝っても、どのみち拒絶されるだろうけれど！

クレイトンが横に並んだ。怒りのこもった恐ろしい顔を見て、ホイットニーは身震いした。クレイトンはさっと手を伸ばし、カーンの右の手綱をつかむと、二頭の手綱を引き、急停止させた。「わたしの手綱を放してもだいじょうぶよ」ホイットニーは穏やかに言った。「逃げたりしないから」

「黙れ！」カーンの手綱を取られたため、彼がデンジャラス・クロッシングを落ち着かせているあいだ、ホイットニーは隣りでおとなしく待つほかなかった。重苦しい沈黙のなか、緊張をなごませるために言う言葉を考えたが、クレイトンの手綱さばきのすばらしさを讃《たた》えることしか思い浮かばなかった。しかし、こんな状況で、「見事な手並みだったわ、ミスター・ウエストランド！」と言うのは、ふさわしいと思えない。

ふたりがはじめて出会った小川から数メートル離れた、古い石垣の残っているところで、クレイトンが馬を止めて降りた。牡馬をてきぱきとつないだあと、ホイットニーのところへ来て、カーンの左の手綱をホイットニーの手から取り上げ、石垣の、牡馬とは反対側につないだ。そして振り向き、つっけんどんに「降りろ！」と言い、なだらかな草地の上にあるシカモアの古木のほうへ歩いて行った。

ホイットニーは彼のこわばった顎と、きっぱりした歩きかたを慎重に観察し、恐怖に胃が締めつけられる最初の感触をおぼえた。「ここにいるほうがいいの」おどおどと言い、肩越しに彼を見る。

クレイトンはその声が聞こえなかったかのように、草の上に乗馬用手袋を投げ、上着を脱いだ。木にもたれて座り、片膝を引き寄せ、そこに腕を置いた。鞭の音を思わせる鋭い声で言う。「その馬から降りろと言っただろう」

ホイットニーはしぶしぶ命令に従い、ぎこちなくカーンから身を滑らせて、横にあった大きな岩に足をかけると、用心して地面に降りた。馬のそばに立ったまま、彼の射るような冷たい視線に耐える。クレイトンが怒りを抑えようとしているのがわかり、うまく怒りがおさまることを祈った。こちらをじろじろと見る彼の目が、ホイットニーの右手のすぐ下に釘づけになっていた。その視線をたどって、自分がまだ鞭を握っていることに気づいた。鞭が、感覚を失った指から滑り落ちる。

「きみには、乗馬と同じぐらい楽しいことがいくつかあるようだ」痛烈な批判をこめて、クレイトンが言った。

ホイットニーは神経質に手を握ったり、開いたりした。

「こっちへ来い。恥ずかしがらなくていい」低い、脅すような声で促す。「きみはたくさんの楽しみを知ってる娘だ——私を謙虚にさせ、詫びを入れさせるのを楽しんだ、だろ?」

ホイットニーはうなずき、その返答によって、彼のきびしい表情に怒りの炎が燃え上がったのを見て、たじろいだ。あわてて首を横に振り、自分が認めたばかりのことを取り消そうとする。

「いや、否定してもだめだ。きみは心ゆくまで楽しんだんだから。それからきみは、乗馬と謝罪のほかに、鞭を使うのも好きそうだな。そうだろ?」

どう返事をすればいいだろう、とホイットニーは必死に考えた。逃げたくなって、カーンをちらりと見る。

つやのある、危険な声で、クレイトンが警告した。「やめておけ」

ホイットニーはその場に留まった。逃げられるとは思っていなかった。というより、たとえ逃げられても、彼をさらに怒らせるだけだとわかっていた。それに、いま怒りを発散させておかなければ、クレイトンは間違いなく父のところへ行く。言葉の攻撃に最後まで耐えようと、ホイットニーは決心した。

「われわれが友だちになるには、何か共通のものがあったほうがいいんだったな。私にも同じものを楽しんでほしいんだろう?」

ホイットニーは思わずつばを飲み、うなずいた。

「鞭を拾え!」クレイトンがぴしゃりと言う。

ホイットニーの背筋をぞくぞくするような不安が駆け下り、脈が異常に速くなった。これほど抑制のきいた揺るぎない怒りに触れたのは、はじめてだった。屈《かが》んで、震える指で鞭を拾った。

「こっちへ持ってこい」ホイットニーは彼の意図を瞬時に悟り、恐ろしさに体をこわばらせた。

無我夢中で取るべき方法を考える。大嫌いなこの男によって与えられる体罰か、それとも、父親との対立の再開という精神的苦悶か。じつのところ、選択の余地はなかった。

不安に震える姿を見せて、こちらに罰を与える人間を満足させる気はなかったので、少女時代のように、顎を上げ、超然とした、冷淡な態度を装った。堂々と前に進み、緑の瞳で冷たい灰色の瞳をさげすむように見据え、ナイト爵の剣を授ける女王のように鞭を差し出した。

「きみは謝罪と鞭の使用が好きなようだから、ふたりでその楽しみを共有しよう」クレイトンがきつい口調で言った。「ただし今度は私が鞭を使って、きみは謝るほうだ」短くうなずいて、自分の膝を示す。

ホイットニーはしぶしぶ彼の手もとの黒い乗馬鞭を見てから、日に焼けた顔へさっと視線をもどしたが、返事をしようとはしなかった。嫌悪感をみなぎらせてクレイトンをにらみつけると、うつぶせになって尻を突き出した。クレイトンの引き締まった腿が、むかつく胃に押しつけられる。目と鼻の先で、甲虫が草のあいだをあわてて走るのを見ながら、乗馬服がどれぐらい保護してくれるだろうかと落ち着きなく考えた。

「きみが謝ればやめる。それまではやめないぞ」クレイトンは警告を与え、謝罪の言葉がホイットニーの口から漏れるのを待った。それでも返事はなかった。彼女のかたくなな沈黙と、つんとした態度に怒りを募らせ、ほんとうに腕を振り上げた。鞭が大気を切って甲高い音をたてたとき、やっと自分がしていることに気づき、ぎりぎりのところで鞭を放った。が、ホイットニーはすでに打たれるのを覚悟して、身をこわばらせ、押し殺した悲鳴を喉から漏らした。自分にもホイットニーにもうんざりしながら、クレイトンはホイットニーの肩を荒々しくつかんで仰向けると、膝に座らせた。

ホイットニーは怒りの涙で霞《かす》んだ目で、クレイトンをにらみつけた。彼が鞭を放りだす直前に、屈辱的なおびえた姿をさらしたことが悔しかった。「あなたなんて大嫌い！」喉がつかえ、それ以上言葉がでない。

「どうして？」クレイトンが手短に尋ねる。

即座に気の利いた棘《とげ》のある返答が思い浮かばないので、ホイットニーはクレイトンから視線をはがし、デンジャラス・クロッシングを見つめた。そのつややかな毛並みの黒馬に、汗の白い大きな斑点が散らばっているのを見ていると、自責の念にかられ、ひとりよがりの怒りがしだいに鎮まっていった。馬が怪我をしなかったのも奇跡なら、乗り手が馬上に留まれるほどの熟練者で、馬小屋に連れもどさず、乗りつづける分別があったのも奇跡だ。馬も騎手も怪我をしなかったのは、驚異としか言いようがない。恥ずかしさと、ほっとしたのとで、目のすみに涙が浮かんできて、ホイットニーは素早く拭《ぬぐ》った。しかしクレイトンはそのしぐさを見逃さず、彼女の心の動きを察知した。

「私を見てごらん」打って変わって優しい口調で命じた。

「いやよ！」ホイットニーは言い返した。「あなたのほうを向いたら、爪でその目を掻きだしてやる。うそじゃない！」虚勢を張ってみたものの、謝るまでは放してもらえそうにないと悟り、ただただ彼から逃げたくて、感情のこもらない口調で言った。「馬を打つ気はまったくなかった。あなたを打つつもりだったの。でも、どっちにしろ、あれは子どもっぽいだけでなく、無責任で危険な行為だったわ」

「話してくれて、ありがとう」クレイトンが穏やかに言う。

彼の口調に勝ち誇ったところも得意げなところもないのに気づき、ホイットニーは信じられない思いで彼を見つめた。父親に謝ったときはいつでも、こちらの話が終わると、娘の不品行についての長い説教が始まったので、なぜかクレイトンからも同じ反応が返ってくると思いこんでいた。「謝ってくれて、ありがとう」ホイットニーの困惑ぶりを見透かしたかのように、クレイトンが言う。

重大な間違いを犯し、良心の呵責《かしゃく》を感じて、許してもらうというのは、ホイットニーの子ども時代にはまったく経験したことのない展開だった。その瞬間、ホイットニーは妙に感動して、彼の表情をうかがい、それから目をそらした。それでも、彼の理解や許しは、脅しや威嚇《いかく》ではできなかったことを成し遂げていた。羞恥《しゅうち》と後悔の涙が、隠したり止めたりできない熱い流れとなって、ホイットニーの頬を伝い落ちる。

ホイットニーが体を離して立ち上がろうとすると、クレイトンが手を伸ばして彼女の顔を包み、自分の胸に押し当てた。子どもをなだめるように髪を撫でられると、その手の動きの意外な優しさに、ホイットニーはさらに激しく泣いた。彼のシャツがぐっしょり濡れるまで泣いて、ようやく気まぐれな感情を抑えられるようになった。「なぜ私のことが嫌いなんだ、かわいい人？」クレイトンが優しく尋ねた。

口調だけでなく、愛情のこもった呼びかけに不意を衝《つ》かれ、ホイットニーは涙声で率直な思いを口にした。「あなたには、わたしを荒れ狂わせる何かがあるから」

驚いたことに、クレイトンは押し殺した笑い声を漏らすと、彼女の顎に手をかけ、自分のほうに顔を上向かせた。彼の灰色の瞳は温かく、同意するように微笑みかけていた。そのとたん、ホイットニーは不思議なことに、自分たちが最高の親友のように――ふたりのあいだに何か特別な絆《きずな》があるかのように感じた。その感情にびっくりしたものの、やがてそれが体じゅうに満ち、わだかまりをすっかり拭い去った。「無理にデンジャラス・クロッシングに乗せて、ごめんなさい、それに……」

「もういい」クレイトンが優しくさえぎる。「忘れるんだ」

クレイトンの顔がそっと近づいてきて、キスをしようとしていると気づいたが、ホイットニーは身を引くことなく、恥じらいながら顔を上げ、許しの証《あか》しを探しながら求めに応じた。彼の唇が下りてきて、優しく、無心な愛撫をする。

キスが深まり、唇が官能的にぴったり合わされても、自分から離れれば、クレイトンも無理強《じ》いしないだろうと思った。それなのに、自分でも気づかないうちに、両手を彼の胸に這わせ、首に巻きつけていた。そしてすべてが変わった。

クレイトンの手がホイットニーの髪を結んだスカーフを引っ張ってはずし、ふさふさした髪に指を絡ませた。その手で顔をそっとはさんで、とろんとした緑の瞳を見つめる。「ああ、なんてかわいいんだ」とささやく。ホイットニーの心臓が鼓動をひとつ飛ばし、ふたたび彼の唇がゆっくり、入念に押しつけられると、早鐘を打ちはじめた。長くじらすような得《え》も言われぬキスに、ホイットニーの頭はくらくらした。彼の舌は、はじめはからかうようにホイットニーの唇の上でちろちろ動いていたが、やがて唇を開くよう執拗《しつよう》にせがみだした。ホイットニーが応じたとたん、なかに押し入ってきて、口のなかの親密な探検にかかった。その一方で、彼の手は背中を這い下り、尻の丸みをつかんで、ホイットニーの体を持ち上げ、さらに自分に引き寄せた。

狂おしいまでの興奮がホイットニーの首から膝にかけてを次々に襲い、彼女は激しく身を震わせ、クレイトンにしがみついた。ぐらりと世界が傾き、クレイトンに体を半分よじられ、彼の横の草地に寝かされ、がっちりした腕で包まれた。クレイトンが身を乗りだしてくると、首を横に振って弱々しく抗議した。「だめよ……」

彼の口が下りてきて、抗議の言葉をさえぎるように荒々しく唇を奪い、キスをむさぼった。唇を押し開いて、舌をそっと入れたり出したりして、じらし、責め立てる。ついにはホイットニーも熱くなり、みずからの舌先で彼の唇に触れた。

クレイトンがうめいて、引き締まった体をホイットニーにぐっと押しつけ、自分の口に彼女の舌を引っ張りこんで、からみ合わせる。そのあと、彼の唇はホイットニーの耳を探検し、頰を横切り、また唇をおおった。彼の手のほうは強烈なほてりの痕跡を残しながら、喉を滑り下り、両の乳房を撫でたあと、薄いシャツのボタンをはずして、その下の柔らかなふくらみをまさぐった。

素肌に触れた彼の力強い指の感触が、欲望に麻痺したホイットニーの意識に侵入して、彼女を現実に引きもどした。必死に首を横に振り、唇から逃れようとすると、クレイトンがシュミーズを引き下げて、豊かな胸のふくらみをあらわにした。

「いやだとは言わせない」ぞくぞくするようなささやき声で命じ、熱烈なキスを深めながら、片手で乳房を押し上げ、敏感な乳首を愛撫すると、彼の手のなかで乳首が誇らしげに尖《とが》った。

そこで、突如、クレイトンはやめた。

ホイットニーはキスと愛撫で呆然としつつ、欲望のくすぶった彼の目が、象牙色の乳房から顔へ移動するのを見ていた。「いまやめなければ、かわいい人」妙に張りつめた声で、クレイトンがつぶやく。「最後まで行くことに夢中になって、引き返せなくなる」首を曲げて、左右の柔らかな乳房の先っぽにキスをし、名残《なご》りおしそうにシュミーズを引っ張り上げた。

クレイトンは片肘をついて、ホイットニーの隣りに横たわり、人差し指でホイットニーの頬に触れ、頬骨の優美なカーブをそっとなぞった。彼女の気質と新鮮さに惚れ惚れした。彼女は思いやりとめざましい情熱で応じようとしてくれた――股間の疼《うず》きが、それを彼に再確認させていた。彼女はまさに思っていたとおりの女性であり、それをずっと超えてもいた。頑固で、優しくて、気性が激しく、生意気で、才気煥発《かんぱつ》で……わくわくするような相反する面を持った宝だ。私の宝だ！

ホイットニーはクレイトンの心温まるような、ゆったりした微笑みに浸りながら、硬い胸に手を置いた。クレイトンがその手に自分の手を重ね、シャツ越しに心臓に押しつけて、激しい鼓動を感じさせる。

ホイットニーはうっとりしながら、周囲に漂う初秋の日の音を聞いた。栗鼠《りす》が冬に備えて木の実を抱え、ちょろちょろと木を登っていく。蟋蟀《こおろぎ》による、しゃがれ声の合唱。一頭の馬が気まぐれに足を踏み鳴らした。ホイットニーは横たわったまま、彼がこれほどハンサムなことにどうして気づかなかったのだろうかと思った。

クレイトンの声がして、ホイットニーは一気に物思いから覚めた。「そろそろ行ったほうがいい――それなりの言い訳はあるにせよ」ホイットニーの美しい額が落胆にしかめられたのを見て、クレイトンは喉の奥で笑い、乳房の先端に大胆にキスをした。「この破廉恥《はれんち》娘め！」とからかう。

「そうよね」ホイットニーはさっと立ち上がり、破廉恥娘と――正しく――呼ばれた屈辱に顔を赤らめた。手でぎこちなく髪を撫でつけ、整えようとした。「わ――わたしたち、もっと早く出発するべきだった」

クレイトンが手を差し出したが、ホイットニーはくるりと向きを変え、さっさと歩いた。馬に乗ろうとする彼女を、クレイトンは腰をつかんで胸に引きもどし、後ろから両腕で包みこんだ。「かわいい人」くっくっと笑い声を漏らし、彼女のうなじに鼻をすり寄せる。「もっと時間をかけて、もっと親密にきみを抱くときが、この先、何度だってあるよ」なだめるように付け加えた。「約束だ」

ホイットニーは自分の耳を疑った。破廉恥娘と呼んだあとに、わたしの欲望を満足させる、もっと親密な愛情行為の提供を、同情するように約束するなんて！　彼に節操がなく、とんでもなくうぬぼれが強いことを、わたしは忘れてしまったの？　ホイットニーは体を離して、肩越しにクレイトンを見た。屈辱による混乱のなかで、できるだけ尊大に言った。「あなた、本気でそう思っているの？」

クレイトンが獰猛な笑みを浮かべる。「本気だ」

「あてにしないことね」そう言って、顔を背《そむ》け、カーンの手綱を引き寄せた。クレイトンがホイットニーを軽々と持ち上げて片鞍に乗せ、悠然と片手をその腿に置く。声を震わせてホイットニーは尋ねた。「ピクニックの場所はどこなの？」

「セヴァリンの家と私の家のあいだにある空き地だ」クレイトンは答え、デンジャラス・クロッシングの背にひらりとまたがった。

何はさておき、ホイットニーはカーンを全速力で駆けさせ、できるだけクレイトン・ウェストランドと距離を取りたいと思っていた。それと同時に、自分の心がどれほど傷ついているかを隠したかった。そこで、やけに明るく「じゃあ、そこで」と声をかけると、カーンを急旋回させ、全速力を出すよう促した。髪を後ろになびかせて馬を駆り、ほてった顔を風にさらして冷やす。

悔しくて泣きたかった。〝破廉恥娘〟と呼ばれたのだ。そして実際に破廉恥娘だった！　あんなふうに彼にキスをさせたなんて――それに、ああ、なんてこと、あんなふうに触らさせたなんて。しかも、あのろくでなしときたら、もっと時間をかけて親密に抱くと約束すれば、わたしが喜ぶと思っていた！　あいつにわがもの顔に振る舞わせたりして、わたしのプライドや善悪の判断力はどこにいったの？　彼を求めて横たわっていたことが、ひどくばげたことのように思えた。それに、わたしがどう感じるのか、彼はちゃんとお見通しだった。あの男は間違いなく、女をその気にさせる名人だ。

ずっと向こうに、ピクニックの参加者たちの姿が見えてきた。緩やかに起伏する丘の斜面を背景に、彼らの衣服が色とりどりの点となって散らばっている。かなり遠くからでも、ポールの姿が見分けられた。ポール！　先ほどの小川での出来事を知ったら、彼からどんなに軽蔑されるかと思い、うめき声をあげた。ポールにはわたしが堕落した女に見えるだろう。みんなの目にも……。

ホイットニーはちらりと後ろをうかがい、クレイトンが十馬身ほど離れているのを見て取った。あわてふためいて逃げているように見られずに、ピクニック会場まで思いっきり馬を駆っていきたいと発作的に思い、ホイットニーは挑戦の意思表示として鞭を上げ、肩越しに叫んだ。「競走する？」

「勝ち目があると思っているのなら」クレイトンが笑い声をあげてから叫ぶ。「十馬身のハンデをつけよう。先に行け」

ホイットニーはハンデの申し出を拒否しようかと思ったが、この男に関するかぎり、どんな手を使ってでも勝てればいいと結論を下した。カーンの首のほうへ身を乗りだし、踵《かかと》で軽く叩いてやると、カーンが一気に前へ駆けだす。カーンの歩幅はだんだん広くなり、ホイットニーの下で地面が飛んでいった。

みんなのところへ近づいたので、肩越しに見やり、どれぐらいリードしているのか確かめた。驚き混じりの嫌悪を感じた。牡馬がその差一馬身にまで迫っていたからだ。それでもまだ勝てる気でいたが、まさにゴール寸前、牡馬が差を縮め、カーンを鼻の差で抜いた。

馬たちが跳ねるようにあたりを駆けていると、馬丁が手綱を取りに走り寄ってきたので、ホイットニーは手を借りて降りた。スカートを撫でつけてから、クレイトンを完全に無視して通り過ぎようとした。

クレイトンが馬から身を乗りだし、ホイットニーの顎の下をなれなれしくつついた。「私の勝ちだ」にやりとする。

屈みこんでカーンの右前足を調べていた馬丁が、ちらりと目を上げ、礼儀正しく言った。「レディーの馬は、蹄に石をはさんで走ってたようです」

ホイットニーはすかさずそれを言い訳にしようとしたが、ポールが来て話が途中になった。

「ふたりそろってどこへ行ってたんだい?」

「この牡馬にちょっと手を焼いていたんだ」クレイトンが穏やかに応じて、馬から降りた。

ポールが疑いの目で従順な黒毛を見てから、怒りで顔を真っ赤にしたホイットニーを見やった。「きみたちのことを心配していたんだよ」

「そうだったの? そんな必要はなかったのに」後ろめたそうに見えるのを自覚しながら、ホイットニーはつぶやいた。

ポールはホイットニーを淡い青色の敷物のところへ連れていって、エミリーとマイルケル・アーチボルドの隣りに座らせ、自分も隣りに座った。向かいにはエリザベスとピーターがいる。

クレイトンは使用人からワインのグラスを受け取ると、彼らの真向かいの敷物へまっすぐ歩いていき、マーガレット・メリトンともうひと組の男女の隣りに座った。ホイットニーは、マーガレットが隣りに座る彼に投げかけた晴れやかな笑みに気づいた。年がら年じゅう意地悪そうに目を細めていなければ、マーガレットはとてもかわいいのに、と胸の内でつぶやいた。けれども、たったいま、ホイットニーのほうへ向けられたその薄茶色の目は、憎らしそうに細められていた。「競走してたんなら、負けたんでしょ、ホイットニー」マーガレットが薄ら笑いを浮かべる。

「競走をして、彼女が負けた」クレイトンが即座に認め、否定してみろとばかりに、にやにや笑ってホイットニーを見つめた。

「第一に、わたしの馬の蹄には石が挟まっていたの」ホイットニーは言い返した。「もうひとつ言わせてもらうと、わたしがあの牡馬に乗っていたら、大差で勝っていたわ」

「もしきみがあの馬に乗っていたら、お嬢さん、きみの枕元に親戚の人たちを呼ぶことになっただろうね」うれしそうに否定する。

「ミスター・ウェストランド、わたしはあの牡馬を乗りこなせるし、あなたよりも彼の力を引き出せるわ」

「そう思うのなら、私は自分の持ち馬に乗るから、きみが再試合を望めばいつでも、あの牡馬できみの腕前を披露してもらって構わない」

あざ笑うような彼の目に刺激され、ホイットニーはすかさず挑戦に応じた。「平地のコースにしてね」条件を付ける。「障害コースはだめ。あの馬はジャンプの調教はまだだから」

「きょう、たしか、いくつかの柵越えをかなりうまくこなしていたぞ」クレイトンがホイットニーに容赦なく思い出させる。「だが、きみの希望どおりでいい。きみがコースを選べ」

「少々きみの手に余るんじゃないのかい？」ポールが額にしわを寄せ、心配して尋ねた。

ホイットニーはクレイトンへ尊大な視線を向け、実際よりも自信ありげに言った。「とんでもない。楽勝よ」

「あなた、男物のズボンをはいて、馬にまたがるつもり？　それとも、裸足になって、馬の背中に立つつもり？」マーガレットが意地悪くからかう。

まるで申し合わせたように、ほかのみんなが話を始めたので、マーガレットの声はかき消されたが、クレイトンとひと組の男女に話している声の断片がホイットニーの耳に入った。

「……父親に恥をかかせ……村の人たちをあきれかえらせ……」

使用人たちがコールドチキン、ハム、チーズ、林檎《りんご》、そして梨の入ったバスケットを配りはじめた。ホイットニーはマーガレットの悪意ある言葉で沈んだ気分を振り払い、残りの時間をなんとか楽しく過ごそうと努力した。エミリーが夫のマイケルと交わしている軽口に耳を傾けた。「小さいころ、ホイットニーと賭けをしたの」エミリーが夫に言っている。「で、先に結婚したほうが、相手に五ポンドの罰金を払うことになった」

「そうだったわね!」ホイットニーはにっこりした。「すっかり忘れていた」

「彼女に結婚を迫ったのはぼくだから」マイケル・アーチボルドがホイットニーにウィンクする。「ぼくは、名誉にかけて、彼女の罰金を払わなくてはならないわけだ」

「そのとおり」ホイットニーは応じた。「エミリーがあなたの気持ちを受け入れてくれるのが、これっきりじゃなければいいんですけれど、男爵」

「ぼくもそう願うよ!」アーチボルド男爵が大げさに失望してみせ、ホイットニーは吹きだした。

ポールが体を寄せてきたので、ホイットニーはまだ笑いの痕跡が残った目で彼を見上げた。

「ぼくの気持ちを受け入れてくれるつもりは、きみにはあるのかい?」

それは彼の結婚の意思表示とも受け取れそうで、ホイットニーは自分の耳を疑った。「それは状況しだいね」人を惹きつけずにはおかない青い瞳から目を離せないまま、ホイットニーはささやいた。と、突風にあおられ、髪が顔と肩のあたりでふわりと舞い上がった。ホイットニーは何気なく手を後ろに伸ばして、髪を結んでいたはずの黄色と白の水玉模様のスカーフを探った。

「これを探してるのかな?」クレイトンがもったいぶった口調で言い、ポケットからスカーフを取り出して、差し出す。

ポールの顎がこわばるのを見て、ホイットニーはクレイトンの手からスカーフをひったくった。スカーフが彼のポケットに入ったいきさつはもちろん、ふたりそろってピクニックに遅れたことにも、みんなが疑問をいだくよう、クレイトンがわざとそうしたのだとわかっていた。しかも、自分でも驚いたことに、後ろめたさから頬が赤くなるのを感じた。彼を肉体的に傷つけてやりたいという考えが、陰湿な喜びとなってホイットニーを満たした。剣で彼の体を切り裂くか、銃で頭を吹っ飛ばすか、木に吊すかすれば、せいせいするだろうにと思った。

午後遅くにピクニックがお開きになると、ポールはカーンに乗って帰るよう馬丁に指示をして、ホイットニーをぴかぴかの馬車で家へ送っていった。馬はほこりっぽい道を意気揚々と駆け、ポールは心ここにあらずというようすで黙って手綱を取っていた。

「ポール、わたしに怒ってるの？」ホイットニーは慎重に切りだした。

「ああ、理由はわかっているだろう」

心当たりがあったので、ホイットニーは不安と喜びとのあいだでとまどっていた。もしかすると、ほんとうにもしかするとだが、クレイトン・ウェストランドはポールにさっさと愛を告白させるべく刺激を与えていたのかもしれない。一日じゅう、ポールが恋人みたいに嫉妬していたのは紛れもない事実だ。

ホイットニーの家の正面玄関に通じる車回しに入ると、ポールが馬を止めて横を向き、彼女の座席の背もたれへ腕をのせた。「きょうのきみが、どんなに美しく見えるか、たしか伝えたよね」

「ありがとう」ホイットニーはうれしい驚きを感じた。

ポールが突然にやりと笑った。「あすの朝十一時に誘いに来るよ。それについては、そのとき話そう」

「きょうのわたしが、どんなに美しく見えたかってこと?」ホイットニーはからかった。

「いや、ぼくが怒っている理由だよ」

ホイットニーはため息をついた。「それより、もうひとつの話題のほうがいいわ」

「まあ、そうだろう」ポールは含み笑いをして馬車を降りると、ぐるりと回って、ホイットニーが降りるのに手を貸した。


翌日の朝十一時きっかりに、ポールはやってきた。客間の入口の前に立ったホイットニーは、ほとんど信じられない気分だった。まさに夢見ていたとおり、ポールが誘いにきてくれて、ほんとうにここにいるなんて! 驚くほどハンサムに見えるポールが、レディー・アンの発言に声をあげて笑った。

「あなたの若い彼氏、気に入ったわ」部屋を去るさいに、アンがホイットニーにささやいた。

「彼はまだわたしのものじゃないわ」ホイットニーはそうささやき返したが、顔は陽気に笑っていた。

明るい青空の下、ポールの金髪をそよがすさわやかな微風を感じながら、ふたりはスプリングのよく効いた彼の馬車で田舎道を巡って、おしゃべりしたり笑ったり、ときどき停まっては、道の両側に広がる起伏のあるすばらしい眺めを楽しんだりした。木々のなかには、夏の青々とした葉から、初秋の黄金色とオレンジ色の葉へと、すでに色づきはじめたものもある。ホイットニーにとって、平穏で幸福な一日と言えた。

ポールは魅力的で楽しく、ホイットニーが壊れやすい磁器でできているかのように、一難去ってまた一難というのがつねだった女性とは別人であるかのように、大切に扱ってくれた。彼にキスをして、待っていてほしいと頼んだことを思い出すと、数年たった今でも、恥ずかしさで身がすくむというのに。

ふたりはポールの母親といっしょに昼食をとった。最初、ホイットニーは考えただけでぞっとしたが、とても楽しい食事になった。

その後、ふたりで芝生を歩いて、森の近くまで行った。ポールに言われて、ホイットニーはオークの丈夫な枝からつり下げられたぶらんこに座った。

「なぜきみとウェストランドは、きのうピクニックにあんなに遅れたんだい？」前置きもなく、ポールが尋ねた。

ホイットニーは口を開きかけたが、肩をすくめて、当惑しているものの平気を装っているように見せた。実際にはどちらでもなかったが。「わたしたち、あの牡馬に乗ることにしたせいで、大変な目にあったの」

「ホイットニー、その話は信じがたいな。ぼくはウェストランドといっしょに馬に乗ったことがあるんだ。こと馬にかけては、あいつは初心者なんかではない。それにきのうのあいつは、どう見ても従順で行儀がよかったし」

「だれが従順ですって？」ホイットニーは彼の気分を和らげようと、軽口をたたいた。「馬？　それともミスター・ウェストランド？」

「ぼくは種馬の行儀のことを言ったんだ。けど、ちょうどきみが言ってくれたから、ウエストランドの行儀について聞かせてもらおうか」

「ポール、もういいでしょ！」懇願するような口ぶりになる。「あなたもよく知っているように、馬というのはまったく予想がつかないところがあって、もっとも老練な乗り手でも手こずることがあるわ」

「じゃあ、あの馬がそれほど手こずる馬だというなら、きみがそいつに乗ってウェストランドと競走することにした理由を、説明してもらえるよな？」

「ああ、それね。それは、彼に挑発されて、あとに引けなくなったのよ」伏せた睫毛越しに、ポールの疑わしげでいかめしい表情を盗み見た。この状況では、ある程度の当然の怒りを示したほうが賢明——というか期待されている——だろう。「ポール、あの男には我慢ならないの。それに——こういうしつこい質問はよくないと思う。不公平だし、礼儀にかなっていない」

不意にポールがにやっと笑った。「きみが礼儀を口にする日が来るとは思わなかったよ」なんの前触れもなく、ぶらんこからホイットニーを引きずり下ろして、抱きしめる。「ああ、きみはなんて美しいんだ！」とささやいた。

ホイットニーははっとして、息を吞みこんだ。同じ言葉がばかみたいに頭を巡る。ポール、、、がキスしようとしている！　彼の顔がゆっくり迫ってくると、緊張のあまり、笑いがこみ上げるのを感じた。けれど、彼の温くなめらかな唇に触れられた瞬間、笑いは跡形もなく消え去った。

手をわきに垂らしておこうとしたが、勝手に彼の胸へと滑っていた。できるだけ自分を抑えた。自分の感情の奥底に潜むものに、ポールが不快感をおぼえているのではないかと不安にかられ、キスに身をゆだねることができなかった。

だが、ホイットニーがキスに熱中しないでいることを、ポールは許さなかった。腕に力をこめて、硬い胸にぎゅっと抱きしめ、巧みにキスをした。彼の口は彼女の唇の上で動きつづけ、そっとついばんだり、むさぼるように求めたりした。彼の腕からようやく解放されたときには、ホイットニーは脚に力が入っていなかった。虚脱感をおぼえながら、自分がたったいまキスをした相手は、キスというものをよく知っていて、間違いなくたくさんの経験を積んでいると気づいた。

ポールが自信に満ち、満足げな顔でこちらを見ている。「とっても上手なのね」自分には判断する能力があると聞こえるように願いながら、ホイットニーはお世辞を言った。

「それはどうも」ポールがいらつき気味に言う。「その結論は、フランスでの数々の経験に基づいているのかい？」

ホイットニーはぶらんこに座って微笑みかけ、黙りを決めこんだ。靴の先で強く押して、ぶらんこを後ろに揺らす。一度往復したあとで、ポールのがっちりした手が飛び出して、ホイットニーの腰をつかみ、揺れる腰掛けから無遠慮に引っ張り下ろして、腕に抱いた。「きみは腹の立つ、とんでもないあまっこだ」くすくす笑う。「うっかりしていると、パリのお上品な気どり屋たちも顔負けなほど、きみにめろめろになりそうだ」

「違う」ホイットニーは彼の口に口をふさがれながら、弱々しく抗議した。「お上品な気どり屋じゃないわ」

「了解」ポールがかすれ声で言う。「ぼくもそんな哀れな連中の仲間にされるのはごめんだからな」

　ホイットニーはどきりとして、「どういう意味？」と彼の唇にささやいた。

「つまり」ポールが両腕でホイットニーを抱きしめて、むさぼるように唇を求めた。「ぼくはもう、きみにめろめろだってこと」

　二時間後、ホイットニーは夢心地で家にもどり、スーエルに叔母のことを尋ねて、父親とミスター・ウエストランドといっしょに書斎にいると教えられた。廊下の先に用心深い視線を投げ、気づかれていないことを確かめてから、急いで階段を上がって、自分の部屋へ行った。何も、絶対に何も、わたしの幸福を台なしにできない。それができるのは、クレイトン・ウェストランドと顔を合わせることぐらいだろう。ほっとため息をつき、部屋のドアを閉め、ベッドにばたりと倒れこんで、午後の思い出を胸に抱きしめた。

マーティンの書斎で、レディー・アンは目に涙を光らせ、クレイモア公爵にぎこちなくお辞儀をした。彼が断固とした足取りで歩いて部屋を出たあとも、その場にたたずんでいた。わだかまる思いに、ひどく胸が締めつけられる気がした。

マーティン・ストーンが椅子の脚を床にこすらせて立ち上がると、机を回って、彼女のほうに来た。「わしなら、まだこのことを打ち明けなかっただろう。だが閣下は、あんたにこの取決めを知らせておくべきだと考えた。わしらが話し合ったことについて、他言は無用だということは、念を押すまでもないだろうな？」

アンは喉もとに涙がこみ上げるのを感じながら、義兄を見つめた。懇願するように手を上げかけて、わきに下ろす。

アンが何も言わないことに気をよくしたらしく、マーティンはやや口調を和らげた。「ホイットニーに付き添ってきたあんたを見たときには、まあ、正直、うれしいとは思わなかった。だが、どうせここにいるんだから、ホイットニーの頼れる支えとなってもらいたい。あんたが公爵をよく思っていることを、ホイットニーに伝えてもらいたいんだ。あれはあんたの意見を尊重しているからな。なるべく早く公爵に好意をいだくようになってくれれば、わしら全員が幸せになれる」

ついにアンは口を開いた。「公爵に好意をいだく？」信じられないという声。「ホイットニーは彼と同じ空気を吸うのもいやがっているのよ！」

「ばかばかしい！　あれは公爵のことをほとんど知らんのだぞ」

「彼を軽蔑するぐらいよく知っているわ。あの娘《こ》から、直接聞きました」

「それじゃ、あんたに娘の気持ちを変えてもらおう」

「マーティン、知らないの？　ホイットニーはポール・セヴァリンを愛しているのよ」

「ポール・セヴァリンは、自分の土地を管理することすら難儀している男だぞ」鼻息荒く言う。「あいつが娘に与えられるのは、家政婦並みの人生がいいとこだ」

「それでも、決断するのはホイットニーよ」

「ばかな！　決めるのはわしだ。で、そう決めたんだ」

　アンは抗議しようと口を開きかけたが、マーティンが荒々しい声でさえぎった。「わしにちょっと説明させてくれ、マダム。わしはクレイトンの弁護士が作成した正式な契約書にサインをして、公爵側の契約として、彼から十万ポンド受け取った。わしはすでに債権者に借りを全部払い、金の半分以上を使っている。半分以上を。たとえホイットニーが契約の履行《りこう》を拒否しても、借りた金を返すのは無理だ。もしそうなった場合には、詐欺《さぎ》やら窃盗やらなんやら罪で、クレイモアはわしを訴えられるし、そうするだろう。そして、それがあんたの知ったことでないとしたら、べつの説明をさせてくれ。父親が牢獄で朽ちていくことを、そこらじゅうの住人が笑い、うわさするなかで、ホイットニーがセヴァリンと結婚して、どれだけ幸せになれると思うんだね？」

　痛烈な非難の言葉を残し、マーティンは戸口へゆっくりと歩いていった。「この件でのあんたの協力を期待しているよ。わしのためではないにしても、ホイットニーのために」

13

ホイットニーは翌日の夕食にクレイトンが来るという知らせに、鞭で打たれるときと同程度の興味をいだいた。それでも、父があの男を好ましく思っているのだから、父のために我慢しなくてはならないと覚悟を決めた。

夕食は八時に始まり、ダマスク織りのテーブルクロスが掛けられた長テーブルの一方のはしに父親が、もう一方にレディー・アンが座った。結果として、ホイットニーの席はクレイトンの向かいになる。テーブルの中央に置かれた、重々しい銀製の枝付き燭台を好ましからざる食事の相手に対する防壁にして、ホイットニーは冷ややかで堅苦しい沈黙を保った。食事ちゅうに数回、クレイトンが挑発的な発言でわざと彼女を怒らせ、会話に引きずりこもうとするのがわかったが、ホイットニーは細心の注意を払って彼を無視した。

驚いたことに、ほかの三人は彼らだけでかなりうまくやっていたし、食事が進むにつれ、会話が活気づいていった。

デザートが片づけられるとすぐ、ホイットニーは席を立ち、気分がすぐれないと言い訳して、退出を申し出た。クレイトンの唇が歪んだような気がしたので、目を細くして彼の顔をうかがったが、それなりに心配そうにこちらを見ているだけのようだった。「ホイットニーはとても丈夫な子なんだが」父親のとりなしの言葉を耳にしながら部屋を出た。

それから二週間というもの、ポールが毎日誘いにきた。ホイットニーの日々の暮らしは夢のような様相を帯びてきたが、クレイトンといっしょの夕食に頻繁に耐えなければならないことだけが玉に瑕《きず》だった。それでも、父親のために不満も言わずに我慢した。クレイトンのどんな言動にも、つねに冷静に、礼儀正しく、そしてよそよそしく対処した。その遠慮がちな堅苦しさは、父親（レディーらしい慎みだと誤解している）を喜ばせ、クレイトン（どう見ても誤解はなさそう）をいらだたせた。そして、理由はわからないが、叔母を心配させているように思えた。

じつを言えば、近ごろのアンの振る舞いは妙だとホイットニーは思っていた。叔母は何時間も手紙を書いて、エドワード叔父さんが滞在していそうなヨーロッパのあらゆる首都へ送っていた。そして彼女の気分は、落ち着きがないと思ったら、深刻な表情で考えごとをしていたりと、くるくる変わった。

叔母の妙な振る舞いは夫がいない寂しさのせいだろう、とホイットニーは結論を下した。「どれほどエドワード叔父さんが恋しいのか、わかっているわ」二週間たったある日の夕方、ホイットニーは思いやるように言った。その日はじめて、三人でクレイトンの家へ夕食に行くことになっていた。

アン叔母さんは聞こえなかったかのように、ホイットニーのドレス選びに夢中だった。叔母がようやく選んだのは、華やかな桃色のクレープ地のもので、深い襟ぐりをスカラップで飾ってあり、裾にも幅の広いスカラップが施されていた。「フランスにいるあいだ、ずっとポールのことが恋しくてたまらなかった。だから叔母さんがどんな気持ちでいるか、わたしにはわかるの」クラリッサにドレスを頭からかぶせられていたので、声がくぐもっていた。

「少女時代のロマンスは」と、叔母さんが応じる。「いつも真実みを帯び、いつまでも続くように思えるものよ。愛する人と離ればなれのときにはね。でも、たいていは、もどってみると、夢見ていたものや記憶がまったく現実とは違うことに気づくの」

ホイットニーは、長い髪にブラシをあててくれているクラリッサのことを思いやるのも忘れ、急に後ろを向いた。「ポールを〝少女時代のロマンス〟だと、思っているんじゃないわよね。そりゃあ、もちろんそうだったけれど、もう違うわ。まさにわたしがいつも夢見ていたとおり、わたしたちは結婚するのよ。しかも、もうすぐ」

「ポールはあなたに結婚の話をした？」

ホイットニーが首を横に振って説明しようとすると、アンが深く息を吸いこみ、さえぎった。「あのね、あなたに結婚を申しこむ気があるなら、いままでに、彼にはその時間がたっぷりあったということを言いたいの」

「ポールはプロポーズをするタイミングを見計らっているだけだと思う。それに、わたしは長いあいだ家にいなかったんですもの。まだほんの数週間しかたっていない」

「知り合ってからはずいぶん長いでしょ」アン叔母さんがやんわりと否定した。「わたしたちがここに帰ってきてからの期間で、見ず知らずのふたりの結婚が決まるのを幾組も目にしたわ。おそらくミスター・セヴァリンは、いまのところ、人気者の美しい娘に言い寄るのを楽しんでいるだけじゃないかしら。多くの殿方と同じようにね」

ホイットニーは自信たっぷりに微笑み、叔母の頬にキスをした。「わたしの幸せを願って、こんなに心配してくれているのね、アン叔母さん。ポールはプロポーズしようとしているところなのよ。いずれわかるから」

しかし無蓋馬車が暗いオークの木の下をクレイトンの家に向かってがたごとと進むにつれ、ホイットニーの楽観的観測に陰りが見えはじめた。肩をおおう長い髪の一房を、ぼんやりともてあそぶ。ふんわり波打つ髪は、背中の中ほどまであり、先端がカールしていた。ポールはいま話題の近所の美女をエスコートして、楽しんでいるだけなのだろうか？　冷静に考えて、エスコートしてもらう資格をエリザベス・アシュトンから奪い取ったのだとは承知している。けれど、それを知っても、かつて想像していたほどの満足感は得られなかった。地元のカード・パーティーや夜会の招待状はうれしいほどしょっちゅう来ていて、ホイットニーが招待に応じると、ポールはエスコートしてくれるか、その夕べのほとんどの時間、そばにいてくれた。思えば、近所でホイットニーの人気に引けをとらない人物はクレイトン・ウェストランドだけで、行く先々で彼と顔を合わせている。

ホイットニーは肩をすくめ、大嫌いな隣人について考えるのをやめた。なぜポールはプロポーズしないのだろう？　それに結婚はともかく、なぜ愛していると口にしたことがないのだろう？　こうした悩ましい疑問の答えを探しているうちに、クレイトンの家に到着した。

玄関ドアが開き、直立不動の執事が三人をじろりと見下ろした。「ようこそ」重々しく抑揚をつけて言う。「ご主人さまがお待ちです」ホイットニーは最初びっくりしたが、やがて彼の高慢な態度をひそかにおもしろく思った。どこかの名士の家の執事で、壮大な館のドアを開けたのなら、ずっとふさわしいと思えるような態度だったのだ。

アン叔母さんと父親が外套《がいとう》を脱がせてもらっていると、クレイトンが廊下をつかつかと歩き、小さな玄関ホールに現われた。まっすぐホイットニーのところへ行く。「手伝おうか？」丁寧に尋ね、ホイットニーの後ろへ回って、肩に羽織った桃色のサテンのケープに長い指をかけた。

「ありがとう」ホイットニーは礼儀正しく応じた。フードを後ろに押しやり、喉もとのサテンの紐ボタンをはずすと、できるだけ急いでケープを脱いだ。クレイトンの手の感触に、記憶がよみがえった。ピクニックの日に抱かれて愛撫されたときの手の動きが、子どもに飴《あめ》を与えるかのように、もっと時間をかけて親密にきみを抱くと約束したときの声音《こわね》が、まざまざと思い出された。なんて傲慢なやつ！

父がアン叔母さんを引き留めて、玄関ホールのテーブルを飾る象牙の彫刻を愛でていたが、ホイットニーはクレイトンに案内されて、客間と書斎を兼ねていると思われる中ぐらいの広さの部屋へ行った。

大きな暖炉では、夜の寒さをものともせず火がめらめらと燃え、その灼熱の明かりが、炉棚の上方に取り付けられた突出し燭台のろうそくの灯火とともに、周囲を照らしている。家具は少なかったが、威風堂々としていて、男性好みにしつらえた部屋だった。一方の壁には、豪勢に彫刻を施した長いオーク材の飾り棚が置かれ、その両端に、すばらしい純銀製の枝付き燭台がどんと載っていた。飾り棚の上部は、正方形の大理石が嵌《は》めこまれ、そのひとつひとつが手のこんだ彫刻模様の木片で囲ってある。その中央に、ホイットニーが見たことがないほど巨大な、純銀製の茶器セットがあった。あまりにも大きすぎて、ストーン家の執事スーエルには、持ち上げられそうになく、厳かに運ぶことはもちろん無理だろう。いつも堅苦しいスーエルがトレイを抱え、部屋によろめきながら入ってくる姿が頭に浮かんで、ホイットニーは口もとをかすかにゆるめた。

「その笑みは、私に対するきみの意見が和らいだしるしと見ていいのかな?」クレイトンがのんびりと言う。

ホイットニーは顔を振り向けた。「あなたに対する意見なんてないわ」うそをついた。

「私に対してずいぶんきびしい意見があるはずだ、ミス・ストーン」クレイトンは含み笑いをしながら、柔らかな暗紅色の革を張った、座り心地のいいウィングバックチェアにホイットニーを座らせた。自分はその向かいのウィングバックチェアには座らず、ずうずうしくもホイットニーの椅子の肘掛けに腰を下ろし、背もたれに右腕をさりげなくのせた。

「くつろげる椅子が足りないのなら、わたしは喜んで立つわ」ホイットニーは冷たく言って、立ちかけた。

クレイトンは彼女の肩をつかんで椅子に押しもどしてから、素直に立ち上がった。「ミス・ストーン」にやりと笑いながら、怒った顔を見下ろす。「きみは毒蛇並みに口が達者だ」

「ありがとう」ホイットニーは淡々と応じた。「あなたは野蛮人並みの振る舞いが得意ね」

どういうわけか、クレイトンがのけぞって、大声で笑った。なおもくっくっと笑いながら、ホイットニーの頭に手をのせ、つややかな髪を愛情をこめてくしゃくしゃにした。ホイットニーはさっと立ち上がり、彼の顔をひっぱたこうか、向こう脛《ずね》に蹴りを入れようかと迷った。彼女の父親と叔母は、向き合って立つふたりを見つけた。クレイトンは大胆に賞賛の目を向け、ホイットニーのほうは、むっつりと彼をにらんでいる。

「おや、ふたりでひどく楽しいおしゃべりの最中のようだな」父が陽気に言うと、クレイトンは唇を引きつらせ、ホイットニーは吹きだしそうになるのを完全にはこらえられなかった。

夕食は豪華な内容で、王の料理人も顔負けのできばえだった。ホイットニーは、あっさりしたワインソースのかかったおいしいロブスターをつつきながら、まるで彼の家の女主人であるかのように、テーブルのはしにクレイトンと向き合って座らされたことに居心地の悪さを感じていた。彼は今夜、ホイットニーもしぶしぶながら感心するぐらい、ゆったりくつろいで優雅にホスト役を演じており、レディー・アンでさえすっかりリラックスして、彼と活発に政治討論をしていた。

コース料理の五品めで、ホイットニーはみずから課した長い沈黙を破った。クレイトンが食事ちゅうずっとからかったり、煽《あお》ったりしていたのだが、ついにホイットニーは、女も男と同じように教育を授けられるべきだという意見を言うために、会話に飛びこんだ。「夫のためにハンカチに刺繡《ししゅう》をして時間を過ごすような女性に、幾何学がなんの役に立つ?」クレイトンが疑問を投げかける。

ホイットニーから、祖父の時代の考えかただと非難されると、クレイトンは彼女をインテリ女と呼んで、笑いながらやり返した。

「いまいましいインテリ女ってわけ」ホイットニーは愉快そうな笑みを浮かべ、さらに続けた。「あなたみたいな古くさい考えの紳士たちは、自分の意にかなう三つの言葉以外を口にする女なら、だれでもそう呼ぶんだから」

「で、その三つの言葉とは?」

「それは、〝はい、旦那さま〟〝いいえ、旦那さま〟そして〝仰せのとおりに、旦那さま〟よ」ホイットニーは顎を上げた。「わたしたち女性のほとんどが、赤ん坊のころから、機知に欠けた女執事みたいになるようしつけられてきたのは、悲しいことだわ」

「私もそう思う」クレイトンは静かに認めた。そしてホイットニーが驚愕から立ち直るより早く、付け加える。「しかし、女性がどんなにりっぱな教育を受けても、いつか自分の亭主や家長の権威に服従せざるをえなくなるという事実は残る」

「わたしは、そうは思わない」苦悶を抑えこんだような表情の父親を無視して、ホイットニーは言った。「それに、わたしはだれのことも、旦那さまとかご主人さまなんて絶対呼ばない」

「そうなのか？」クレイトンがあざける。

ホイットニーが返事をしようとしたとき、父が不意に農地を灌漑《かんがい》する価値について、ひとりでぶつぶつ言いはじめた。それはホイットニーを驚かせ、クレイトンを明らかにむっとさせた。

デザートのとき、クレイトンがふたたびホイットニーに注意をもどした。「夕食後、何かやりたいゲームがあるかな？」灰色の瞳がさも愉快そうにホイットニーの瞳を見据えて、無言で何かを伝え、意味ありげに付け足す。「……きみと私がすでにやった、あのちょっとした〝ゲーム〟以外にだが」

「あるわ」大胆に彼の目を見返しながら、ホイットニーは言った。「ダーツ」

彼の顔を笑みがちらりとよぎる。「ダーツはないんだが、もし持っていたとしたら、きみの射程内に入ってもいい、ミス・ストーン」

「ほんの小娘にしては、腕はいいわよ、ミスター・ウェストランド」

「だからこそ」はっきりと言う。「きみの射程内に入ってもいいんだ」クレイトンはにやりと笑い、乾杯するようにホイットニーにグラスを掲げた。ホイットニーは丁々発止の議論に対する彼の賛辞を受け入れ、大げさにうなずいて謙遜を示し、それから笑みを抑えきれず、彼に好意を見せた。

クレイトンはそんな彼女を見て、ほかのふたりをさっさと玄関ドアから送りだし、ホイットニーを腕に抱きしめて、楽しい喧嘩のもとであるその口をキスで封じ、彼女が欲望でとろけ、しがみついてくるまでそうしていたいと無性《むしょう》に思った。椅子にもたれ、ワイングラスの脚をぼんやりいじりながら、彼女が築いた冷たい無関心という壁を、今夜ついに打ち壊したことを考え、喜んでいた。ピクニックの日にホイットニーが壁の向こうへ行ってしまい、一時間前まで冷ややかに距離を置いていた理由はいまだに疑問だが、いつか答えを求めるとしよう。それにしてもダーツとは！　クレイトンはにんまりとした。かわいい首をひねってやるべきだろう。

食事のあと、使用人がマーティンとレディー・アンを食事室の外に案内したが、クレイトンはいっしょに行こうとしたホイットニーの腕に手をかけた。「ダーツとは！」くっくっと笑う。「まったく、血に飢えた女だ！」

クレイトンに笑みを返そうとしていたホイットニーは、顔を真っ赤にした。「あなたのその言葉の使いかた、さぞかしお友だちの羨望《せんぼう》の的だったんでしょうね」感情的になって言う。「知り合って間がないのに、最初はわたしのことを破廉恥だと言い、今度は血に飢えた女呼ばわりするなんて。あなたがわたしのことをどう思おうと勝手だけれど、今後は、その見解を胸にしまっておいてくれたら、ありがたいわ」ふたつの汚名を浴びせられたことで、屈辱感とうしろめたさに打ちのめされ、ホイットニーは腕を引き離そうとしたが、彼の手にがっちりつかまれた。

「いったいなんの話だ？　まさか、どっちの呼びかけも侮辱の意味だと思っているわけじゃないだろう？」ホイットニーが顔を背けて、赤くなった頬と傷ついた表情を隠そうとした。

「なんと、ほんとうにそう思っているとは」クレイトンは優しく言って、ホイットニーの頬に手を当て、無理やり自分のほうを見させた。「許してほしい、かわいい人。私はずいぶん長いこと、あからさまな物言いが流行の先端だという世界にいたんだ。そこでは女性はみな、相手の男性と同じように、歯に衣を着せない」

ホイットニーはこれまで、斬新で奔放な人たちの輪に入ったことがなかったが、クレイトンは明らかにそのなかにいたようだ。そこの女性たちはびっくりするほど率直に物を言い、あけすけにたわむれ、自由気ままに振る舞う。愛人を持つ女さえいる。ホイットニーは突然、自分が間抜けで、あか抜けていないように感じた。「呼びかけだけの問題じゃないの」弁解がましく抗議した。「ピクニックの日のこともよ。あなたの振る舞いは……」彼との熱いキスにみずから進んで参加したことを思い出して、言葉が尻すぼまりになった。「取引をしましょう」間を置いてから申し出る。「あなたはわたしがしたことをすべて忘れ、わたしもあなたがしたことを忘れる。そしてまた最初から始めましょ。もちろん、小川のそばでわたしにしたようなことはしないと、ちゃんと約束してくれたらだけれど」

クレイトンは当惑し、眉根を寄せた。「鞭のことを言っているなら、もちろん心配しなくて――」

「それじゃない。もうひとつのほう」

「何？　キスをしたことか？」

うなずいてみせると、彼があっけにとられた顔をしたので、ホイットニーは吹きだした。

「まさか、あなたにキスされるのをいやがる女性ははじめてだ、なんて言わないわよね?」

クレイトンはちょっと肩をすくめ、その質問を受け流した。「たしかに、少々増長していたかもしれない。女性たちは、私のその……思いやりに満ちた行為を喜んでいるようだったから。そして、きみのほうはというと」続く言葉で、ホイットニーの一瞬の勝利の喜びを打ち砕く。「のぼせ上がった愚か者たちと、長いこと付き合いすぎたようだ。スカートの裾にキスをして、きみの旦那や主人になる許しを請うような連中とね」

ホイットニーの笑みは、自信とからかいに満ちていた。「言ったでしょう、わたしはだれのことも旦那さまやご主人さまとは呼ばないって。結婚したら、忠実な良い妻になるわ――ただし従順な召使いではなく、完全なパートナーにね」客間の入口まで来て、クレイトンは愉快な疑念と絶対的な確信という妙な組み合わせを心にいだいて、ホイットニーを見た。

「忠実な良い妻? いや、かわいい人、それはないな」

なぜかちくちく刺すような不安をおぼえて、ホイットニーは動揺し、目をそらした。あたかも、クレイトンが彼女に対してある種の支配力があると思っているかのようだった。小川で見られているのに気づいた最初の瞬間から、そこで最初に話しかけてきたときから、これと同じ感覚にとらわれていた。おそらく、だからこそ、できるだけ彼を避けるか、出し抜くかするのが、とても重要で必要なことに思えたのだろう。ホイットニーははっとして、彼から話しかけられているのに気づいた。

「ホイスト（カードゲーム。沈黙という意味もある）がいいか、何かほかのがいいかときいたんだ。ダーツ以外で」

クレイトンが冗談めかして言う。

「わたしたち、ホイストならできそうね」ホイットニーは熱意よりも丁寧さをこめて言った。視線が暖炉の前のチェス・セットに落ちた。もっとよく見ようと、近づいていく。「なんて美しいの」ホイットニーはため息をついた。駒の半分はつややかな金色で、もう半分は銀をかぶせてある。各駒はホイットニーの手と同じぐらいの高さだった。重いキングの駒を取り上げ、灯りへかざしてみて、ホイットニーははっと息を呑んだ。手のなかの駒は、ヘンリー二世の形をしており、顔は真に迫っていて、生きているようだった。作った職人の才能に驚嘆するしかなかった。クイーンはヘンリーの妻、アキテーヌのエレオノールだ。ホイットニーはにっこりしてクイーンをもどし、ビショップを取り上げた。「これはベケットでしょうね」肩越しにクレイトンに微笑みかける。「かわいそうなヘンリー。チェス盤の上でも、カンタベリーの大司教の像に苦しめられている」うやうやしく、そっと駒を置いた。

「チェスはするのか？」クレイトンが驚きと疑念を声ににじませて尋ねる。

あまりにも疑わしそうな口ぶりだったので、ホイットニーはいっしょにチェスをするようそそのかそうと、すぐに決めた。「あまりうまくはないわ」伏し目がちに答え、茶目っけたっぷりの笑みを隠す。実際には、エドワード叔父さんが手ほどきしたことを猛烈に後悔したほど、上手だった。叔父さんはさらに、領事館の腕のいいライバルたちに、家に来て姪に勝てるものなら勝ってみろと言ったほどだった。「よくチェスをするの？」何食わぬ顔で尋ねた。

　クレイトンはすでに、チェステーブルの両側に暗紅色の革のウィングバックチェアを引き寄せているところだった。「めったにやらない」

「そうなの」明るく快活に微笑んで、ホイットニーは腰を下ろした。「それなら、時間はからないわ」

「私を打ち負かすつもりなのかな、お嬢さん？」のんびりした口調で言い、片方の眉を傲然と上げた。

「こてんぱんに！」

　ホイットニーは勝利を信じて自信たっぷりに、しかし彼の能力をみくびらないよう注意して、巧みに駒を動かした。クレイトンは最初は大胆で決断力があり、すばやかったが、四十五分後、対戦はかなり緩やかなペースになっていた。

「きみの手強さを見せつけようという気だな」ルークを奪われると、静かに笑い、紛れもない賞賛のまなざしでホイットニーを見た。

「期待していたほど楽々とはいかないけれど」とホイットニー。「それに、わたしはあなたより三手先を読んでいた。それだけでも、あなたはゲームを失うはずだったのに」

「きみを失望させたことを謝るよ」クレイトンが茶化す。

「〝わたしを失望させて〟あなたはすごく喜んでいる。自分でもわかっているくせに！」ホイットニーは笑い声をあげ、ビショップに手を伸ばした。そのとき突然、父親が立ち上がり、自分は痛風が辛いので、ゲームが終わったら、ミスター・ウェストランドが娘を家まで送ってくれるとありがたいと告げた。そう言うと、義妹の手をつかみ、明らかにどこも悪くない二本の脚でさっさと戸口へ向かい、アンも引っ張られるようについていった。

ホイットニーも立ち上がった。「ゲームはまたにしましょう」ゲームを続けられなくて残念がっていることを隠し、急いで言う。

「ばか言うな！」父親がきっぱりと言い、急ぎ足で娘のところへもどると、無理やり椅子に押しもどしながら、額にぎこちないキスをした。「おまえたちがゲームを続けることになんの不都合もない——ここにはお目付役の使用人がたくさんおるのだから」

かつて近隣で軽蔑や嘲笑の的だったホイットニーとしては、チェスみたいなつまらないことを理由に、非難されるのはごめんだった。「いえ、だめよ、お父さん」父に肩をぐっと押さえられ、立ち上がれないので、懇願するように叔母を見た。叔母は力なく肩をすくめ、クレイトンへ刺すような視線を向けた。「あなたが紳士的に振る舞ってくださると思っていいですわよね、ミスター・ウェストランド？」

「ホイットニーには、深い敬意と親愛の情をもって対応します」クレイトンが辛抱強く、楽しそうに答える。

一局めは引き分けに終わって、二局めが始まった。父親とアン叔母さんが帰ってしばらくのあいだ、ホイットニーは落ち着かない気分だったが、まもなくリラックスした。そして二局めが佳境に入ったときには、ふたりとも互いを激しくやじっていた。

ホイットニーは巨大なチェステーブルに両肘をついて、手のひらで頬を支え、クレイトンがナイトへ手を伸ばすのを目で追った。「かなり無謀ね」彼に忠告する。

クレイトンはいたずらっぽくにやりと笑い、助言を無視してナイトを進めた。「さっきのきみの向こう見ずな戦法のあとでは、忠告できる立場ではないだろう、お嬢さん」

「だったら、わたしが警告しなかったって、文句を言わないでよね」ホイットニーは何も置かれてないマス目を、長くて先細の爪でこつこつたたきながら、彼の狡知《こうち》に長《た》けたナイトの動きに思いを巡らせた。身を乗りだし、ルークを然るべき位置にぽんと置いてから、また頬づえをつく。

ホイットニーはチェス盤に手を伸ばすたびに、スカラップで飾ったドレスの身ごろを突き上げている豊かな乳房を、知らず知らずのうちにクレイトンに見せていた。とうとう彼は、ゲームに集中するために自制心を掻き集めねばならなくなった。ホイットニーは靴をずっと前に脱ぎ捨て、いまや脚を折り曲げて引き寄せ、椅子のなかで体を丸くしている。豊かな髪は肩にかかり、緑の瞳はいたずらっぽく輝き、魅惑的な絵を思わせる。その姿に、クレイトンはチェステーブルを押しのけて、自分の膝に引き寄せ、すばらしい褒美《ほうび》を両手でたっぷり味わおうか――それとも、椅子にそっくり返って目の保養をするという、同様に楽しい行為のほうにするか、と思い悩んだ。

ホイットニーは、男の気をそそる美しい女性と、いじらしい無邪気な娘というふたつの顔を同時に持っている。魅惑と魅力の違いを研究するには格好の例だ。夕方は、冷ややかで尊大で、激しく抵抗し、燃える怒りをぶつけてきたと思えば、いまは快活に軽口をたたき、気のおけない態度でクレイトンを浮き浮きさせている。そのうえ、とんでもないチェスの腕前だ。

大胆なからかいの言葉と、くつろいだ穏やかさが漂うなか、ホイットニーは目を上げ、にっこり微笑んで尋ねた。「次の手を考えているの——それとも、さっきの手を後悔してるわけ、旦那さま?」

クレイトンは喉の奥で笑った。「ほんのなん時間か前に、どの男も旦那さまと呼ぶ気はないと言ったのと、きみは同じ娘なのか?」

「ちょっと呼んでみただけ」ホイットニーはあっさりと言った。「気をそらせて、作戦を忘れさせるためよ。ところで、わたしの質問にまだ答えていないけれど」

「そんなに知りたければ」と言って、クレイトンがキングに手を伸ばし、チェス盤の思いも寄らぬ位置から攻撃をしかける。「なぜ私は女とチェスをしているんだろうか? チェスは男の優れた論理的思考を必要とするゲームだと、だれでも知っているのに」

「うぬぼれ屋だこと!」ホイットニーは笑い声をあげて、自分のビショップにしかけられた攻撃をうまくかわした。「こんなに弱い敵を相手に、なぜわたしは能力を無駄遣いしているのかしら」

一時間後、ホイットニーは作戦を考えながら、チェス盤を覗きこんでいた。あと三手、もしかすると四手、駒を動かせば、勝利はわたしのものになる。「こんなとんでもない立場にわたしを追いこむなんて、あなたってひねくれている」文句を言いつつ、予想どおりに彼が駒を動かしたので、心のなかでにんまりした。

「私を罠にはめたと思っているだろう？」クレイトンが即座に言った。

ホイットニーが慎重に次の手を考えているあいだに、クレイトンは首を回して、彼女の叔母と父親が帰って以来、戸口のそばで直立不動の姿勢を保っていた従僕へ向かって、肩越しにうなずいた。

公爵の無言の命令に応じて、従僕はクリスタルのデカンターがいくつか置いてあるテーブルへ行き、そのうちのひとつを取って、琥珀《こはく》色の液体をグラスに注いだ。それから手を止め、若いレディーの飲み物をどうしたらいいか、指示を仰ぐように公爵を見た。クレイトンが指を二本立て、ブランデーをふたつ注文する。

従僕は銀製の小ぶりの盆にグラスをふたつのせると、チェス盤の横のテーブルへ運んだ。盆を置くと、クレイトンが軽くうなずいて退室を指示したので、お辞儀をして部屋から出て、ドアを閉めた。

ホイットニーはこうした一連の動きに気づかなかったが、クレイトンにそっとグラスを差し出されると、目を上げた。明らかにワインの色ではなかったので、警戒するように視線を琥珀色の液体の入ったグラスからクレイトンの顔へ移した。

クレイトンがおもしろがるようにホイットニーを眺めて、説明する。「今夜の夕食のとき、きみは女性が受ける社会的規制に反対して、弁舌をふるっていただろう。だから、私が飲むものは何でも、きみも飲みたいだろうと思った」

こんなふうにからかって、世界一しゃくにさわる男だと思いながら、ホイットニーは微笑んだ。できるだけ平然と対処しようと決め、グラスから漂うつんとするにおいを嗅ぐ。エドワード叔父さんのお気に入りの飲み物だ。「ブランデーね」クレイトンに愛想よく笑いかけた。「いい葉巻があれば完璧ね」

「たしかに」クレイトンが真顔で同意する。そばのテーブルへ手を伸ばし、琺瑯引《ほうろうび》きの金属の箱を取り上げて、蓋を親指でぱちんと開いた。その箱をホイットニーへ差し出し、葉巻を選ばせようとする。

クレイトンがこういう刺激的なことに慣れすぎていて、関心がなさそうなので、平静を装っていたホイットニーは、笑いだす一歩手前まで行った。下唇を噛んで、体が震えそうになるのを抑え、どちらが好みか決めようとしているかのように、葉巻をじっくり眺めた。わたしが実際に一本選んだら、彼はどうするつもりだろう？　きっと火をつける！　ホイットニーは胸の内でくすくす笑った。

「左の長いのはどう？」クレイトンが親切にささやく。

ホイットニーは椅子に背を預けて、声を押し殺して笑い、体をひくつかせた。

「嗅ぎ煙草はどうだろう？」彼に熱心に勧められ、ホイットニーはころころと笑いだした。

「きみのような違いのわかるゲストのために用意してあるんだ」

「もう、付き合いきれないわ！」ホイットニーは声をあげて笑った。ようやくひと息つくと、グラスを取り上げ、クレイトンのおもしろがるような視線を浴びながら、ブランデーをおそるおそる味見した。胃の腑《ふ》までかっと熱くなる。二口め、三口めはそうひどくはなく、もう何口か飲んだあと、ブランデーを大人の味として分類した。そのあとすぐ、妙な心地よい温かさが体に染みわたるのに気づいて、グラスをわきにしっかりと置き、ブランデー数口にどれぐらいの強さがあるのだろうかと思った。

「だれにチェスを教わった?」クレイトンが尋ねた。

「叔父さん」ホイットニーは身を乗りだしてキングを取り上げ、明かりにかざして、見事な職人技に感心した。「よく知らないと、これらの駒はほんとうに金や銀で造られていると思うでしょうね」

「よく知らないと」クレイトンはそっけなく言い、本物の金でできたキングを彼女の優美な指から取り上げ、じっくり見させないようにした。「私の巧みな罠から逃れるために、きみがキングをもっと安全な位置に置こうと企んでいるように見えるだろうな」

ホイットニーはすぐさま警戒した。「逃れる? もっと安全な位置? いったい何を言っているの? わたしのキングは危なくないわ!」

クレイトンの顔をいたずらっぽい笑みがゆっくりよぎった。手を伸ばし、然るべき位置にビショップを動かす。「王手」

「王手?」ホイットニーは信じられずにくり返して、チェス盤を見つめ、自分が無防備かどうか再検討した。王手をかけられている! しかも、どう動いても、彼のどれかの駒に攻撃される位置にある。

ホイットニーはゆっくり目を上げ、美しい顔を紛れもない賞賛で輝かせ、クレイトンを見た。柔らかな畏敬に満ちた声で話しかける。「あなたって、腹黒くて、油断がならなくて、陰険な悪党ね」

クレイトンは首を反らし、彼女の声と言葉のいちじるしい差異に、笑い声をあげた。「きみのお世辞のおかげで、心が温かくなったよ」くっくっと笑う。

「あなたに心なんてない」ホイットニーはまばゆいばかりの笑みを彼に向け、軽口をたたいた。「もし心があったら、自分が明らかに精通しているゲームに、無力な女性を誘いこまないわ」

「誘ったのはきみだ」ホイットニーに思い出させ、満面に笑みをたたえる。「さて、これでやめるか？　それとも、まだ終わっていないと言い張って、私の勝利を否定する？」

「いいえ」ホイットニーは愛想よく言った。「参りました」

その言葉は、続く沈黙のなかにいつまでも留まっているようだった。「そう願っていたよ」クレイトンが静かに言う。

彼は紺青色の上着のボタンをはずすと、背中を椅子に預け、長い脚をテーブルの横に伸ばした。ゆったりとくつろいで、わずかに頭の方向を変え、炎を見つめる。

ホイットニーはブランデーを嘗《な》めながら、こっそり観察した。そんなふうに座る彼は、〝くつろぐ紳士〟という題名で画家が描いた肖像画のようだった。しかし、彼のくつろいだ外見の下には、権力と力強さがあって、いまは注意深く抑制されているが、凝縮され、待ち構えているように、なぜか思えてならない。もしわたしが適切でない動きや、間違いをしたら、クレイトンはその権力と力強さを解き放つだろう。心のなかで、ホイットニーは激しく身震いした。わたしはばかで、非現実的だった。「何時かわからないけれど」しばらくして、さりげなく言った。「きっと帰る時刻を過ぎているでしょうね」

クレイトンの視線が暖炉の火からホイットニーへ移る。「もう一度、きみがあんなふうに笑うまで、帰さない」

ホイットニーは首を横に振った「あんなに笑ったのは、十二歳のときの、春の音楽会以来だもの」

くわしく話すつもりがホイットニーにないと気づいて、クレイトンは言った。「その話を進んで聞かせてくれる気がないようだから、勝利の褒美として、その話を要求したい」

「最初はチェスゲームに誘って」ホイットニーは微笑みながら、非難した。「次にわたしをまんまと出し抜き、今度は褒美と称して話を要求する。あなたには情けってものがないの？」

「ない。さあ、始めて」

「わかったわ」ため息をつく。「そんなこと言わないでと頼んで、あなたをもっといい気にさせたくないから、話すだけなのよ」過去を思い出して、声が和らぐ。「ずっと前のことなのに、きのうのことのように思える。ミスター・トウィッツワージーいう地元の音楽教師が、村で春の音楽会を開くことに決めたの。彼の指導を受けていた女の子全員が、短い曲を演奏するか歌うかして、成果を披露することになっていた。十五人ほどいるなかで、エリザベス・アシュトンがいちばん天分に恵まれていたから、ミスター・トウィッツワージーは彼女の両親に音楽会を主催する栄誉を与えたの。わたしは行きたくもなかったけれど……」

「けれど、きみが行かないと、音楽会がみじめな失敗に終わると、トウィッツワージーが言い張ったんだろう？」クレイトンが推測した。

「まさか、違うわ！　わたしが欠席したら、ミスター・トウィッツワージーは喜んだはずよ。だって、家に来て、わたしのピアノ演奏を聞くたびに、彼は目がひりひりしてきて、涙を流しはじめるんですもの。わたしの演奏は聞くに耐えないもので、ほんとうに泣けてくるんだと、みんなに文句を言っていたの」

クレイトンは、その音楽教師に対して、なぜか怒りをおぼえた。「その男は間抜けだったにちがいない」

「絶対そうよ」ホイットニーはさわやかに微笑んだ。「でなければ、彼がレッスンに来るたびに、わたしが彼の嗅ぎ煙草入れに胡椒《こしょう》を振りまいていたのに気づいたはずよ。とにかく、音楽会の朝、わたしは行かなくていいって父を説得しようとしたけれど、父は絶対に行かなければだめだと、最後の最後まで言い張った」

「いま考えると、侍女のクラリッサに短い手紙を持たせて父のところへやるという、嘆かわしい思いつきに飛びつかなかったら、父も気持ちを和らげたかもしれない」

クレイトンがグラスの縁越しに、にやりと笑いかける。「その手紙になんと書いたんだ？」

「こうよ」ホイットニーは目を輝かせて打ち明けた。「わたしはコレラに罹《かか》って伏せっているけれど、お父さんはひとりで音楽会へ行って、みんなにわたしの快復を祈るよう頼んでって」

クレイトンの肩が突然揺れはじめると、ホイットニーはぴしゃりと言った。「この話のおもしろいところはこれからよ、ミスター・ウェストランド」彼の顔から笑いが消えたのを見て、ホイットニーは続けた。「父は、真実に対する敬意をほんの少しもわたしに教えこめなかったと言って、かわいそうにクラリッサを激しく叱ったの。で、気づいたときには、クラリッサに、つんつるてんになった一張羅《いっちょうら》に無理やり体を押しこまれていた。わたしが行かないと言っていたので、クラリッサがスカートの裾下ろしをしていなかったの。それから父に馬車に乗せられた。もちろん、音楽会の曲なんて覚えていなかった。いつものことだけれどね。ピアノをポロンポロン鳴らして過ごすのにうんざりしていたんだもの。だから楽譜を取りに家へもどりたいと父に懇願したんだけれど、父はかんかんで、聞く耳を持たなかった。

あちこちから隣人がエリザベスの家の音楽室に集まっていた。エリザベスはいつもどおり天使のような演奏を披露した。マーガレット・メリトンの曲も、とても耳に心地よいと評価されたわ。わたしは最後だった」ホイットニーは思い出して、沈黙した。一瞬、彼女は混雑した音楽室の三列めにふたたび座っていた。すぐ前がポールで、彼の視線は、ピアノを弾くエリザベスの優美で天使のような横顔に釘づけになっていた。彼がほかのみんなといっしょに跳び上がって、エリザベスの演奏に拍手喝采するあいだ、ホイットニーはその後ろに立って、短くて不釣り合いなピンクのドレスを引っ張り、腕と脚と膝と肘がやけに目立つ、不格好な自分の体を嫌悪していた……。

「きみが最後の演奏者だったんだね」クレイトンがからかうような声で注意を喚起し、不幸な回想からホイットニーを覚醒させた。「それで、楽譜がなくても、見事に演奏して、みんなから喝采を受け、アンコールを求められたんだろう？」

「どちらかといえば」ホイットニーは鈴を転がすような笑い声をあげて、クレイトンの推測を正した。「みんなの反応は、びっくりしすぎて声も出せなかったという感じだったわ」

ホイットニーのあけすけな話しかたにもかかわらず、クレイトンはおかしいというより切なくなった。いまこの瞬間なら、音楽教師から愚かな父親まで、彼女を当惑させてきた心の狭い田舎者たちをみな、喜んで絞め殺せるだろう。ホイットニーに対する、とてつもない愛情と庇護の感情が心の奥底に湧き、そのことに自分で驚き、動揺した。彼はグラスを持ち上げて酒を飲み、当惑を隠した。

クレイトンに同情されているのではないかと感じて、ホイットニーは笑みを浮かべ、はねつけるように手を振った。「背景を知ってもらいたいから、この話をしただけよ。そのあとで、わたしが大喜びした事件が起こるの。みんなは芝生に出て、軽い昼食を楽しんでいた。いちばん上手だった人に、昼食後、賞品が与えられることになっていて、受賞者はエリザベス・アシュトンだった。でもあいにく、賞品が消えちゃって、芝地にある、いちばん大きな木の上に隠されているといううわさが広まった」

クレイトンがホイットニーを見つめ、自分の愉快な推測に、灰色の瞳を輝かせた。「きみがそこに置いたのか？」

ホイットニーは顔をピンクに染めた。「いいえ、でも木の上にあるといううわさを流したのはわたしよ。とにかく、ちょうどみんなが食べはじめたころ、エリザベスが木から落ちてきて、テーブルに岩みたいにどすんと衝突した。ピンクと白のひだ飾りのついたドレス姿のエリザベスが、サンドイッチとプディングに囲まれて横たわっているのを見て、こんな魅力的な中央飾りはないと思ったわ。それで笑いだしたのよ」その場面を思い出して微笑み、そのあとポールがエリザベスを助けに駆け寄り、ハンカチで涙を拭いてやりながら、怒りに燃えた目をこちらに向けてきたことを思い出した。

「大人たちは笑っているきみを見て、木の上に賞品を隠した張本人だとして、きみを非難したんだろう？」

「いいえ、大人たちは自分たちの昼食からエリザベスをどかすのに夢中で、わたしが笑いこけてることに気づかなかった。でも、ピーター・レッドファーンはちゃんと気づき、わたしが犯人だと考えた。だって、わたしが彼よりも速く木に登れるって知っていたんですもの。すぐにぶん殴るぞと脅してきたけれど、マーガレット・メリトンが彼に、それよりわたしが父から鞭打ちの罰を受けるべきだと言ったの」

「で、結局どっちに？」クレイトンが尋ねる。

「どっちでもない」そう言って、笑ったホイットニーの声は、クレイトンに風鈴を思わせた。「ピーターはね、かんかんになっていて、マーガレットの話を聞いていなかったの。それにわたしは、彼が殴りっこないと確信していて、土壇場《どたんば》になるまで、頭をひょいと下げることなんて思いつかなかった。で、ピーターはわたしではなく、マーガレットを殴ってしまった」愉快そうに締めくくる。「ああ！　マーガレットが草の上に転がって、体を起こしたときのピーターの顔が忘れられないわ。彼女の目のまわりが、この世の物と思えないほどの紫色になっていたんだから」

チェステーブルをはさんで、彼らはおかしそうに互いを見交わした。ふたりの幸福な沈黙に、火床で燃える薪《まき》の、ぱちぱちという陽気な音が交じる。クレイトンがグラスを置き、思いついたように立ち上がると、ホイットニーから笑みが消えていった。先ほど従僕が立っていたドアのほうを見て、ホイットニーは、もうだれもいないことに気づいた。「ずいぶん遅くなったわ」クレイトンが近づいてくると、あわてて立ち上がる。「すぐに帰らなくちゃ」クレイトンは彼女の真ん前で立ち止まり、柔らかく、深みのある声で言った。「これまででいちばん楽しい夕べを過ごさせてくれて、ありがとう」

ホイットニーは彼の目を覗きこんだ。心臓がどうしようもないほど鼓動を速め、いやな予感が悲鳴をあげながら体内に広がる。「お願い、こんなに近寄らないで」必死に言った。「い――鼬《いたち》に狙われた、兎みたいな気分になるの！」

彼の目は笑っていたが、声は静かで魅惑的だった。「部屋の向こう側に立っていたら、き

やっと許したところなんだから」

「そんなふうに呼ばないで。それに、わたしにキスしないで！　小川であなたがしたことを、みにキスできないだろう、かわいい人」

「では、もう一度許してもらわなくてはならないな」

「言っておくけど、もう許さない」クレイトンに腕のなかに引き寄せられながら、ホイットニーはかぼそい声で言った。「今度は、絶対許さない」

「恐ろしい可能性だが、一か八かやってみるよ」クレイトンがかすれた声でつぶやき、口を開いてホイットニーの唇をむさぼるようにおおう。唇が触れ合うと、ホイットニーはしびれるような衝撃を受けた。クレイトンは肩から背中へ手を這わせ、引き締まった全身にホイットニーをぴったりと押しつけていった。入念に、強引に、絶え間なくキスをする。やがて探るような舌によって、ホイットニーの震える唇が開かれると、ぎゅっと抱きしめた。舌を彼女の口に突っ込み、ゆっくり入れたり出したりをくり返す。なじみのない、ひどく刺激的なリズムに、ホイットニーは胃のあたりに混じりけのない興奮が集まるのを感じた。

彼の手の刺激的な愛撫、唇を合わせたときのなまめかしい感触、親密に押しつけられた脚のたくましさが、ホイットニーにぞくぞくするような感覚をもたらす。ホイットニーは彼の手と口によってかきたてられた欲望に、なすすべもなく身をゆだね、やがて心が麻痺したぼうっとなった。キスが長くなればなるほど、自分が裂けていく。まるでふたりの自分がいるかのようで、ひとりは情熱に身をまかそうとし、もうひとりはおびえて身動きできないでいる。

ついにクレイトンが身を引くと、ホイットニーは彼の胸に額をもたせかけ、ぱりっと糊《のり》の効いた白いシャツに両手を置いた。自分と彼に怒りをおぼえ、当惑し、どうしていいかわからなかった。

「さて、きみの許しを請うとしようか、かわいい人？」クレイトンがからかうように言って、ホイットニーの顎を上げる。「それとも待ったほうがいいかな？」ホイットニーは反抗的な緑の目で彼を見上げた。「待ったほうがよさそうだな」クレイトンが残念そうに喉の奥で笑う。ホイットニーの額に軽く唇を押しつけると、向きを変えて部屋を出ていき、すぐにサテンのケープを持ってもどってきた。それを彼女の肩にかけたとき、手が肌に触れると、ホイットニーが身を震わせた。「寒い？」クレイトンはそっと言い、後ろからホイットニーの体に両腕を回し、自分の胸に引き寄せた。

喉が締めつけられて、ホイットニーは声を出せなかった。恥ずかしさと、とまどいと、怒りと自己嫌悪で、混乱していた。

「まさか、口をきけなくしたのは私ではないよな」クレイトンがからかうようにささやくと、ホイットニーの髪に息がかかった。

ホイットニーは口を開いたが、その声は喉から絞りだされたようにかぼそかった。「お願い、放して」

クレイトンは二度と話しかけようとせず、やがてふたりを乗せた馬車がホイットニーの家のわきにある、アーチ付きの車寄せに止まった。「ホイットニー」といらだたしげに呼びかけ、ドアを開けて家に入ろうとする彼女の腕をつかんだ。「話がある。互いに理解しておいたほうがいいことが、いくつかあるんだ」

「いまはいや」ホイットニーは元気なく言った。「今夜ではなく、べつのときにして」

ホイットニーは横になったまま、朝まで眠れず、クレイトンによってかきたてられた、激しく熱い感情の正体を探ろうとした。いったいクレイトンはどうやって、わたしを腕に抱いて、ポールについての夢や計画、そして良識や道義心を払いのけてしまうのだろう。

寝返りを打って、枕に顔を埋めた。今夜から先、クレイトンとふたりだけになるのを注意深く避けよう。今後、彼とは、手短でそっけない、人目のあるところでの付き合いしかしない。わたしの犯した間違い――もう二度としない――は、今夜は彼といるのがあまりにも楽しくて、その悠然とした魅力に警戒心を解いてしまったこと、そして彼を友だちとして考えはじめたことだ。

友だちだなんて！　苦々しく思いながら、寝返りを打って仰向けになり、天蓋を見つめた。毒蛇のほうが、あの男より信頼のおける友だちになれる！　あの好色な放蕩者《ほうとうもの》ときたら、教会の聖人でさえ誘惑しかねない。あの男は、なんとしてでも女を口説き落とそうとする。彼にとって、獲物を手に入れるのがむずかしければむずかしいほど、楽しみが増すようだ。そしてホイットニーはいま気づいた。自分が間違いなく、彼の獲物だということに。クレイトンはホイットニーを誘惑し、名誉を汚そうとしていて、しかも何ものも彼を思いとどまらせられない。

わたしのために、そしてポールのために、婚約の発表は早ければ早いほうがいい。クレイトン・ウェストランドといえど、べつの男と婚約した女をあえて追いかけはしないだろうから。これは痛烈な一撃となる！

14

ホイットニーは髪を撫でつけ、喉もとと手首に白いひだ飾りのついたしなやかなウールのドレスを見て、最後の確認をしてから、うなじで茶褐色の髪を控えめにまとめているベルベットのリボンを整えた。眠れなかったせいで、目の下にくまができているものの、それを除けば、かわいらしくて、若さにあふれていて、女の子らしく見える。これならだいじょうぶ。鏡から目をそらし、顔をしかめながら、胸の奥でつぶやく。ひとりの男性にうそをついて、無理やり愛の告白をさせようと計画している娘には見えない。さあ——いよいよだ。

心のなかで計画のリハーサルをしながら、階段を下りて、ポールが待つ客間へ行った。エドワード叔父さんが叔母さんを迎えに来たら、自分もいっしょにパリへもどると、彼に思わせるつもりだった。もしそれでもポールが求婚する気にならなかったら、あきらめるしかないだろう。

客間の入口で、ホイットニーはためらった。ポールがとてもすてきでハンサムなので、礼儀などさっぱりと捨て、こちらからプロポーズしてしまいたくなった。だが、そうはせず、明るく言った。「気持ちのいい午後ね。庭を散歩しない?」

きれいに刈りこまれた、高い生け垣がまわりを囲う、シーズン最後の花を咲かせる薔薇園へ足を踏み入れるとすぐ、ポールがホイットニーを抱きしめてキスをした。「長年きみを無視した罪滅ぼしをしようとしているんだ」思わせぶりに言う。

まさにホイットニーにはおあつらえ向きの出だしだった。後ずさりしながら、陽気に微笑《ほほえ》んで言う。「それじゃあ、急がなくちゃならないわよ。だって、何年分もの罪滅ぼしをするのに、残された時間は数週間しかないんだから」

「どういう意味だい、残された時間が数週間とは？」

「わたしが叔母と叔父といっしょにフランスへもどるまでよ」ポールが顔を曇らせてしかめ面になると、安堵でやや気弱になりながらそう説明した。

「きみがフランスへもどるまで？　家に帰ってきたのだと思っていた」

「わたしには向こうにも家があるのよ、ポール。いくつかの点では、ここよりも、自分の家と言える」ポールがかなり動揺しているのを見て、ホイットニーは罪の意識をおぼえた。しかし、彼女のフランス行きを妨げるには、プロポーズすればいいだけで、彼もそれを承知している。

「だけど、きみのお父さんはここにいる」ポールが食い下がる。「ぼくもここにいる。このことに意味はないのかい？」

「もちろん意味はあるわ」どれほど意味があるか、ポールに気づかれないよう、ホイットニーは目をそらした。なぜ彼は、「ぼくと結婚してくれ」のひと言が言えないのだろう？　ポールに背を向け、深紅《しんく》の薔薇に見とれているふりをした。

「きみが行くわけがない」強がるような声で、ポールが言った。「ぼくはきみに恋していると思う」

ホイットニーの心臓が一瞬止まり、それから早鐘を打ちはじめた。ポールの腕に飛びこみたいと思ったが、それは性急すぎる。彼の告白はあまり熱がこもっていないし、決定的なものではない。通路を一歩進み、肩越しに誘うような笑みを投げかける。「手紙で伝えてくれるとうれしいわ——気持ちがはっきりしたら」

「おい、よしてくれ!」ポールが笑い声をあげ、ホイットニーの腕をつかんで引きもどした。

「じゃあ、ミス・ストーン、きみはぼくを愛しているの、いないの?」

永遠の愛を打ち明けたい衝動を、ホイットニーはこらえた。「愛していると思う」目を輝かせながら言った。

ホイットニーが予期していたとおり、ポールはこの件をさらに追求しなかった。急に握っていた手を放すと、よそよそしい表情を見せる。「午後は用事があるんだ」冷たく言い放った。

ポールが帰ろうとしていることに気づき、ホイットニーは愕然とした。彼に策略を見透かされて、彼を操り、無理やり告白させようとしていたことを知られたという、ぞっとするような屈辱感をおぼえた。

ふたりは家の正面まで歩いた。ポールの最新のしゃれた馬車が、下の車回しで待っている。

ホイットニーの指先にそそくさと儀礼的なキスをすると、彼は向きを変えて去りかけた。が、一歩踏みだして、また振り返った。「いったいどのぐらいライバルがいるんだい、ウェストランド以外に？」

ホイットニーは天にも昇る心地になった。「どのぐらいがいい？」微笑みかける。

ポールが目を狭めた。何か言おうと口を開いたが、思い直し、向きを変えて立ち去った。ホイットニーの笑みが消える。ひどくみじめな気持ちで、階段を駆け下りるポールを目で追いながら、彼の足取りに合わせて、心臓が葬送歌のリズムを刻んだ。彼の結婚の意志を無理やり聞きだそうとして、いま答えを知った。ポールは彼女のことを、たんなる一時的なたわむれの相手と考えていて、それ以上ではない。ホイットニーが渡仏する前、ポールは彼女を求めていなかったし、いまも求めていない。

ポールが馬車の横で足を止め、馬丁から手綱を受け取ろうとしかけて、手を止めた。ホイットニーに背を向け、じっと立っている。そんな彼を見ながら、ホイットニーは熱に浮かされたような、支離滅裂な、懇願の祈りをつぶやきはじめた。

希望にすがることもあきらめることも恐ろしくてできない、張りつめた沈黙のなかで、ホイットニーが見守っていると、ポールがゆっくり振り向き、こちらを見て……そしてまた階段を引き返してきた。顔が見えるぐらい近くまでやってきたとき、ホイットニーは立っていられないほど膝が震えていた。

「ミス・ストーン」笑いの交じる声で、ポールが言う。「きみに関して、ぼくにはふたつの道しかないと、いま思ったんだ。この先きみと会うのを避けて、自分の苦悩に終止符を打つか――結婚して、その苦悩を引き延ばすか」

ポールのからかうような青い瞳を覗きこんで、ホイットニーは、彼がすでに選択をしたのだとわかった。微笑もうとしたが、安堵のあまり、涙声になっていた。「臆病者の道を選んだら、断じて自分を許せなくなると思ったのね」

ポールが突然笑いだして腕を広げると、ホイットニーはそこへ飛びこみ、泣き声と笑い声を同時にあげた。ポールの、安定したリズムを刻む心臓に頰を押し当てて、たくましい腕に力強く、わがもの顔に抱きしめられる感触を楽しんだ。

愛という信じられない贈り物をポールからもらったいま、安心という黄金色の霞にすっぽり包まれているような気分だった。あまりにもありがたくて、ホイットニーは彼の前に膝をついて、感謝のあまり泣きくずれてしまいそうだった。ポールはわたしを愛していて、結婚を望んでいる――それは、わたしがフランスでほんとうに変わったという証拠、本物の、明白な証拠だ。わたしはもう、いつも恐れていたような、流行の最先端のドレスを着て、洗練された娘という仮面を付けた、うわべだけのまがい物ではない。もう、どうしようもない異端者ではない。わたしは本物だ。価値ある人間だ。もう村人たちも、ポール・セヴァリンに対してした愚かな行為を笑うことはない。これからは微笑んで、ミスター・セヴァリンはホイットニーのことがずっと好きだった、時機が来るのを、彼女が成長するのを待っていただけだと言うだろう。わたしは、好かれたいといつも思っていた人たちに囲まれて、ここで暮らせる。村人たちから、そして父からも、評判を取りもどしたのだ。安堵のあまり、泣きじゃくりたい気分だった。

「きみのお父さんを捜しに行こう」ポールが言った。

ホイットニーは頭を起こして、幸福感で呆然としながら彼を見つめた。「どうして?」

「礼儀としてすべきことを済ませてしまいたいし、叔母さんから結婚の許可をもらうわけにはいかないし。もっとも」と、うらめしげに付け加える。「できればそっちのほうがいいけどね」


「スーエル、お父さんはどこ?」ふたりで家に入ると、ホイットニーは気負って尋ねた。

「ロンドンへお出かけです、お嬢さま」執事が応じる。「三十分前にお発ちになりました」

「ロンドン?」ホイットニーはうめき声をあげた。「出かけるのは明日じゃなかった? どうしてきょう行ったの? もどりは早くなるのかしら?」

いつも何でも知っているスーエルが、何も知らないと主張した。執事が長い上着の後ろの裾をはためかせて、廊下を歩いていくのを眺めながら、ホイットニーは太陽が沈んで、自分の幸せが陰ったような気分になった。

ポールは、不快な対面の覚悟を決めたのに、一時的な猶予を与えられたことを、喜んでいいのか、がっかりすべきなのか、わからないような顔をしていた。「お父さんはいつもどるんだい?」

「五日はもどらないわ」ホイットニーはほっそりした肩を落とした。「父の誕生日を祝う、不意打ちパーティーには間に合うはずよ」しょんぼりした声で言う。「遠くから来る親戚の人たちには、もう招待状を送ったの。父が午後早めにもどってくれないと、あなたは翌日まで話をできないわ。日曜の、教会の後?」少し声を明るくして、思いきって言ってみた。

ポールは考えこみ、ゆっくり首を横に振った。エインズリーのところのペアの取引をまとめたいんだ——二頭ともすばらしい純血種で、きみも気に入るよ。で、ハンプトン・パークの競売に余裕を持って着くようにするなら、土曜に発たなくてはならない。きみのお父さんが帰ってくる日だ」

ホイットニーは失望を声ににじませないようにした。「どれぐらい行っているの?」

「二週間より短い——九日か十日、それ以上にはならない」

「永遠のように思えるわ」

ポールはホイットニーを抱きしめた。「ぼくがどれほど真剣かを証明するために、土曜の昼はずっといるようにする。きみのお父さんが早くもどってきて、話ができる場合に備えてね。ほんの五日後だ。それに」ホイットニーの寂しそうな表情を見て、含み笑いをしながら付け加える。「お父さんの誕生日のパーティーで数時間いっしょに過ごせるよう、出発を遅らせるよ——ぼくを招待してくれると仮定しての話だが」

ホイットニーはにっこりして、うなずいた。

「それで、パーティーのときにお父さんと話す機会がなければ、まあ、その機会はなさそうだが、そのときは、パーティーのあとできみが伝えてくれ。もどったらすぐ、正式に訪問するつもりだと。これなら――」ポールがにんまりする。「――結婚を免れたがっているようには思えないだろ?」

ポールが帰ると、ホイットニーはアン叔母さんに報告するかどうか考え、躊躇しながらも、話さないことに決めた。いまはひとりで喜びを噛みしめたかったし、ポール自身が結婚の許可を得る前に、来るべきふたりの婚約をだれかに話していいものか、迷信的な不安を感じていたのだ。それに、土曜日、ポールが話をできるぐらい早い時間に、父はもどってくるはずだ。そうすれば、夜の誕生日パーティーで婚約を発表できる。

その思いつきに大いに励まされて、ホイットニーは叔母と昼食をとるために家に入った。

いつものように、クレイトンは昼食を食べながら郵便物に目を通していた。いつもどおりの仕事の書簡と招待状のほかに、母親と弟からの手紙があった。自分の息子がついに結婚する気になり、前々からせっついていた孫の顔が見られそうだと知ったとき、母親を待ち受けている驚きを想像して、クレイトンはにんまりした。六人ほど孫を見せてやろう、と心に決めて忍び笑いをし、どの子もホイットニーと同じ緑の瞳であるようにと願った。

なおも口もとに笑みを浮かべながら、ロンドンの宝石商から送られてきた、ホイットニーが帰郷パーティーの夜に身につけたエメラルドのペンダントの伝票に署名をした。

それをわきに置き、老齢の従僕の解雇から、船会社に投資した多額の資金の引き上げまで、さまざまな問題の対処法を仰ぐ秘書からの長い書状を読みはじめた。それぞれの問い合わせの下に、明確で詳細な指示を書いていく。

戸口で、執事が咳払いをした。「ミスター・ストーンがお見えになっています、閣下」クレイトンが顔を上げると、説明する。「もちろん、食事中だと伝えましたが、緊急の用件なのでどうしてもお会いしたいと申しております」

「わかった、ここに通してくれ」クレイトンはいらだたしげにため息をついて言った。ホイットニーに対しては、クレイトンは何があっても根気強かった。将来の義父に対しては、そんな気分にはなれなかった。が、実際は、あの男に耐えるしかないのだ。

「ロンドンへ発つ前に、会ったほうがいいと思いましてな」マーティンが言い訳しながら、急ぎ足で近づいてきて、テーブルの向かいに座った。「とてつもなく面倒なことになってきた。あなたが――わしらが――すぐに何とかしないと、もっと面倒なことになる」

昼食の給仕をしていた従僕に、クレイトンはそっけなくうなずいて、退出を指示すると、ドアが閉まるのを見届けてから、ありがたくない訪問者を冷淡に見つめた。「なんの話だったかな、マーティン？」

「何かが起こっていると言ったんですよ。やっかいなことが。セヴァリンです。わしが家を出るとき、ホイットニーといっしょだった」

「セヴァリンのことは心配いらないと言っただろう」クレイトンはいらだって言った。

「それなら、彼のことを心配するようにしたほうがいい」苦悩と怒りを同時に顔に浮かべ、マーティンが警告した。「ホイットニーは十五歳のとき、アシュトンの娘からセヴァリンを奪い取ることばかり考えておった。そして五年たったいまも——五年ですぞ！——まだそうするつもりでおる。そして、そうなりかけている。わしの言うことをよく聞いてくれ。あの哀れな男は、娘との結婚を考えはじめている。もうすぐ求婚しそうだ。なぜかわからん。なにしろ、娘はやつを狂わんばかりにいらだたせていたんだぞ。わしだって、娘には狂わんばかりにいらだたせられている」

クレイトンの声は皮肉めいていて、重々しかった。「彼女にすでに求婚した〝哀れな男〟として言わせてもらうと、セヴァリンの趣味を賞賛するしかないな。だが、あなたに何度も言ったように、私はホイットニーをうまく扱えるし——」

マーティンはもどかしさから、いまにも感情を爆発させそうな顔になっていた。「あなたに娘をうまく扱えるわけがない。できると思っているでしょうが、わしほど娘のことを知らない。あいつは、頑固で、わがままな小娘で、昔から変わっていない。いったん気まぐれな考えをいだいたら——セヴァリンと結婚するとか——何があってもそれをやり遂げようとする」

マーティンはポケットに手を入れ、ハンカチを取り出すと、興奮による大汗を拭い、言葉を続けた。「娘はひとたびセヴァリンを結婚する気にさせたら、目標を達成した気分になって、そのあとは彼のことを、きれいさっぱり忘れるかもしれん。だがその一方で」差し迫った口調になる。「あの困った娘がセヴァリンとほんとうに結婚しようと考えたら、あなたは必死に抵抗する娘を祭壇へ引きずっていくはめになる。わしの言いたいこと、理解してもらえましたかな？」

　冷ややかな灰色の目が、マーティンを冷静に見つめた。「ああ」

「よかった。となると、セヴァリンが結婚を口にするのを阻めばいいわけだ。で、その方法だが、七月からホイットニーとあなたが婚約していたことを、本人にすぐ話しましょう。セヴァリンに話し、みんなに話す。あなたの婚約をただちに発表しましょう」

「だめだ」

「だめ？」マーティンが当惑して聞き返した。「それなら、セヴァリンのことは、どうするつもりです？」

「どうしたらいいと思う？」

「いま話したでしょう！」マーティンが必死に言う。「セヴァリンについてどんな計画があろうと、ホイットニーにあきらめさせ、あなたとの結婚の準備をするよう、すぐに命じるんだ」

　クレイトンは真顔を保つのに苦労した。「マーティン、いままで彼女に、したくないことをするよう〝命じた〟ことがほんとうにあるのか？」

「もちろんだ。わしはあの娘の父親ですよ」

　クレイトンの唇の両端が、おかしそうにきゅっと上がる。「それで、ホイットニーに〝命じ〟たとき、彼女は父親の権威を従順に受け入れて、言われたとおりにしたのかな？」

マーティンは椅子にどさりと背を預け、悔しそうに顔を赤らめた。「命令に従うよう、最後に娘に〝命じた〟のは、あの娘が十四歳のときだった」負けを認めて言う。「アシュトンの娘を見習うよう命じたんです。すると、それから二カ月のあいだ、ホイットニーはわしに死ぬほどお辞儀をしてみせた。どの部屋でも、出たり入ったりするたびに、お辞儀をした。執事にも料理人にも、馬にまでお辞儀をした。わしと顔を会わすたび、あの娘は何をしていても途中でやめて、わしにお辞儀をした。ほかには、睫毛で例のばかげたことをした……ほら、ぱちぱちさせるんですよ。で、ホイットニーは、アシュトンの娘を見習えという、わしの命令に従っているだけだと言いおった」

「ホイットニーは私の命令に従うだろう」それ以上の論争は許さないという口調で、クレイトンは言った。「だが、私に話す準備が整うまで、婚約については、だれも彼女には告げない。時機が来たと思ったら、私が話をする。わかったな、マーティン？」

マーティンがあきらめてうなずく。

「結構」そう言うと、クレイトンは郵便物の山から封書を取り上げ、開封した。

マーティンが首巻きと喉のあいだに、そわそわと指をはわせる。「もうひとつだけ話が。ちょっとしたことなんだが」

「ああ、どうぞ」クレイトンは郵便物に目を向けたまま応じた。

「レディー・アン・ギルバートのことでね。ホイットニーがあなたを嫌っているという、ばかげた考えにとらわれている。そのことは心配いらないと、彼女を納得させてもらいたいと思って」

「なぜ？」

「使用人たちの話によれば、彼女がヨーロッパじゅうの領事館へ夫宛の手紙を送っているそうだ。夫を捜しだして、すぐにここへ呼び寄せたいんでしょう」

マーティンが体をぐっと椅子の背に押しつけてしまうほど、公爵の顔が不快そうにこわばった。「彼女が結婚に反対していると言ってるのか？」

「いや、とんでもない！　そんな意味じゃない」マーティンが必死に叫ぶ。「アン・ギルバートは賢明だが、ホイットニーに関しては甘い。われわれ――あなたとわし――が取り決めたことを知らせ、そのショックが治まったとき、彼女はこの縁組みがすばらしいことを認めた。あなたはヨーロッパじゅうで最高の結婚相手で、イングランドでウェストモアランド家ほど上流で有力な家柄はないと言っていた」

「レディー・ギルバートがとても賢明で、うれしいよ」クレイトンはいくぶんか気分を和らげて言った。

「それほど賢明なわけではない！」マーティンが否定した。「ホイットニーに黙って事を進めようとするわれわれのやりかたに不満を持っておる」苦々しげに付け加える。「わしを、人間らしい思いやりのひとかけらもない、冷たい薄情な父親だと非難したんだ！」公爵の顔に賛同の色が浮かんだのに傷つきながら、言い訳がましく言った。「あなたのことだって、尊大で横暴だと非難していたんですよ。多くのレディーたちとのうわさが気に入らないし、ハンサムすぎて心配だと言っておった。要するに、レディー・ギルバートは、われわれにはホイットニーはもったいないと思っている」

「あなたへの十万ポンドの贈り物があっても、彼女の気持ちが和らがなかったとは、驚きだな」クレイトンは皮肉っぽく言った。

「彼女はそれを賄賂《わいろ》と呼びおった」マーティンはそう告げると、公爵の凍《ここ》えそうな目つきを見てひるんだ。「レ――レディー・ギルバートに請け合ってやる必要がある。あなたに対して愛情を育むじゅうぶんな時間をホイットニーに与えることなしに、結婚を強《し》いはしないと。あなたから直接、確約の言葉を聞かないと、彼女は夫を促して圧力をかけさせ、結婚を妨害するでしょう。義弟は上流社会とつきあいがあり、彼の意見は名士たちに一目置かれている」

　突然、公爵の険悪な表情が明るくなり、心からおもしろがっているような顔になった。

「ギルバート卿が上流社会で影響力を保持したいのなら、私を敵にしたいとは思わないだろう。慎みがないように聞こえるかもしれないが、私もその名士のひとりだからね」

　マーティンが帰ると、クレイトンは立ち上がって、窓辺へ歩いた。窓枠に肩をもたせかけ、芝生のずっとはずれにある森の近くで、職人たちが田舎風の東屋《あずまや》を造っているのを眺める。

　マーティンがきょうではなく、きのう訪ねてきて、ホイットニーに結婚を承諾させるようにとせっついたのなら、クレイトンもその提案をもっと考慮してみただろう。昨晩までは、ホイットニーはたんなる彼の所有物にすぎなかったのだから――貴重な所有物、もしかすると宝物と言うべきかもしれないが、それでも所有物にすぎなかったのだから。

アルマンの仮装舞踏会の夜に、ホイットニーを愛人にすることをちらっと考えた。しかし、丹精こめて育てられた乙女の花を摘みとるのは、女性の貞節に対する彼のゆるやかな規範にも反する。それに、結婚して跡継ぎをつくることが彼の義務であり、成人に達した日からたえず心にかけてきた責任だった。そういうわけで、クレイトンはアルマン家の庭でホイットニーの輝くばかりの笑顔を見つめながら、義務と欲望をいっぺんにかなえる大満足の解決策に至った。ホイットニー・ストーンと結婚すればいいのだ。

昨夜までは、ホイットニーはたんに、彼の淫らな想像力をかきたてる対象であり、大事な跡取りを提供してくれる将来の母親だった。ところが昨夜、それが一変した。クレイトン自身が気づいていなかった優しさと保護本能を、ホイットニーが呼び覚ましたのだ。

ホイットニーが笑いながら語る話は、おもしろいというより悲しく思えた。ばかげた音楽会で、母親のいない少女が、部屋いっぱいの、心ない人たちの前で演奏させられたという話を聞いて、クレイトンははじめて、少女時代の彼女が感じたにちがいない、痛みといらだち、腹立たしいほどの屈辱感をはっきりと理解した。

クレイトンは、彼女の隣人の大部分が気に入らなかった。彼らを心が狭くて、うわさ好きの田舎者と思っていた。ホイットニーがフランスからもどってきたといううわさを耳にするとすぐ、彼女の少女時代のばかげた行動や、ポール・セヴァリンを追いまわしていたことを、互いに――そして彼に――延々と話して、楽しんでいた。

もし、ホイットニーがセヴァリンを虜にできることを連中に見せつけるのが、彼女の自尊心を取りもどす唯一の方法なら、クレイトンは喜んでそうさせてやるつもりだ。もうしばらくは、ホイットニーには、セヴァリンの心を奪ったことを村人にひけらかす自由を与えておこう。それぐらいは待っていられる……セヴァリンが実際に勇気を奮い起こして、ホイットニーの父親に結婚の承諾を得るようなまねをしなければ、だが。ホイットニーに対するクレイトンの寛大さも、彼女が現実にほかの男と婚約するのを許すほどではない。それだけは我慢がならない。

心が決まると、クレイトンはテーブルへもどった。マーティンは五日ほど留守にする予定らしいが、それほど長いあいだ、ホイットニーに会わないではいられない。何か会う口実が、会うことに同意させるような策略が必要だ。うまい策はないかとじっくりと考え、ホイットニーがデンジャラス・クロッシングに乗って競走しようと挑んだことを思い出し、満足げに微笑んだ。

質素な便箋を一枚取り出して、適切な言いまわしを検討した。彼女が断わってくるのが落ちの招待状ではなく、挑戦状のような言いまわしがいいだろう。『親愛なるミス・ストーン』さらさらと書きはじめる。『あなたはたしか、例の牡馬で乗馬の腕を試したいという願望を表明された。水曜の朝、あなたが選んだコースでの競走を受けて立つ用意が、こちらにはあります。しかしながら、もしあなたが軽率に挑戦したことを後悔しているのなら、心境の変化は臆病からではなく、あの馬があなたの手に余るのではないかという正当な不安からだと考えるので、ご安心を。敬具』便箋に細かい砂を振りまいてから、蠟で封印を施した。書き終えた高揚感をおぼえながら、手紙をミス・ストーンへ届け、返事をもらってくるよう指示した。

十五分後、従僕がホイットニーの返事を持ってもどってきた。それは、育ちはよいがじゅうぶんな教育を受けていない多くの娘たちの、読みにくい走り書きとは違い、学者肌の修道士を思わせる美しい曲線の書体で書かれていた。挨拶の文句はない。『水曜の件、望むところです』と書いてあった。『ミスター・セヴァリンの地所の、木立に近い北西側のはずれで、朝の十時に会いましょう』それだけ。それでも、クレイトンをにやりとさせるにはじゅうぶんだった。立ち上がって伸びをする。口笛を吹きながら、ひっそりした家を歩いて二階に上がり、乗馬ズボンに着替えた。

15

水曜の朝、クレイトンはセヴァリン家の木立を見晴らせる丘の頂上に達すると、目に飛びこんできた光景にはっとし、手綱を引いて馬を止めた。無蓋《むがい》の二輪馬車が眼下のあちこちに点在し、アン・ギルバートやアメリア・ユーバンクをはじめとする人々が乗っていた。女たちは明るい色の日傘を握り、男たちはよそ行きの格好だ。それほど裕福ではなく、馬車を持たない見物人たちは、馬の背に乗ったり、荷馬車の上に立ったり、あるいはぶらぶら歩いたりしている。

この眼下の情景に、あざやかなシルクのチュニックを着た軽業師《かるわざし》数人と、曲芸師がひとりかふたり加われば、完璧な田舎の定期市になる。クレイトンがそんなことを考えていたとき、だれかがトランペットを持ち上げて、二回長く吹き鳴らした。すると群衆がいっせいにこちらを向き、斜面を下りるクレイトンを眺めようとした。

ホイットニーは用心深く伏せたまぶたの下から、近づいてくるクレイトンの馬を、横目で値踏みするように見た。見事な形の四本の脚、たくましい胸、スタミナとジャンプ力がありそうな臀部《でんぶ》……。しかし、彼女の角度からでは視界が限られるので、それ以外で入手できた情報といえば、乗り手のきらりと光る茶色い革の乗馬靴と、体にぴったり合った鹿革の乗馬ズボンぐらいだった。

「これは二十歩進んで撃ち合う決闘か、ミス・ストーン?」クレイトンが馬を移動し、ホイットニーと並ぶスタートラインに着くと、からかった。

ホイットニーは冷ややかな堅苦しい態度で相手をするつもりで、頭をつんと上げたが、彼の少年のような無邪気な笑みにつられ、危うく微笑みそうになった。近所の男ふたりがクレイトンを激励するために近づいてきて、彼の注意がホイットニーからそれた。

ホイットニーが見守るなか、クレイトンは男たちと冗談を言い合っていた。力のありそうな見事な馬にまたがって、彼はとてもくつろぎ、愛想よく話をしている。自分の屋敷でしつこくつきまとったり、貪欲な唇で彼女の唇をむさぼりながら抱きしめたりした、あの冷酷で強引な女たらしと同一人物だとは、とても思えなかった。まるで彼がふたりいるかのごとく、とても好感を持てる面と、恐くて信頼できない面があり、どちらにもりっぱな理由があった。

エリザベスの父親がトランペットをもう一度鳴らすと、ホイットニーの下でデンジャラス・クロッシングが興奮して体を揺すった。「準備はいいかい?」ポールがホイットニーとクレイトンに叫んだ。彼がピストルを上げたとき、ホイットニーはクレイトンのほうへ身を乗りだし、驚いた灰色の目に向かってにっこり微笑んで、穏やかに言った。「わたしのあとをついてくれれば、喜んで道案内するわ」

クレイトンは大笑いした。と、ピストルが鳴り、彼の馬がびっくりして駆けだした。笑いと驚きで落としてしまった手綱をさっと拾い上げなくてはならなかったので、馬の向きをもどしたときには、ホイットニーはかなり先を行っていた。

彼の馬のウォリアーが固い緑地に蹄の音をとどろかせ、差を縮めようと奮闘したが、クレイトンは馬を軽く制して、西へ向きを変えながら好機を待ち、小川沿いをギャロップで走った。「落ち着け」突進しようとする馬をなだめる。「こっちがしかける前に、彼女がどう出るか見てやろう」

前方で、デンジャラス・クロッシングが低い石垣をひらりと飛び越えたので、クレイトンはよしというように笑みを浮かべた。ホイットニーは楽々と優雅に鞍に座り、見事な手綱さばきで新参の猟馬を操っている。

方向転換してレース最後の区間になったころには、デンジャラス・クロッシングに疲れがではじめるのがわかった。クレイトンは森の次の急カーブでホイットニーを追い越すことに決めて、鞍の上で姿勢を楽にし、手綱を緩めた。ウォリアーが即座に反応して、ゆうゆうと大地を蹴って走る。

次のカーブを大きくギャロップで曲がった——と、クレイトンははっとして凍りついた。前方で黒い牡馬が向きを変えようとしていた……乗り手を乗せずに。ウォリアーの手綱をぐいと引き、動揺して胸をどきどきさせながらホイットニーを捜した。

そして見つけた。森の際の大きなオークの下に、うずくまるように横わっていた。彼女の上には太い大枝が突き出ていて、それが原因でカーブを急角度で曲がったときに落馬したものと思われた。

クレイトンは鞍から飛び降りると、ホイットニーのそばへ駆け寄った。生まれてこのかた、これほど肝を潰《つぶ》したことはなかった。必死で脈を探し、ほっそりした喉で脈がしっかりと打っているのを確かめると、傷がないかと頭に触れた。頭を強打すると意識を回復しないことがあるという話を思い出し、狼狽する。

頭に切り傷もこぶもないとわかると、両手で腕と脚を撫でて骨折の有無を調べた。どこも折れていないようなので、上着を脱いで頭の下にあてがった。屈んで、手首をこすって温めはじめる。

ホイットニーのまぶたがぴくぴく動くのを見て、クレイトンは安堵のうめきを洩らしそうになった。額にかかった髪をそっと払ってやり、ホイットニーを覗きこむ。「どこか痛むところはないか？　話はできるか？」

海のような緑の目がぱっちり開き、クレイトンを穏やかにじっと見た。なんてきれいな目なのだとクレイトンが思っていると、ホイットニーが安心させるようにうっすらと微笑んだ。ところが最初のひと言を聞いて、クレイトンの心から優しさが消え去った。「思い出してね」ホイットニーが細い声で言う。「この事故にあったとき、リードしていたのはわたしよ」

クレイトンは自分の耳を疑った。よろよろと立ち上がって、木の幹にもたれ、信じられない思いで黙ってホイットニーを見た。

「起きるのを手伝ってくれない？」ホイットニーがしばらくして尋ねた。

「いやだ」クレイトンは胸の前で腕を組み、冷たく言った。「手伝わない」

「わかった」ホイットニーはため息をつき、ぎこちなく立ち上がると、スカートを撫でつけた。「あなたって、とても無礼よね」

「自分がリードを保てないと知って、わざと落馬するきみほど無礼じゃない」

妙な目つきでクレイトンを見てから、ホイットニーは手を伸ばし、木の葉の上から彼の上着を取り上げ、葉を払い落として手渡した。彼女は良心がとがめるのを感じているかのように首を横に振ったが、クレイトンはかすかな笑みがその口もとに浮かぶのを見逃さなかった。

「わたしのもっともやっかいな欠点のひとつなのよ」ホイットニーが大げさにため息をついて認める。「このせいで、いつもずいぶん後悔するの。ほんとうよ」

「欠点って？」美しい顔に悔恨の情がまったく見えないため、笑いそうになるのをこらえて、クレイトンは尋ねた。

「いかさまよ」ホイットニーがまじめくさって答えた。「勝てないとき、そうするの」乱れた髪を指で梳《と》かし、落ちてきた木の葉に顔をしかめる。クレイトンは内心おもしろがった。肩をすくめるか、かわいい頭を振れば、彼女は欠点を美点に変え、美点を欠点に変えることができる。

ホイットニーが木の葉に埋もれた乗馬鞭を探すあいだに、クレイトンはウォリアーのところへ歩き、鞍にひらりとまたがった。デンジャラス・クロッシングのところまで速歩で進ませると、その手綱をつかんでホイットニーのほうへ連れていく。しかしホイットニーがクロッシングの手綱へ手を伸ばしかけたとき、クレイトンはわざと馬を一歩先に進め、手が届かないようにした。「きみの正直な告白には胸を打たれたよ、お嬢さん」手を下ろし、眉をひそめたホイットニーに、説明する。「そこで、私も告白すべきだという気になった。なにしろ、いかさま師を勝たせないためなら、どんな極端なことでもするひねくれ者なんでね。じつはね、私自身、勝たせないためなら、いかさまをするんだ」

彼女の馬を引いて、数歩前へ駆けてから、肩越しにホイットニーを見た。ホイットニーが憤然とした顔で無言で見つめている。「そんなに長く歩かなくても、もどれるさ」クレイトンが笑いを含んだ声で教えてやる。「だが、馬のほうがいいと言うなら、どうしてわれわれの到着が遅れているかを気にして、だれかさんがいまにもやってくるよ。しかし、どのみち、きみが元気を回復した馬にもう一度乗って、ゴールすることはない」

クレイトンがクロッシングを連れて駆けていくのを、ホイットニーは細めた目で追った。当惑といらだちから、自分の脚を鞭でぴしゃりと打ってしまい、その痛さに悲鳴をあげる。落胆して地面に座り、助けを待ったが、時間がたてばたつほど、すべてがこっけいに思えてきた。ホイットニーはわざと馬から落ちたわけではなかった。彼女が何かミスを犯したとすれば、それは、愚かにも振り返って、疲れてきたクロッシングにクレイトンがあとどれぐらいで追いつくかを見極めようとしたことだ。前に向き直ったときには、低い枝が胸の前に突き出ていた。

屈辱的な置いてけぼりを食らわされた恨みを、クレイトンへ向けつづけようとしたが、できそうになかった。自分の上に身を屈めたクレイトンの、ひどくあわてた姿が忘れられない。心配のあまり声をかすらせ、不安に顔を引きつらせて、彼は言った。「もうだいじょうぶだ、かわいい人」

ホイットニーは草をつかんで引き抜き、ため息とともにそれを投げた。クレイトンがただの友だちで満足してくれたらよかったのに。彼はすばらしい友だちになるだろう。とても魅力的で楽しいし、笑わせてくれる。たぶんわたしが結婚したら、口説き落とす対象として見なくなるだろうから、そのときには、友だちになれるだろう。たぶん――。

ポールが全速力でカーブを曲がってきて、手綱をぐっと引いてそばに止まると、ホイットニーはクレイトンのことを忘れた。ポールはというと、そこに座るホイットニーを見て、心配そうな顔が、むっとした表情に変わった。「きみとウェストランドがふたりになるたびに、そろって姿を消すのはどうしてなのか、説明してもらえるんだろうな？」彼はいらだたしげに尋ねた。

クレイトンがデンジャラス・クロッシングを率いて、速歩で木立に入ると、見物人たちから驚きの声があがった。レディー・ギルバートを先頭に、みんなが前に押し寄せる。「何があったの？」ホイットニーの叔母が叫んだ。「ホイットニーはどこ？」

「あとから来ますよ」クレイトンは鞍にまたがったまま振り返り、セヴァリンの前に乗せてもらったホイットニーが木立に入ってくるのを見守った。その姿を見て、レースの最中にホイットニーが馬と離ればなれになったことに関する自分の意見を、突然撤回した。どうやって落馬したにせよ、わざとではなかった、とクレイトンは判断した。レースをやめることなど、ホイットニーは考えもしなかったはずだ。

ゴールのところで、ホイットニーがポールの馬から滑り下り、クレイトンがみんなにどう説明したのだろうかといぶかるように、不安げな視線を向けてきた。見物人たちがホイットニーを取り囲み、レースに賭けた人たちが、大声で結果を尋ねている。

クレイトンは身を乗りだし、ホイットニーの両脇に手を差し入れ、自分の前に横乗りで座らせた。「どちらの勝ちか、みんながきみの発表を待っている」なれなれしい扱いをされて怒った表情のホイットニーを無視して、言った。

「わたしの馬が二キロほど手前で息を切らしてしまったの」ホイットニーが大声で告げた。「ミスター・ウェストランドの勝ちよ」クレイトンを振り返り、声を殺して言う。「実際には、勝者はいないけれどね」

彼の眉があざけるようにつり上がる。「馬に疲れが出てきて、きみは負けそうだった。落馬するずっと前にそれに気づいたのだから、きみはりっぱな乗り手だ」

「わたしがほんとうに落ちたのだと、やっと信用してくれたみたいで、うれしいわ」ホイットニーはとりすました顔で言い返した。

クレイトンは喉の奥で笑った。「私がどれほどきみを信用しているか、少しでも知ったら、きみは驚くだろう」

ホイットニーがその面食らうような発言を考慮する間もなく、クレイトンは彼女を楽々と持ち上げ、鞍から降ろした。ホイットニーはポールの隣りに立って、クレイトンが馬の向きを変え、丘の向こうへ駆けていくのを見守った。

木曜日、ホイットニーにはこれといった約束がなかったので、時間がだらだらと過ぎていった。ポールが旅の準備に追われていたため、ホイットニーは土曜の父親の誕生パーティーの準備を手伝ったり、パリの友人たちの手紙に返事を書いたりして過ごした。

金曜の朝は、ロンドンに帰っているエミリーに長い手紙を書いた。ポールについて黙っているという、自分で課した、ほとんど迷信的な誓いを破りたいという誘惑に耐えきれず、そのうちわくわくするような知らせがあるとほのめかした。エミリーに会いにロンドンへ行くと約束して、締めくくる。その約束は近いうちに守れるはずだった。ウェディングドレスと嫁入り道具を買いに行く必要があるからだ。向こうへ行ったら、結婚式の既婚付添婦人になってくれるようエミリーに頼もうと、うきうきしながら思った。

手紙を出してもらうために階下へ下りたホイットニーは、クレイトン・ウェストランドが訪ねてきているのを知った。彼は薔薇の間でアン叔母さんと愛想よく話をしており、ホイットニーが入っていくと、礼儀正しく立ち上がった。

「先日の事故からきみが完全に快復したのを確認しに来たんだ」その口調には、いつもの茶化すような皮肉のかけらも感じられなかった。

これがわざと落馬したと誤解したことに対する彼流の謝罪なのだと、ホイットニーは知っていた。「完全にもとどおりよ」と請け合う。

「それはよかった。なら、またチェスで完敗しても、頭がぼんやりしていたとか、具合が悪かったとか、言い逃れはできないぞ。きょうの午後、どう?」

ホイットニーは針に食いつく鱒《ます》のように、誘惑に乗った——そういうわけで、チェス盤をはさんで彼と戦ったり、からかったりして、その日の大半を楽しく過ごした。そのあいだ、叔母さんのほうは長椅子に座り、指をせわしなく動かして刺繡《ししゅう》をしながら、笑顔のお目付役を演じた。

その夜、ホイットニーはベッドに横になり眠ろうとしたが、寝つかれなかった。暗いなか、手を上げ、すんなりした指を眺めた。あすになったら、この指に婚約指輪がはめられているのだろうか? あすの午後、父親がポールと話せるぐらい早くもどれば、そうなるだろう。そうしたら、夜のパーティーで婚約を発表できる。

眠れないのはホイットニーだけではなかった。クレイトンも両手を組んで頭の下にあてがい、ベッドの上の天井を見つめながら、ホイットニーとの結婚式の夜のことをうっとりと夢想していた。ホイットニーの、手足の長い、なめらかな体を組み敷き、彼女が受け入れようと腰を上げている姿を想像すると、血が熱く沸き立った。彼女は処女だから、優しく気遣って、その欲望をかきたて、この腕のなかで恍惚のうめき声をあげさせてやろう。

愉快な夢想をくり広げながら、クレイトンは寝返りを打ち、ようやく眠りへ漂っていった。

16

玄関で陽気に挨拶を交わす、聞いたことがあるような声が耳に届き、レディー・アンは目を覚ました。陽光のまぶしさに目をしばたたかせ、頭がずきずき痛いことに気づいた。なんとなく悪い予感がした。

マーティンのびっくり誕生パーティーは、ホイットニーの発案だった。アンがすぐに賛成したのは、マーティンが自分の娘にもっと親しみを持つきっかけになるよう願ったからだ。しかし、そのときはホイットニーとクレイモア公爵の婚約を知らなかった。いまは、三十人の訪問客のうちのだれかが、ウェストモアランドに気づくのではないかとやきもきしている。その場合、マーティンと公爵によって企てられた入念な計画がどうなるか、だれにもわからない。

後ろに手を伸ばし、呼び鈴の引き紐を引いて侍女を呼ぶと、いやな予感を振り払えないまま、しぶしぶベッドから出た。

夕暮れが訪れたころ、やっとスーエルがホイットニーの寝室のドアをノックして、父親の帰宅を知らせた。

「ありがとう、スーエル」ホイットニーはしょんぼりした声で応じた。今夜は、婚約を発表する絶好の機会だったのに……。パーティーには、アシュトン家とメリトン家と、ほかにも近所の主だった人がみな来る予定だった。ポールと結婚するという知らせを聞いたときの、みんなの反応を、ホイットニーは見たくてたまらなかったのだ。

それでも、カーネーションの香りの石鹸《せっけん》で体を洗いながら、パーティーのあいだに、ポールが父親をわきに呼ぶ機会を見つけるかもしれない、と望みをかけた。そうなれば、今晩、婚約を発表できる。

四十五分後、ホイットニーの装いを吟味するため、侍女のクラリッサが後ろに下がると、ホイットニーは従順にくるりと回った。

ホイットニーの上品な象牙色のサテンのドレスがろうそくの光に輝いた。くりの深いスクエアカットの身ごろは胸にぴったりまとわりつき、胸の谷間のおぼろな影をそそるようにちらりと見せている。広がったベルスリーブは、肘から手首までを華麗なトパーズ色のサテンが飾り、裾も揃いのトパーズ色のリボンで飾られていた。前から見ると、ドレスは裾に向かってまっすぐに落ち、裾のところでわずかに広がっていたが、後ろから見ると、流れるような優雅なフレアーで、裾を引くようになっていた。つややかで豊かな巻き毛は凝った髪型に整えられ、喉と耳できらめくトパーズとダイヤモンドがここにも編みこまれて、いっそうの輝きを放っている。

「プリンセスのようでございますよ」クラリッサが誇らしげな笑みを浮かべて言った。

階下や廊下で、客たちがひそかに動きまわる気配がした。父親の従者には、〝数人の客〟を夕食に招待しているので、七時に下りてきてほしいと主人に伝えるよう、すでに指示してあった。ホイットニーは炉棚の上の時計をちらりと見た。六時半だ。誕生日を祝うためにバースやブライトンやロンドンやハンプシャーから旅してきた親戚の人たちを見つけたときの、父親のうれしい驚きを想像すると、気分が高揚した。客たちをもう少し静かにさせるよう、スーエルに言おうと思って、自分の部屋から廊下にそっと出た。

バルコニーに、糊の効いた白いシャツの上から首巻きをだらりと下げた父親が立っていた。身を乗りだし、玄関の間を見下ろしている。〝びっくり〟はこれで台なしだ。ホイットニーは落胆しながらそばへ歩いて行き、並んで立った。眼下では、地元の客たちが次々と到着して、ばかに大きいささやき声で挨拶を交わしており、げんなりした顔のスーエルが客を部屋へ案内しながら、注意を促していた。「みなさま――みなさまがた――小さな声でお願いします」

父親のいぶかるような渋面が、下の客たちから、バルコニーのわきの長い廊下へ向けられた。廊下に面したふたつの寝室のドアが、開いたと思ったら、すぐに閉じられた。親戚の人たちが、バルコニーに立つパーティーの主賓を盗み見したのだ。ホイットニーはしゃちこばったキスを父親のざらざらした頬にした。「みんな、誕生日を祝うために来てくれたのよ、お父さん」

険しく、不機嫌な表情にもかかわらず、父親が胸を熱くしているのがわかった。「びっくりパーティーなんだろう？　わしは、わが家のこの騒ぎに気づかないことになっとるんだな」

「そのとおりよ」ホイットニーは微笑んだ。

「気づいてないふりをしてみるよ」父がホイットニーの腕を照れくさそうにたたいた。そのとき、ガラスが床で砕け散る、耳をつんざくような音がした。「おやまあ、どうしましょう、どうしましょう！」あわてふためく女性の声がした。

「レティシア・ピンカートン」マーティンが頭をちょっと横に傾けて、声の主を特定した。

「あれは、うろたえたときに彼女が使う、大好きで唯一の表現だ」声を奇妙に詰まらせ、ホイットニーを見て付け加える。「〝ちくしょう！〟という言葉をレティシアに教えろと、おまえのお母さんを脅して、ひきつけを起こさせたものだよ」そう言うと、マーティンは向きを変え、自分の寝室へ歩いていった。ホイットニーは声を出さずに笑いながら、父親を見送った。

三十分後、一方の腕をホイットニーに、もう一方の腕をアン・ギルバートに差し出して、マーティンは客間へ向かった。ホイットニーのうなずく合図で、スーエルがドアを大きく開くと、マーティンは「びっくり！」と「誕生日おめでとう！」のにぎやかな声に迎えられた。

女主人としての務めを果たそうと、前に進みでようとしたアンを、従僕が呼び止めた。

「申し訳ありません、奥さま。この手紙が特別配達人によって、いま届けられたところです。

じかに奥さまにお渡しするよう、スーエルから言われましたもので」

アンは手紙にちらりと目をやり、見慣れた愛しいエドワードの筆跡を見て、うれしさにはっと息を呑み、受け取るとすぐに開封した。

ホイットニーはポールを捜したが、すぐに見つからないと、食事室がアン叔母さんと計画したとおりになっているか確かめに行った。

応接間と食事室を仕切るドアがあけられ、ひと続きの広い空間ができ、六人掛けの小テーブルが並んでいた。赤と白とピンクの豪勢な薔薇の花束が、巨大な銀の鉢や、背の高いフロアスタンドに飾られている。銀器やクリスタルのグラスがろうそくの灯りにきらりと輝き、淡いピンク色をした、母のもっとも上等なリネンがどのテーブルにも掛かっていた。

ホイットニーは応接間を通り抜け、舞踏室を覗いた。ほかの二部屋と同様、薔薇の花束が贅沢に飾られ、冷たくて飾りけのなかった部屋に色彩と劇的な効果を与えていた。

ポールの低くて太い声が背後から聞こえると、ホイットニーは柔らかな笑みを浮かべ、振り返った。

「きょうは、きみに会えなくて寂しかったよ」ポールの視線が、優美な象牙色のサテンのドレスを楽しそうにさまよってから、ほてった顔へ上がる。「きみがこんなに美しくなると、だれが想像しただろう?」長く愛情のこもったキスをしようと、ホイットニーを引き寄せた。

アンはエドワードの手紙をむさぼるように読みながら、食事室に足を踏み入れた。長い部屋の反対側の端に、ホイットニーの象牙色のドレスを見つけ、うれしそうな声で話しかけた。

「ダーリン、あなたののろまの叔父さんから、やっと返事がきたわよ！　休暇中で……」顔を上げたとき、あわてて解かれた抱擁が目に入り、びっくりして目を見開いた。

「だいじょうぶよ、アン叔母さん」ホイットニーは顔を真っ赤にして、説明した。「数日前から話したくてうずうずしていたの。だからもう待ちきれない。ポールとわたしは、お父さんの許可をもらったら、すぐに結婚するつもりよ。今夜、彼がお父さんと話す機会を探していて、それで——アン叔母さん？」ホイットニーがそう言ったときには、アン叔母さんはきゃしゃなサテン地の靴の向きを変え、立ち去ろうとしていた。明らかにホイットニーの話を聞いていない。「どこへ行くの？」

「そこのテーブルへ行って、その赤ワインをなみなみとグラスに注ぐのよ」アン叔母さんが言った。

　ホイットニーは驚きに声も出せず、アンがテーブルからクリスタルのゴブレットをつかみ、赤ワインのボトルを持ち上げて、縁まで注ぐのを見つめた。

「そして、このグラスを飲み終えたら」アンがグラスを左手に持ち替え、右手で藤色のシルクのスカートをつまんで付け加える。「もう一杯飲むつもりよ」そう言うと、女王のように部屋を出ていこうとした。「こんばんは、ミスター・セヴァリン」ポールのかたわらを通り過ぎるとき、黒髪に白いものが混じった頭を優雅に傾けた。「またお目にかかれてうれしいわ」

「あの調子で飲みつづけたら、朝には頭がひどいことになっているだろうな」ポールが皮肉をこめて言う。

ホイットニーが混乱と不安の入り交じった顔で、ポールを見上げた。「頭？」

「そう、頭だ。で、ぼくの愛しいきみは、今夜は手が空かなくなる」ホイットニーのサテンの袖の肘に手を添え、しぶしぶと客間へともなっていく。「ぼくが間違っていなければ、叔母さんは客の接待にはあまり役に立ちそうにない」

たしかにポールの予想どおりだった。一時間後、ホイットニーは心のなかでため息をつきながら、客間の入口に立ち、遅れて来る人を出迎えていた。フランスでは、アン叔母さんはいつも、女主人に要求される、終わりのない務めを果たしてきた。今夜、自分にのしかかった責任に耐えながら、ホイットニーはもう一対目と耳が欲しいと思った。

使用人に合図を送り、飲み物をもっと持ってきて、客たちに配るよう指示してから、向きを変え、レディー・ユーバンクを迎えた。ホイットニーの目が、未亡人の紫のターバン風帽子と赤いドレスという驚くべき組み合わせに釘づけになる。「こんばんは、レディー・ユーバンク」真顔を保とうと、必死になった。

その挨拶をまったく無視して、未亡人は片眼鏡を持ち上げ、部屋を見まわした。「何が〝こんばんは〟なの、お嬢さん」レディー・ユーバンクがぴしゃりと言う。「ミスター・セヴァリンが、片方の腕にエリザベス・アシュトン、もう片方にはメリトン家の娘をしがみつかせて立っているじゃない。しかも、この部屋には、ウェストランドの姿もない」片眼鏡を下ろし、うんざりしたとばかりに渋面をホイットニーに向けた。「あなたには根性があると思っていたのに、がっかりだわ。この退屈な隣人たちの前で、夫としてもっともふさわしい独身男性を見事引っかけてくれると思っていたのよ。婚約発表が聞けるかと、半分期待していたのに、あなたときたら、ひとりぽつんと立っていて――」

ホイットニーは輝くような笑みを浮かべずにはいられなかった。「引っかけましたよ。だから、ちゃんと婚約発表を聞いてもらえるわ。今夜でなかったら、ポールが旅からもどったらすぐに」

「ポール？」レディー・ユーバンクがぽかんとしてくり返す。ホイットニーは知り合ってこのかた、彼女が言葉に詰まったのを見たことがなかった。「ポール・セヴァリン？」もう一度くり返す。突然その目にあからさまな歓喜の色をちらつかせ、ふたたび客たちのほうを見る。「今夜、ウェストランドは来るの？」

「ええ」

「よかった、よかったわ」未亡人がくすくす笑いはじめた。「今夜はとても楽しい夕べになるわね。とても楽しい！」くすくす笑いながら立ち去る。

九時半には、到着する客も少なくなってきた。ホイットニーが入口近くに立って、遅れてきた人たちに挨拶をしていると、客のひとりが玄関の間でスーエルに話しかける声が聞こえた。その直後、クレイトン・ウェストランドが戸口に現われた。

クレイトンがこちらに歩いてくるのを、ホイットニーは見守った。息を呑むほどハンサムで、広い肩と長い脚を丹念に仕立てられた黒の夜会服に包み、ひだ飾りのついたまぶしいくらい白いシャツと首巻きが対照的で引き立っている。

二日前の午後、チェスをしたときに生じた気楽な友だちの気分で、ホイットニーは微笑みかけ、心のこもった歓迎のしるしとして、両手を差し出した。「来ないんじゃないかと思いはじめていたところよ」

クレイトンは満足そうににやりとして、ホイットニーの手を取った。「まるで私をいまかいまかと待ち受けていたみたいに聞こえる」

「もしそうだったら、わたしが認めるわけないって、わかっているでしょうに」ホイットニーは笑い声をあげた。こうして彼を見ていると、彼女を誘惑しようとする無節操な放蕩者とは思えなかった。そのとき、まだ両手を握られていることと、彼が接近しすぎていて、糊の効いたシャツのひだ飾りがドレスの胸をかすめていることに気づいた。人目を気づかって両手を引っこめ、ちょっと後ろに下がった。

クレイトンの目は、ホイットニーが用心深く後退したことをあざけっていたが、それに関して彼は何も言わなかった。「木曜にチェスで二回負けて、やっときみに気に入ってもらえたのなら」と、からかって言う。「これからはゲームのたびに負けると約束する」

「チェスであなたは負けてくれなかったでしょう」ホイットニーは横目でにらんだ。従僕と目を合わせ、来るように合図する。女主人の当然の務めとして、ミスター・ウェストランドにウイスキーを持ってくるよう指示した。クレイトンのほうに向きをもどすと、飲み物の好みを覚えていたことに彼が驚き、喜んでいるのが見て取れた。

それは彼の目の表情に表われていた。「どうも勝負がつかないようだ。私はレースに勝ったが、きみはチェスゲームの大部分で勝っていた。どちらがより優秀な人間《マン》か、どうすれば証明できるだろう？」

「あなたって、手に負えないわ！」ホイットニーは笑みを浮かべて、たしなめた。「女も男と同じように教育を受けるべきだとわたしが考えているからといって、わたしは男《マン》になりたいわけじゃないの」

「それはよかった」クレイトンがそう言って、ホイットニーの非常に美しい顔と妖艶な体へ意味ありげに視線をさまよわせる。熱く親密なまなざしに、ホイットニーは興奮と不安という相反する感情をおぼえ、脈拍が急激に速まった。「いずれにしても」クレイトンが続ける。「われわれが対等に技を競うことができるものは、ほかにはないと思う。少年時代の私は当然活発な遊びをしていたし、きみのほうは落ち着いた、女の子らしいことをしていただろうし」

ホイットニーが意気揚々とした笑みを投げかける。「ぱちんこはどう？」

クレイトンの手が、従僕から差し出された飲み物を取ろうとして、途中で止まった。「ぱちんこができるのか？」とても信じられないと、誇張した口調で言ったので、ホイットニーは笑いだした。

「このことはだれにでも話すわけじゃないのよ」そう言って少し身を近づけながらも、客たちが満足しているかどうか、ふたたび気配りしはじめた。「でも、じつは、七十五歩離れたところから、ひな菊の花びらを散らしていたわ」部屋の向こう側で、ポールがホイットニーの父親のほうへ歩くのが目に入った。一瞬、父親がひとりのところを捕まえられそうに見えた。しかし、すでに親戚の人ふたりが反対側から父親に近づこうとしている。ホイットニーは内心、ため息をついた。

クレイトンは、ホイットニーの心が客たちのほうにあり、自分が彼女の時間をひとりじめしていることを承知していたが、彼女のあまりの美しさに、そばを離れるのがいやだった。それに、彼女はいちゃついているも同然だったし、一瞬一瞬が楽しかった。「たいしたものだ」とつぶやく。

その声がかすれ気味で、彼の本心をさらけだしていることに、ホイットニーはほとんど気づかなかった。ホイットニーが見ていると、伯父のひとりが、陽気に笑う人々に近づいていくところだった。「どなたか、先史時代の岩石についてご存じかな?」ヒューバート・ピンカートンが声を張りあげて尋ねた。「とても興味深い話題なのだよ。そのことについて話してあげよう。まずは中生代から……」動揺が広がって、そのグループの陽気な雰囲気が損なわれ、儀礼的な注目から控えめな反感へと変わっていく。ホイットニーはなんとしても父親のパーティーを明るく楽しいものにしたかった。

クレイトンの相手を切り上げ、伯父の関心を引く心づもりで、顔の向きをもどした。「ちょっと失礼。わたし――」ホイットニーが向きを変えたとき、急いだようすの従僕が近づいてきて、シャンパンが残り少なくなったと告げた。そのあとすぐ、べつの従僕が夕食の指示を求めに来た。そのふたつの小さな問題を片づけたあと、ホイットニーは申し訳なさそうにクレイトンのほうへ向き、彼がむずかしい顔で部屋を見まわしているのを見た。「今夜、叔母さんはどこ？　なぜ彼女はこうした雑用を手伝ってくれないんだ？」

「ちょっと気分がすぐれないの」ホイットニーは苦しい言い訳をしながら、彼の鋭い視線がアン叔母さんに釘づけになるのを見た。叔母さんは、ワインのゴブレットを握って、窓の外をぼうっと見ている。

「ごめんなさい」ホイットニーは伯父のピンカートンのほうへ頭を傾けた。「あの人たちをヒューバート伯父さんから救いださないと。伯父さんは先史時代の石の配置の話で、みんなを気も狂わんばかりに退屈させようとしているし、みんなのほうは伯父さんに危害でも加えそうなほど、険悪な感じだから」

「伯父さんに紹介してくれ」ホイットニーが驚いた顔をすると、クレイトンが付け加えた。「きみがほかの客の世話ができるように、私が伯父さんの相手をしよう」

ホイットニーは感謝しつつ伯父を連れてきて、ふたりを引き合わせ、それからクレイトンが老人にお辞儀をして、よどみなく話しかける姿をほれぼれと眺めた。「いまミス・ストーンに話していたところなんですよ。中生代の岩の配置に興味を持つ者同士、楽しい話ができるだろうと」熱心さを前面に出し、クレイトンがホイットニーに向かって言う。「失礼してもいいでしょうか、ミス・ストーン？　伯父さんと私は、話したいことがたくさんあるので」

クレイトンがあまりにも巧みにでまかせを言ってのけたので、ホイットニーはクレイトンから目をはがせなかった。彼はヒューバート伯父さんを人のいない隅に連れていき、伯父の話にすぐに引きこまれたようすを見せた。

強い緊張と不安をおぼえながら、父親の帰宅を待ち受けた長い一日は、ホイットニーには大いに応えた。十時半に、なかなか客間から離れない人々を穏やかに食事室へ促しながら、ホイットニーの頭のなかは、自分がくつろげる静かな場所を見つけたいという思いでいっぱいだった。客たちが長いテーブルに沿って進み、ずらりと並んだ料理から各自の食べ物を皿に取っているとき、突然エリザベス・アシュトンの父親が大声をあげ、列の流れが止まり、会話が途切れた。「クレイモア公爵が行方不明だと？」彼がロンドンから来た親戚に尋ねた。「ウェストモアランドのことだろう？」いま聞いた話が信じられないとばかりに、確認する。「そうだ、みんな知ってると思っていたが」その親戚が応じ、自分のほうに顔を向けた人たちのために声を張り上げた。「きのうの新聞に出ていたよ。ロンドンでは、彼の居場所を推測する話でもちきりだ」

部屋にいる人たちの会話が、一気に熱を帯びた。ホイットニーの隣人たちは皿を手に持つと、街から来ていて、より情報を知っている客がいるテーブルへ押し寄せ、ニュースを仕入れようとした。夕食後は、クレイモア公爵の失踪を憶測する人たちが、テーブルのあいだに群がり、そこを通り抜けるのは不可能な状態になった。ホイットニーは、叔母さんやレディー・ユーバンクやクレイトン・ウェストランドたちの大グループのなかに立っていた。一方ポールは、エリザベス・アシュトンとピーター・レッドファーンにはさまれ、部屋の向こうで身動きが取れずにいた。

「俺が思うに、クレイモアは一年のいまの時期、フランスにいるよ」だれかが言った。

「あら？　そうなの？」レディー・アンが尋ねた。顔が赤く、陽気で熱心なのは、ワインの飲みすぎのせいだ、とホイットニーは思った。クレイモア公爵が話題になったとたん、叔母の注意散漫で無気力なところは消えていた。しかし、叔母が公爵のうわさや憶測を明らかに楽しんでいるのに対し、父親のほうはその話題のせいで落ち着きがなくなり、柄《がら》にもなくウイスキーをがぶがぶ飲んでいる。

　ホイットニーにはその話題はとても退屈で、彼女はあくびを嚙み殺した。「疲れたの、かわいい人？」クレイトンが隣りでささやいた。

「ええ」ホイットニーが認めると、クレイトンは肘を曲げて、できた空間に彼女の手を通させ、力強い指で包みこんだ。まるで自分の元気を分け与えようとするかのようだった。〝かわいい人〟と呼ばないでほしい、それに、こんなふうに親密に手を握らないでほしい、とホイットニーは思ったが、今夜の彼の協力に大いに感謝していたので、些細《ささい》なことで難癖をつけるのはやめておいた。

「彼の愛人が、先月パリで自殺したらしいわ」マーガレット・メリトンが発言して、驚いている客たちのほうを向いた。「きっとクレイモアに捨てられて、精神がやられちゃったのよ。

ヨーロッパ巡回公演をキャンセルして、引きこもり、そして——」

「——そして」アメリア・ユーバンクが冷ややかに言葉を差しはさんだ。「彼女はいま大金を費やして、買ったばかりの田舎屋敷を改修しているところよ。彼女が幽霊だとわたしたちが信じると、思っているの、知ったかぶり屋さん！」

レディー・ユーバンクの毒舌攻撃に、マーガレットは顔を真っ赤にして、人々のあいだに身を隠し、救いを求めるようにクレイトンを見た。「ミスター・ウェストランドは最近までパリとロンドンにいたわ。あなたなら、彼女の自殺のニュースを聞いたでしょ？」

「いや」クレイトンはそっけなく答えた。「そんな話は聞いたことがない」

マーガレットの父親の意見が別の展開をもたらした。やぎ髭を撫でながら、何か考えがあるかのように言う。「サンタレマンは田舎の不動産を買って、ひと財産を注ぎこんで改修してるっていうんだな」腹の底から笑い声をあげ、意味ありげな流し目を紳士たちに向けた。「それだと、クレイモアが彼女をお払い箱にしたように聞こえるが——手切れ金をはずんで！」

ホイットニーはクレイトンの前腕の筋肉がこわばるのを指先で感じた。彼の顔を見上げると、ミスター・メリトンやほかの男たちを、うんざりした表情できわめて不快そうに見ている。不意に彼の視線がホイットニーに移ると、表情は和らぎ、かすかな笑みが浮かんだ。

だが内心では、クレイトンは微笑んで*い*な*い*かった。秘書にひどく腹を立てていた。彼の居場所をあれこれ詮索されないよう、どこかにいるという話を流すはずだったのに、失敗しているからだ。頭のなかで秘書へのきびしい叱責の手紙を口述していると、ひどくうんざりしたことに、客たちが彼の次の愛人の正体をめぐって賭けを始めた。

「ドロシーア伯爵未亡人に五ポンド賭けよう」ミスター・アシュトンが言った。「受け手はいるか？」

「あんた、正気か」ミスター・メリトンが言って、陰険な笑い声をあげる。「伯爵未亡人の話は古い！　彼女はこの五年間、クレイモアを追いまわし、あわれな老伯爵がまだ死の床にいるのに、フランスまで彼を追ってった。それでどうなったかって？　わしが教えてやろう。クレイモアはパリの半分の人たちが見ている前で、彼女をきっぱり捨てた。公爵が次に選ぶのはレディー・ヴァネッサ・スタンドフィールドだろうが、彼女とはきっと結婚するよ。彼女はデビューして以来、辛抱強く彼を待ってたからね。公爵の関心がレディー・スタンドフィールドに向けられることに、そして彼がその娘と結婚することに、わしは五ポンド賭ける。だれかこの冒険的な賭けに乗ってみないか？」

会話全体が女性たちの存在をはなはだしく軽んじていた。アン叔母さんがついに介入しそうな動きを見せたので、ホイットニーは胸を撫で下ろした。「ミスター・メリトン」アンは彼の注意が完全に自分に向けられるのを待った。「それ、十ポンドにしない？」

アン叔母さんの淑女らしからざる提案に、衝撃による沈黙が続いた。そのときクレイトンが押し殺したような笑い声をあげ、すべてをおもしろい冗談のように思わせてくれたので、ホイットニーは感謝した。アン叔母さんがクレイトンのほうへ向く。「あなたはどう、ミスター・ウェストランド?」明るく尋ねた。「レディー・スタンドフィールドが未来のクレイモア公爵夫人になるのに賭けません?」

クレイトンの唇が愉快そうにぴくぴく動く。「いや、とんでもない。私の絶対確実な情報源によると、クレイトン・ウェストモアランドはパリで出会った魅力的なブルネットと結婚することに決めたそうだ」

ホイットニーはレディー・ユーバンクがクレイトンにいわくありげな、射るような視線を向けているのに気づいたが、だれかが話を始めると、そのことを忘れた。「あなたたちの名前は、非常に似ていますな、ミスター・ウェストランド。公爵と何かつながりでもあるのですか?」

「われわれは兄弟よりも親しいんですよ」クレイトンがすぐに応じて、にんまりと笑い、それをとんでもない冗談のように思わせた。そこから会話は、公爵のあり余るほどの私有地の不正確な解説や、よく知られた馬小屋にいる馬たちの話題に移り、彼の愛人や口説き落とした女たちに関する、さらなるうわさ話に必然的にもどった。

クレイトンは未来の妻をちらりと見て、彼女がどれぐらい注意深くその話題に耳を傾けているか(その結果、自分の評価がどれくらい下がるか)を確かめ、ホイットニーがほっそりした指の陰であくびをしているのに気づいた。客たちの喧々《けんけん》ごうごうの軽口に乗じて、ホイットニーのほうへ体を傾けて小声でからかう。「未来のクレイモア公爵夫人に関心はないのか、マイ・レディー?」

あくびをしているところを見つかり、ホイットニーはやましそうに彼の顔を見た。無意識にゆったりとした挑発的な笑みを浮かべると、クレイトンの血管に純粋な熱い欲望がどっと流れた。その場を去る準備として、ドレスのサテンのスカートを撫でつける。「もちろん、関心はあるわ」重々しい口調でささやく。「その下劣で、放蕩で、反道徳的で、好色な女たらしと結婚する女性が、ほんとうに気の毒だもの！」そう言うと、向きを変え、楽士たちに演奏を始めるよう指示するため、舞踏室へ向かった。

ホイットニーは、ポールが父親と話をする機会がほんの少ししかなかったため、意気消沈しながら、時計の針が真夜中の十二時へ向かうのを見守った。たった一回だけいっしょに踊りながら、ポールとホイットニーは彼の出発の時刻を慎重に選び、別れの挨拶をする時間を密かに持てるようにしたのだった。ホイットニーはスカートをつまむと、部屋を出ていくポールの後を、じゅうぶんな距離を取って、そっと追った。

クレイトンはゴシック様式の柱に肩をもたせかけ、グラスを唇に当てて、所有しているという自尊心といらだちの両方をおぼえながら、こっそり周囲をうかがってセヴァリンのあとを追うホイットニーを見守っていた。彼女が客のひとりに呼び止められていると、セヴァリンが舞踏室へ引き返してきて、もはや目立つのも構わず、彼女の腕をつかんで、その場から連れ去った。

わがもの顔に振る舞うセヴァリンを見て、激しい怒りがクレイトンの体を貫いた。自分の婚約者がほかの男と腕をからめて去っていくというのに、なぜ私はなれなれしく言い寄ってくるメリトンの娘に耐え、愚か者のように立っているのだろう？　もし急ぎ足で十歩ほど歩いて部屋を横切り、自分の婚約者がよその男に触れられるのは気にくわないとセヴァリンに言ったら、どんな満足感を得られるだろうかと、冷笑を浮かべて想像してみた。それに、ホイットニーにちょっと教えてやってもいい。〝下劣で、好色な〟私の関心は永遠にきみに向けられている、今週中に結婚する準備をしたほうがいい、と。

クレイトンが本気でそうしようかと考えていたとき、アメリア・ユーバンクが近づいてきた。「マーガレット」アメリアがぶっきらぼうに呼びかける。「ミスター・ウェストランドにしがみつくのはやめて、髪でも直してきなさい」

わずかな思いやりも見せず、アメリアはマーガレットが顔を赤らめ、背を向けて去るのを目で追った。「いけ好かない小娘」そう言って、クレイトンのほうを見る。「あの娘はまさに陰湿で意地悪で、根っからの性悪よ。あの子をロンドンへやり社交界へ入れるお金を、両親が全部使ってしまっている。お金がないから、あの子は社交界に入れない。あの子もそれがわかっているから、ねたんだり、意地悪したりするのよ」

クレイトンがちっとも自分の話を聞いてないのに気づいて、アメリアはターバン風帽子をかぶった頭を必死に持ち上げて、相手の興味を引きつけているものを知ろうとした。ホイットニー・ストーンだとわかり、口もとを小さくほころばせる。ちょうど舞踏室にもどってくる彼女が、クレイトンの視線の先にいた。「ねえ、クレイモア」アメリアは言った。「あなたが心を決めた〝魅力的なブルネット〟がわたくしの想像どおりなら、時間をかけすぎね。セヴァリンがもどりしだい、彼女とセヴァリンの婚約発表が行なわれる予定よ」

公爵の目が冷ややかに皮肉めいたものになった。「失礼します」危険なほど優しい声で言う。グラスを置いて立ち去るクレイトンを、アメリアはさも満足げに見送った。

クレイトンが肘に軽く触れたのに気づいて、ホイットニーが振り向き、感謝をこめてにっこり微笑んだ。夕刻に、ヒューバート伯父さんの相手を務めたときから、クレイトンは物知りで、愛想がよくて、中立的な紳士の手が必要とされる場合は、その場にいるよう気をつけた。頼まれなくても、ホイットニーが助けを必要としているのがわかれば、駆けつけた。

「相当疲れただろう」彼女の耳もとでささやいた。「ここを抜け出して、少し眠ったらどうだ？」

「ええ、そうするつもり」ホイットニーはため息をついた。ほぼ全員がすでに帰るか、宿泊のために二階へ引き上げていたし、アン叔母さんがすっかりやる気を取りもどしたらしく、残りの客の接待を任せてもだいじょうぶそうだった。「今夜は助けてくれて、ありがとう」立ち去ろうと向きを変える。「とても感謝している」

クレイトンはホイットニーが廊下の向こうに消えるのを見届けてから、マーティン・ストーンのところへ決然とした足取りで向かった。「客が帰ったあと、あなたとレディー・ギルバートに話がある」そっけなく告げた。

階段を上るだけでも、ホイットニーの疲れた脚には一苦労だった。部屋に入ると、十分もかかって、ドレスの背中にずらりと並んだサテンの小さなボタンをはずした。前屈みになってドレスから脚を抜いたとき、大きく開いたシュミーズの胸もとから、きらめく物が転がった。

絨毯からオパールの指輪をそっと優しく拾い上げ、眺めた。今夜、ポールが帰るときにくれた、彼の指輪だ。「きみがぼくのものだということを忘れないように」そうささやいて、ポールはホイットニーの手にその指輪を押しつけた。

いま、ぞくぞくするような興奮が体を走り抜けるのを感じながら、ホイットニーはオパールの指輪を指にはめた。先ほどまでの疲れが、はち切れんばかりの喜びに、一瞬で消えたようだった。

小さく鼻歌を歌いながら、赤いシルクの東洋風の部屋着をまとうと、鏡台の前に座ってピンをはずし、髪にブラシをかけた。象牙の柄のついたブラシで長い髪をとかすたびに、鏡のなかで、きらめくオパールに火がつき、火花が散るかのように見える。ブラシをわきに置くと、婚約指輪をもっとよく見ようと、手を前に差し出した。わたしの婚約指輪！「ミセス・ポール・セヴァリン」そっとつぶやき、そのすてきな響きに笑みがこぼれた。「ホイットニー・アリスン・セヴァリン」その名前に何か記憶をくすぐられて、もう一度つぶやき、思い出そうとし……。

喜びに満ちた笑い声をあげて、ホイットニーは本棚のところへ急いだ。棚から革装丁の聖書を下ろし、さっとページをくったが、見あたらなかった。ついには本の表紙をつかんで、さかさまにして激しく揺すった。いくつかに折られた、汚れのある紙が、床にはらりと落ちた。それを拾い上げ、頬をゆるめて読みはじめる。

『わたし、ホイットニー・アリスン・ストーン、十五歳は、(お父さんがなんと言おうと)頭とすべての機能がしっかりしている状態で、いつかきっとポール・セヴァリンに結婚を申しこませてみせることを、ここに固く約束し、誓い、断言します。それにマーガレット・メリトンとほかのすべての人に、わたしに関するあらゆる悪口を取り消させてみせます。未来のミセス・ポール・セヴァリンによって、きょう誓われ、正式に署名される』

その署名の下に〝ホイットニー・アリスン・セヴァリン〟と書いてあった。しかも、その名前に興奮したらしく、あこがれの名前を少なくとも十回以上練習していた。

何年もたってその誓いの文を読み、それを書かずにはいられなかった必死な気持ちを思い出すと、ポールの指輪をもらえた喜びで胸がいっぱいになり、その指輪をだれかに見せて、吉報を知らせなければ、胸が張り裂けそうだとホイットニーは思った。

こんな状態で寝られるわけがない。それより、歌って踊りたい気分なのだ! だれかに話さなくては、どうしても……。

数分ためらったあと、ポールにプロポーズされたことを父親に話そうと、うきうきしながら決めた。お父さんは、何年も前、わたしがどれほど熱心にポールを追いかけていたかを覚えているだろうし、もう娘のおかしな行動を村人たちに笑われる理由がなくなると知って、喜んでくれるだろう。いまや、ポール・セヴァリンのほうが、わたしを追いかけているのだ。

彼が、わたしと結婚したがっている！

ホイットニーは鏡に映った自分の姿を確認し、赤い部屋着のマンダリンカラーを整え、ほっそりしたウエストの飾り帯を締めつけると、つややかな髪を肩の後ろに払い、寝室のドアへ向かった。

期待とわずかな不安に震えながら、衣ずれの音をさせて廊下を歩いていった。多くの笑いとにぎやかさのあとなので、静けさに寂しさのようなものを感じたが、ホイットニーはそんな感傷に浸ることなく、父親の部屋のドアをノックしようと手を上げた。

「お父上は書斎です、お嬢さま」従僕の声が、下の暗い玄関ホールから鈍く響いてきた。

「あら」ホイットニーは穏やかに言った。今夜はアン叔母さんに指輪を見せることにして、お父さんに打ち明けるのはあすまで待ったほうがよさそうだ。「叔母さんはもう部屋に引き上げた？」

「いいえ、お嬢さま。レディー・ギルバートはお父上といっしょです」

「ありがとう。お休みなさい」

ホイットニーは急いで階下へ下り、書斎のドアをノックして、父親の入れと言う声に、書斎に身を滑りこませ、後ろ手にドアを閉めた。手のひらを厚いオークのドア板に押しつけて、もたれかかった。正面の机の向こうに座る父親に、にこやかな視線を向けてから、左手のアン叔母さんを見た。叔母さんは、暖炉と直角に置かれたウィングバックチェアから、用心深くこちらを見ている。小さく、勢いのいい炉火が部屋を照らしているだけなので、叔母の反対側のウィングバックチェアに座り、高い背もたれで陰になっているおぼろな姿を、ホイットニーは完全に見落とした。

父親はグラスにブランデーを威勢よく注ぎながら、少し不明瞭だが愛想のいい声で言った。

「ああ、おまえ、なんだね？」

ゆっくり深く息を吸って、ホイットニーは話しはじめた。「すばらしい話があるのよ、お父さん、アン叔母さん。ふたりともここにいてくれて、よかった。同時にふたりに聞いてもらえるんですもの」

父親のところまで歩き、ブランデーグラスをわきにやり、机の端に腰掛けた。上に向けられた父親の顔ととろんとした目を愛しげに見てから、前屈みになって、額にキスをした。

「わたし、ホイットニー・ストーンはお父さんをとても愛しています」静かに言う。「それに、わたしが大人になるまで、お父さんに悲しい思いをさせたことを心から申し訳なく思っています」

「ありがとう」父親が顔を赤らめて、つぶやく。

「それから」ホイットニーは立ち上がり、叔母と向き合えるように、机の前を回った。「わたしはあなたのことも愛しています、アン叔母さん。叔母さんはいつだってそのことを知っていたでしょうけれど」

もう一度ゆっくり、震えながら息を吸うと、感極まったように、言葉が一気に飛び出した。

「それから、わたしはポール・セヴァリンを愛しています。そしてポールもわたしを愛してくれていて、わたしと結婚したがっているの！　それでね、お父さん、彼がもどってきたら、お父さんに結婚の許可をもらいに来ることになっているわ。わたしは――どうかした、アン叔母さん？」

　とまどいの表情を浮かべて、ホイットニーはまじまじと見た。叔母が椅子から腰を浮かせ、動揺したようすで前を見つめているので、ホイットニーは身を乗りだして、物陰を覗いた。クレイトン・ウェストランドがそこに座っているのを見て、はっとした。「ご――ごめんなさい！　三人のじゃまをしたみたいで。わかっているでしょうけれど、ミスター・ウェストランド、わたし、あなたがそこに座っているのに気づかなかったの。でも、居合わせた以上」ホイットニーは始めたことを屈することなく終わらせようと決心した。「わたしが婚約することをだれにも言わないでもらいたいの。だって……」板張りの床を椅子の脚がこする音とともに、父親が立ち上がり、ホイットニーの話を阻んだ。怒りを帯びた声に、ホイットニーはくるりと向きを変え、父親を見た。

「よくもおまえは！」怒鳴り声。「どういうつもりだ？」

「どういう？」ホイットニーは当惑して問い返した。父親は机に手のひらを突き、腕を震わせていた。「ポール・セヴァリンがわたしに結婚を申しこんだ、それだけよ」子どものころよく目にした、激怒の顔を無視して、付け加える。「そして、わたしは結婚するつもり」

　大ばか者を相手にするように、父親がゆっくり、はっきりと言った。「ポール・セヴァリンは一文無しだ。わしの言うことがわかるのか？　あいつの土地は抵当に入っとるし、あいつは債権者に追いまわされておるんだぞ！」

ホイットニーは衝撃を受けていたが、なんとか落ち着きのある理性的な声を出した。「ポールがお金に困っているのは知らなかったけれど、なんでそんなにあげつらうのかわからない。わたしには、お祖母さんの遺産があるわ。それに、結婚持参金もある。わたしのものは何でも、ポールのものになるわ」

「おまえには何もない！」父親が噛みつくように言った。「わしはセヴァリン以上の苦境に陥っていた。借金取りに追いかけられていた。おまえの遺産と持参金は返済にあてた」

父親の語る内容だけでなく、その激しい声音にひるんで、ホイットニーは援護してもらおうと叔母さんのほうを向いた。「豪勢な持参金や遺産がないなら、ポールとわたしは質素に暮らさなくてはならないわね」

アン叔母さんは椅子の肘掛けをつかんで、じっと座ったままだった。

ホイットニーは困惑して、父親のほうへ向き直った。「お父さん、そんなに困っていたのなら、話してくれればよかったのに！　だって、わたし――フランスから帰る前に、服や宝石や毛皮に大金を使ってしまったわ。もしわたしが――」

罪悪感と不安に襲われながらも、この話には何かおかしなところが、筋が通らないことがあるという気がした。そのとき、それがなんなのか、わかりはじめた。用心深く言った。

「馬小屋は新しい馬でいっぱい。家や敷地には不必要に使用人がうようよしている。そんなに悲惨な状況なら、どうしてこんな贅沢な暮らしをしているの？」

父親の顔が恐ろしいほど紫色になった。口を開きかけて、ぎゅっと結んだ。

「わたしには、説明してもらう権利があるはずよ」やんわりと主張した。「お父さんは言ったわ。持参金もない、遺産もない貧困者として、ポールと結婚しなくてはならないって。このすべてが事実なら、どうしてこんな暮らしができるの？」

「わしの状況は改善されたのだ」父親が低い声で言う。

「いつ？」

「七月に」

声から非難の響きを取り除けずに、ホイットニーは言った。「状況は七月に改善されたのに、わたしの遺産や持参金を返済するつもりはないの？」

父親がこぶしを机に叩きつけた。怒鳴り声が部屋に響く。「こんな茶番はもう我慢ならん。おまえはクレイトン・ウェストモアランドと婚約しているのだ。話はまとまっている。すでに合意したんだ！」

クレイトンの姓の微妙な違いは、そのときホイットニーに注目されず、彼女は混乱した頭で必死に考えていた。「でも、どういうふうに――なぜ――いつ、そうなったの？」

「七月だ！」父親ががなる。「そして、合意に達しているんだ。わかるか？　婚約の契約書に署名をしたのだ！　正式に成立だ！」

ホイットニーは恐怖と不信感で目を大きく開き、父親を見つめた。「わたしがフランスから帰る前に、決めたということ？　わたしに相談もしないで、わたしの気持ちを考えもしないで、見ず知らずの他人にわたしの持参金と遺産を形《かた》にすると約束をしたの？」

「うるさい！」父親が歯を食いしばって言った。「わしには持参金に回す一シリングもなかったんだぞ！　彼がわしに支払ったってことだ！」

「七月には、お父さんはさぞ満足だったんでしょうね」ホイットニーは消え入るような声で言った。「ついに永遠にわたしを追い払え、わたしと引き換えにこちらの〝紳士〟からお金をもらえて、そして――ああ、なんてこと！」叫び声をあげた。突如として、胸が張り裂けるほど明快に、異様なパズルのピースがすべてぴったり合って、下品な詳細まで完璧に描かれた、身の毛もよだつ絵ができあがった。

目を閉じて、こぼれ落ちそうな熱い涙をこらえ、机に両手をついて体を支えた。目を開けると、霞の向こうに父親が見えた。「彼がすべての代金を払ったのね。馬も、使用人も、新しい家具も、家の修理も……」言葉に詰まる。「わたしが八月にフランスで買った品々も。いまわたしが着ている服も、彼が払ったんでしょ」

「そうだ、くそっ！　わしはすべてを失った。売れるものはすべて売ってしまったんだ」

ホイットニーの心があった場所に巨石が居座った。愛があった場所に冷たい怒りが居を構えた。「売り払えるものが何もなくなって、わたしを売ったのね！　赤の他人にわたしの人生を売ったのね！」ホイットニーは言葉を切り、長く、苦しげに息を吸った。「お父さん、わたしをちゃんと高値で売ったんでしょうね？　彼の最初の申し出で手を打ったんじゃないことを望むわ。きっと少しはふっかけた――」

「よくもおまえは!」父親が怒鳴って、ホイットニーの頬を平手で強く打ち、もう少しで娘を倒しそうになった。もう一度手を上げて打とうとしたが、クレイトン・ウェストモアランドの激怒の声が彼の動きを止めた。「マーティン、もう一度彼女に触れたら、きょうという日を人生でいちばんみじめな日にしてやる!」

父親が顔を凍りつかせ、敗北感にうちひしがれて椅子に座りこんだ。ホイットニーは〝救援者〟のほうへくるりと向きを変えた。怒りで声が震えている。「なんて卑劣で汚いの! 妻を買わなければならないなんて、いったいどんな男なの? 会ったこともない女を買わなければならないなんて、いったいどんな獣なの? わたしを買うのにいくらかかったの?」

居丈高《いたけだか》に挑んでいるものの、軽蔑の短剣を矢継ぎ早に投げるその美しい目に、涙がきらめいているのを、クレイトンは見た。「それに答えるつもりはないよ」優しく言った。

平静を装った彼の鎧《よろい》に亀裂はないか、憤怒の剣を突き刺させそうな場所はないかと、ホイットニーは考えを巡らせた。「あなたがそんなに払ったわけがないわ」あざけるように言う。「あなたの家は質素そのものだもの。わたしを手に入れるために、なけなしの財産を注ぎこんだの? 父との交渉は大変だった、それとも――」

「もうやめろ」クレイトンが断固として言い、立ち上がった。

「彼はおまえになんでも与えられるんだ……なんでも」ホイットニーの後ろで、父親がしゃがれ声で言う。「公爵なんだよ、ホイットニー。おまえはなんでも欲しいものを――」

「公爵!」ホイットニーはばかにするように言って、クレイトンをにらんだ。「どうやって父に納得させたの、うそつきで、卑劣な……」その声が途切れると、クレイトンはホイットニーの顎をつかみ、反抗的な視線を受け止めた。

「私は公爵だ、かわいい人。数カ月前、フランスでそう言っただろう」

「どうしてあなたが……疫病みたいな存在のあなたが！　たとえあなたがイングランドの王でも、結婚はお断わりよ」ホイットニーは顔をぐいと横に向け、吐き捨てるように言った。

「それに、フランスであなたに会うという不運には見舞われなかったわ」

「パリの仮装舞踏会で、私は公爵だと言っただろう」静かに主張した。「アルマン家の舞踏会で」

「うそよ！　あちらでは会わなかった。帰国するまで、一度も会ったことはないわ！」

「ダーリン」アン叔母さんが遠慮がちに口をはさむ。「仮装舞踏会の夜を思い出してみなさい。帰り際にわたしに尋ねたでしょう。お客さまのひとりがだれなのか――黒のハーフマスクに黒の長い外套を着た、とても背の高い男性のことを。それに……」

「アン叔母さん、お願い、やめて！」いらだちと困惑が一気に募り、ホイットニーは息を吐き出した。「あの夜だろうと、いつだろうと、この人には会っていない……」万華鏡のような映像が頭をすっと横切り、喉を絞められたようなあえぎが漏れた。いまはすっかり見慣れた灰色の目が、アルマン家の庭でもホイットニーを見下ろし、きらめいた。笑いの交じった低い声が言った。「私が公爵だったら……」

十秒のあいだに、これらすべての記憶が現実と正面からぶつかり合い、ホイットニーは激しい怒りとともにクレイトンのほうをくるりと向いた。「あれがあなただったの！　仮面の向こうに隠れていたのね！」

「片眼鏡も持たずにね」クレイトンがにやりと笑い、思い出させる。

「よりによって、こんなに不誠実で、いやらしくて、陰険な……」荒れ狂う敵意を表わす言葉が尽きるとほぼ同時に、もうひとつの衝撃的な事実に気づき、またも熱い涙がこみあげてきた。「ウェストモアランド閣下」ありったけの軽蔑をこめて、正しい名前を吐き出す。「今夜のあなたのうわさ――あなたの私有地や、馬や、財産や、女性についてのうわさ――退屈なだけではなくて、ほんとうにむかついたということを、知らせておくわ！」

「私もそうだったよ」クレイトンが茶化すように同意した。

ホイットニーには聞こえた気のする、彼の声に含まれた笑いは、傷に塗られた酸のようだった。部屋着のひだをつかんで、指の関節が白くなるまでぎゅっとねじりながら、感情でいっぱいになった胸に、言葉を発するのに必要な息を吸いこもうとする。やっとのことで絞りだせたのは、苦しげなささやき声だった。「このことで、あなたを死ぬまで憎んでやる！」

その脅しを無視して、クレイトンが優しく言う。「さあ、ベッドへ行って、眠ったほうがいい」ホイットニーの肘の下に手を滑らせ、彼女が振り払おうとすると、手に力をこめた。「私は午後、また来る。説明すべきことがたくさんあるから、きみがもっと聞く耳を持ったときに、説明しよう」

ホイットニーは一秒たりとも、彼の見せかけの優しさに惑わされなかった。クレイトンが話を終えるとすぐ、腕を引きもどし、ドアへ歩いた。

真鍮《しんちゅう》の取っ手をつかもうとしたとき、クレイトンが抑揚のない高圧的な声で言い足した。「ホイットニー、私が来たとき、きみにここにいてもらいたい」ホイットニーの手が取っ手の上で止まった。彼の命令、彼の横柄さ、彼の存在に対する憤りで、心が悲鳴をあげた。ちゃんと聞いたしるしに振り返ることすらせずに取っ手をひねってドアをあけ、オークのドアを叩きつけて閉めたいという荒々しい衝動をかろうじて抑えた。

廊下を進む足音がみんなに聞こえるあいだはゆっくりと歩き、おびえた野兎みたいに逃げる音を聞かせて彼らを満足させないように努めた。廊下の突き当たりを曲がってからは、一足ごとに歩くペースが速まり、やがて急ぎ足になって、階段を駆け上がり、それから廊下を走って、安全で健全な自分の部屋へ向かった。部屋に入ると、ひんやりしたドアにもたれ、呆然として震えながら……ほんの三十分前には楽しくて心地のよかった部屋を見つめた。彼女の心は、起こったばかりの不幸に対処できないでいた。

階下の書斎では、ひどく険悪な沈黙が続き、ついには空気さえも緊張で火花を散らしているようだった。クレイトンは暖炉の炉棚に両手を突いて立ち、引き締まったたくましい体全体から危険な怒りを発しながら、炉火を見つめていた。

マーティンが顔から両手をはずした。勢いよくそうしたため、こぶしが机にどさりと落ち、アンを跳び上がらせた。「酒のせいだ、誓ってもいい」顔を青くして、かすれ声で言う。「これまで娘に手を上げたことなどなかった。わしはどうすれば……」

クレイトンは顔をさっと振り向けた。「あんたに何ができるんだ?」ひどく怒って言う。「もうじゅうぶんだ! 彼女は私と結婚するが、今夜起こったことの償いをあんたにさせるだろうし、私にも償わせるだろう」口調を変え、巻いていた鞭をほどくように、言葉をゆっくりと紡ぎだす。「今夜以降は、彼女が何を言ってもその口を閉じておけ! いいな、マーティン?」

マーティンがごくりとつばを呑みこみ、うなずいた。「ああ。わかった」

「もし彼女があんたのお茶に毒を入れたと言っても、それを飲むんだ。そして……その……いまいましい……口を……閉じておけ!」

「ああ。閉じておく」

クレイトンはさらに言おうとしたが、このままでは自分が何を話しだすかわからず、不安に思ったのか、途中でやめた。アンにそっけなくお辞儀をし、すばやく戸口まで歩き、ドアを押し開けた。そこで立ち止まり、冷ややかな視線をマーティンに向ける。「今度自分の幸運を数え上げるときは、私より二十歳上であることを全能の神に感謝するんだな。なぜなら、そうでなかったら私は——」超人的な努力で、クレイトンは脅しの残りを途中でやめ、部屋を出て、きびきびとした足音を響かせて廊下を進んだ。

家の正面では、公爵の馬車のランプが風に揺らめき、作りだされた気味の悪い影が、私道に並ぶ楡《にれ》の、ざわめく枝の下で、忍び足で前進したり、くるりと回ったりしていた。クレイトンの御者ジェームズ・マクレーが、御者台で辛抱強く尻の位置を変えた。客たちはみんな帰ってしまい、公爵だけが残っていたが、マクレーは待つのは平気だった。じつを言えば、雇い主がミス・ストーンと長い時間を過ごしがちなことが、うれしくてたまらなかった。なぜなら、公爵の従者のアームストロングを相手に、ミス・ストーンが次のクレイモア公爵夫人になる運命だというほうに、かなりの大金を賭けていたからだ。

正面のドアが開いて、クレイモア公爵が階段を駆け下りてきた。マクレーは目の端で、公爵が大股で勢いよく近づいてくるのをとらえた。その足取りは、怒りか上機嫌かのどちらかを物語っている。マクレーにはどちらなのかわからなかったが、たいした問題ではなかった。ミス・ストーンが公爵にこのような前例のない感情の変化を起こさせつづけてくれるかぎり、マクレーが勝つ可能性が増していくからだ。

「さっさとここを出るんだ！」公爵が怒鳴って、無蓋の馬車に飛び乗り、ドアをばたんと閉めた。

恋人とまずいことがあったようだ、とマクレーは結論を下し、忍び笑いを漏らして、見事な葦毛《あしげ》を出発させ、私道を進んだ。あまりのうれしさに、腫れた親知らずのしつこい痛みでさえ、彼の意気をくじかなかった。賭けで儲けた金の楽しい使い道をあれこれ思い浮かべながら、マクレーは軽快なアイルランドの調べを鼻で歌いはじめた。数小節口ずさんだとき、公爵が身を乗りだし、憤然と尋ねた。「痛いのか、マクレー？」

「いえ、閣下」マクレーは肩越しにあわてて答えた。

「悲しんでいるのか？」嚙みつくように言う。

「いえ、閣下」

「なら、そのうめき声をやめろ！」

「はい、閣下」怒った主人に喜んでいる顔を見られないようにして、言った。

17

ホイットニーはゆっくり目を開け、カーテンから漏れる遅い朝の陽光にとまどって、目をしばたたいた。頭が鈍く痛み、奇妙で不可解でやるせない気分だった。ぼうっとした頭は活動するのを拒み、それよりも、流れてきた暗い雲の塊に、太陽が徐々に隠され、影が金色の絨毯をゆっくり移動するようすをぼんやり見るほうを選んだ。顔をしかめて、重くのしかかるような絶望感の正体を突き止めようとし、その瞬間、昨夜の書斎での情景が眠気でぼやけた意識に侵入してきた。

驚いて、目をぎゅっと閉じ、〝チェルトナムの悲劇〟の現実を締めだそうとした。上演されたその悲劇の筋はぞっとするもので、わき筋は狂っていたが、無視するにはあまりにも悲惨すぎた。

のろのろと身を起こし、体をねじって枕の位置を変え、そこに背中を預けた。考え、計画しなければならない。断固たる決意を固め、知り得た事実を整然と検討しはじめた。まずホッジズ家の屋敷にいる男はクレイトン・ウェストモアランドで、〝行方不明の〟クレイモア公爵だ。それで彼の高価な服やひどく高慢な使用人たちの説明がつく、とホイットニーはものうげに思った。

彼にはアルマン家の仮装舞踏会でも会っていた。あの傲慢で、好色な……。激しい憎悪をなんとかわきに置き、いま現在の問題に注意をもどす。仮装舞踏会で出会ったあと、クレイトン・ウェストモアランドはすぐに父のところへ来て、彼の妻としてわたしを買ったにちがいない。話がまとまり、すでに婚約契約書に署名したと、昨夜、父は話していた。

契約を成立させると、あのひどい男は、わたしの家から三キロと離れていないところに、使用人ともども住み着いたのだ。

「信じられない！」ホイットニーは声に出して言った。いいえ、ばかばかしすぎて、話にもならない！　けれど、いずれにしても、それは事実だった。法律解釈上は……下品で……不本意ながらも、ホイットニーはクレイモア公爵と婚約している。悪名高き放蕩者、不品行な道楽者と婚約している！

ああ、彼がお父さんと同じぐらい、憎い！　お父さんと……。父親の無情な裏切り行為を思い出すのは、辛くて耐えられそうになかった。膝を胸に引き寄せ、腕で脚をぎゅっと抱えて、膝に額をのせ、身を守るように丸くなった。「ああ、お父さん」途切れがちにささやく。「どうしてわたしにあんな仕打ちができたの？」胸が詰まり、息が苦しくなった。流されていない涙で目が熱くなり、喉がひどく痛んだ。それでも涙をこらえ、泣き崩れまいとした。

強くならなくては。二対一で敵のほうが数で勝っている――アン叔母さんがこのぞっとする計画に荷担《かたん》しているのなら、三対一だ。最愛の叔母にも裏切られたかもしれないと思うと、自制心を失いそうになった。ぐっとつばを呑みこみ、部屋の向こうにある窓の外を見た。いまは数で負けているかもしれないけれど、ポールがもどったら、こちらの味方になってくれるだろう。

それまでは、自分の勇気と決意に頼るしかないが、その両方を自分はたっぷり持っているとホイットニーは胸の内で断言した。しかも、クレイトン・ウェストモアランドがまだ薄々としか感知していないしぶとさもある！　そうよ、ポールがもどるまで、ひとりでしっかりやっていける。

ほとんど上機嫌になって、ホイットニーは公爵の企てをくじき、妨害し、彼を憤慨させる方法を考えはじめた。それが成功した暁《あかつき》には、閣下《ヒズ・グレイス》も思い知るだろう。彼が残りの年月を安らかに、あるいは楽しく暮らしたいと思うなら、ホイットニーが妻としてふさわしくないことを！　巧妙にやれば、公爵に手を引かせることさえ可能かもしれない。そうなれば、ポールがもどったときには、この卑しむべき婚約はただの不愉快な思い出となっているだろう。

ドアを軽く叩く音がして、アン叔母さんが部屋に入ってきた。同情するような、勇気づけるような笑みがその顔に浮かんだ。友だち、それとも敵？　ホイットニーは迷いながら、叔母を注意深く見守った。感情を表に出さない、冷静な声になるようにする。「このことをいつ聞いたの、アン叔母さん？」

叔母さんがベッドに腰を掛ける。「あなたの叔父さん宛に四カ国へ手紙を出し、ロンドンへ行くのを取りやめにしたのを、あなたが見た日よ」

「ああ」ホイットニーはかすれた声で言った。アン叔母さんは助けを呼ぶために、エドワード叔父さんの居場所を突きとめようとしていたのだ。叔母さんは裏切り者じゃない。ホイットニーの体に温かな気持ちがどっと流れ、警戒心を洗い流し、唇をわなわなとさせた。ほっとしたのとみじめさで肩が震えだし、アン叔母さんの腕に抱かれると、目覚めたときから泣きたくてたまらなかった心を解き放ち、激しく泣きじゃくった。

「何もかもうまくいくわよ」アン叔母さんがなだめ、ホイットニーの髪の小さなもつれを指で梳かす。

涙の最後の洪水が治まると、ホイットニーはとても気分がよくなっているのを感じた。涙を拭き、悲しげに微笑む。「これ以上悲惨な状況ってないわよね、アン叔母さん？」

叔母がそうだと熱をこめて同意し、隣りの浴室へ姿を消すと、水に浸して絞った柔らかな布を手にもどってきた。「さあ、ダーリン、これを目に当てないと、腫れぼったくなるわよ」

「わたし、ポールと結婚するつもりよ」ホイットニーは抑えた声で言い、指示されたとおりに湿った布を顔に当てた。「子どものころからの計画なの！　けれど、計画がなかったとしても、結婚するつもりはないわ、あんな……あんな堕落した女たらしとは！」布をはずしたとき、叔母が渋面をすっと消すのが見えた。「叔母さんは、ポールの味方よね？」心配そうに尋ね、叔母のあいまいな顔を観察した。

「わたしはあなたの味方よ、ダーリン。あなただけの。あなたにとっていちばんよいことを望んでいる」アン叔母さんはドアへ歩きはじめた。「クラリッサをよこすわ。もうすぐ正午で、閣下《ヒズ・グレイス》は一時に来ると知らせてきたから」

「閣下《ヒズ・グレイス》！」とホイットニーはくり返し、クレイトンの非常に高い身分を思い出していらだった。ほかの貴族はみな、〝ヒズ・ロードシップ〟とか〝ミロード〟で済まされるが、公爵は違う。公爵はほかのすべての貴族より位が上なので、さらに敬意を示さなくてはならない——〝ユア・グレイス〟などと。

「ホイットニー、あなたの新しいシャリ織りにアイロンをかけさせましょうか？」アンが押しつけるように言う。

ホイットニーは暗澹《あんたん》とした気分で窓の外に目をやった。その半分は明るく晴れた一日を約束していたが、もう半分は暗く、雲でおおわれている。風が強くなり、木々が断続的に揺れていた。ホイットニーは、いまは自分が最高にきれいに見えるべきときではないと思った。それどころか、クレイトン・ウェストモアランドに賞賛されたくないのだから、最悪に見えるべきだ！　くすんだ色のものを着よう。しかも、彼がお金を払っていないものにしなくては。「ううん、シャリ織りはやめておく。ほかのものにするわ」

クラリッサがやってきたときには、ホイットニーは着る服を決め、ひねくれた残忍な満足感に満たされていた。「クラリッサ、ハヴァシャムが階段を磨くとき着ていた黒いドレスを覚えている？　探してきてちょうだい」

クラリッサの優しい顔に、困惑と同情のしわができた。「レディー・ギルバートから昨夜の出来事を聞きましたよ、お嬢さま。でも、その男を敵に回すつもりなら、それはひどい間違いかもしれません」

忠実な侍女のふっくらした顔に同情心を見て、ホイットニーはまた涙がこぼれそうになった。「ああ、クラリッサ、どうかわたしの決心を変えさせないで」と懇願する。「手を貸してくれると言ってちょうだい。わたしが醜い姿になり、強い心と賢い頭を持っていれば、彼があきらめて立ち去るように仕向けられるかもしれないの」

クラリッサがうなずき、涙をこらえ、しわがれ声で言った。「わたしはいつだってお嬢さまの味方でしたよ。だからこんな白髪なんです。いまさらお嬢さまを見捨てませんとも」

「ありがとう、クラリッサ」ホイットニーは心から言った。「これで、わたしの味方になってくれる人が少なくともふたりいる。ポールを入れると三人よ」

一時間十五分後、入浴して鏡台の前に座ったホイットニーは、クラリッサが豊かな髪をねじって丸めて結い、細い黒のリボンで縛るようすを眺めながら、鏡に向かって満足げな笑みを浮かべた。地味な髪型は、ホイットニーの目鼻立ちの整った古典的な顔と、高い頬骨を引き立たせていた。濃い睫毛にくっきり縁取られた緑の目は、青白い顔のなかでとても大きく見え、はかない優美な美しさをさらに強調している。それでもホイットニーは、まるで死人みたいだと思った。「完璧よ！　それから、急ぐ必要はないわ――閣下は待ちくたびれようとも待っているはずだから。それもわたしの計画の一部なの。わたしに関して、不快な経験を味わってもらうつもり。で、その最初として、わたしは彼の輝かしい名前と爵位にちっとも感銘を受けていないし、彼の命令に喜んで従うつもりもないことを示すってわけ」

一時半に、ホイットニーは小さな客間へ下りた。その部屋へミスター・ウェストランドを通すよう、わざと執事に指示しておいたのだ。真鍮のドアの取っ手に手をかけ、いったん立ち止まり、それから顎を上げて静かに入っていった。

敵は背中の一部をこちらに向けて立ち、いらだたしげに筋肉質の腿に茶の手袋を打ちつけながら、正面の芝生が見渡せる窓から外を眺めていた。広い肩は角張り、顎は冷酷そうにこわばっている。たとえ物思いに沈んだポーズを取っていても、ホイットニーがいつも彼に感じていた――そして恐れていた――抑えた支配力と断固とした権力がにじみ出ているように見えた。

ほんの少しずつ自信がなくなっていくのを、ホイットニーは感じた。彼の決心を動かせるなどと、どうして思い違いをしていたのだろう？　彼は冷笑や無関心な態度でだまされるような、気どっていて夢見がちなやさ男ではない。出会って以来、彼と衝突しても一度も勝ったことがないのだ。ホイットニーは気力を奮い起こし、ひとりで彼に対処するのはポールがもどるまでだと言い聞かせた。

後ろ手にドアを閉めると、かちりと音がした。「わたしを呼んだ？」感情を殺した、抑揚のない声で言った。

この二十分、クレイトンは、施しを求める物乞いみたいに、息苦しい小部屋で待たされて、募るいらだちと闘っていた。昨夜のことで傷つき、恥ずかしい思いをしたホイットニーが、きょうはあの手この手で反発したり挑発したりして、抵抗してくるのは間違いない、と何度も自分に言い聞かせた。

ホイットニーの声に振り向きながら、彼女が何を言おうが何をしようが、辛抱して思いやりをみせようと心に刻んだ。しかし、彼女の姿を見たときには、怒りを抑えるのが精いっぱいだった。ふてぶてしく顎を上げて目の前に立つ彼女は、まるで召使いのような格好で、着古した、長く不格好な黒いドレスを身につけている。細い腰には白いエプロンが巻きつけられ、つややかな髪はモブキャップの下に隠されていた。「きみの言いたいことはわかったよ、ホイットニー」クレイトンはそっけなく言った。「今度は私の言い分を聞くんだ。二度とそんな格好はさせないぞ！」

ホイットニーは彼の口調にいきりたった。「この家にいる全員が、あなたの使用人よ。なかでもわたしは、いちばん身分の低い使用人。なぜなら、あなたが債務者から買った奴隷にすぎないから」

「そんな口調で私に話すのはやめろ」クレイトンは警告した。「私はきみの父親ではない」

「もちろんよ」ホイットニーはあざけるように言った。「あなたはわたしの所有者だもの」

クレイトンは大股で三歩進み、ふたりの距離を縮めた。彼女の愚かな父親に向けられた怒りが自分に跳ね返ってきたことに憤慨し、彼女の歯ががちがち音をたてるまで揺すぶってやりたいと思って、相手の上腕をぎゅっとつかんだ。強くつかんだ手の下で、彼女の体が暴力を覚悟して緊張するのがわかった。

ホイットニーが頭を起こすと、クレイトンから怒りがゆっくりと消えていった。彼女の美しい目は明らかに傲然《ごうぜん》とこちらをにらんでいたが、こらえた涙できらめき、彼が引き起こした痛みで光っていた。目の下の透明感のある皮膚にはくまができ、いつもは赤みのある顔にも血の気がない。愛らしい反抗的な顔を見下ろして、クレイトンは穏やかにきいた。「私の妻になると思っただけで、それほどみじめな気持ちになるのか、かわいい人？」

ホイットニーは彼の思いがけない優しさにうろたえ、さらに悪いことに、完全に返答に窮した。高慢で冷淡そうに自分を見せたいと思っていた。〝みじめ〟そうにだけは見られたくなかった。みじめは〝弱さ〟と〝無力〟に等しいからだ。とはいえ、いいえ、そのことを考えたぐらいで、みじめな気持ちにはならない、と口にするのは無理だった。

耳障りな笑い声が廊下に響き、ストーン家の泊まり客三人が客間の前を通って食事室へ行く足音と話し声がした。「いっしょに外へ来てもらいたい」クレイトンが言った。

彼は頼んだのではない、告げただけだ、とホイットニーは気づき、腹を立てた。外に出て、ふたりは私道を横切り、傾斜した正面の芝生を下って、中央の池へ向かった。池のほとりにある優雅な楡の古木の下で、クレイトンが足を止める。「ここなら、ふたりきりで話ができそうだ」

ふたりきりになりたいとはこれっぽっちも思っていないという文句が、ホイットニーの喉まで出かかったが、頭が混乱していて、何を口走るかわからず、言えなかった。

クレイトンが上着を脱ぎ、木の下の草地に置いた。「座ったほうが、もっとよく話し合えると思う」そう言って、頭で上着を指し示す。

「立っているほうがいいわ」ホイットニーはつんとすまして言った。

「座れ！」

彼の命令口調に憤慨しながら、ホイットニーは座った――しかし、上着の上ではなかった。草の上に横座りをして、池の先をじっと見た。

「きみの判断は正しい」クレイトンがそっけなく言った。「そのぼろなら、私のお気に入りの上着を汚すよりも被害が少ないからな」上着を取り上げ、ホイットニーのこわばった肩に掛けてやり、隣りに座る。

「寒くはないわ」ホイットニーはそう告げて、上着を振り落とそうとした。

「結構。なら、きみがかぶっている、このばかげたキャップもなくてもいいな」クレイトンにモブキャップをひったくられると、ホイットニーの癇癪《かんしやく》に火がつき、柔らかな頬のふくらみがぱっと赤らんだ。「あなたって失礼で、高圧的で……」彼の灰色の目が笑いで光ったのを見て、怒りのやり場を失い、ホイットニーは口を閉じた。

「続けて」クレイトンが促す。「〝高圧的〟のところでやめただろ」

ホイットニーの手は、ばかにしたような笑みを浮かべた彼の顔を、ひっぱたきたくてうずうずしていた。勢いよく息を吸いこむ。「あなたをどれぐらい嫌っているかを、あなたがどんな男かを、表わすのにぴったりな言葉を見つけられたらと思うわ」

「きみは見つけるまできっとあきらめないだろう」クレイトンが愛想よく言った。

「わかっているの？」ホイットニーは池に視線を据えたまま言った。「仮装舞踏会ではじめて会った瞬間から、あなたが大嫌いだったし、その後会うたびに、その気持ちが強くなっているのよ」

クレイトンは膝を立てると、その上に手首をのせ、長いこと黙って、ホイットニーを冷静に見つめていた。「それを聞いて、とても残念だ」穏やかな口調で言う。「私のほうは、きみのことを、神が創造したもっとも美しくて魅力的な生き物だと思ったのだから」

ホイットニーは彼の声にこめられた優しい慈愛の情にとても驚き、首を振り向け、その顔に皮肉が浮かんでいないかと探した。

クレイトンが手を伸ばし、ホイットニーの頬のカーブを人差し指でなぞる。「それに、私の腕に抱かれているとき、きみは、いつも感じるというその嫌悪感を見せないことがあった。それどころか、私に抱かれるのを喜んでいるように見えた」

「あなたの優しげな振る舞いを喜んだことなんて、一度もない！　実際には、いつも……」ホイットニーはぴったりの言葉を必死に探し、彼の愛撫に体が勝手に反応していたことに、彼も気づいていたのを思い出し、とまどった。「いつも……とても心をかき乱されたわ！」

クレイトンが指の関節でホイットニーの顎から耳たぶにかけてをゆっくりと撫で、ホイットニーの背筋にぞくぞくする感覚をもたらした。「私のほうも、〝心をかき乱されて〟いたんだよ、かわいい人」そっとつぶやく。

「でも、わたしがやめてと言っても、あなたはしつこく迫ったじゃない！」ホイットニーはかっとなった。「いまだって、まさにこの瞬間も、あなたはまたチャンスを狙っている――わたしに襲いかかるチャンスを！」

「そのとおりだ」クレイトンは喉の奥で笑い、認めた。「炎に引き寄せられる蛾《が》のように、私はきみに引き寄せられる。きみもそうだ」

ホイットニーは怒りを爆発させてしまいそうだった。「なんて思い上がった、ろくでなし――」

クレイトンの人差し指が彼女の震える唇に当てられ、言葉が封じられたた。にやりと笑い、頭を横に振る。「きみの軽蔑の言葉のひとつを奪うのは気がとがめるが、私の出生の正当性に疑う余地がないことは、確かな筋から聞いている」

わたしの人生はずたずたなのに、彼はあざ笑っている！　抑えようとする彼の手を振り切り、ホイットニーはさっと立つと、ぎこちなく言った。「悪いけれど、疲れているの。だから家にもどるわ。このことに関して、あなたといっしょに楽しむ気にはなれない。自分の父親の手で、横柄で薄情で利己的で鬼畜みたいな赤の他人に売られたんですもの。わたしの気持ちを気にもかけないような男に――」

豹《ひょう》のような素早さでクレイトンが立ち上がり、奴隷の手かせのようにホイットニーの両腕をがっちりつかむと、自分のほうへ向かせた。「きみに対する私の仕打ちを列挙させてくれ、ホイットニー」冷静かつ穏やかに言う。「私はあまりにも薄情だから、きみの父親の借金を全部払って、監獄送りになるところを救った。私はあまりにも利己的だから、きみがセヴァリンといちゃつくのを黙って傍観していた。あまりにも横柄だから、ピクニックできみが彼の隣りに座るのを許したし、きみの唇の温かい感触がまだ残っているときに、ののしられても許した。で、なぜ私がこうした行動をとったのか？　私の残忍で鬼畜みたいなやりかたで、きみに与えてやりたかったからだ。この名前がもたらす庇護や、上流社交の頂点におけるゆるぎない地位や、私の力の範囲で与えてやれる贅《ぜい》を尽くした気ままな暮らしを」冷静な目でホイットニーを見た。「その報いとして、きみの怒りや敵意を私は受けて当然だと、ほんとうに思っているのか？」

ホイットニーは肩を落とした。喉をごくりと動かし、目をそらした。心が粉々になっていた。混乱して情けない気分だった。自分が完全に正しいわけではないと――しかし、完全に間違っているわけでもないと感じていた。「わ――わたしには、あなたが何を受けて当然なのかわからない」

クレイトンはホイットニーの顎を上へ傾けた。「なら、私が教えよう」と静かに言う。「私は何も受けるに値しない――昨夜きみの父親が酔っぱらって失言したことに対する憎しみと責任を免じてもらえれば、それでいい。さしあたり、きみに望むのはそれだけだ」

ホイットニーにとってくやしいことに、目に涙が湧き上がった。彼女は指先でそれを拭い、首を横に振って、差し出されたハンカチを断わった。「疲れているだけよ。昨夜あまりよく眠れなかったから」

「私もだ」ホイットニーを家へ送りながら、クレイトンはしみじみと言った。スーエルが玄関ドアを開けると、客間から笑い声が聞こえた。ホイストゲームの最中らしく、ゲームの推移について、大声で冗談が交わされている。「あすの朝、馬に乗ろう。だが、きみの家の泊まり客に話題を提供したくないから、馬小屋で落ち合うのがいちばんだろう。十時だ」

自分の部屋にもどったホイットニーは、白いエプロンをはずし、不格好な黒いドレスを急いで脱いだ。二時にもなっていないのに、くたくたに疲れていた。階下に顔を出したほうがいいのはわかっていたが、作り笑いを浮かべ、陽気な会話に耳を傾けなくてはならないと思うと、ためらいをおぼえた。それに、だれかがクレイモア公爵についてひと言でも触れたら、理性を失うのは確実だ！

金色のベッドの上掛けがきちんと折り返され、ホイットニーを手招きしていた。昼寝をすれば元気を取りもどし、もっと理路整然と考えられるようになるはずだ。ホイットニーはひんやりした上掛けの下に滑りこみ、深いため息をついて、目を閉じた。

目を覚ましたときには、月が黒いベルベットの空高くに昇っていた。寝返りを打ってうつ伏せになり、目が冴えて忌まわしい考えが頭に浮かばないうちに、平和なまどろみに入ろうとした。

18

翌朝、ホイットニーが馬小屋へ行くと、クレイトンは柵にもたれてトマスと笑い声をあげていた。ホイットニーはトマスにはなんとか微笑んだものの、その隣りでゆったり構えた男を見たときには、唇から笑みが消えていた。

「おはよう」と挨拶しても返事がないので、クレイトンはあきらめてため息をつき、体を起こした。馬小屋から引かれて出てきたカーンへ、頭を傾ける。「きみの馬の準備ができた」

ふたりは並んで、なだらかに起伏する田園を疾走した。猛スピードとすがすがしい秋風のおかげで、まもなくホイットニーの落ちこんでいた気分も回復し、ここ二日間よりも生き生きしていた。

森のはしの小川へ下る草地に来ると、クレイトンは馬を止めて降り、ホイットニーのところへ歩いていって、彼女をカーンから降ろした。「馬に乗ると元気になったな」頬が薔薇色になったのを見て言う。

彼が打ち解けた雰囲気を作り、いつものような会話を進めようとしているのが、ホイットニーにはわかった。むっつりしているのは性に合わないし、黙りこんでいるのは不作法だと感じていたけれど、話しかけるのもひどくきまりが悪かった。思いきって言う。「だいぶ気分がよくなったわ。乗馬は大好き」

「私はきみを見ているのが好きだ」クレイトンが言い、ふたりで小川の土手へと歩いていく。

「文句なく、きみは私が知っているなかで最高の女性の乗り手だ」

「ありがとう」ホイットニーはそう言いながらも、警戒するような視線を、小川のそばの小山の上にあるシカモアの古木へ向けた。古い節くれだった枝が、ピクニックの日に彼の腕に抱かれて横たわった場所を隠している。そここそ、いま、彼といちばんいっしょにいたくない場所だ。クレイトンが上着を脱いで、この前ふたりで横たわった、まさにその草地に敷こうとした。ホイットニーはあわてて言った。「よければ、立っていたいんだけれど」意志を明らかにするために一歩下がり、シカモアの幹にもたれた。まるで、そこが世界でいちばん心地いい場所だとでもいうように。

クレイトンがあいまいにうなずき、体を起こして二歩離れ、小川のそばの大きな岩にブーツを履《は》いた片足を置いた。曲げた膝に腕をのせ、黙ったまま無表情にホイットニーを見つめる。

このときはじめて、彼がいいなずけで夫となる人なのだという事実が、ホイットニーの困惑した心に実際に染みこんだ。でもほんのしばらくのあいだだと、自分に言い聞かせる——ポールがもどり、いま考えている計画をふたりで実行するまでのことだと。いまのところは注意深く事を運んで、時機を待つしかない。

木の樹皮が肩胛骨《けんこうこつ》に食いこんでいるうえ、クレイトンからじっと見つめられて、ホイットニーはそわそわしはじめた。気のきいた言葉も思いつかず、張りつめた沈黙を破りたくて、彼の栗毛のほうへうなずいてみせた。「わたしと競走したとき、なぜあの馬に乗らなかったの？　あなたが乗った月毛の馬よりずっと速いわ」

ホイットニーの選んだ話題をおもしろがるように、クレイトンが馬をちらりと見た。「ピクニックの日に、きみの黒毛に乗ったとき、やつはあまりにも簡単に疲れをみせた。あの月毛に乗ったのは、きみの馬とスタミナもスピードもほぼ同じだからだ。それで、勝つための公平なチャンスをきみに与えようと思った。私がこの馬で挑戦していたら、きみにはわずかなチャンスもなかっただろう。また、私がひどく劣る馬で挑戦していたら、きみは勝ってもうれしくなかっただろう」

ひどく不愉快な状況だったが、ホイットニーの唇は笑いたくて引きつっていた。「あら、そんなことないわ。たとえあなたが山羊《やぎ》に乗っていたとしても、あのレースであなたに勝つのはうれしかったでしょうね」

喉の奥で笑いながら、クレイトンは首を振った。「きみを知って三年になるが、きみにはいつも楽しませてもらえる」

ホイットニーの目が疑わしげに細くなった。「三年？　どういうこと？　三年前、わたしはデビューしたばかりよ」

「きみが叔母さんと婦人帽子店にいるのを見たのが最初だった。店主が葡萄《ぶどう》やベリーで飾られたへんてこな帽子をきみに売りつけようとしていた。公園を散歩中にそれをかぶったら、紳士たちが足もとにひれ伏すだろうと言いくるめてね」

「覚えていないわ」自信なく言う。「わたしはその帽子を買った?」

「いや、きみは店主にこう告げた。紳士たちが足もとにひれ伏すとしても、それは、女性が頭にのせた果物の皿に群がる、興奮した蜂の群れを避けるためだろう、とね」

「それ、わたしが言いそうなことね」ホイットニーは認め、照れくさそうに手袋をもてあそんだ。クレイトンがその出来事を話す口調には愛情がこもっていると思え、どきどきした。

「それで……そのときにあなたは……わたしをもっと知りたいと思ったの?」

「とんでもない」クレイトンがからかう。「きみのぎらりと光る緑の瞳に耐えなくてはならないのが私ではなく、店主だということに、ほっとしていたんだ」

「婦人帽子店なんかで、あなたは何をしていたの?」ばかなことをきいたと思って、ホイットニーは後悔した。彼がそこですることなど、愛人の付添い以外にないではないか。

「きみのその表情からすると、答えがわかったようだな」クレイトンが穏やかに言う。

彼がほかの女とその店にいたことに、理屈に合わない腹立ちをおぼえるのを抑えて、ホイットニーは尋ねた。「そのあとまた、わたしたちは会った——つまり、仮装舞踏会の前にも?」

「その春はときどき、きみを見かけた。たいていは公園を馬車で通っているところを。それから一年後、デュプレ家の舞踏会で、すっかり大人になったきみを見た」

「あなたはひとりだった?」思わずそんな質問をしてしまい、ホイットニーは自己嫌悪でこぶしを握りしめた。

「ひとりではなかった」クレイトンが率直に認めた。「しかし、きみもひとりではなかった。それどころか、崇拝者たちに囲まれていたよ——私の記憶によれば、めそめそした連中だった」ホイットニーがにらみつけたのを見て、喉の奥で笑う。「私に恐い顔をする理由はないだろう、マイ・レディー。きみだってそう思っていた。その晩遅く、きみの手袋のにおいの虜になっている崇拝者のひとりに、話しかけているのを耳にした。石鹸の香りにそんなに心を動かされるとしたら、あなたは錯乱しているか、とても不潔かのどちらかだと」

「そんな失礼なことは言わなかったはずよ」すでに彼の公爵夫人であるかのように〝マイ・レディー〟と呼ばれたことに当惑しながら、ホイットニーは抗議した。「あなたの話からすると、彼はただの愚か者で、やりこめるにも値しないように思えるし……」言おうとしていたことを忘れて、クレイトンの向こうを見つめ、ぼんやりした記憶に焦点を合わせようとする。「その男、ばかばかしいほど気どった歩きかたをしていた?」

「彼の歩きかたより、きみの顔に興味があったから、わからない」クレイトンがそっけなく応じる。「なぜ?」

「そう言ったのを、いま思い出したからよ」ホイットニーはひと息ついた。「彼がきざな歩きかたで離れていくのを見ながら、なんていやなやつって思ったのを覚えている。それから振り向いたら、黒っぽい髪の長身の男性が戸口に立っていて、一部始終を楽しませてもらったというように笑っていた。あれはあなたよ！」はっと息を呑む。「戸口のところで、ひそかに見張っていたのね！」

「見張っていたわけじゃない」クレイトンは訂正した。「きみが剃刀《かみそり》みたいな舌で流血騒ぎを起こした場合にそなえて、理性を失った哀れなやつに手を貸そうと思っていただけだ」

「そんな心配をする必要はなかったわ。あの男は、わたしにどんなにけなされても当然なやつだったもの。彼の名前は思い出せないけれど、その前の晩、わたしにキスをしようとしたうえ、いやらしい手つきで触ろうとしてきたのは覚えている」

「残念だ」クレイトンがむっとした口調で言う。「きみがそいつの名前を思い出せないのが」

ホイットニーは慎み深く伏せた睫毛の下から、彼の険悪な表情を盗み見て、今度は自分ではなく、彼のほうがやきもちをやいていると気づき、満足した。そのとき、自分が移り気なように見せたら、ちょっと奔放な女のように見せたら、クレイトンは結婚を考え直すかもしれないと思いついた。「わたしの愛情を勝ちとろうとして、熱心に……なりすぎたパリの紳士は彼だけじゃないことを、話しておいたほうがよさそうね。パリには真剣な求婚者が大勢いた。全員の名前は、とても思い出せないわ」

「ならば、私が手伝おう」クレイトンが穏やかに申し出る。ホイットニーが驚いて目を見張っていると、彼は求婚してきた男たちの名前を次々と並べた。「デュヴィルは除外した」と、最後に言う。「彼はまだ時節を待っているからだ。しかしセヴァリンは含めるべきかな。きみに求婚しようとしているから。私が思うに、マダム」ふたたびホイットニーが既婚婦人であるように呼びかけ、くだけた調子で話を続ける。「分別のある若い女性にしては、きみは取り巻きの男たちに関して、見る目がなさすぎる」

ホイットニーはポールの話題を避けたかったので、クレイトンのニッキーに関する遠まわしの批判に飛びついた。「ニコラス・デュヴィルのことを言っているのなら、あいにく彼の家系は、フランスでもっとも古くて尊敬されている名門のひとつよ！」

「私はセヴァリンのことを言っている。わかっているはずだ」ホイットニーが特別いらだちをおぼえる冷たい横柄な口調で、クレイトンが言った。「私が名前を挙げた男たちのなかでも、セヴァリンはもっともふさわしくない。しかし、選択の自由があったら、きみは彼を選ぶのだろうな。彼は知性や精神や気性において、まるできみの相手にならない。また」意味深長に付け加える。「きみを女にできるような男でもない」

「それってどういう意味？」

クレイトンの視線が意味ありげにホイットニーの足もと近くの草地へ移る。彼がホイットニーを腕に抱き、彼女の恥ずべき協力のもと、勝手な振る舞いに及んだ場所へ。「私が何を言わんとしているか、きみはちゃんとわかっていると思う」クレイトンはそう言うと、ホイットニーの頬がピンクに染まるのを見守った。

ホイットニーは完全に理解したわけではなかったが、これ以上追求したい話題ではないとわかっていた。それより前の、さほど刺激的ではない話題に切り替える。「フランスで、それほどわたしに関心を持っていたのなら、どうして作法どおりにわたしの叔父のところへ行って、申しこまなかったの?」

「そうして、彼が、結婚するにはきみは若すぎるとか、きみのお父さんにまだ娘と離れる準備ができてないとか、くだらない理由ではぐらかすというわけか?」クレイトンが楽しげにいやみを言う。「やっていられない!」

「あなたの本心は」ホイットニーは言い返した。「わざわざわたしを紹介してもらうのは、高貴なあなたにはふさわしくないということね」

「われわれは紹介されたよ」クレイトンがさえぎった。「その夜、マダム・デュプレに引き合わされた。きみは私の名前を聞いてもそれほど気に留めず、ちょっとうなずいて肩をすくめると、きみのスカートの周囲にひしめくご機嫌取りの崇拝者たちを増やすという緊急の用事へもどった」

その冷たい反応が彼をどれほどへこませたかと思うと、ホイットニーはひそかに喜びをおぼえた。「わたしにダンスを申しこんだ?」やんわりとからかう。

「いや」そっけない返事。「私のダンスのカードはすでにいっぱいだった」

ほかの状況なら、ホイットニーはその冗談を聞いて笑っただろうが、この発言はクレイトンが自分も異性に人気があることを思い出させるための、棘《とげ》のある暗示だとわかっていた。まるでわたしもそれを認識しておく必要があるといわんばかりだ! あざけりの視線を彼に投げ、それにふさわしい口調で言った。「男性もダンスカードを持ったら、あなたのカードはいつも名前でいっぱいでしょうよ! それで思ったんだけれど、男性がほかの女性と踊りたいと思った場合、愛人のことはどうするの？」

「アルマンの舞踏会できみと踊った夜、それが障害になった覚えはないが」

ホイットニーが持っていた手袋が草地に落ちた。「よくもそんなに露骨に――」

「――そんな話ができるものだ」クレイトンがすらすらと後を引き取る。「こういうのを、〝目には目を〟と言うのではないかな？」

「信じられない！」〝ホイットニーは鼻先で笑った。「〝悪魔が自分の都合で聖句を引く〟実例を見られるなんて」

「まいったな」クレイトンがにやりとした。

彼がおもしろがるようすは、ホイットニーをさらにいらだたせるだけだった。「あなたは笑って自分の恥ずべき行為を忘れられるかもしれないけど、わたしはできない。わたしが記憶している範囲で、知り合ってからというもの、あなたはアルマンの舞踏会ではわたしに卑猥なほのめかしをしたし、レディー・ユーバンクのパーティーでは侮辱したし、まさにこの場所でわたしを襲った」腰を屈めて手袋を拾う。「次にあなたが何をもくろんでいるかは、神のみぞ知るよ」

最後のせりふが彼の目に熱い輝きをもたらしたので、そろそろ帰ったほうがよさそうだと、ホイットニーは用心深く決断した。彼の横を通って馬のほうへ歩きかけたが、クレイトンの手が伸びてきて、手首をつかまれ、引き寄せられた。「アルマンの仮装舞踏会を除いて、私はきみが受けるにふさわしい待遇できみを扱ってきたし、今後、ふたりのあいだでも、互いにそうすることになるだろう。私は、きみが私をいいようにあしらうのを許すつもりはない。もし私のほうがそんなことをしたら、きみは私を軽蔑するようになる。きみが不幸にもセヴァリンと結婚していた場合、彼を軽蔑していたのと同じようにね」

ホイットニーの将来の気持ちを推し量る、彼の途方もない厚かましさに、彼女は驚愕した。それに、ポールと結婚する計画を不幸な気まぐれであり、まったく可能性のないものと、きっぱり言われたことに打ちのめされていた。さらに悪いことに、まさにその瞬間、彼に抱きすくめられた。「わたしがあなたを愛してないのが気にならないの？」

「もちろん、きみは愛してなどいない」クレイトンがからかう。「私を憎んでいる。少なくとも五回以上そう言っていた。しかも、ここで、まさにこの場所で言っただろう。そのすぐあと、扇情的《せんじょう》で情熱的な女になり、私に抱きついてきたけれどね」

「あの日のことを言うのはやめて！　忘れたいの」

クレイトンは筋肉質の体にホイットニーをさらに引き寄せると、あわれむように、おもしろがるように見下ろした。「かわいい人、私の力の範囲なら、きみになんでもさせてあげるつもりだ。だが、あの日のことは忘れさせない。絶対に。何かほかのことなら、かなえてあげよう」

「ほかのことを頼んだら、かなえてくれるわけ？」ホイットニーはあざけるように言い、ふたりのあいだに空間を作ろうとして、彼の胸を手でぐいと押した。「わかったわ。わたし、あなたと結婚したくないの。父の売買契約からわたしをはずしてもらえる？」

「いや、残念ながらだめだ」

ホイットニーは苦々しい思いや反感をほとんど抑えられなかった。「それだったら、わたしの願いを気づかうふりをして、ばかにするのはやめて！　婚約はいやなのに、わたしを自由にしようとしない。結婚したくないのに、祭壇に引きずっていく気は満々。あなたと――」

クレイトンが急に手を離したので、ホイットニーは一歩後ろによろめいた。「きみを祭壇に引きずっていく気だったら」彼がぶっきらぼうに言う。「きみはウェディングドレスの採寸のために、フランスからの帰国を命じられていただろう。だが、簡単に言えば、私としては、冷淡でその気のない妻をベッドに迎えたくはない」

ホイットニーは安堵と狂喜のあまり、ベッドへの誘いをにおわす彼の発言をまったくとがめなかった。両手をさっと上げる。「まあ、なぜ前にそれを教えてくれなかったの？　あなたの気持ちがそうなら、もうわたしのことで思いわずらう必要はないわ」

「どういう意味だ？」

「想像できるかぎりの、とびきり冷淡でその気のない妻にわたしがなるってこと」

真意を推し量るかのように、クレイトンが片方の眉を上げた。「私を脅迫しているのか？」

ホイットニーはあわてて首を横に振って、微笑んだ。「もちろん違う。あなたに対する気持ちが変わらないことを説明しようとしているだけよ」

「確かなのか？」

「間違いないわ」明るく言う。

「その場合は、これ以上結婚を延ばしてもほとんど意味がないな」

「なんですって？」ホイットニーは息を呑んだ。「でも、わたしが冷淡でその気がないなら、結婚しないと言ったわ」

「したいとは思わないと言ったんだ。結婚しないとは言わなかった。たとえそんな状態でもね」クレイトンは馬のほうへ軽くうなずくと、そちらに向きを変え、これからまっすぐ家にもどって、結婚式を執り行なう牧師を呼ぶつもりだと言って、ホイットニーを愕然とさせた。クレイトンは間違いなく、すでに結婚特別許可証を持っている！　ホイットニーは必死に頭を回転させ、自分を救出する方法を探した。たとえ逃げても、追いつかれるだろう。脅しても、無視するだろう。拒んでも、無理強いするだろう。

ホイットニーは残された唯一の解決策を選んだ。懇願し、機嫌を取らなくてはならない、屈辱的な方策だ。手を伸ばして、クレイトンの袖に触れた。「お願いがあるの。あなたの力の範囲内なら、なんでもさせてくれるって言ったでしょう――？」

「私の力の範囲内で」クレイトンが冷淡に言った。「常識の範囲内だ」

「じゃあ、時間をもらえる？　あなたと父とのあいだのチェスゲームで、無力な駒になったような、このひどい気分をなんとかする時間が必要なの。それに、わたしたちが結婚するという事実に慣れる時間も必要だし」

「時間をあげよう」クレイトンは冷静に同意した。「思慮深く使うという条件で」

「そうするわ」ホイットニーは請け合った。うそをつくのが簡単になっていた。「あっ、それからもうひとつ。あなたの正体とわたしたちの婚約を、しばらくのあいだ、ふたりだけの秘密にしておきたいの」

クレイトンの顔に冷ややかな探るような表情が浮かぶ。「理由は?」

来週ポールと駆け落ちしたとき、クレイトンが激怒するだろうからだ。しかし、ふたりの婚約を知る村人たちの前で公然と彼を物笑いの種にしたら、どんなに恐ろしい手を使って報復してくるかわからない。

「それはね」ホイットニーは慎重に言葉を選んだ。「みんながあなたのこと——わたしたちのこと——を知ったら、あなたが何者で、わたしたちがどのようにして出会い、いつ結婚するかを詮索したがるからよ。そうなると、わたしはこれまで以上に圧力を感じてしまう」

「いいだろう。しばらくは秘密にしておこう」クレイトンはホイットニーを馬のところへ歩かせ、楽々と鞍に乗せた。この話題も、ふたりの逢瀬《おうせ》もこれで終わったと考えながら、ホイットニーはカーンの手綱を引き寄せた。ところがクレイトンのほうはまだ話を終えていず、彼女は丁寧な口調の下に隠された脅威を感じ取って、全身を緊張させた。「要求に答えて時間を与えたのは、ふたりが結婚するという事実に慣れたいときみが言ったからだ。もしほかの目的のために時間を欲しがっているようなところを見つけたら、きみはそれによってもたらされる結果を好まないだろう」

「話は終わった?」内心のおびえを隠して、傲慢に尋ねた。

「いまのところは」クレイトンがため息をつく。「あす、もっと話をしよう」

ホイットニーはその日の残りを親戚の人たちと過ごした。自分の将来が危機に瀕《ひん》しているなか、陽気な悪気のない人たちとにこやかに言葉を交わし、父親の不安げな視線を無視するには、大変な努力を要した。夕食が終わるとすぐ、失礼を詫《わ》びて、静かな自分の部屋へ逃げこんだ。

その晩遅く、アンがようすを見にやってきた。その日ずっと秘密を打ち明けたくてうずうずしていたホイットニーは、長椅子からさっと立ち、やり場のないいらだちに手をもみ絞った。「アン叔母さん、あの横柄で冷酷な暴君は、本気でわたしに結婚を強いるつもりよ。けさ、そんなことを言っていた」

アンは長椅子に座ると、ホイットニーを隣りに座らせた。「ダーリン、彼はあなたに結婚を強いることはできないわ。イングランドには、彼にそうさせない法律があったはずよ。わたしの見るところでは、あなたが考えるべき問題は、彼が結婚を強いることが可能かどうかではなくて、あなたが承諾しない場合にお父さんの身がどうなるかということよ」

「お父さんは婚約に同意したとき、わたしがどうなるか考えもしなかった。だから、わたしが結婚に同意しなかった場合、お父さんがどうなるか考える必要はこれっぽちもないと思う。お父さんはわたしを愛してくれたことがないし、わたしはもうお父さんを愛していない」

「なるほど」アンがホイットニーをじっと見る。「それなら、そう思っているのがいちばんでしょうね」

「なぜそんなことを言うの？」

「あなたのお父さんがクレイモアから受け取ったお金をすでに使ってしまったからよ。もしあなたが婚約の協定を守らなければ、閣下は当然お金を返すよう要求してくるわ。お父さんが返せない以上、債務者の監獄に入れられ、鼠《ねずみ》が出る監房で晩年を過ごすことになるでしょうね。あなたにお父さんへの愛情がいくらか残っていたら、その窮状に責任を感じるから、ポールと幸せに暮らすのはとてもむずかしいでしょう。けれど、絶対気がとがめない自信があるのなら、わたしたちはお父さんのことをあれこれ心配する必要はないわね」

叔母が出ていき、ドアが閉まったとき、ホイットニーの頭に陰惨なイメージが浮かんでいた。薄汚れたみすぼらしい格好をした父親が、じめじめした粗末な監房で朽ち果てていく姿だ。

クレイトン・ウェストモアランドが父親に払ったお金を返却する手立てを、何か考えなくてはならない。ポールとふたりでつましく暮らせば、何年もかかるだろうが、父親のかわりに借金を返せるかもしれない。それよりいいのは、婚約を取り消さざるを得ない状態に公爵を追いこむことだ。それなら、お金を返す必要がなくなるかもしれない。それとも、なくならないのだろうか？　婚前契約書はどんな文言になっているのだろう、とホイットニーは思った。

「エドワード叔父さんだ！」唐突に声をあげた。わたしの人生が父親の借金の形《かた》に取られようとしているとエドワード叔父さんが知ったら、黙って見てはいないだろう。クレイトンに支払う資金を叔父さんが父に融通してくれるかもしれない——もちろん純粋なビジネス契約としてだ。わたし自身は、不動産が見返りの担保となるよう取り計らえばいい。でも、エドワード叔父さんはクレイトンに払うじゅうぶんな資金を持っているだろうか？どれぐらいの金額が渡されたのか、わかればいいのだけれど。大金だったにちがいない。なにしろ、大がかりな家の修理、二十頭以上の馬の購入、それに父の借金も含めた額なのだ。二万五千ポンド？　三万ポンド？　ホイットニーの気分は沈んだ。エドワード叔父さんはそれほどの額を持っていないだろう。

翌朝、クラリッサが起こしに来たとき、ホイットニーは書き物机に座って、物思いにふけりながら、鵞《が》ペンの端を嚙んでいた。

ちょっと考えてから、書きはじめる。勝利の満足感に目をきらきらさせながら、膝をひねってしまってベッドから出られないと、クレイトンに礼儀正しく弁明した。あす会うのを楽しみにしている——痛みが引いていたら——と甘い言葉で結ぶ。〝ホイットニー〟とだけ署名して、満悦の体《てい》で椅子に深く座った。

膝の怪我は完全無欠の思いつきだった。捻挫は痛いだけでなく、どれぐらいで治るのか予測できないからだ。あすにはまた残念がる手紙を送り、うその怪我がどのようにして起こったのか説得力のある説明をふたつほど書き加えればいい。首尾よくいけば、ポールがもどってくるまで会わずに済むかもしれない！

「きょう公爵にお会いするとき、何をお召しになりますか?」クラリッサが尋ねた。

晴れやかな笑みがホイットニーの顔に浮かぶ。「きょうは彼に会わないわ、クラリッサ。あすか、あさってか。ちょっとこれを聞いて」そう言って、素早く手紙を読んだ。

「ねえ、どう思う?」尋ねながら、手紙を折りたたみ、蠟をたらして封印を施した。

クラリッサが心配そうなこわばった声で言う。「お嬢さまが何か企んでることぐらい、公爵は気づくでしょうし、ただではすまないでしょうね。わたしは片棒をかつぎたくありません。手紙を出す前に、レディー・アンに相談するべきですよ」

「叔母さんが起きるのを待っていられないの。それに、おまえに協力してもらう必要があるわ」ホイットニーは辛抱強く説明した。「この手紙を持っていってもらわないと困るのよ」

クラリッサが青ざめる。「わたしが? なぜわたしが持っていく必要があるんですか?」

「彼の反応を正確に知りたいからよ。それに、ほかの人にはそんなこと頼めないもの」

「失敗したときのことを考えただけで、どきどきしてきますよ」クラリッサは不平を言ったものの、届けるために手紙を受け取った。「怪我のことをきかれたらどうしましょう?」

「適当に答えておいて」ホイットニーは機嫌よく忠告した。「ただ、なんと答えたのか、忘れずに教えてね。ふたりの話が食い違うとまずいから」

クラリッサが出ていくと、ホイットニーはずっしりした肩の重荷を下ろしたような気分になった。陽気に鼻歌を歌いながら、衣装戸棚のところへ行き、着るドレスを選んだ。

二十分後にクラリッサがもどってくると、ホイットニーは化粧室から飛び出た。「彼、なんて言っていた？」と、せっつく。「どんなようすだった？　くわしく話して」

「わたしが行ったとき、閣下は朝食の最中でした」糊の効いた服の襟をそわそわと指でいじりながら、クラリッサが言う。「でも、わたしが名乗るとすぐ、執事が閣下のところへ連れてってくれました。それで手紙を渡し、閣下が読まれました」

「怒ってなかったでしょう？」クラリッサが黙ったので、ホイットニーは続きを促した。

「よくわからなかったんですが、喜んでたとも思いません」

「クラリッサ、お願いよ！　彼はなんて言ったの？」

「手紙を届けたお礼を述べられて、お高くとまった召使いのひとりにうなずいてみせ、それでわたしは送りだされました」

クレイトンの反応に安心していいのか心配すべきなのか、ホイットニーはわからなかった。そして時間がたつにつれ、この猶予期間が期待していたほど心地よくないことに気づいた。昼までには、廊下で足音がするたびにぎくりとし、クレイトンが訪ねてきたという知らせが来るのではないかと心配するようになっていた。たとえ許せない不作法だとしても、あの男なら、叔母さんをともなって寝室に来ると主張するぐらいのことはやりそうだ。

夕食がトレイにのせられて運ばれてくると、ホイットニーはひとり寂しく食べた。その日はじめて、ポールのことを考えた。かわいそうなポール。ホイットニーは申し訳なく思った。クレイトン・ウエストモアランドを出し抜き、一杯食わせようとして、この陰謀の蜘蛛《くも》の巣に捕らえられていたために、愛する人へ思いを注ぐのをすっかり忘れていたのだった。

19

翌日、ホイットニーは婚約者宛の二通めの手紙を急いで書きあげた。今回は、みっともないことに階段を転げ落ち、ひどい痛みに苦しんでいることをさらにくわしく説明して、きょう会う約束を免除してほしい旨《むね》をかなり明白に懇願した。これでまたもや、自分の部屋でひとりぼっちの長い一日を過ごさねばならなくなる。万一クレイトンが膝の具合を直接に尋ねる気になった場合、親戚の人たちと階下にいるところを捕まる危険は冒せないからだ。しかし孤独を強いられても、その見返りは大きいとホイットニーは感じていた——クレイトンを避けられるだけでなく、まんまと彼を出し抜いたという満足感も得られるのだから！

「これが賢明なことだとほんとうに思っているの、ダーリン？」アンはホイットニーの巧妙な手紙を読んで顔をしかめた。「いたずらに彼を怒らせたら、何をされるか想像もつかないわ」

「彼ができることなんて何もないわよ、アン叔母さん」ホイットニーは安心させるように言うと、手紙に封印をして、クラリッサに配達を頼んだ。「エドワード叔父さんにすぐ来てくれるよう、もう手紙を書いたんでしょ。叔父さんが来てくれたら、この窮地から逃げだす方法をいっしょに考えてくれるわ。それまでのあいだ、できるだけ長く、この膝の芝居を続けるつもり。その先のことは、そのあとで考える。もしかすると、閣下はわたしにうんざりしてくれて、逃げだすかもしれない」笑い声をあげた。

クラリッサがもどってきて、困惑した声で報告した。公爵は手紙にさっと目を通し、とても妙な感じで自分を見たと。

「クラリッサ、お願い、もっと具体的に言ってくれない?」ホイットニーはもどかしく思いながら頼んだ。「どんなふうに〝妙な〟感じなの?」

「えーと、閣下は手紙を読んで」クラリッサが説明する。「いまにも微笑みそうなようすでした。でも、微笑んだわけじゃありません。それから横柄な召使いのひとりに、わたしを見送るようにおっしゃいました」

ホイットニーは唇を噛み、クレイトンの不可解な反応について懸命に考えたが、やがてにこやかに肩をすくめて、すべてを頭から払いのけた。「わたしたち三人とも、彼の言葉やしぐさをいちいち心配するのはやめたほうがいいわ」明るく言って、長椅子にどんと座った。「だって、わたしがうそをついてると彼が思っていようとなかろうと、彼に何ができるっていうの?」

その問いの答えは、銀の引き具を付けた四頭の威勢のよい黒馬が引く、つややかな黒塗りのウエストモアランドの大型馬車に乗って、昼食後すぐに到着した。黒っぽい服を着た恰幅《かっぷく》のいい紳士が馬車から降り立ち、屋敷に向かって元気よく歩く。左手に大きな黒い革の鞄を持ち、右手に持った小さな名刺をスーエルに差し出した。「ドクター・ホイッティコムです」と執事に告げる。「ロンドンからこちらに呼ばれてきました。レディー・ギルバートに面会を求めるよう言われたのですが」

アンが客間で挨拶すると、ドクター・ホイッティコムはとまどうアンの目に礼儀正しく微笑みかけ、説明した。「クレイモア公爵閣下に頼まれて、ミス・ストーンの膝を診察に来ました」

レディー・ギルバートは、ドクター・ホイッティコムが病気ではないかと心配するほど青ざめたが、医者に待ってくれるよう告げると、部屋を出て、スカートをつかんで廊下を走っていき、自分の半分の年齢の健康な女性にも負けないほどすばやく機敏に階段を駆け上がった。

「彼が何をしたって?」ホイットニーは甲高い声で言い、ぱっと立ち上がったので、膝にのせていた『高慢と偏見』の本が激しい音をたてて床に落ちた。「なんであの下劣な……」

「ここを切り抜ければ、あとでなんとかする時間はじゅうぶんにあるわ」アンはあえぎながら言い、震える指でホイットニーのドレスのボタンをはずし、頭から脱がせた。クラリッサはベッドカバーをめくると、衣装戸棚へ急いで行き、羊毛の部屋着を取り出した。

「わたしは寝ているとかなんとか言って、ロンドンへ帰ってもらうわけにはいかないの?」ホイットニーは懇願しながら、ベッドにもぐりこみ、カバーを引っ張り上げた。

「ドクター・ホイッティコムは」アンがそう言って、ひと息つく。「ばかじゃないわよ。あなたの膝の往診に来たからには、任務を果たすつもりでしょうね」批判するような目をホイットニーへちらりと向けた。「クラリッサ、枕をふたつ持ってきて、ホイットニーの膝の下に置いてちょだい。それから、わたしの部屋から鹿角精（気付け薬）を取ってきて、ベッドサイド・テーブルに置いて。いいアイデアだと思うの」ドアへ歩きはじめる。「わたしはドクター・ホイッティコムを引き留めて、できるだけ時間を稼ぐようにする。でも、二、三分以上は期待しないでね」

クラリッサはうつろな目をして、両手で椅子の背を握り、その場を動けずにいた。「クラリッサ！」レディー・アンがきびしい声を出す。「失神するなんて、考えるのも許さないわよ！」

「ありがとう、レディー・ギルバート、だがもう結構」ドクター・ホイッティコムが、これで三回めになるが、飲み物を断わった。レディー・ギルバートが明らかに過度の気づかいをみせ、無理やり勧めたのだ。ロンドンの天候や、外の天候や、ロンドンからの旅の楽しさについての彼女の質問には、医者はすでに答えていた。この冬どの程度の雪が予想されるかという議論にアンが誘いこもうとしたとき、ドクター・ホイッティコムがぶっきらぼうに言った。「さて、ミス・ストーンに会わせていただきましょうか」

レディー・ギルバートは医者を二階へ案内し、廊下を進み、左側の四番めの部屋のドアへ行った。妙に長い間《ま》が置かれてから、こわい白髪の頭にモブキャップをおかしな角度にかぶった年配の太った侍女によって、ついにドアがあけられた。金持ちの甘やかされた娘たちの気性をよく知るドクター・ホイッティコムは、ミス・ストーンがわがままで、気の毒な侍女を困らせ、いまにも卒倒しそうな姿にしたのだと即断した。

この結論を説得力のあるものにしたのは、患者である若い娘の、すばらしい美貌と血色のよい顔だった。彼女は大きな天蓋つきベッドに横になったまま、反感をうまく隠せないで、彼が近づくのをじっと見ていた。翡翠色の目が彼の顔を見て一瞬すぼまり、黒いフロックコートの上を冷ややかにさまよってから、手にした黒い鞄を警戒するように見据える。

ドクター・ホイッティコムは診療鞄を怖そうに見る患者の気をそらすために、優しげなようすを見せることにし、ベッドのわきに鞄を置いて、慰めるように言った。「クレイモア公爵閣下は、あなたのことを心から心配しておいでです」

彼女の高い頬骨のところがぽっと赤らむ。喉を締めつけられたような声で、娘が言った。

「彼は親切と配慮そのものの人ですもの」

「まったくです」娘の声に皮肉がこもっているように聞こえたのは気のせいだろうと思いながら、医者は同意した。「大変でしたね、ミス・ストーン」きびきびと言った。「階段でひどい転倒をなさったとか」ベッドカバーへ手を伸ばす。「ちょっと膝を診《み》てみましょう」

「だめ！」鋭い声があがり、娘がかわいい顎までベッドカバーを引っ張って、反抗的な目で彼を凝視した。

一瞬、医者は驚いて患者を見つめたが、娘を緊張させている原因に気づき、表情を和らげた。ベッドのそばに椅子を引き寄せ、腰を下ろす。「お嬢さん」優しく言った。「いまはもう、男だから女だからという理由だけで、女性が有能な医者の治療を断念する暗黒時代ではありませんよ。あなたの慎み深さは賞賛ものだ。最近の若い女性には珍しい。ですが、この場合は慎みにこだわっている場合ではありません。あなたの叔母さんもきっとそうおっしゃいますよ。だから……」シーツをめくろうとしたが、患者のきつくつかんだこぶしが互角の力で反対方向へ引っ張った。

ドクター・ホイッティコムは体を起こすと、困惑して顔をしかめた。「私は有能な医者で、お后《きさき》さまをはじめとして、二十人の女性患者を診ています。これで安心してもらえますかな、ミス・ストーン」

「それではちっとも安心できないわ！」激痛をおぼえている患者にしてはかなり力強い声で、言い返してくる。

「お嬢さん」医者は警告した。「私はあなたの膝を診察して適切な治療を施すよう、閣下からはっきりと指示されているのです。しかも」不穏な口調で付け加える。「治療に必要なら、あなたを拘束するようおっしゃった」

「拘束！」ホイットニーは叫び声をあげた。「厚かましいにもほどがあるわ！　彼はだれにそんなまねをしようとして……」ホイットニーは激しい言葉を抑えた。クレイトンが世間体も礼儀もかえりみずに寝室に入ってきて、彼女を無理やりベッドに縛りつけ、ドクター・ホイッティコムに膝の診察をさせようとする姿が、すでに目に浮かんでいた。

ホイットニーは医者に診察を思いとどまらせる方法を、必死に探した。過度の慎み深さが唯一の頼みの綱だった。まばたきして目を閉じ、それから開いて、魅力的な困惑顔で彼を見た。恥ずかしそうに、シーツを引き寄せる。「なんて愚かでばかな娘だと思っているでしょうね、ドクター・ホイッティコム。でも、知らない人に……さらけだすような恥ずかしい思いをするぐらいなら、死んだほうがまし。たとえお医者さまがどんなにりっぱなかたでも」

「お嬢さん、結局のところ、〝さらけだす〟のは膝だけですよ」

「だけど、この気持ちはどうにもならないんです」ホイットニーはしとやかに抗議した。「先生にはおわかりにならないでしょうが、閣下はわかってくれ、こういうことに関して、わたしがどんなに敏感なのかを考慮してくれたはずなんです。わたしがショックを受けたのは、彼に平気で無視されたことです。わ……わたしの……？」

「乙女の繊細な感情を？」医者は反射的に言い、ひそかに思った。クレイモアはこの娘との初夜に、むずかしい仕事をかかえることになるが、彼が女性に関して経験豊富なのはじつに都合がいい、と。

「そのとおり！　わかってくださると思っていました」

ドクター・ホイッティコムは不承不承折れた。「わかりました、ミス・ストーン、条件付きで診察をやめましょう。地元の医者に診てもらってください」

「さっそく！」ホイットニーは同意して、医者に明るい笑みを向けた。

医者は前屈みになって鞄を閉め、手に持った。「捻挫や骨折に関して経験が豊富な医者をご存じですか——あなたが安心して任せられる医者を？」

「捻挫や骨折に関して経験が豊富な医者？」ホイットニーはくり返しながら、だれか名前をあげられそうな人を必死に探した。「ええ、ええ、います」意気揚々と言う。

「どなたです？」ドクター・ホイッティコムは立ち上がりながら問いかけた。「そのかたの名前は？」

「トマスです」即座に名前をあげ、自分のひらめきのよさに大きな笑みを浮かべた。「わたしは彼に全幅の信頼を置いています。このあたりのだれもがそうです……捻挫や骨折をすると、いつもトマスに治療を頼みますから」優雅に微笑む。「さようなら、ドクター・ホイッティコム。来てくださってありがとう。それから、ご迷惑をおかけしてほんとうにすみません。クラリッサがお見送りしますわ」

「まだ別れの挨拶を言う必要はありませんよ」ドクター・ホイッティコムがきっぱりと言った。「ドクター・トマスと話をしたら、また来ますから」

「なんと、まあ！」クラリッサがあえぎ、夢中で寝台の支柱をつかんだ。

ドクター・ホイッティコムは侍女の叫び声を気にもとめなかった。ベストのポケットに手を入れ、重厚な金時計を引っ張りだして時刻を確かめ、ぱちんと閉じた。「閣下の御者と馬車が待っているので、どなたかドクター・トマスのところへの行きかたを教えてくれませんか。彼に会って、資格を確認したら、連れてもどってきます」

ホイットニーは肘で体を持ち上げた。「なんのために？　彼が適任だと、いまわたしが請け合ったでしょう。わたしの言うことを信じてちょうだい」

「いや、悪いがそれはできません。見知らぬ同僚にあなたの健康をゆだねて構わないと私が思っても——そんなこと思いませんが——公爵が許しませんよ。現に、われわれはドイツからグリュントハイムを呼ぼうかと話し合った。彼は関節の怪我の専門家だ。それに、スウェーデンにはヨハンセンもいる——」

「彼がそんなことをするわけがないわ！」ホイットニーは言い返した。

「じつのところ」ドクター・ホイッティコムが申し訳なさそうに認めた。「あなたの膝の診察に、彼らに来てもらうというのは、私の考えです。クレイモア公爵は、まず私があなたを診るのがいちばんいいと思っておられた。彼は——その——あなたの怪我の重篤《じゅうとく》さに疑いを持っていましたので。レディー・ギルバート」医者が呼びかける。「ドクター・トマスのところへの行きかたを教えていただけませんか？」医者はドアへ向かって歩きはじめたが、急に立ち止まった。ベッドの占有者から押し殺したうめき声があがったからだ。続いて、だれかの性格や誠実さに関する一連の毒舌が聞こえてきた。〝悪党、卑劣漢、ごろつき、偽善者〟という単語がふんだんにちりばめられている。

ドクター・ホイッティコムは驚いて振り向いた。ほんの少し前までベッドでため息をつき憂えていた、あの内気で慎み深い娘はいなかった。彼は笑いと賞賛に唇を歪めて、激情に駆られた美しい娘が、枕を背にしゃんと座り、激しい怒りの言葉をせっせと吐き出しているのを凝視した。

「ドクター・ホイッティコム」美しい娘がぴしゃりと言う。「もうこれ以上こんなこと耐えられない。どうかお願い、わたしのベッド脇に、あの男がヨーロッパじゅうの蛭《ひる》をよこさないうちに、膝を診てちょうだい！」

「私個人としては、蛭を使っての治療は認めていません」ドクター・ホイッティコムはそう言うと、ベッドのところへもどり、診察鞄を下に置いた。ベッドカバーをめくっても、今度は何の抵抗もなかった。娘の部屋着を腿の下まで開き、枕にのせたほうのすらりとした形のいい脚をむきだしにした。

「これは妙ですな」医者は笑みをこらえて、反抗的な患者をちらりと見た。「じつは――この枕の重なりによってできた塊を不思議に思っていたのですよ」

ホイットニーは顔をしかめて彼を見た。「怪我した膝をのせた、ふたつの枕のどこにも〝妙〟なところはないけれど」

「その点は同意見です」ドクター・ホイッティコムの目が輝く。「しかし、私が閣下宛のあなたの手紙を読み違えてないなら、怪我したのは左脚だった。が、この枕にのっているのは右脚だ」

医者の指が非難するように間違った脚へ向けられると、ホイットニーは頬をピンク色にした。「ああ、それね」あわてて言う。「左脚にぶつからないように、右脚をのせていたの」

「すばらしいひらめきですな」ドクター・ホイッティコムが喉の奥で笑う。

ホイットニーは悔しくて目を閉じた。彼は全然だまされてくれない。

「どこも腫れているように見えない」彼の指が最初に右膝を、次に左膝を触った。それからもう一度右膝を触る。「ここに痛みを感じますか？」

「ドクター・ホイッティコム」ホイットニーはあきらめの笑みを浮かべ、唇を震わせながら言った。「わたしが痛がっていると、一瞬でも信じられる？」

「いや。残念ながら」医者は同じような率直さで認めた。「だが、カードを捨て、ゲームの負けを認めるべきときを知っている、あなたの才覚は高く評価します」ベッドカバーを元にもどして、椅子に深く座り、何かを考えるかのように黙ってホイットニーを見つめる。

ドクター・ホイッティコムは、ホイットニーの気質を賞賛せずにはいられなかった。この娘は計画を企て、最善を尽くして切り抜けようとした。そしていま、敗北を喫すると、恨むことなく相手の勝利を認め、すねたり不機嫌になったり、泣いて訴えたりもしない。このような娘を嫌いになれるものか！　しばらくして、医者は背筋を伸ばし、快活に言った。「今後のことを話し合ったほうがよさそうですな」

ホイットニーは首を横に振った。「説明する必要はないわ。あなたが義務を負っているのはわかっているから」

ドクター・ホイッティコムがおもしろがるような表情を彼女に向けた。「まず、これから二十四時間、ベッドで安静にして静養するよう命じます。あなたのためではなく――」医者はホイットニーの喜んだ表情を見て、笑い声をあげた。「――わたしの後ろにいる気の毒な悩める侍女のためだ。彼女はずっと、手近にある重いものをつかんで、わたしを殴り、意識不明にさせようか、それとも自分が卒倒しようか迷っていたからね」ベッドサイド・テーブルから鹿角精の瓶を取り上げて、クラリッサに渡した。「もしきみが診察料のきわめて高い医者から無料の助言を受ける気があるなら」きびしい声でクラリッサに告げる。「この美しいおてんば娘の陰謀にこれ以上巻きこまれないようにすること。きみは陰謀に耐えられる体質ではない。しかも、きみの顔で、女主人の計画がかなりばれていた」

クラリッサがドアを閉めて出ていったあと、ドクター・ホイッテイコムは視線をレディー・ギルバートに向けた。彼女はベッドを回ってホイットニーのそばに立ち、自分も姪といっしょに刑を受けようと、苦境に立たされた囚人のように待っていた。「レディー・ギルバート、あなたもあの侍女より体調がずっといいというわけではありませんよ。お座りなさい」

「わたしはまったくだいじょうぶですわ」レディー・ギルバートは小声で言いながらも、ベッドに腰を下ろした。

「だいじょうぶなんてもんじゃない」ドクター・ホイッテイコムが喉の奥で笑う。「まったくあっぱれだと思います。ほんの一瞬も姪御さんを裏切らなかったのですから」彼の鋭い視線が次に向けられたのは、ホイットニーだった。「さて、あなたの未来のご主人は、この策略にどのような反応をするでしょうな?」

冷ややかな灰色の目や冷たい怒りに震える声など、立腹したクレイトンの恐ろしいイメージを遮断しようと、ホイットニーは目をつぶった。「怒り狂うでしょうね」消え入るような声で言う。「でも、危険は承知のうえよ」

「では、あなたが策略を告白しても、得るものは何もありませんね？」

ホイットニーが目をぱっと開いた。「わたしが告白する？　あなたが彼に真実を告げるのだと思っていたわ」

「お嬢さん、私が告げねばならない真実とは、こういうことだ。関節の怪我というものは、どの関節でも診断はむずかしいし、不可能とも言える。腫れがなくとも、あなたが訴えているとおりに膝が損傷している可能性を、きっぱり否定はできない。それ以上のことを打ち明けるのは、あなたの仕事だ。わたしはここに医者として来たのです。密告者ではなくね」

ホイットニーの気分は舞い上がった。彼女は近くの枕をつかむと胸に抱え、安堵と感謝を嚙みしめながら笑い声をあげた。三回お礼を言ったあと、尋ねた。「わたしはベッドに寝ているべきだと閣下に言ってはもらえないわよね？」

「だめです」ドクター・ホイッティコムがきっぱりと言う。「できないし、そうするつもりもありません」

「よくわかります」ホイットニーは素直に引き下がった。「ちょっと思いついただけ」

ドクター・ホイッティコムが手を伸ばして、ホイットニーの手を取り、優しく微笑んだ。

「私は長年、ウェストモアランド家と親しくしてきた。あなたはまもなくウェストモアランド家の一員になるのだから、われわれも友だちになれるといいですな」

ホイットニーはウェストモアランド家の一員になるつもりはなかったけれど、彼の友情の申し出を受け入れて、うなずいた。

「結構。それでは、われわれの新しい友情につけこんで、差し出がましいことを言わせてもらいましょう。望むものを手に入れるために、婚約者を近づけないという行為は、ばかばかしいだけでなく、危険をともないますぞ。閣下があなたに強い愛情をいだいているのは、すぐにわかりました。あなたが愛らしく微笑んで頼むだけで、彼は望みのものをなんでも与えてくれるはずです」

医者がさらに強い口調で言った。「うそやごまかしは、あなたの名誉とはならない。さらに言えば、そんなものでは公爵の目はごまかせません。あなたよりはるかに策略に長け、たぶらかすのが上手な女性たちを、公爵は知っている。そうしたレディーたちは、つかの間、彼の慰み者になることしかできなかった。だがあなたは、私の見るところ、率直であけすけなあなたは、ほかの女性たちがもっとも望むものを手に入れた」続けて言う。「閣下のプロポーズを」

ホイットニーの目の奥で花火が上がった。耳の奥で鐘がからんからんと鳴った。みんなはなぜ、わたしが戴冠《たいかん》用の宝玉を授けられたかのように振る舞うの？　クレイトン・ウェストモアランドが高みから下りてきて、貧しい好運な娘にかたじけなくもプロポーズをしたからって？　失礼よ！　侮辱している！　ホイットニーはどうにかうなずいた。「先生の助言が善意から出たことはわかります、ドクター・ホイッティコム。わ――わたし、考えてみます」

医者は立ち上がり、ホイットニーに微笑みかけた。「考えてはみるが、それに従うつもりはないんだね」ホイットニーが黙っていると、手を伸ばして彼女の肩を軽くたたいた。「たぶん、あなたは彼の扱いかたをいちばんよく知っているのだろう。彼はあなたにぞっこんだ。じつを言うと、彼が何かやだれかに自制心を失う姿を見る日が来ようとは思いもしませんでした。だが、あなたは彼をその状態にすることに、ほとんど成功している。けさ、私がロンドンから着いたとき、公爵は怒ろうか笑おうか迷っていましたよ。ある瞬間には、彼がたしか〝離れ業〟と呼んだこの行為をあなたがしてのけたことで、あなたのかわいい首を折ろうとしていた。が、次の瞬間には、笑い声をあげながら、あなたの話をいろいろして、わたしを楽しませてくれた。公爵は笑って楽しむべきか、殺人を犯すべきか、揺れ動いていましたよ」

「それで、どちらも選べなくて、あなたをここへよこして、懲《こ》らしめようとしたのね」ホイットニーは神妙に締めくくった。

「まあ、そうです」ドクター・ホイッティコムが喉の奥で笑った。「それが彼の意図だったのだろう。じつを言えば、家から引きずり出され、馬車に揺られて、往診のためにイングランドの半分を旅してきて、患者が仮病を使っているらしいとわかったときは、相当のいらだちを感じました。だが、いまとなっては、何があっても見逃せないものを見せてもらった気がしますよ」

その晩、ホイットニーは泊まり客たちと食事をしながら、陽気な雰囲気は悲嘆を和らげるものではなく、刺激するものだと、いらだたしげに思った。だが、考えてみれば、何ものも助けになってくれそうにない。沈んだ気分を元気づけようとして、彼女は外見にいつもより気をつかい、新しいドレス――柔らかな、淡青色の凝ったデザインのもの――を着てみさえした。喉もとと耳には、パリを離れる前に買った、周囲がダイヤモンドのブルーサファイアを付けている。前髪は後ろに梳かしつけて、ダイヤモンドのクリップで留め、残りの髪は肩から背中に流れるように自然に垂らしていた。

わたしは囲われた女だ、とホイットニーは思いながら、詰め物の入った牡蠣《かき》をフォークでものうげにつついた。着ている服も、宝石も、下着でさえ、彼がお金を払ったのだ。この不快な気分をさらに不快にするように、従兄のカスバートが、胸の、布で隠された部分を盗み見ようと、いやらしい視線を向けていた。

父がわざと陽気に振る舞って、みんなが来てくれてどれほどうれしかったか、あす発つことになるのがどんなに寂しいかを、力説していた。父はみんなが去るのが、ほんとうに残念なのだろう。なにしろ、彼らを盾にして、迫り来るわたしの憤怒から身を守っていたのだ。それならそれでいい、とホイットニーは胸の内で言った。こちらも直接対決を望んではいないのだから。ホイットニーの父親に対するいまの気持ちは、芯《しん》まで冷え切った……無だった。

男性陣はポートワインや葉巻を楽しんだあと、ホイストの準備が整った応接室へ行って、女性たちに加わった。カスバートはホイットニーを見たとたん、彼女のテーブルへ歩きだした。尊大で禿《は》げかかった彼が、ホイットニーにはいとわしくてしかたなかった。彼女はホイストをやりたくない言い訳を手短にアン叔母さんにつぶやくと、急いで立ち上がり、部屋を出た。

奥の廊下を通って図書室へ入ったものの、その棚に並ぶ数ある本のなかに興味を惹かれそうなものは見つからなかった。客間では室内ゲームが行なわれ、カスバートは応接室にいる。何があっても、一瞬たりとも彼のそばにいるのはもう耐えられないので、ホイットニーには、寝室へもどってやっかいな問題をまた思案するか、父親の書斎へ行くかのどちらかしかなかった。

後者を選んだ。スーエルがトランプを一箱持ってきて、火床で陽気に燃える火に薪をくべていったあと、ホイットニーは炉火のそばにある背もたれの高い椅子に腰を落ち着けた。わたしは隠遁者《いんとん》になりつつあると思いながら、ゆっくりトランプを切り、前にある寄せ木のテーブルに一枚ずつ置いていった。後ろでドアが開く音がした。「何、スーエル?」振り向かずにきいた。

「スーエルじゃないよ、従妹のホイットニー」簡単な抑揚を付けた声がした。「ぼくだよ、カスバートだ」ぶらぶら歩いてきて、ホイットニーの椅子のそばの、クリーム色の胸のふくらみが覗ける位置に立った。「何をしてるんだい?」

「ソリティア」ホイットニーは冷たい棘《とげ》のある声で説明した。「セント・ヘレナのナポレオンとも呼ばれている。ひとりでやるゲームなの」

「聞いたことがない」とカスバート。「けど、やりかたを教えてくれるんだろ」

ホイットニーは歯を食いしばってゲームを続けた。身を乗りだしてテーブルにカードを置くたびに、カスバートも身を乗りだし、ゲームに興味があるふりをして、ホイットニーの前身ごろの奥を覗こうとする。これ以上耐えられなくて、ホイットニーはカードをテーブルにたたきつけ、憤慨して立ち上がった。「わたしをじっと見る必要があるの？」ぴしゃりと言った。

「ああ」カスバートがうわずった声で言い、ホイットニーの両腕をつかんで自分のほうへ引き寄せようとした。「あるんだ」

「カスバート」ホイットニーは不穏な口調で警告した。「三秒だけあげるから、手を放しなさい。でないと、家じゅうに聞こえるような悲鳴をあげるわよ」

意外にもカスバートは命令どおりにしたが、両腕が下がると、彼の体も下へ行った。片膝をついて、片手を左胸に当て、プロポーズの準備を調える。「従妹のホイットニー」かすれた声でつぶやき、ホイットニーのつま先から頭のてっぺんまで、それからもう一度下へと、心ゆくまで目で愛撫する。「ぼくの胸の内をきみに伝えなきゃならない――」

「あなたの気持ちはわかっているわ」ホイットニーは容赦なくさえぎった。「わたしを何時間もじろじろ見ていたから。さあ立ちなさい！」

「どうしても言わなきゃならない」甲高い声で言い張り、ずんぐりした手でブルーのドレスの裾に触れてきたので、ホイットニーはさっとスカートを取りもどした。カスバートがスカートを持ち上げて、なかを覗くつもりではないかと思ったのだ。ドレスの裾を取り上げられると、彼は手をふたたび胸にもどした。「全身全霊できみを崇拝してる。心の底からきみが——」はっと息をのんで急に言葉を途切らせ、目を見開いてホイットニーの後ろを食い入るように見た。

「私が」戸口から、おもしろがるような気どった声がした。「熱心に祈りを捧げる男のじゃまをしたのでなければいいが?」クレイトンがホイットニーのそばに歩いてきて、腹を立てたカスバートを見下ろすと、ホイットニーの従兄はついによろよろと立ち上がった。

「従妹に新しいトランプ遊びを教わってたんだ」

クレイトンの顔から、愉快そうな表情が消えた。ドアに向かってそっけなくうなずく。

「教えてもらったのなら、出ていって、練習してこい」

カスバートがこぶしを握りしめ、ちょっとためらい、相手の冷徹で決然とした顎のラインをもう一度見て、立ち去った。ホイットニーは従兄が出ていき、ドアが閉まるのを確認してから、ほっとして、感謝するようにクレイトンを見上げた。「ありがとう、わたし——」

「きみの首をへし折るべきだな!」クレイトンがさえぎった。

ホイットニーは〝怪我をした〟膝で、ずっと立っているべきではなかったと、遅まきながら気づいた。

「きみのすばらしい一日の仕事ぶりに、おめでとうを言わせてもらおう」クレイトンがきびしい口調で言った。「十二時間もしないうちに、きみはホイッティコムを味方につけ、カスバートをひざまずかせた」

ホイットニーは彼を見つめた。口調はいかめしいが、口の一方の角がよじれ、笑みを作っているようだ。彼が激怒していると思って、わたしは恐れおののいていたのだろうか？

「あなた、悪魔よ！」笑うべきか怒るべきか迷って、小声で言った。

「きみも天使とはとうてい言えない」クレイトンがからかう。

一日じゅう、ホイットニーの感情は、怒りと恐れと不安と安堵のあいだで激しく揺れ、かぎりなく苦境に近い場所から間一髪の脱出までを経験した。そしていま、怒っているというより、おもしろがっているような黒髪のハンサムな男性を見上げながら、予想していたとおり、最後まで残っていたわずかな自制心が消え去った。疲れと安堵の涙が緑の目に湧き上がる。「こんなさんざんな日ははじめてよ」ホイットニーはつぶやいた。

「わたしが恋しかったからだろう」クレイトンが茶化すように言ったので、ホイットニーの肩が笑いで震えた。

「あなたが恋しかったですって？」信じられないというように、くすくす笑う。「笑いながらあなたを殺すことだってできるのに」

「その場合、化けて出るからな」クレイトンがにやりと笑って脅す。

「そう来ると思ったから、まだ試していないのよ」不意に、忍び笑いとして始まったものがむせび泣きになり、涙が頬をこぼれ落ちた。

クレイトンの腕が優しくホイットニーの体に回される。差し出された慰めを、ホイットニーは受け入れた。彼の腕のなかに飛びこみ、薄い灰色の上着に顔を埋め、苦悩をもたらした張本人の抱擁のなかで、その苦悩を涙で洗い流した。ようやく涙が治まっても、その場から動かず、彼の安らげる、たくましい胸板に頬を預けていた。

「もう気分はよくなった？」クレイトンがそっと言う。

　ホイットニーは恥ずかしそうにうなずいて、差し出されたハンカチを受け取り、目頭《めがしら》を押さえた。「十二歳のとき以来、泣いた覚えがないのに、数週間前にここへもどってから、泣き虫になったみたいな気がする」顔をあげたホイットニーは、彼の目に苦しそうな後悔を見つけて驚いた。「きいてもいい？」そっと言った。

「なんでも」クレイトンが答えた。

「あなたの力の範囲内で、常識の範囲内でよ、もちろん」涙と笑みの交じった顔で、以前言われた言葉をクレイトンに思い出させた。

　クレイトンはおもしろがるようにうなずいて、ホイットニーの軽い愚弄を受け入れた。

「いったいどうして、こんな悪趣味なことをしたの？」ホイットニーは敵意も見せず、淡々と尋ねた。「いったいどうして、まずわたしに話しかけもせず、わたしのことをろくに知りもせずに、父のところへ行ったの？」クレイトンの表情は変わらなかったが、筋肉がこわばったような気がしたので、ホイットニーは急いで説明した。「わたしはただ、あなたの考えていたことを理解しようとしているだけ。わたしたち、アルマン家の仮装舞踏会ではうまが合わなかった。わたしはあなたの爵位をばかにしたし、あなたの誘いも拒否した。それなのに、あなたはわたしを結婚相手に選んだ。どうしてわたしなの？」

「なぜ私がきみを選んだと思う？」

「わからない。女性を不幸にさせたり、彼女の人生を台なしにするために結婚の申しこみをする男性なんていないもの。だから、あなたにはべつの理由があったはずよ」

ホイットニーの発言には意図的ではない侮辱が含まれていたにもかかわらず、クレイトンはにやりと笑った。ホイットニーが黙って腕に抱かれているので、とても寛大な気持ちになっていた。「きみを望んでいるからと言って、私を非難することはできない。きみが崇拝者を全員非難するならべつだが。取り決めによる結婚は悪趣味かもしれないが、何世紀ものあいだ、名家では慣例だった」

ホイットニーはため息をついた。「あなたの階級ではそうかもしれないけれど、わたしのほうは違うわ。それに、そんな結婚では、いつか互いを好きになったり、互いの愛を深めるチャンスなんて、これっぽっちもないんじゃない」

「ときどき私に好意を感じたことがないと、正直に言えるか？」クレイトンが穏やかに問う。

「きみの意志に反しているのに、好意を感じたことがないと？」

自分の発言を正当化しようとする彼の口調には、あざけりや挑戦の響きはなかったし、ホイットニーの生来の公正さは、挑発されてもいないのに攻撃するのを拒んだ。落ち着かなげに肩をすくめて、目をそらす。「ときどきは」

「だが、いつもきみの意志に反していた？」クレイトンがからかう。

ホイットニーは思わず笑みを浮かべた。「わたしの意志に反していたし、不本意だった」

彼の目が警告を発したので、ホイットニーは慎重に話題を変えた。「わたしと結婚したい理由を話してくれると約束したのに、まだよ」

「ここに来て、きみと顔を合わせた瞬間に忌み嫌われると、私にわかったはずがないだろう？」クレイトンが反論した。

「クレイトン！」ホイットニーは言ったあとで、彼の名前を呼んだことに驚き、凍りついた。あわてて間違いを訂正する。「公爵閣下――」

「もうひとつの呼びかたのほうがずっと好きだ」

「公爵閣下」休戦による親密さが崩れはじめると、ホイットニーはかたくなに押し通した。「あなたはわたしの質問のすべてに質問で応じている！　いったいどうして、ここへ来てわたしとの結婚を申し入れたの？」ホイットニーは彼の腕が体に回されていることにようやく気づき、ぱっと離れた。「それから、わたしを愛していると思ったと、答えるようなまねはよしてね」

「思っていなかったよ」クレイトンは穏やかに言った。「きみが指摘したように、そのときはきみのをことをほとんど知らなかった」

彼の返答になぜ傷つくのか理解できず、ホイットニーは彼に背を向けた。「すてき！」辛辣に言う。「これですべてはっきりしたわ。わたしと一回か二回会って、わたしのことを何も知らず――なんの関心も持たず――イングランドへ来て、欲張りで無一文の父からわたしを買った。そして父は有利な取引をすると、あなたにひき渡すためにわたしを呼び寄せたってわけね！」戦いに備えて——望んで——向きをもどした。しかしクレイトンは穏やかに平然とそこに立っているだけで、挑戦を受けようとはしなかった。

落胆と怒りから、ホイットニーは先ほどまで座っていた椅子に腰を下ろし、トランプを取り上げた。「これはソリティアよ」そう言って、クレイトンのことを頭から払いのけ、途中になっていたゲームを再開する。「フランスでは大流行しているけれど、ひとりでやるゲームなの」

クレイトンはホイットニーの手もとをじっと見ていた。「マイ・レディー、この場合は、ふたり必要だろう」クレイトンは前屈みになると、カスバートが肩越しに身を乗りだしていたせいでホイットニーが見逃していた、わかりきった四手を巧みに進めた。

「ありがとう。でも、ひとりでやりたいの」

クレイトンが向きを変え、ドアのほうへ歩いていったので、ついに帰る気になったのだろうとホイットニーは思った。ところが彼は低い声で使用人に話しかけてから、すぐにテーブルにもどってきて、精緻な彫刻が施された、彼女の父親の紫檀の箱をホイットニーの前に置いた。蓋をぱっと開け、たくさんの木製のチップを取り出した。エドワード叔父さんと彼の友だちが、カードで賭け事をするとき使っていたのと同じ種類のチップだと、ホイットニーは気づいた。

クレイトンが使いかたを教えてくれるつもりなのだとわかり、興奮による震えがホイットニーニーの体を走った。なんてあきれはてた不道徳なことを、彼は思いついたのだろう……けれど、あまりにも魅力的な思いつきであったため、ホイットニーは抗議しなかった。そしてホイットニーが見ていると、クレイトンは上着を脱ぎ、父親の机に無造作に掛けた。そしてホイットニーの向かいに座り、灰色のベストのボタンをはずして、椅子に背を預けカードに向かって頭を傾けた。「配ってくれ」と言った。

ホイットニーははなはだしく不作法な行為を犯そうとしていることに神経質になっていたので、カードをちゃんと切れないとわかっていた。カードを寄せ集めてクレイトンのほうへ押しやる。クレイトンがシャッフルすると、カードが彼の手のなかで生気を帯び、音をたてて飛ぶように切られていくのを、ホイットニーはうっとりと眺めた。声にも不本意ながら感嘆の気持ちが混じっていた。「ロンドンのあらゆる賭博場を知っているんでしょう」

「懇意にしている」クレイトンが認める。カードを裏向きに置き、黒みがかった眉を上げて要求した。「切って」

ホイットニーは躊躇した。冷静で尊大な態度で応じようとしたが、無理だった。すばらしくハンサムで、優雅ともいえる奔放な雰囲気を漂わせているクレイトンを前にして、そんなことをできるわけがない。ベストの前を開いて、椅子に悠然と座るクレイトンは、賭博台を前にした育ちの良い紳士の典型だった――その彼が、ゲームの方法を教えてくれようとしている。それに、彼が彼女を元気づけ、苦悩から気をそらせようとしていることを、心の底では承知していた。「わかっていると思うけれど」身を乗りだし、カードへ不安げに手を伸ばして言う。「こんなところをだれかに見られたら、わたしの評判はがた落ちよ」

クレイトンが意味ありげにホイットニーを見つめる。「公爵夫人は自分の好きなように振る舞える」

「わたしは公爵夫人じゃないもの」ホイットニーは言い返した。

「しかし、もうすぐそうなる」クレイトンがきっぱりと言う。

ホイットニーは言い返そうと口を開いたけれど、クレイトンがカードのほうへうなずいた。

「カードを切って」

二時間後、ホイットニーはチップを片づけながら、賭博は人をじつに心地よく不道徳で退廃的な気分にさせてくれると思った。ゲームに慣れていないにもかかわらず、彼女はとても巧みにプレイし、失ったお金はごくわずかだった。ゲームの呑みこみの速さをクレイトンが誇らしく思っているようにホイットニーは感じたが、ほかの知り合いの紳士だったら、たとえニッキーでも、彼女がこんなに賭博好きだと知ったら、衝撃を受けるだろう。クレイトンがベストのボタンを留めて、上着を着る姿に目を向けながら、ぼんやりと思いを巡らせた。なぜ彼は、ほかの求婚者たちならあきれるか、おじけづくようなことをわたしがしても、賞賛するのだろう？　ポールといっしょのとき、わたしは女性としての礼節の範囲を超えないよう、とても注意しなくてはならない。けれど、クレイトンはまるで礼儀をわきまえていないときのわたしがいちばん好きなようだ。もしカードで賭博をしたとポールが知ったら、彼はショックを受け、機嫌が悪くなるだろうが、クレイトンはやりかたを教えてくれたばかりか、うまくやってのけたときには、あからさまに賞賛し、にやりと笑みを向けてきた。

ホイットニーのさまざまな思考は、クレイトンが身を乗りだして、ホイットニーの上を向いたおでこに軽くキスをしたとき、消え散った。「あす十一時、天気がよければ、馬車で出かけよう」


クレイトンが家へもどると、ドクター・ヒュー・ホイッティコムが暖炉の前に座って、主人の上等なブランデーが入ったグラスを傾けていた。「私の若い患者の具合はどうだった?」自分のために寝酒を注ぐクレイトンに、さりげないふうを装って尋ねた。

クレイトンは座って、ふたりのあいだにある低いテーブルに両足をのせ、医者をさめた目で見つめた。「あなたがきょうの午後、診察したときとほとんど同じ状態だった——自分の足で立っていたよ」

「それほどうれしくなさそうだな」ドクター・ホイッティコムがはぐらかすように言う。

「じゃまをしてしまってね」クレイトンはにやりとして説明を加えた。「従兄のひとりからプロポーズされているところを」

ドクター・ホイッティコムはブランデーにむせながらも真顔を保つという離れ業をやってのけた。「きみの驚いた気持ちは理解できるよ」

「ホイットニーが何をしても、とっくに驚かなくなっているよ」その達観した言葉とは裏腹に、口調はいらだたしげだった。

一瞬ためらってから、ドクター・ホイッティコムが言う。「私は公平な傍観者で、女心の扱いにも慣れている。もし昔からの家族の友人がでしゃばるのを許してもらえるなら、忠告しても構わないかな？」公爵の沈黙を同意と見なして続けた。「ミス・ストーンはきみが与えたくないと思っているものを欲しがっているように見受けられた。彼女の望みはなんだね？」

「彼女が望んでいるのは」クレイトンは自嘲するように言った。「婚約の契約から解放されることだ」

ドクター・ホイッティコムはあきれてどっと笑った。「なんと！　どうりで、きみをつなぎ止めておく方法をそれとなく教えたら、彼女からにらまれたわけだ」ふと、相反する考えが医者の頭をよぎった。イングランドでもっとも結婚相手としてふさわしく、もっとも人気がある独身男性の求婚に、あの娘がけちをつけたことに対する驚き。彼女の反抗に対処するクレイトンの辛抱強さに対する賞賛。そして、ここ十年でもっとも待ち望まれた婚約発表が、なぜか秘密にされていることに関しての当惑……。「あの美しい愚かな娘は、きみのプロポーズにどんな難癖をつけているんだ？」

頭を椅子の背にもたせかけて、クレイトンは目を閉じ、ため息をついた。「最初に彼女に相談しなかったことだ」

「そのことで、きみを非難する理由がわからんね。しかし、彼女の独立心の強い気質をきみは知っていたはずなのに、なぜ最初に話し合わなかった？」

クレイトンは目を開いた。「そのときは、向こうはまだ私の名前すら知らなかったので、結婚の話をするのは具合が悪いと思ったんだ」

「きみの名前を……。ヨーロッパの半分の女性がきみの前に身を投げだすというのに、きみは知りもしない娘に結婚を申しこんだと言うつもりじゃないだろうな！」

「わたしは彼女を知っていた。彼女が私を知らなかったんだ」

「それで、彼女がきみの富と爵位を知れば、当然ながら承諾するであろうと踏んだわけだ」ドクター・ホイッティコムはおもしろがるような目をして推測を展開した。公爵の威圧的なしかめ面を見て、一瞬沈黙する。「ところで」突然、気がかりなことを思い出して尋ねる。「ポール・セヴァリンというのはだれだね？」

クレイトンはにらみつけた。「なぜ尋ねる？」

「きょうの午後、ミス・ストーンの往診のあと、村に立ち寄って、薬屋と話をしたからだ。話し好きな男でね――単純なひとつの質問に答える前に、聞かれもしないことまですべてしゃべり、そのあと、こちらにいくつも質問をするようなタイプだよ。ついにわたしの患者の名前を聞きだすと、なんやかやと言っていたよ。そのときには、くだらん話だ思って、私は取り合わなかったがね」

「たとえば？」

「たとえば、そのセヴァリンとやらはミス・ストーンを熱心に追いまわしていて、村人たちは婚約発表がいつかとずっと気をもんでいるらしいとか。婚約はすでに取り決められていて、セヴァリンときみの未来の妻も満足しているらしいとか」

「率直に言って」クレイトンはものうげに言った。「気にもならないね」

「うわさのことか?」ヒュー・ホイッティコムが慎重にしつこく問いかける。「それともセヴァリンのことか? あるいはあの娘のことか?」クレイトンが黙っていると、ヒューは前屈みになって、不躾《ぶしつけ》に尋ねた。「きみはあの娘を愛しているのか、愛していないのか?」

「私は彼女と結婚する」クレイトンは冷ややかに言った。「ほかにどう言ったらいいんだ?」

そう言うと、客におやすみと挨拶をして、四歩で部屋を出ていった。残されたヒュー・ホイッティコムは、目を丸くして炉火を見つめていた。だが、少しすると、晴れやかな表情になった。しのび笑いを漏らし、やがて声をあげて笑った。「かわいそうに」笑いながら言う。

「彼はあの娘を愛しているのに気づいてない。気づいていても、認めんだろうが」

小さな寝室で、クレイトンは上着を脱ぎ、椅子に放った。続けてベストも放り投げる。シャツのいちばん上のボタンをはずして、窓のところへ歩き、両手をポケットに突っこんだ。

婚約がすでに取り決められていると村人たちが思っているのが、腹立たしかった。たしかに、セヴァリンを虜にしたことを村人たちに見せつけるという満足感をホイットニーに与えてやりたいと思ったが、ここまでのことは想像していなかった。ホイットニーが自分以外の男と婚約したことはないし、ほかの男と婚約したと思われるのも許しがたかった。彼女はセヴァリンを愛していない。愛していると思っているだけだ。アシュトンの娘から彼を奪い取るという、ばかげた考えを、無邪気な夢を持っているだけだ。

ホイットニーは私のことも愛していない。が、クレイトンはそれについては心配していなかった。〝愛〟と、それに関連した強迫的な行動すべてが、ばかげた感情だからだ。今夜、ヒュー・ホイッティコムがその言葉を口にしたことに、彼はびっくりしていた。クレイトンの仲間内では、配偶者に対してでさえ、思いやりや永遠の愛着よりも強い感情を抱いていると明言した者はひとりもいない。愛はばかげたロマンチックな考えで、これまでの彼の人生に愛が存在したことはなかった。

ホイットニーといっしょにいた二、三時間のことを考えるうちに、怒りの大部分が消えていった。彼女の気持ちがゆっくりと自分に傾いてきつつあるのがわかった。みずからこの腕のなかに慰めを求めてきたし、私への好意を認めさえした。いまふたりのあいだに立ちはだかるものといえば、彼女の色褪《あ》せつつあるポール・セヴァリンへの執着心と、愚かな父親に私との婚約を一方的に告げられたことへの無理もない憤りだ。あの夜のことを考えただけで、クレイトンは腹立たしかった。ストーンの無神経さのせいで、彼女を口説いて自分のものにする喜びを奪われていた。いろいろあったものの、クレイトンはホイットニーの尊大な拒否も含めて、一風変わったこの求愛期間を楽しんでいた。彼女は一歩ずつ近づくことしか許してくれないが、その一歩一歩がうっとりするような勝利で、手に入れるのがむずかしいがために、いっそう意味があった。

しかし最近、自分の欲望との戦いで、忍耐力を失いそうになることが何度かあった。非難され、言い争いになったとき、腕のなかに抱き寄せて、手と口で彼女の反抗を抑えこまないようにするのに、自制心の最後の一滴までが必要だった。彼はいま、自分の地所やビジネスにおける利益をおろそかにしていた。しかし彼女には結婚の行為が完了してから婚約に順応してもらおうと決断しても、あの信じられないほど緑の目で見られたら、自分の力を行使して無理強いする気にはなれそうになかった。

クレイトンはため息をついて、窓から離れた。ホイットニーが自分と結婚することを、一瞬たりとも疑わなかった。好むと好まざるとにかかわらず、彼女は私と結婚するだろう。後者の場合は、求愛と争いの帳尻合わせが、ベッドに持ちこまれるはめになる。

20

紅葉の爽快《そうかい》な香りを含んだ、ひんやりしたさわやかな微風が室内に入ってきて、ホイットニーはその香りを気持ちよく吸いながら浴室を出た。部屋着をまとい、開け放たれた窓へ歩いていき、窓敷居に腰を掛けた。秋は四季のなかでもっともすばらしく、金色の朝でホイットニーを迎える。黄と琥珀が散りばめられた淡黄色と深紅の景色を眺めながら、毎年この時季に感じる、あふれるばかりの楽観的な気分に浮かれた。

しぶしぶ窓から離れると、何を着るべきかじっくり考え、くすんだピンクのウールでできたハイウエストのドレスをやっと選んだ。スクエアカットのネックラインで、細めの長袖、それ裾には幅の広いひだ飾りがあしらってある。クラリッサが髪を後ろに引っ張って上げ、それからいくつかのカールを作って、ドレスと同じ地味なピンクのベルベットをからませた。

ポールのことや、クレイトンとの望まない婚約のことで心は乱れていたが、くよくよ考えるのはやめた。混乱したこの状況を悩むのは夜でいい。いまは日なたに出るのが待ち遠しかった。何ものも、こんなにすばらしい完璧な日を台なしにはできない。

十一時五分に使用人がドアをたたき、ミスター・ウェストランドが階下で待っていると告げた。ホイットニーはドレスを引き立たせるプリント模様のショールを取って、階下へ急いだ。「おはよう」陽気に言う。「いいお天気ね」

クレイトンはホイットニーの両手を取って、ほてった顔を見下ろした。静かに、ふつうの口調で言う。「きみの笑顔は、部屋を明るくするよ」

クレイトンがホイットニーの外見について感想を口にしたのは、これがはじめてだった。彼のほめ言葉は、フランスの男性たちから惜しみなく与えられた賛辞よりずっと控えめだったが、ホイットニーをどういうわけか恥じらわせた。「遅刻よ」ほかに言うことを思いつかず、陽気ながらきびしい口調で言う。「この五分間、寝室を行ったり来たりして、あなたを待っていたのよ」

クレイトンは何も言わず、ホイットニーは少しのあいだ、際立って魅惑的な灰色の瞳に見とれた。彼の両手に力がこもり、引き寄せられる。ホイットニーは息を殺し、キスされそうだと気づいて興奮し動揺した。

「遅刻していない」クレイトンがはっきりと言った。

ホイットニーが安堵の笑い声をあげそうになったのを途中で呑みこむと、クレイトンは付け加えた。「だが、これできみが私に会いたがっていることがわかったから、いつでも遅刻しないようにする」家を出るとき、玄関ホールの時計が十一時を打ちはじめ、言ったとおりだろうという視線をクレイトンはホイットニーに投げた。

ホイットニーは馬車に乗ると、苔《こけ》色のベルベットのクッションにもたれ、青空を流れる、ふっくらした白い雲を見上げた。クレイトンが隣りの席に腰を下ろしたのを感じ取って、彼のぴかぴかの茶色のブーツや、狐色の最高級の生地におおわれた筋肉質の長い脚や、さび色の上着や、クリーム色のシルクのシャツを、横目でうっとりと眺めた。

「私の着ているものが気に入らなければ、質素なわが家へもどるから、きみが好きな服を選んでくれ」

ホイットニーは頭をぐいと持ち上げた。最初はあなたが何を着ようがちっとも気にならない、と言い返そうと思った。ところが、クレイトンはもちろん、自分でも驚いたことに、はにかみながら真実を認めてしまった。「すてきに見えると思っていたのよ」

ホイットニーはクレイトンの驚いたような喜びの表情を目に留めた。彼は元気のいい葦毛の馬たちに合図を送り、速歩で進ませた。

田舎道の両側には木々が立ち並び、枝同士がダンスのパートナーの列のごとく頭上で手を結び、その下を揺れながら進む馬車のためにアーチを形作っていた。木の葉がくるくると回り、ゆっくり舞い落ちるのを見て、ホイットニーは手を伸ばし、明るい黄色の葉を捕まえようとした。

しかし分かれ道でクレイトンが馬を南へ向けると、ホイットニーはさっと背筋を伸ばし、狼狽しながら彼のほうを向いた。「どこへ行くの？」

「まずは村へ」

「わ――わたしは村に用はないわ」強く訴えた。

「だが、私にはある」クレイトンがにべもなく言う。

ホイットニーは背を座席にもどし、うちひしがれて目を閉じた。ふたりがいっしょにいるところを見られたら、話題に乏しく活気のない小さな村で、どんなうわさ話が広まるかわからない。隣りに座るこの男以外はみな、ホイットニーとポールがまもなく結婚発表するのを期待しているのだ。ポールが家に帰る途中で村に立ち寄って、きょうの遠出のことを尾ひれをつけて聞かされると想像するだけで、気分が重くなった。

馬車は石の橋を渡り、玉石敷きの通りを進んだ。両側には古風な趣《おもむき》の鎧戸を閉めた建物がずらりと並び、二流の店数軒と小さな宿屋一軒が入っている。クレイトンが薬屋の前で巧みに馬を止めると、ホイットニーは悲鳴をあげたくなった。よりによって、薬屋だなんて――村いちばんのおしゃべりのところなんて！

馬車から降りる手助けをするために、クレイトンが回ってきた。ホイットニーは平静を装って言った。「お願い、ここで待っていたいわ」

命令口調だが、頼みごとをするような丁寧な言いまわしで、クレイトンが言う。「いっしょに来てもらえるとありがたいんだが」

彼の独特なその口調がホイットニーの怒りを買わなかったことはなく、遠出の打ち解けた雰囲気があっという間に消失した。「残念だこと。だってわたしは店に入るつもりがないもの」ホイットニーが仰天し激怒したことに、クレイトンは馬車のなかへ手を伸ばし、腰をつかんで、彼女を降ろした。ホイットニーはもがいたり、彼の手を払いのけたりできなかった。

すでに醜態をさらしているのは間違いなく、これ以上騒ぎを大きくしたくなかった。「ふたりで、みんなの物笑いの種になるつもり？」玉石に足が着くとすぐ、あえぎながら言った。

「そうだ」クレイトンがすんなりと認める。

ホイットニーがふと見ると、ミスター・オルデンベリーの二重顎で赤みがかった顔が、店の窓からこちらを興味津々に見つめていた。気づかれないようにしたいという願いは、もろくも崩れ去った。ちっぽけな薄暗い店内は、ずらりと並んだ奇妙な薬物のにおいと、ハーブの香りが入り交じっていて、それにかぶさるように、アンモニウム塩の刺激臭が立ちこめていた。薬屋が大げさな挨拶をしてきたが、彼の目は好奇心丸出しに、肘をつかんだままのクレイトンの手に釘づけになっていた。

「ポールは元気ですか？」薬屋がホイットニーに意地悪く尋ねる。

「五日ほどで帰ってくると思うわ」もし六日後にポールと駆け落ちする計画を実行したら、この小男はどんなうわさを触れまわるのだろう、とホイットニーは思った。

クレイトンが鹿角精の瓶を頼むと、薬屋はそれをホイットニーへ差し出した。ホイットニーはむっとして顔をしかめ、受け取らなかった。「ミスター・ウェストランドが使うのよ、ミスター・オルデンベリー」重々しい口調で言う。「彼は気ふさぎと頭痛にひどく苦しんでいるんじゃないかしら」

クレイトンは自分の壮健さを侮辱する言葉を、腹立たしげな笑みを浮かべて受け入れた。

「そうなんだ」喉の奥で笑いながら、ホイットニーの肘から手を放し、わがもの顔に肩に回すと、愛情をこめて引き寄せた。「そして、今後も〝苦しみ〟つづけるつもりだ」ホイットニーに足の甲を踏みつけられて、顔を引きつらせながらも、薬屋にウィンクした。「わたしが苦しがると、この魅力的な隣人が愛情たっぷりにいたわってくれるからね」

「ばか言わないで！」ホイットニーは声をあげた。

クレイトンは共同戦線を張るように薬屋に笑いかけ、感心したように言う。「間違いなく、彼女は癇癪持ちだろう、ミスター・オルデンベリー？」ミスター・オルデンベリーがいい気になって、たしかにミス・ストーンはいつも癇癪を起こしていたと同意する。そして、ミスター・ウェストランド同様、自分も威勢のいい女性が好みだと言った。

ホイットニーが代金を払うクレイトンを眺めていると、彼は器用に巧みに手を動かし、瓶を売台にもどした。ホイットニーの愛情を要求する権利があることを周囲に知らしめるという目的のためだけに、彼がこの用件を考えついたのだとはっきりわかって、ホイットニーはきびすを返した。店から陽光のなかへ出ていくところで、クレイトンが追いついた。「こんなことしたのを、あなた、後悔するわよ」怒りをこめた低い声で請け合った。

「そうは思わないね」クレイトンはホイットニーをともなって道を渡った。

エリザベス・アシュトンとマーガレット・メリトンが店の一軒から現われた。マーガレットの腕は、紐で縛った白い紙包みをたくさん抱えていた。立ち止まって挨拶を交わすのが礼儀だった。マーガレットは、このときだけは、ホイットニーに悪意に満ちた無礼な挨拶をしなかった。実際には、まったく挨拶をしなかった。ホイットニーに肩を向けて、灰色の瞳に微笑みかけていた。クレイトンは親切に包みを持ってやった。通りを渡ってマーガレットの馬車へ向かいながら、彼女はクレイトンの腕にしがみつき、ホイットニーにも聞こえる声で言った。「先日の夕方、日傘をあなたの馬車に忘れなかったか、きこうと思ってたのよ」

クレイトンの裏切り行為に、ホイットニーはあっと驚いた。たしかに彼女は婚約の契約を尊重する義務が自分にあるとは思っていなかったが、クレイトンは結婚と同様に拘束力があり厳粛な契約に、進んで、そして法的に同意したのだ。この男は放蕩者よりたちが悪い……ふしだらだ！　それに、こっそり女と会うにしても、よりによってわたしのいちばんの宿敵を選ぶとは。苦悩と怒りがホイットニーの体内を満たしていく。

「マーガレットはひどくあなたを嫌っているわ」エリザベスがホイットニーに小声で言った。ふたりで見ていると、クレイトンはマーガレットの馬車に包みを置き、それからマーガレットの日傘を探しに、自分の馬車へ歩いていった。彼らはそこに立ったまま、笑い声をあげてしゃべっていた。「彼女があなたを憎んでいるのは、パリのあの紳士――ムッシュ・デュヴィルのことより、ミスター・ウェストランドのことだと思うわ」

エリザベスが自分から進んでホイットニーに見解を述べたのはこれがはじめてで、ホイットニーもこれほどみじめな気分でなければ、もっと心のこもった受け答えをしただろう。だが、彼女はよそよそしい口調で言った。「マーガレットがわたしの目の前からミスター・ウエストランドをかっさらってくれたら、感謝感激よ」

「それはよかったわ」エリザベスがかわいい顔を曇らせて言う。「マーガレットは彼をものにするつもりでいるから」

エリザベスとマーガレットが馬車に乗るのを手伝うと、クレイトンはまるで何事もなかったかのようにホイットニーの手を取り、自分の腕にからめさせた。ホイットニーは顔を怒りでこわばらせて、並んで歩いた。通りの端は小さな宿屋で、食事用の個室がひとつと、休憩室がいくつかと、蔓《つる》をはわせた棚で囲って通りから見えない中庭がある。経営者の娘のミリーが馴《な》れ馴れしい口調でクレイトンに挨拶し、すぐに中庭のテーブルへふたりを案内した。

ミリーがクレイトンに向かって大きな茶色い目をぱちぱちさせ、それからテーブルに身を乗りだしてテーブル掛けを撫でつけ、花瓶の花を整えながら、はみだしそうなほど豊満な胸をこれ見よがしに突きだすのを、ホイットニーはむっとして見ていた。娘が腰を振りながら料理を取りにいくと、ホイットニーは憤然として言った。「ミリーが男性の前であんなふうに振る舞うのだとしたら、ご両親はほとほと困っているでしょうね」

クレイトンが物知り顔でおかしそうにホイットニーの憤慨した表情を眺めていると、なんとか持ちこたえていたホイットニーの怒りが弾けた。軽蔑の目で彼を見つめて、付け足した。

「もちろん、あなたがミリーの魅力に参っているような態度を見せたからでしょうけれど」

「いったいそれはどういう意味だ？」

「あなたに女たらしという悪評があるということ――明らかに自業自得よ！」

「給仕の娘といちゃつく気はないし、いちゃついたこともない」

「ミリーにそう言えば」ホイットニーは冷たく言い返した。ミリーが食事を運んでくると、ホイットニーはまだ生きているかのように肉料理を攻撃した。食事が終わるとすぐ、ホイットニーは椅子を後ろに押して立ち上がった。

帰り道はどちらも張りつめた沈黙を守りつづけ、クレイトンは自宅を通り過ぎてホイットニーの家へは向かわず、自分のところの私道に入り、家の前で葦毛を止めた。降りるのを手伝うために彼が馬車を回ってやってきても、ホイットニーは座席に背を押しつけたままだった。「わたしがあなたの家に入るつもりだと一瞬でも思ったなら、ひどい思い違いをしているわ」

精いっぱいの忍耐が彼の顔をよぎった。その日これで二度めだったが、クレイトンは腰を抱えてホイットニーを馬車から降ろした。「背中を痛めないといいが」皮肉を言う。

「腰をひねってしまえばいいのに」とホイットニーは語気鋭く言った。「そうなれば、悲嘆に暮れたお父さんか、ナイフを手にした寝取られ男が間違いなくできあがるから――わたしが先にあなたを殺していなければ、だけれど」

「きみと議論したり、きみを陵辱《りょうじょく》したりするつもりはない」クレイトンが憤慨して言う。「まわりを見れば、きみをここへ連れてきた理由がわかるだろう」

ホイットニーはそうした。最初はいらだたしげに、それから驚きをともなって。ホッジズ家の敷地は、これまでずっとみすぼらしい印象だったが、すっかり変わっていた。灌木《かんぼく》は剪定《せんてい》され、草はきれいに刈りこんである。なくなっていた歩道の敷石も入れられ、朽ちた木造部も修理されていた。しかし、最大の変化は、一階の、以前はたんにガラスでおおわれた陰気な小さな三つの穴だったところが、縦仕切りのある二組の大窓になっていたことだ。「どうしてこんなに大金をかけたの？」反応を待たれているとわかったので、ホイットニーは尋ねた。

「この家を買ったからだ」クレイトンはそう言うと、正面の芝生のずっとはずれに作った新しい東屋のほうへ行こうと提案した。

「買った？」ホイットニーは息を呑んだ。和気藹々《あいあい》とした三人――彼女とポールに、隣人のクレイトンが加わる――を想像しただけで、猛烈に気分が悪くなった。ひとりの男の存在が、わたしの幸福に、どこまで障害となって入りこんでくるのだろう？

「理にかなった堅実な考えだろう。この土地はきみの土地に隣接していて、そのうちふたつを合体できる」

「隣接しているのは、あなたの土地であって、わたしの土地じゃないわ！」ホイットニーは辛辣に訂正した。「あなたはあそこを買ったんでしょう。わたしを買ったのと同じように」

ホイットニーが木の東屋へ勢いよく歩きだすと、クレイトンは手を伸ばして彼女の腕をつかみ、自分のほうへ向かせた。ホイットニーの怒りで紅潮した顔を一瞬見てから、穏やかに言った。「マーガレット・メリトンの馬車の車輪が壊れていたので、道路に置き去りにしないで、乗せてやった。家に送っていったら、父親にやたらに礼を言われ、夕食に招待された。断わったがね。それ以上のことは何もなかった」

「あなたとマーガレットが何をしようと、ちっとも気にならないわ！」ホイットニーは腹立ち紛れにうそを言った。

「気にしてないだって！　彼女が私の馬車に日傘を忘れなかったかどうか尋ねて以来、ずっと私に当たり散らしているじゃないか」

ホイットニーは目をそらして、彼がほんとうのことを言っているかどうか見極めようとし、自分がどうしてこんなに問題視しているのだろうかと考えた。

「私の思慮分別を信じられないのなら」クレイトンがそっと言い足した。「せめて私の嗜好《しこう》は信じてくれ」間を置いてから、「許してもらえたかな、かわいい人？」

「たぶん」大いに安堵し、とてもばかばかしく思いながら、ホイットニーは言った。「けれど、今度マーガレットに会ったときは……」

「ひき殺すことにするよ！」クレイトンがくっくっと笑う。

かすかな笑みがホイットニーの口もとに浮かんだ。「彼女をその気にさせないよう頼むつもりだっただけ。あなたに興味を持たれていると思ったら、彼女、これまで以上にわたしに辛く当たるからよ。あの日、彼女は日傘を持っていたの？」ホイットニーはふと疑問を抱き、質問した。

「いや。記憶が定かというわけではないが」

ピンクの靴の先を眺めているふりをしながら、ホイットニーはそれとなく尋ねた。「マーガレットのこと……あの……きれいだと思う？」

「それでいい！」クレイトンが笑い声をあげ、ホイットニーのもう一方の腕にも手を掛けて、彼女を引き寄せた。

「どういう意味？」

「きみが妻のような気持ちになってくれたのがうれしいということだ——たとえやきもちでも」

その言葉には真実が多く含まれており、ホイットニーは真っ赤になった。「やきもちなんか焼いていないし、焼く理由もないわ。あなたは、わたしのものじゃないから。わたしが、あなたのものじゃないようにね！」

「署名をした、きみとわたしの正式な婚約契約を無視すればね」

「わたしの意向を聞いていないのだから、無意味な契約よ」

「だが、それでもきみは契約を守るだろう」クレイトンが予言する。

ホイットニーは憤りと懇願の入り交じった目で彼を見た。「こうしていつも言い争うのはうんざりよ。わたしがポールを愛してるのを、どうすればわかってもらえるの？」

「きみはセヴァリンを好いていない。きみが自分でそう言ったよ。しかも、一度ならず」

「そんなこと、あなたに言ったことないわ！　わたしは——」

「きみは私に言った」クレイトンが言い張る。「私の腕に包まれるたびにね。きみの心に存在する権利はセヴァリンにはない、と」

ホイットニーはせっぱ詰まっていて、なんでも試してみる気だったので、愚弄して彼をおじけづかせることにした。「女性経験が豊富な男性にしては、わたしたちの数少ないキスをばかばかしいほど重視するのね。あなたなら、もっとものがわかっていると思っていたわ」

「経験はある」クレイトンがそっけなく同意する。「私がキスするときみが反応することや、私の愛撫によって湧く感情をきみが不安に思っていることを察知するだけの経験はね。もしセヴァリンが私のようにきみを感じさせることができるのなら、私を怖がることは何もないだろう。だが彼にはできない。そしてきみはそれをじゅうぶんに承知している」

「そもそも」ホイットニーは言い返し、あえぐようにゆっくり息をして、気を鎮めようとした。「ポール・セヴァリンは紳士なの。あなたとは違うわ！　そして紳士らしく、あなたみたいにキスしようなんて夢にも思わない。彼は――」

クレイトンの口が嘲笑するようによじれる。「あいつはほんとうにしようとしないのか？　どうやら私は、セヴァリンをかいかぶっていたようだ」

ホイットニーの手が、彼の顔をひっぱたき、うぬぼれた嘲笑を消し去りたくて、むずむずした。どうしてわざわざ彼と口論をしているのだろう、と怒り狂って自問する。彼は自分の都合がいいように、わたしの言葉をねじ曲げるだけなのに！　もちろん、わたしはクレイトンの手で巧みに呼び覚まされた、禁じられた奔放な情熱に身を任せた。でも、育ちがよくて、疑うことを知らない女ならだれだって、彼の熟練した愛撫の新鮮さに、一時的に夢中になってしまうのではないか？

育ちがよくて、疑うことを知らない女なら！　なにしろ、ヨーロッパでもっともあか抜けた浮気女たちの半数が、明らかに彼の愛撫の虜になっていたのだ！　彼女たちに比べれば、わたしはうぶな娘にすぎないもの！

「どうした？」クレイトンが腹立たしいほどにほくそ笑む。「議論の余地なしか？」

いまナイフを持っていたら、ホイットニーは彼の胸を刺しただろう。そのかわりに、仕返しをするのにただひとつ使えそうな手段を選んだ。ほどよい量の軽蔑の念を目に含ませて、クレイトンを見る。「わたしがあなたに反応しているとしたら、簡単に説明がつくわ。あなたにはお気に召さないでしょうけれど。じつを言うとね、あなたの愛撫は下劣なだけでなく、退屈なの。それに耐える唯一の方法は、あなたをポールだと思うことよ。そして――やめて！」クレイトンに腕をひどく強く握られ、ホイットニーは恐怖と痛みで叫んだ。ものすごい力で引っ張られ、彼の胸に勢いよく押しつけられると、衝撃でがくんと頭が後ろに倒れた。氷の破片のように冷たくきらめく彼の目が、こちらを見下ろしている。喉の筋肉が緊張し、必死で謝ろうとする声が詰まった。「わたし――そんなつもりじゃなかった！あなたを――」

彼の口が情け容赦なく襲いかかってきて、罰するように唇を責め立て、非情な圧力で口をあけた。ホイットニーが唇を引き離そうと抗《あらが》うと、彼の手が頭を押さえこんで、口を激しく押しつけてきた。苦痛の涙がホイットニーの目にこみ上げても、耐えがたいキスは果てしなく続いた。

「だれにでも好きなだけうそを言え」クレイトンがホイットニーの口に向かって、荒々しくうなる。「だが、私には二度とうそをつくな！わかったか？」彼の腕にぎゅっと力がこもり、警告の言葉を強調すると同時に、彼女の呼吸をさえぎった。

わかったことを伝えるために空気を肺に取りこもうと、ホイットニーは必死にもがいた。あばら骨が砕けるのではないかと思った。クレイトンはホイットニーを呼吸困難にさせ、彼女のどうしようもない、不本意な沈黙に、さらに怒りを激しくした。ホイットニーはなんとかふたりのあいだに隙間を作ろうと、手を彼の胸に沿って持ち上げていき、ついに自分の口をがっちりとふさいでいた男の唇を探り当てた。

ホイットニーは気づかなかったが、彼の顔に手をあてがうという、その何気ない愛のしぐさのせいで、クレイトンは突如として彼女を解放した。彼女にわかったのは、ようやく息を思いきり吸って、あえぐ肺に空気を送りこめたことだけだった。

「きみの判断には脱帽だ」クレイトンが冷ややかに愚弄するように言う。「まったく〝下劣〟だし、〝退屈〟だったよ。いやそれどころか、われわれのうちのどちらが、このキスをより厭《いと》わしく感じたのか見極めるのはひと苦労だ」

ホイットニーはわけもなくいらだちをおぼえた。背筋をまっすぐ伸ばし、精いっぱい毅然とした態度をとって、クレイトンの冷たい視線を受け止めた。「わたしを解放しようと思うほど、厭わしく感じ、うんざりしたわけじゃないわよね？」

クレイトンが感じたのは嫌気ではなく、怒りだった。キスのとき、彼をセヴァリンだと想像するというホイットニーの発言を聞いて、怒りのあまり、東屋に引っ張りこんで、押し倒し、その場で事に及ぼうかと思ったほどだった。ホイットニーがイングランドにもどってきた日からずっと、彼女の反抗的態度に耐え、癇癪を大目に見てきた、東屋の床に押し倒せば、彼女は私にあまりにも我慢を強いるのは愚かなことだと学ぶだろう。しかし、残念ながら、私を憎むこともおぼえ、その激しい憎悪は何年も消えないだろう。

クレイトンはわざと横柄に、ホイットニーのほっそりした、なまめかしい姿態と、しみひとつない、つややかな肌をした古典的な横顔をじっと見た。頬が染まっているのは、見られていることを意識しているからだ。太陽が赤褐色の髪を金色に輝かせていた。くすんだピンクのドレスを着て、一面エメラルド色の芝地を背景にしたホイットニーは、信じられないほど美しい。緑の庭に咲く、はっとするほど見事な一本の薔薇のようだ。しかし今度だけは、その生き生きした美女は、クレイトンを楽しませてくれるどころか、いらだたせた。なぜならいまホイットニーは、まるで彼が存在しないかのように、指の爪をのんきに眺めているからだ。

ミス・ストーンは恐ろしいほど多くを学ばねばならない、とクレイトンは冷たく結論を下した。彼女を解放して家へ帰らせようと思うぐらい、先ほどのキスを厭わしく感じたのかという、ホイットニーの悪意に満ちた質問を熟慮するうちに、考えがはっきりした形を取りはじめた。ちゃんと家には帰らせてやるが、そうする前に、私の情欲が、分かち合い、楽しむべき贈り物——気分しだいで私が与えたり、自制したりできる贈り物——だということを教えてやるつもりだ。まずホイットニーのほうからキスをさせ、そうして欲望をじゅうぶんにかきたてておいてから、彼女の腕をほどいて立ち去るのだ。

ホイットニーが質問をしてから数分の間隔が空いていなかったかのように、クレイトンは答えを口にした。「いや、きみは思い違いをしている。きちんとその気にさせてくれたら、きみを解放するつもりだ」

ホイットニーの顔がさっと向きを変えた。喜びに、心臓が高鳴っている。もっとも、彼女と結婚する考えを捨て、解放してくれるには、クレイトンは高圧的すぎるし、うぬぼれが強すぎると常識が警告を発していた。「あなたの言うその気って、どういうの？」用心深く尋ねる。

「きみにキスをしてもらいたい。われわれの別れから冷たさを取り除くための別れのキスを。もしそれが満足できるようなキスだったら、解放してやろう。じつに単純だよ」

「あなたを信じていいかどうか、わからない。なぜ突然わたしを解放すると決めたの？」

「つまり、この……報われない……数分で、その考えが賢明だと確信した。しかし逆に――」クレイトンはどうでもよさそうに肩をすくめた。「――私の寛大さはただではない」

ただではない？　ホイットニーは喜びにあふれた。ただ同然じゃない！　この婚約から解放されるためなら、彼の馬にだってキスしてもいい！「あなたに別れのキスをするわ、それだけでしょう？」そう言って、彼をまじまじと見ながら、約束の言葉を確認した。「かわりに、わたしを自由にすると約束してくれるんでしょう？」

クレイトンはそっけなくうなずいた。「そうだ。いやそれどころか、きみを家に送りさえしない。使用人に送っていかせる」じれったそうに付け加える。「では、取引成立だな？」

「いいわよ!」クレイトンの気が変わらないうちに、ホイットニーは即座に言った。

ふたりはほぼ腕が届く範囲に立っていたが、ホイットニーの予想と違って、クレイトンは腕を伸ばしてこず、片方の肩を東屋の壁にもたせかけ、腕を胸の前で組んだまま言った。

「見てのとおり、私は完全にきみのなすがままだ」

ホイットニーは目をぱちくりさせた。「どういう意味?」

「きみが行動を起こすってことだ」

「わたしが?」ホイットニーは息を呑んだ。まあ、なんてこと! わたしに主導権を握らせるつもりだろうか? 確信が持てず、彼の横柄な顔とあざけるような灰色の目を見た。クレイトンはまさに彼女にそうさせるつもりだ。それにしても、こんな最後の、ささやかな復讐をするとは、なんて彼らしいの! 微風に暗褐色の髪をあおられ、クレイトンが静かに頭上の木々を見上げ、それから穏やかに青い空を眺めた。胸の前で腕を組み、ものうげに東屋にもたれた彼は、我慢ならないほど傲慢に見え、ホイットニーは向こう脛《ずね》に蹴りを入れたくなった、そんなことをしたら、この悪魔は約束を反故《ほご》にするだろう!

クレイトンが待つのにうんざりして、約束を取り消すつもりかのように、突然、体を起こした。

「待って!」ホイットニーは急いで言った。「わ――わたし――」言いようのない照れくささを感じ、狼狽して彼を見つめる。「ただ、わたし――」

「――始めかたがわからない?」クレイトンがからかうようにあとを引き取った。「差し出がましいかもしれないが、一歩近づいてみるといい」

怒りに満ちた狼狽を抑えて、ホイットニーは従った。

「それでよし」クレイトンがあざける。「これで、きみが唇を私の唇に重ねれば完了だ」

ホイットニーはいたたまれない気持ちで息を吐き出し、彼をにらみつけると、さび色の上着の襟をつかんで、彼の口に届くぐらい背伸びをし、唇に慎み深いキスをした。それから後ろに下がり、至福の自由へ脱出しようと身構えた。

「いまのがセヴァリンへキスする方法なら、彼に求婚させるのにこんなに時間がかかったのも無理ないな」クレイトンがけだるい冷笑を浮かべながら言った。「もしこの乙女の慎み深いキスが、きみには精いっぱいだと言うなら、取引はやめだ」

「そんな！」ホイットニーは憤慨して大声を発し、両手を腰に当て、殺気だった目で彼を見た。「しかたがないでしょう。あなたがまったく協力してくれず、突っ立っているだけなんだもの」

「きみの言うとおりかもしれないな。そうは言っても、きみが私を協力する気にさせる約束のはずだが」

「もういい！」激しい目つきで、ホイットニーは噛みつくように言った。「あなたは自分の役割をはたして。わたしは自分の役割をはたすよう努める！」

「私はきみの指示に従うだけだ」クレイトンが冷たく警告する。「それに、きみがすでに学んでいるはずのことを教えるつもりはない。同じ自分の時間を使うなら、うんざりするほどうぶな女生徒の先生役をするより、もっといいことに使うよ」

ホイットニーは顔をひっぱたかれたような気がした。必死に報復の言葉を飲みこみ、無理やり意識を集中し、この冷たい無関心な男を積極的にさせる方法を見つけようとした。〝うぶな女生徒〟だの〝乙女の慎み深いキス〟だのという侮辱については、いまは文句を言うのはやめておく。下を向いて、自分を奔放な妖婦だと、高級娼婦だと、彼に負けないぐらい情欲と誘惑に通じているのだと想像しようとした。自信と興奮に満ちた翡翠色の目をゆっくりと上げ、クレイトンの目と合ったとき、その傲慢で冷静な目に一瞬、ひびが入ったのを見逃さなかった。

これまでのところ自分の成功に勇気づけられたホイットニーは、彼の上着のなかに手を入れ、シルクのシャツの上方へ滑らせた。胸の筋肉が反射的にぴくりとして、それから緊張しこわばるのが指先に伝わってきた。クレイトンはわたしに抵抗しようとしている！　彼が抵抗せずにはいられないとしたら、彼のとても敏感な琴線《きんせん》に触れたと思って間違いないと、太古の女の本能が告げていた。そしてそれを実感すると、ホイットニーは抜け目なく、魅惑的な笑みをうっすらと唇に浮かべ、両手を彼の肩にはわせ、うなじを撫で上げた。目をクレイトンに釘づけにしたまま、襟あしの柔らかな髪に指を滑りこませ、顔を自分のほうに引き寄せた。そっと唇を近づけ、かすめるようなキスする……クレイトンの笑みの浮かんだ口もとに！　この男ったら、にやにや笑っている！　それに、腕を首にがっちり回しているのに、クレイトンの腕は遠慮深く垂れたままだ。

「たしかによくなった」クレイトンが温かみのない声でお祝いを言う。「だが、ほとんど――」

プライドを踏みにじられたホイットニーは、開いた唇を押し当て、この決定的な拒絶の言葉をふさいだ。やみくもにキスをし、いつまでもやめないで、彼を無理やり反応させようとした。クレイトンの温かい息がホイットニーの息と混じり合い、彼の唇がホイットニーのリードに従う。しかし、ホイットニーが身を引きはじめると、彼も身を引いた。ホイットニーのなかで、あまりにもすぐ身を引く不安よりも、あまりにも長く続ける不安のほうがしだいに大きくなった。動揺で胸がどきどきし、体が恐ろしいほど目覚めさせられていた。腕を垂らして、後ろへ下がったとき、クレイトンの腕が一度も自分の体に回されなかったことにはじめて気づいた。彼はこのキスに何も感じなかったのだ。「あなたなんか大嫌い」低い声で言う。あまりの屈辱感に彼の顔を見ることができずにいたが、きっとおもしろがるような皮肉っぽい表情を浮かべているのだろうと思っていた。

クレイトンはおもしろがってはいなかった。怒り狂っていた。大人になってはじめて、体の反応を制御できなかった。ホイットニーの無垢なキスと軽い愛撫のせいで、欲望の高波がたちまち体内に押し寄せ、危うく抑制力が運び去られるところだった。しかもクレイトンがまだ抑制しようとあがいているのに、彼女のほうは私のことを大嫌いだと宣言している。

顎を引き締めると、クレイトンは彼女の顎先をちょっと上げた。「ずいぶんよくなった」よどみなく言う。「今度はさようならになりそうだな」

さようなら？　ホイットニーはクレイトンを嫌っていることを即座に忘れた。ふたりは別れの挨拶をしているのだ。これでわたしたちは顔を会わすこともなくなる……。

無謀なほどハンサムな男らしい顔を見上げ、ホイットニーは悲しみと隣り合う感情――郷愁をおぼえた。彼は人を惹きつけずにはおかない顔をしていた。引き締まった顎の輪郭と、見事に彫られた口が、ものうげな極上の笑みによって形を変えると、ほとんど少年みたいな顔になる。彼のまわりにつねに漂う静かな権力の気配が好きだった。それは低い声のなかで響き、大股で機敏な歩きかたに意志を与えていた。どんなときもくつろぎ、ゆったりしているように見せる能力に、ホイットニーは驚嘆をおぼえていた。彼は男のなかの男だと、後悔のため息をひそかにつきながら思った。

彼の口がゆっくりと近づいてきた。「きみがやめたところから続けようか？」クレイトンが穏やかに提案した。

ホイットニーは長く不安定な息を吐いてから、震える唇を彼の近くまで上げた。さらに近づける。頭が警告の悲鳴をあげ、感情がひどくぐらつき、欲望の大波がホイットニーを苦しめた。

「だめ、わたしは――」

彼の口が襲いかかってきて、異議を唱えるホイットニーを容赦なく黙らせ、全身を走り抜けるほどの衝撃を与えて、あらゆる神経で爆発を起こさせた。ついにホイットニーは彼にしがみつき、両腕を彼の首に荒々しく巻きつけた。

「退屈させているか、きみを？」クレイトンがあざけるように言い、これまで以上に激しく、入念にキスをした。舌をホイットニーの口のなかへ挑発するように入れる。「きみに言わせれば、これが下劣ということかな？」

怒りがホイットニーの胸のなかで爆発し、見境のない激情の霧となって彼女を取り巻いた。クレイトンはホイットニー自身の言葉で皮肉を浴びせ、冷たく、故意に卑《いや》しめている。ホイットニーは爪を彼の手首に食いこませ、両手を自分の頭から引き離そうと無駄な抵抗を試みた。彼のキスが深まって、ホイットニーをむさぼり、絹のような欲望の蔓《つる》を彼女の背骨に巻きつける。

「私をセヴァリンだと思っているのか？」クレイトンがあざける。「そうなのか？」

ホイットニーは衝撃を受けて、彼の手首から手を放した。わたしの言ったことが彼を傷つけてしまった。なぜかクレイトンはまったく傷つくことがなく、自信のかたまりのように見えていたので、ホイットニーは自分の言動が彼を傷つけることはよもやあるまいと思っていた。けれど、どうやらほんとうに傷つけたようだ。

「私に触れられるのがどのくらいいやなのか、教えるんだ」クレイトンが憤然と命じた。キスをしていた口を離し、鋭い灰色の目でホイットニーを見下ろす。「私に触れられるのを嫌悪しているんだろ」低い声で言う。「さあ、言うんだ。あるいは、もう二度と絶対に私に言うな」

深い悔恨の念と強烈な愛情のかたまりが胸の奥に現われ、ホイットニーを苦しめた。なんとかつばを呑みこみ、目に涙を浮かべて言う。「で――できない」

「私に触れられるのがいやだと言えないのか？」もの柔らかな、不穏な声でクレイトンがからかう。「どうして言えないんだ？」

「なぜって」ホイットニーはか細い声で言い、おどおどと笑みを浮かべようとした。「あなたがいまさっき、二度とうそはつくなと警告したから」クレイトンの顔がこわばり、皮肉めいた疑わしそうな顔になるのを見て、彼がふたりとも傷つくような発言をする前に、返答の言葉を唇でふさごうと背伸びをした。

クレイトンが激しく毒づくと、首に巻きつけられたホイットニーの両腕をつかんで、引き離そうとする。「クレイトン、やめて！」ホイットニーは途切れがちに叫び、彼のうなじを指でがっちりとつかんだ。「ああ、お願い、お願いだからやめて！」ホイットニーは頬を涙で濡らしながら、腕をきつく握られているのも無視してキスをした。この怒れる頑固な男に、この強靭《きょうじん》で精力的な男に、そしていままで――彼女に傷つけられるまでは――忍耐とユーモアで彼女の敵意と反抗に耐えてきた男に。

クレイトンの両手が腰にかかり、無理やり引き離されそうになったが、ホイットニーはさらに体を押しつけた。おずおずと舌で彼の唇に触れる。こんなふうにキスすれば、彼が気に入るのではないかと思って。クレイトンが体をこわばらせた。彼の体のあらゆる筋肉が張りつめ、硬くなっているのがわかる。わずかに開いた彼の唇のあいだに舌を滑りこませ、彼の舌に触れると、びっくりして引っこめた――それからもう一度、甘美で許されない接触を求めて、ふたたびなかに入れる。と、クレイトンが激しい反応を見せ、ホイットニーの世界が爆発した。クレイトンが両腕をホイットニーに回し、ぎゅっと引き寄せ、口を開いてホイットニーの口をおおい、激しく唇を味わった。舌をホイットニーの口のなかへ大胆に突き入れ、そこでほんとうに歓迎されているかを確かめるかのように、探索をする。

ホイットニーは情熱と切望感でぼうっとなりながらも、彼の口がむさぼるように、待ちきれないかのように動くことに、興奮と誇らしさをおぼえた。ホイットニーがキスを返すと、彼の両手が独占欲たっぷりに背中を横切り、それから背骨を下りて、尻の膨らみをつかみ、自分の硬い脚と腿に押しつけて、ふたつの体をぴったり合わせようとした。

永遠とも思える時間がたってから、クレイトンは口をホイットニーから離して、両手で顔を優しく包みこみ、親指でほてった頬をそっと撫でた。灰色の瞳を優しさと欲望でくすぶらせながら、けだるげな緑の瞳を覗きこむ。「きみは美しくて、腹立たしくて、すてきな愚か者だ」粘りのある声でささやくと、ふたたびゆっくりと唇をホイットニーの唇に埋め、キスを深めた。やがてホイットニーの血管を情熱の炎が駆け抜け、彼女は必死に彼にしがみつこうとした。クレイトンの両手が乳房を包んで撫で、愛撫の焼き印を残してから、下へと進み、彼女の腰を自分の硬い腿に密着させた。

それは突然終わった。クレイトンが口をホイットニーの口から離し、彼女のまぶたと額にキスをしてから、その頭に顎をのせた。ホイットニーが身じろぎすると、彼の腕に力が入った。「動いてはだめだ、かわいい人」とささやく。「もうしばらく私に寄り添っていてくれ」

そよ風に吹かれて木の葉がさらさらと音をたて、頭上で鳥が羽ばたく。寂しさと絶望が至福の時間に侵入しはじめた。もう一度彼の唇を味わいたい、忍びこんできたこの辛い悲しみを彼に払いのけてもらいたい。その一心でホイットニーは顔を上げ、彼のぴったりと合わさった唇をじっと見た。

反射的にクレイトンは頭を低くして、ホイットニーのぎこちない誘いを受け入れようとしたが、唇に触れる直前でやめた。「だめだ」そう言って、喉の奥からしゃがれた笑い声を漏らす。

彼も明らかに望んでいたキスを拒まれて、当惑したホイットニーは、大きな、探るような目を辛そうに曇らせ、クレイトンを見た。

「そんなふうにずっと私を見ていると」クレイトンがかすれた声でからかう。「気がついたときには、もう一度徹底的にキスされているぞ。そうなると、約束を守れなくなる可能性が高い」

「どうして?」ホイットニーはささやいた。依然として、恥知らずにも、彼のキスを切望していた。

「どうして?」クレイトンがくり返す。彼の口がホイットニーの口のすぐ近くにあるので、ふたりの息が混じり合っていた。「喜んできみに理由を教えてあげよう……」肉感的なささやき声で提案した。

理性がようやくもどってきて、ホイットニーの激情を冷まし、良識を復活させた。ホイットニーは首を横に振った。「結構よ。別れがもっと辛くなるだけだから」弱々しい笑みを浮かべて後ろに下がり、彼から離れた。「さようなら、公爵閣下」そうささやき、厳《おごそ》かに手を差し出す。クレイトンがその手を取ってひっくり返し、手のひらを上に向けると、ホイットニーの決意は揺れた。

「こんなに正式に？」クレイトンがにやりと笑って、親指でホイットニーの手のひらをさすり、大胆に唇のところまで上げると、感じやすい中央を舌で触れた。

ホイットニーは手を引っこめ、うずく手を安全な背中側に隠した。しばらく彼を見つめ、無意識にその顔を心に刻みつけてから、言った。「ごめんなさい、あなたにすごく迷惑をかけたことを心から謝るわ」

クレイトンの目がいたずらっぽくきらりと光る。「好きなときにいつでも、こんなふうに遠慮なく〝迷惑をかけ〟てくれることを望んでいるよ」

「そんな意味じゃないって、わかっているでしょ」ホイットニーには言いたいことがいっぱいあった。心をこめた言葉や、説明したいことが。しかし、こんなふうに別れを軽んじている相手を前に、まじめくさって言えるわけがなかった。もしかすると、クレイトンは言い訳や謝罪を聞きたくないかもしれない。もしかすると、これがさようならを言ういちばんよい方法かもしれない。そうは思っても、ホイットニーの声は話そうとすると震えた。「あなたに会えなくて寂しくなるわ。ほんとうよ」クレイトンにこんなふうに優しい、理解のある目で見られつづけたら、彼の前で泣き崩れるとわかっていたので、そうなる前に、スカートの両脇をつまんで、歩を進めた。このまま彼を東屋に残していくつもりだった。さらに二歩進んで、振り向き、肩越しにおずおずと言った。「わたしの父のことだけれど――」

残忍な父親のために罪悪感や責任を感じる理由は不可解だとはいえ、ホイットニーはたしかにそういう感情を持っていた。「父にきびしく当たらないでもらいたいの。気長に待ってくれたら、父はいつかあなたに返せると思うわ」

クレイトンの黒褐色の眉が穏やかに寄る。「結婚相手として娘をくれたんだから、私はじゅうぶん支払いを受けているよ」

迫り来る不幸が、大気中で炸裂しそうに思えた。「けれど、そのすべてが、わたしを解放してくれることで変わったわ」

クレイトンがふたりの距離を縮め、ホイットニーの両肩をつかんで、自分のほうへ向かせた。「いったい何を言っているんだ？」

「わたしを解放することに同意してくれたから――」

「きみを解放して、家に帰らせると言ったんだ」クレイトンが強調して言う。

「違うわ！」首を横に振って、ホイットニーは叫んだ。「わたしを解放してくれるって言った――わたしと結婚するのをあきらめるって」

「きみだってそんなうまい話は信じないだろう」クレイトンが無愛想に言う。「そんな意味合いのことは言っていない」

圧倒的な重圧がホイットニーの胸にのしかかった。彼があきらめるわけがないと知っておくべきだった。藁《わら》をもつかむ思いで彼を見つめる……しかし一方で、不思議にも安堵のようなものがホイットニーの体をしびれさせた。ホイットニーがこの奇妙な感情の正体を調べる機会もないまま、クレイトンの腕が伸びてきて、引き寄せられた。

「最高に気弱なときでも、きみを解放しようと考えたことはないよ、ホイットニー。それに、もし考えたとしても」そう続けて、数分前のホイットニーの情熱的な反応を露骨に思い出させる。「ふたりのあいだに通い合うものがあった直後に、ふたたびそれについて考えると思うか？」クレイトンはホイットニーの顎を持ち上げ、彼女の反抗的な視線を冷酷無情な視線で受け止めた。「きみは時間をくれと頼み、私は与えた。われわれの結婚が避けがたいという現実を直視する時間を。なぜなら、この結婚を成立させると、断言できるからだ。さっき私がきみをだましたと思いたければ、思えばいい。だが、私はしていない約束を守るつもりはない」

クレイトンと結婚して、体と人生を与える以外に選択の余地はないという、彼の冷酷な信念は、いまのホイットニーには受け入れがたいものだった。「なら、あなたがした約束を守ってちょうだい。わたしを家へ帰らせて」彼から身をはがすと、乱れた気持ちを抱えて、私道へ向かって一心不乱に歩いた。

クレイトンが追いついてきて、従僕に指示を出し、ホイットニーを馬車に乗せた。ホイットニーは彼を見下ろし、落ち着き払った声で言った。「わたしに結婚を強いるのは無理だと考えたことはないの？　髪をつかんで祭壇に引っ張っていくことはできるでしょうけれど、わたしは誓いの言葉を拒絶すればいいだけよ。とても簡単よ」

クレイトンの眉が上がる。「それが、私が与えた時間できみが思いついた考えだというなら、これ以上待っても得るものは何もないな」クレイトンはだれかを捜すかのように肩越しにちらりと目をやってから、向きを変えて家へ歩きはじめた。

「どこへ行くつもり？」ホイットニーは鋭い声できいた。彼の、突然みなぎった活力と、決然とした顎を見て、不安になった。

「従者に命じて、長旅の荷造りをさせるつもりだ。そのあと旅行用の馬車を持ってこさせ、馬を付けさせる。われわれは」ホイットニーのほうを向いて、冷ややかに言う。「スコットランドへ行く。駆け落ちするんだ」

「駆け落ち！」ホイットニーは馬車のわきをつかんで叫んだ。「そ――そんな！　みんなのうわさになって、永遠に――」

クレイトンが冷淡に肩をすくめた。「もうきみもわかっているとは思うが、私はうわさを気にしない。きみが気にするのなら、いくつか選ばせてやろう。スコットランドに着いたら、きみは私と結婚するか、誓いの言葉を拒否するか、どちらかを選ぶことができる。もしきみが誓いの言葉を拒否したら、何日かふたりで姿を消したあと、結婚しないでもどってくることになる。そうしたら、きみには消すことができない悪評が立つ。きみの残りの選択は、ロンドンで公爵夫人として正式な結婚式を挙げることだ。さて、どうする？」

どんな選択の自由があるというの？　ホイットニーはにがにがしく思った。駆け落ちもじゅうぶん外聞が悪いが、スコットランドから彼と結婚しないでもどってきたら、世の母親たちは、わたしが通ると、汚れた女の悪影響を受けないようにと、道の反対側に娘を引っ張っていくだろうし、ポールはわたしを軽蔑するだろう。「結婚式ですって！」ホイットニーはいらだたしげに言い、ベルベットの座席にどさりともたれた。自分にはもうひとつの道が開けていることを思い出す。ポールと駆け落ちする可能性だ。駆け落ちには非難と不名誉がついて回るため、それを考えるとおじけづいた。またしても、村社会から締めだされ、あからさまな冷遇と痛烈な批判を受けることになる。しかし、少なくともポールの妻になるという代償は得られる。

「ホイットニー」クレイトンが言い、ホイットニーを揺すぶりたそうな目で見る。「一度だけでも、セヴァリンに対する執着は忘れろ。そして自分の本心と向き合うんだ。きみがそんなに頑固でなければ、数週間前にそうしていたはずだ！」

御者が家のわきから走ってきたので、ホイットニーは言い返すのをぐっとこらえたが、家への帰途、クレイトンの言葉にずっと悩まされた。御者の伸びた背筋を暗い気分で見つめながら、雑然とした感情を整理しようと努める。自分の本心と向き合うのを拒んでいるとクレイトンから非難されたからではなく、もはや自分でも自分の気持ちがわからなくなっていたからだ。

わたしはポールと結婚するつもりだし、したいと願っているのに、どうしてクレイトンの愛撫にあれほど淫らに反応できるのだろう？　さっきクレイトンの気持ちを傷つけたと気づいたとき、なぜあれほど動揺したのだろう？　永遠に彼と別れようとしていると思っていたとき、あれほど寂しく感じたのはなぜ？　ふたりのあいだに不承不承の友情が育ち、しょっちゅう冗談を言ったりからかったりするうちに深まったからだろうか？

友情？　ホイットニーはにがにがしく思った。クレイトンは友だちなどではない。彼はわたしのことをまるで気にかけていない。彼が気にかけるのは、自分のことや、自分の欲しいものだけだ。そして彼にしかわからない不可解な理由から、たまたまわたしを欲しがった。わたしがポールを愛してるのを信じようとしないのは、それが彼には不都合だからだ。ポールはわたしの夫となる人だ。わたしの胸のなか、人生のなかのその場所は、ポールのために、ポールだけのために、ずっと前から取っておいてある。

ポール。良心が頭をもたげた。ポールの留守中の自分の不実さや、恥ずべき、無節操な振る舞いを思うと、心が痛んだ。クレイトンに許した愛撫やキスを考え、身がすくむ思いがした。彼に許しただなんて！　自己嫌悪をおぼえつつ、自分のほうから彼にキスしたことを思い出す。わたしは彼の腕に包まれたいと思った。そして唇が彼の口におおわれたとき、欲望で身を震わせたのだ。

その夜、ホイットニーはベッドに横たわって天蓋を見つめながら、これほどみじめな気持ちになるのははじめてだと思った。罪の意識にさいなまれつつ、ポールのプロポーズを受けたあと、彼から聞かされた計画に思いを馳せる。彼は家の西翼にある主寝室を修復するつもりで、理由はそこのほうが子ども部屋に近いからだと言った。ポールが子どもの話を持ちだしたとき、ホイットニーは頬をピンク色に染めながらも、いっしょに楽しく計画を立てたのだった。

それなのに彼を裏切ってしまった。ポールの愛を受け入れながら、クレイトン・ウェストモアランドの腕のなかでそれを汚してしまった。わたしはポールにふさわしくない。そして、ああ！　クレイトン・ウェストモアランドにもふさわしくない。ふさわしいわけがない。彼のキスに応えたいまも、べつの男と結婚するつもりでいるのだから。

空がうっすらと明るくなりはじめたころ、最終的な結論に達した。クレイトンに結婚をあきらめる気がないのだから、ポールがもどった日に彼と駆け落ちするしかない。ポールはわたしを愛してくれ、信じてくれ、頼りにしてくれている。駆け落ちの不名誉は、ポールの留守中の淫らで不道徳な振る舞いに対する贖罪《しょくざい》となるだろう。いつか、なんとかして、もう一度、彼の愛と信頼に値する人間になろう。この世でいちばん献身的で従順で貞節な妻になることで、それを手に入れるのだ。

行動方針が決まったからには、気分がすっきりしているはずなのに、朝遅くに目覚めたとき、じつにみじめな気持ちだった。

両手でこめかみを揉みながら、ホイットニーは床に脚を降ろし、小さな洗面台へゆっくり、注意して進んだが、一歩ごとに頭がずきずきした。痛みのせいで目を細めながら、冷たい水をグラスに注ぎ、呼び鈴を鳴らしてクラリッサを呼び、着替えを手伝ってもらった。

青白くぼんやりした表情で、朝食の席に身を滑りこませると、なんとかアン叔母さんに小さく微笑み、父親のことはいっさい無視した。不運にも、父親はこれ以上無視されるのを許さなかった。「ところで」そっけない横柄な口調できいてくる。「おまえと閣下はもう日取りを決めたのか？」

　ホイットニーはフォークを横において、手を組んで顎をのせると、大きなぽかんとした目を向け、わざと父親をいらだたせた。「なんの日取り？」

「わしをうつけ者みたいに扱うのはやめろ！　結婚式の日取りのことを言っているとわかっとるだろう」

「結婚式？」ホイットニーはくり返した。「わたし、言うのを忘れていたかしら？　結婚式の予定はないわ」アン叔母さんに謝罪の視線を投げ、席を立って部屋を出た。

「ねえ、マーティン、あんなふうにあの娘《こ》にせっつくなんて、大ばかもいいとこよ。あれでは、あの娘もあなたに反抗するしかないじゃない」嫌悪をあらわにして、アンは皿をわきへ押しやり、ホイットニーのあとを追った。

　少しして、マーティンも皿を押しやり、未来の義理の息子のところへ朝の訪問をするため、馬車を用意させた。

　十一時にはホイットニーの頭痛は和らいだが、気分はよくならなかった。裁縫室でアン叔母さんの向かいに座り、ものうげに刺繍《ししゅう》枠で針を動かしていた。「針仕事は大嫌い」冷静な口調で言う。「ずっと嫌いだったわ。たとえうまくできても、好きになれないと思う」

「わかるわ」叔母さんがため息をつく。「それでも、手をせっせと動かしておくことよ」従僕が郵便物を持って入ってきたので、ふたりが顔を上げると、ホイットニー宛の手紙だった。「ニッキーからよ」彼のことを懐かしく思い出して、ホイットニーの表情が華やいだ。はやる思いで封を破り、ニッキーの大胆で力強い走り書きを読みはじめた。

彼女の顔から笑みが消え、頭が新たにずきずきしてきた。ホイットニーは椅子にどんともたれ、呆然と叔母を見た。「ニッキーがあす、ロンドンに到着する」

アンの刺繍針が動作の途中で止まった。「閣下はニコラス・デュヴィルがこの戸口に来て、ポール・セヴァリンと並んで求婚を迫るのを喜ばないでしょうね」

ホイットニーとしては、この家にニッキーを客として迎え、自分の恥を知られるほうが心配だった。来週ポールと外聞の悪い駆け落ちをするのを、彼が必然的に見聞きすることになるからだ。「そうなる必要はないわ」ホイットニーはきっぱり言って、この問題を引き取った。部屋を出ていき、すぐに鵞ペンと羊皮紙を持ってもどってきた。

「なんて伝えるつもり？」

「はっきり言えば」ホイットニーは鵞ペンをインク壺に浸して書きはじめた。「ロンドンにいるよう伝えるつもり。どんな伝染病がいい？　マラリア？　ペスト？」叔母がやや病的なユーモアに賛同していないのを見て、もっと穏やかに付け加えた。「用事があって、ここを離れなくてはならないので、今回の旅では会えないとだけ知らせることにする。手紙の内容からすると、だれだか知らないけれど、マーカス・ラザフォード卿って人のところで開かれる社交的な集まりに出席するため、短期間イングランドに滞在するだけみたいだし」

アンはもっと有用な助言が思いつかず、こう言った。「ラザフォード卿は、デュヴィル家をはじめとするヨーロパの名家のいくつかと交流があるのよ。あなたの叔父さんがよく言っていたけれど、彼は政府でもっとも目先がきく男で、もっとも有力な者のひとりでもあるそうよ」

「まあ彼が都合の悪い時期を選んで、ニッキーをイングランドに呼んだのはたしかね」ホイットニーは手紙に細かい砂を振りかけながらそう言うと、手紙をすぐに送らせるため、呼び鈴で従僕を呼んだ。

みずから行動を起こし、困った事態を回避する手を打った結果、ホイットニーは気分がよくなった。いそいそと針仕事に専念したが、得意ではないため、頭で考えた細かく完璧なステッチは思ったとおりに仕上がらなかった。いらだちのあまり、とんでもないできばえを無視して、針で布を刺す行為だけを楽しんだ。

叔母が昼食へ行ったあともずっと作業を続けた。このひと刺しは、運命に。ひねくれた運命は、ことあるごとにわたしのじゃまをする。このひと刺しはラザフォード卿に。彼にはニッキーをイングランドに呼んだ責任がある。このひと刺しは父に――残忍で、無情で、愛情がない男に。このひと刺しは……。仇討ちに熱中していたホイットニーは、布を狙いそこねて、左の人差し指を針で刺し、痛さに叫び声をあげた。

喉の奥で笑う声に続き、聞き慣れた低い声がした。「その布に刺繍をしているのか、それとも襲いかかっているのか？」

ホイットニーは驚いて思わず立ち上がり、刺繍が床に滑り落ちた。どれぐらい前からクレイトンが戸口に立ち、こちらを見ていたのか、わからなかった。わかっているのは、彼がこの部屋を圧倒的な存在感で満たしていることと、彼を見て気持ちが異様に高揚したことだけだった。ホイットニーは自分の反応に当惑して、あわてて指に目を向けると、ほんの少し血が滲《にじ》んでいた。

「ドクター・ホイッティコムを呼びにやろうか？」クレイトンが形のいい口の両端を上げて笑みを浮かべ、続けた。「ホイッティコムが気に入らなければ〝ドクター・トマス〟でもいいが、たしか彼は捻挫や骨折が専門らしいから……」

ホイットニーは下唇を噛み、笑いをこらえた。「ドクター・トマスはいま、べつの患者で大忙しよ――牝の栗毛の患者。それにドクター・ホイッティコムは前回、無駄骨に終わって、いらだち気味だったわ。また呼び出されるのを、そんなに快く思わないでしょうね」

「あれは〝無駄骨〟だったのか？」クレイトンが穏やか尋ねた。

ホイットニーの顔から笑みが消え、説明不可能な罪悪感が彼女を襲った。「わかっているくせに」小さな声で言い、目をそらした。

クレイトンは小さく顔をしかめて、ホイットニーの青ざめた顔を見つめた。一瞬見せた陽気さにもかかわらず、ホイットニーがきつく巻かれたぜんまいと同じぐらい緊張しているのがわかった。きょうの朝食時の、結婚の予定はないというホイットニーの反抗的な告知のことは心配していなかった。それは動揺してクレイトンの家へ駆けこんできた、彼女の父親へ向かって放たれた言葉だからだ。マーティン・ストーンは愚か者だ。父親への反抗心を募らせるだけなのに、娘を頭ごなしに叱りつけてばかりいる。そんなことから、クレイトンは決意を秘めて言った。「ロンドンの舞踏会に同行してもらいたい。あの風変わりな侍女を連れてきて構わないよ――あの白髪頭のふくよかな女性は、まるで私が家宝の銀器を盗むのではないかと疑っているみたいに、いつもこちらをにらみつけてくる」

「クラリッサね」ホイットニーは反射的に言いながら、頭ではすでに、同行しないで済む適当な口実を探していた。

クレイトンがうなずく。「彼女が付添婦人をやればいい。そうすればお目付役が要らないからな」じつのところ、レディー・ギルバートのほうが付添いとしてははるかにふさわしかったが、クレイトンはしばらくのあいだホイットニーを独占したかった。「あさって、朝出発すれば、午後遅くまでにはロンドンに着く。きみの友だちのエミリーに会う時間もあるし、舞踏会の前に休憩もできる。その夜はアーチボルド家が喜んできみを泊めてくれるだろうし、われわれは翌日にもどってくる」拒絶されそうだとわかったので、クレイトンはその前に付け加えた。「きみの叔母さんは、ちょうどいま、エミリー・アーチボルドに手紙を書いて、きみが行くことを知らせようとしている」

そんなことに同意するなんて、アン叔母さんは頭がおかしくなったのではないか、とホイットニーは憤慨しながら思い、それから、自分と同様、叔母もクレイモア公爵の要求を拒める立場ではないのだと気づいた。「あなたは頼んだんじゃない」ホイットニーは腹を立てて訂正した。「命令したのよ」

クレイトンはホイットニーが舞踏会に乗り気ではないことを無視した。これはけさ、彼女の父親と話をしてすぐ思いついたものだった。「きみがこの計画を気に入ってくれればいいと思っていた」

彼の穏やかな返答を聞いて、ホイットニーは自分がつむじまがりで不作法だと感じた。ため息をつき、避けられない運命を受け入れる。「だれの舞踏会へ出席するの？」

「ラザフォード卿だ」クレイトンは反応があるとは予想していなかったが、予想していたとしても、次のような反応は思ってもみなかった。ホイットニーの目が大きく開かれ、緑の皿のようになった。「だれですって？」かすれた声で尋ね、クレイトンの言葉を待たずに、ぞっとするような甲高い笑い声をあげたと思うと、身をよじって笑い転げ、文字どおり彼の腕のなかへ倒れこんだ。

笑いすぎて目に涙を浮かべながら、ホイットニーはようやくクレイトンの腕のなかで身を起こした。「あなたの前のいかれた女性は、人生の悲劇を悪ふざけのように思いはじめているわ」ふたたびこみ上げてきた笑いを抑え、急いで尋ねる。「叔母さんはもう知っているの？　わたしたちがだれのパーティーに出席するか？」

「いや。どうして？」

ホイットニーはニッキーの手紙を取って、クレイトンに渡した。「けさ、ニッキーに手紙を書いて、来ないように言ったの――べつの用事があって家にいないからって」

クレイトンは手紙をざっと読んで、ホイットニーに返した。「結構」と、ぶっきらぼうに言い、ホイットニーがデュヴィルを〝ニッキー〟と呼んだことにむっとした。彼女が自分の婚約者を、正式な敬称でしか呼ばないからだ。クレイトンは不満だったが、ラザフォード家の舞踏会でデュヴィルに会うとき、ホイットニーが自分の隣りにいるのだと気づいて、少し気分がよくなった。ホイットニーの額に軽くキスをして言う。「あさっての朝九時に、迎えに来よう」

21

二日後、時計が九時を打つと、ぴかぴかした黒の馬車が車回しに停まった。ホイットニーは旅行用の衣装に合う、水色のキッドの手袋をはめ、クラリッサとともに早足で階段を下り、玄関へ向かった。アン叔母さんと父親が見送りにやってきた。ホイットニーは父親を無視し、叔母さんをぎゅっと抱きしめた。一方クレイトンは断わりを言うと、みずからクラリッサを馬車のほうへ連れていった。ホイットニーは叔母さんが付添人になるべきだと言い張ったけれど、クレイトンはクラリッサが侍女と付添人の二役をこなせると言って、ホイットニーの主張を却下した。彼はホイットニーとアンにこう説明した。目的地には夕刻までに到着するし、自分は婚約者として、ホイットニーの身内がそばにいなくても、未来の花嫁と数時間を過ごすぐらいの権利はじゅうぶんにある、と。

「クラリッサはどこ?」数分後、クレイトンの手を借りて、空《から》の馬車に乗りこむと、ホイットニーは尋ねた。

怒り、抵抗する付添人を自分の従僕とともにいきなりべつの馬車に押しこんで、障害を取り除いたクレイトンが、すらすらと答える。「後ろの馬車で快適に過ごしているよ。私が見繕《つくろ》ったすばらしい本を読んでいるにちがいない」

「クラリッサはロマンスが大好きなのよ」ホイットニーは指摘した。

「『広大な地所の成功する経営法』とプラトンの『対話篇』を選んでおいた」クレイトンがいけしゃあしゃあと言ってのける。「だが、彼女が題名を見る前に、踏み段をかたづけ、扉を閉めてしまったからなあ」

ホイットニーは無駄な抗議をするのは我慢して、皮肉をこめて首を横に振った。

車回しから轍《わだち》のある田舎道へ出ても、馬車が優雅に揺れていることにホイットニーは気づいた。外見は数多《あまた》ある馬車と変わらないものの、車内を見ると、この馬車はずっと広々していて、豪華だった。ベルベットの椅子はふかふかで座り心地がよく、車体のスプリングがよいため、浮いているような感覚がある。ホイットニーの隣りのクレイトンは、向かいの座席を気にせずに、バックスキンのズボンをはいた長い脚をゆったり伸ばしていた。広い肩がホイットニーに触れそうになっているものの、そんなに彼女に近づいているのは、椅子の幅が狭いせいではなかった。クレイトンのコロンのかすかな芳香を嗅ぎ取って、胸がどきんとしたため、ホイットニーは急いで顔を外に向け、すばやく過ぎ去る美しい秋の風景に心を集中させた。

「あなたのお家はどこにあるの？」長く、心地いい沈黙ののち、ホイットニーは質問した。

「きみがいるところならどこにでも」

クレイトンの低くて張りのある声に含まれた優しさに、ホイットニーは息を呑んだ。「わ

──わたしが言ったのは、ほんとうのお家はどこかということよ──クレイモアは?」

「天気がよければ、ロンドンから馬車で一時間半だ」

「とても古いお家?」

「とても」

「だとすると、かなり暗いんでしょうね」ホイットニーは言った。クレイトンが問うような視線を向けてきたので、あわてて説明する。「たいていの古い貴族の家は、外から見ると、とても大きくて広いけれど、なかは暗くて重苦しい感じでしょ」

「クレイモアは改装や増築を重ねている」平静を装っているが、おかしさに声が震えていた。

「きみが〝陰気〟だと感じることはないと思うよ」

公爵の屋敷は宮殿みたいで、それは美しいにちがいない、とホイットニーはすぐに思ったが、そこを見ることはけっしてないのだと気づき、妙に沈んだ気持ちになった。クレイトンがこの気分の変化を感じとったらしく、彼の子どものころや、弟のスティーヴンのおもしろおかしい話を披露して、ホイットニーを喜ばせようとしたため、彼女は驚き、かつうれしく思った。知り合って以来、クレイトンがこれほどホイットニーに打ち解けたことはなく、馬車が進むにつれ、彼女の気分は上向いていった。エミリーのロンドンの街屋敷に近づくまでは……。

日が落ちはじめ、玉石舗装のロンドンの通りを眺めながら、ホイットニーはしだいに緊張してきた。「どうした?」隣りのクレイトンが尋ねる。

「あなたとエミリーの家へ行ったら、目立つだろうと思って」ホイットニーは暗い気分で打ち明けた。「彼女とアーチボルド卿の目に、とても奇妙に映るはずよ」

「結婚するふりをすればいい」クレイトンが笑う。彼の腕にいだかれ、あまりにも長く、完璧なキスをされたので、ホイットニーはそれが事実だと信じそうになった。

アーチボルド家の街屋敷は、装飾的な錬鉄と格子で囲まれていた。玄関の間でエミリーがうれしそうな笑顔で迎えてくれたが、ホイットニーはクレイトンとロンドンに来たことで、エミリーが衝撃を受けているにちがいないとわかっていた。ありがたいことに、エミリーはそんなそぶりをまったく見せなかった。愛情をこめてホイットニーを抱きしめてから、急いで二階の客用寝室へ案内し、それからまた階下へ行って、女主人としての役割を果たすために、客間にいる夫とクレイトンに合流した。

十五分後にもどってきたエミリーは、先ほどの落ち着きを捨て、興奮に頰を赤くしていた。クラリッサの荷ほどき手伝っていたホイットニーは、鋭く輝くエミリーの目をちらりと見て、身構えた。「彼なのね!」エミリーがドアに寄りかかり、ホイットニーをまじまじと見て、口を開いた。「いま、身元を明かしてくれたわ。ホイットニー!」エミリーが叫ぶ。友人が誇らしく公爵閣下に頼まれて、秘密にしていたの。ロンドンでは、いつも彼のことが話題に上るけれど、わたしは見たことがなかったわ! マイケルはずっと知っていたんだけれど、たまらず、美しい顔が輝いている。「あなた、ヨ・ー・ロ・ッ・パ・一・の望ましい独身男性とラザフォードの舞踏会へ行くのよ! ラザフォードの舞踏会へ」友人を感動させようとするかのように、エミリーはくり返した。「彼らのパーティーの招待状は、ダイヤモンドと同じぐらい、価値があるのよ！」

ホイットニーはためらいから下唇を噛んだ。エミリーにほんとうのことを話したいが、自分の問題で彼女を苦しめたくない。〝ヨーロッパ一の望ましい独身男性〟と婚約していると知ったら、エミリーは感激するに決まっている。彼と結婚したくないと打ち明けたら、エミリーはすぐさま理解を示すだろう。数日後にポールと駆け落ちするつもりだと言ったら、エミリーは間違いなく世間が大騒ぎすると心配し、そんな行動はしないようにと懇願してくるだろう。

「どれぐらい前から彼がクレイモア公爵だと知っていたの？」

「一週間もたっていないわ」ホイットニーは用心深く言った。

「それで？」エミリーが熱心に先を促す。興奮のあまり、質問攻めになった。「何もかも話して。彼を愛しているの？　彼はあなたを愛しているの？　彼の正体を知って、驚かなかった？」

「愕然《がくぜん》としたわ」ホイットニーは認めた。クレイトンが婚約者だと知って、恐れおののいたことを思い出し、うっすらと微笑む。

「続けて」エミリーが急《せ》かす。

エミリーの喜びに影響を受け、ホイットニーの微笑みも心温かいものになったが、彼女は首を横に振って硬い口調で答え、とりあえずは友人にそれ以上質問させなかった。「彼はわたしを愛していないし、わたしも彼を愛していない。わたしはポールと結婚するつもり。これでおしまい」

従者が筋骨たくましい肩にぱりっとした夜会用の白いシャツを掛けるあいだ、クレイトンはアダム様式の暖炉の上にある時計に目をやった。もうすぐ十時。なぜか早くアーチボルド家へ出発したくてたまらなかった。

「言わせていただければ」黒いブロケードのベストを主人に着せながら、アームストロングが口を開いた。「またロンドンにいるというのは、じつにいいものでございます」

クレイトンがベストのボタンをはめているあいだに、アームストロングは衣装簞笥から黒い夜会用ジャケットを取り出し、ありもしないほこりを襟から払い、それからジャケットを持ち上げた。クレイトンは袖に腕を通した。アームストロングはシャツの、ルビーの飾りボタンを整えてから、後ろに下がり、長身の主人が申し分ない仕立ての、真っ黒な夜会服をまとった姿を確認した。

クレイトンは鏡を覗きこんで、髭剃りが完璧であるのを確認し、そばをうろつく従者に満面の笑みを見せた。「合格かな、アームストロング?」

公爵が珍しく打ち解けた言葉をかけてきたので、アームストロングは驚き、うれしくなり、喜びに胸をふくらませた。「もちろんです、閣下」そう答えたが、公爵が部屋から出ていくと、アームストロングの喜びは徐々に落胆に変わった。公爵のまれに見る機嫌のよさの理由はミス・ストーンにちがいないと気づいたからだ。御者のマクレーとの賭けで、主人があの娘と結婚しないほうに賭けたことに、アームストロングははじめて不安をおぼえた。

「今夜はどうぞ楽しんでいらしてください、閣下」執事の声を聞きながら、クレイトンは深紅《しんく》のシルクの裏が付いたマントを羽織り、アッパーブルック街の壮麗な邸宅から通りへと続く長い階段を跳ねるように下りていった。クレイトンが近づくと、きょうはウェストモアランドの制服に身を包んだマクレーが、馬車のドアをさっとあけた。クレイトンは赤毛のアイルランド人の御者ににやりと笑いかけ、馬たちを顎で示した。「マクレー、あいつらが速歩より速く走れなかったら、撃ち殺せ」

馬車がロンドンの玉石敷きの道を進み、車輪ががらがらと回転するごとに、クレイトンの体内で期待が高まっていった。ホイットニーをともなってロンドンの社交界に出ると思うと、心が浮き立った。はじめはホイットニーの気分転換になればいいと思っていたラザフォード家の舞踏会が、いまや自分にとってとてつもない喜びになっていた。アルマン家の仮装舞踏会の夜からずっと、ホイットニーを自分のものとして見せびらかしたいと夢見ていたのだ。ロンドンの社交界に彼女を披露するのに、親友の家よりいい場所があるだろうか？

今夜、ホイットニーを婚約者だと紹介したら、マーカスとエレンのラザフォード夫妻はどう反応するだろう、とクレイトンは少年みたいに心をはずませながら想像した。ホイットニーを婚約者としてロンドンの社交界に紹介しても、彼女との約束を破ることにはならない。なぜなら、ホイットニーの家にもどるときまで、少なくとももう数日間は、彼女の望む秘密は守られているのだから。秘密！　クレイトンはうんざりしながら心のなかで言った。世間の人々に知らせてしまいたい！

「彼が来たわよ」エミリーが叫んだ。階下で高貴な客人を迎えてから、急いでホイットニーの部屋へもどってきたのだ。「考えてみて」笑い声をあげる。「あなたは一年でいちばん重要な舞踏会で、ロンドンでのデビューを果たすのよ。しかもエスコート役はクレイモア公爵。マーガレット・メリトンに今夜のあなたを見せたいわ！」

エミリーの歓喜は晩にかけてどんどん熱を帯びてきていて、しかも感染力の強いものだったので、ホイットニーは出発するために立ち上がったとき、微笑まずにはいられなかったし、階段の下でアーチボルド卿と話をするクレイトンを見たとき、予想外の喜びが体を貫くのを抑えられなかった。

ホイットニーが階段を下りはじめると、クレイトンは無意識に顔を上げた。彼女を目にして、クレイトンの息は止まり、胸は誇らしさでいっぱいになった。ホイットニーがまとう金のサテンのギリシア風ドレスは、片方の肩をなまめかしくあらわにし、細く、色っぽいカーブにぴったり沿って流れ落ち、足もとで金の渦巻きとなっている。まるで、きらきら光る金色の女神のようだ。一連の黄色いトルマリンと透明なダイヤモンドがつややかな黒髪にからめられ、燦然《さんぜん》たる笑みが顔を明るくし、目を輝かせている。今夜ほど官能的な、あるいは色っぽいきらびやかさを湛《たた》えた彼女を、クレイトンは見たことがなかった。ホイットニーは美しく、なまめかしく、魅惑的だった——そして、彼のものだった。

揃いの金色の長い手袋が肘のずっと上まで腕を包みこんでいて、ホイットニーが階段を下りきると、クレイトンはその手袋に包まれた両手をつかんだ。彼の灰色の目は欲望でくすぶり、声はほとんどかすれていた。「なんと、じつに美しい」ささやくように言う。

その惹きつけるような灰色の目に魅せられて、ホイットニーは突然、意地を張るのをやめ、すでにすばらしくなると約束された今宵を、心から楽しみたくなった。一歩下がり、完璧な装いに身を包んだ長身をじろじろと見てから、楽しげな緑の瞳を彼の瞳に向ける。「残念ながら、あなたには及ばないみたい」落胆したふりをしながら、目を輝かせた。

クレイトンは金のサテンのケープをホイットニーの肩に掛け、急いで彼女を家の外に導いた。ドアを閉めたとき、アーチボルド夫妻への挨拶を忘れたことに気づいた。

閉じられたドアを見ながら、エミリーは思いのこもった息を長々と吐き出した。

「きみが何か望んでいるのなら」マイケルが妻の肩に腕を置いて、優しく警告する。「ホイットニーが冷静さを失わないよう望むんだ。クレイモアが恋に落ちるのを望むのではなく、ね。なぜなら彼が恋に落ちることはないからだ。このロンドンで、公爵のうわさをさんざん聞いているのだから、それぐらいわかっているだろう。たとえ彼が恋に落ち、彼女に資産がないことを気にしないとしても、自分より格下の家の女性とはけっして結婚しない。代々のしきたりで、そう定められているんだ」

外は夜霧が立ちこめ、冷たい風がホイットニーのケープをはためかせた。ホイットニーは階段の途中で立ち止まり、髪が崩れないよう、大きなサテンのフードを上げた。そのとき、通りのガス燈の下で待機する馬車が目に入った。「まあ、あれはあなたの馬車?」暗紅色の塗料が塗られ、ドアに金の紋章が飾られた豪華な馬車を見つめながら、息を吞む。「そうに決まっているわよね」あわててそう言い、落ち着きを取りもどして、クレイトンと並んで階段を下りた。「あなたが公爵だということを、つい忘れてしまうの。家にいるときのあなたを思い浮かべてしまって。わたしの家という意味よ」間抜けであか抜けない発言だと感じながら、ホイットニーは説明した。そしてふたたび立ち止まり、まじまじと見た——馬車ではなく、馬のほうを。雪のように白いたてがみと尻尾を持つ、四頭の見事な葦毛が、足を踏みならし、頭をぐいと持ち上げて、いまかいまかと出発を待っている。

「気に入った?」馬車に乗るホイットニーに手を貸し、彼女の横に腰を下ろしてから、クレイトンが言った。

「気に入ったかって?」ホイットニーはフードを頭からはずし、顔を横に向け、決まり悪げに微笑んで、クレイトンを見た。「あんなにすばらしい馬を見たのははじめてよ」

クレイトンが腕をするりとホイットニーの肩に回す。「なら、あれはきみの馬だ」

「とんでもない。貰《もら》うわけにはいかないわ」

「きみに贈り物をする喜びを私から奪う気か?」クレイトンが優しくきいた。「きみの衣装や宝石の代金を払ったと思うと、私はとてもうれしかった。たとえ、きみがそうだと気づいていなくてもね」

クレイトンの寛容な陽気さに釣られて、ホイットニーはこれまで口にするのが恐ろしかった質問をした。「わたしのために父にどれぐらい払ったの?」

陽気な雰囲気が粉々になった。「私のたいていの願いは聞いてくれなくてもいいが」クレイトンがぶっきらぼうに言う。「これだけは聞いてほしい。自分を私が金で買った物として見るようなばかげたことはやめろ!」

質問を口にし、クレイトンの怒りを招いてしまったいまとなっては、どうしても答えを知りたかった。「いくらなの?」ホイットニーはしつこくきいた。

クレイトンがためらい、それから冷たく言い放った。「十万ポンドだ」

ホイットニーは動揺した。いくら想像をたくましくしても、それほどの金額は思いもよらなかった。召使いたちの賃金は年に三十か四十ポンドにすぎない。彼女とポールが残りの人生で切り詰めた生活をしても、そんな大金は返せないだろう。ホイットニーは質問しなければよかったと心の底から思った。今夜を台なしにしたくなかった。今夜はふたりで出席する最初で最後のパーティーであり、それを台なしにしないことがとても重要だと感じていた。先ほどまでの陽気な雰囲気を少しでもとりもどそうと、ホイットニーは明るく言った。「あなたってばかね、公爵閣下」

クレイトンは手袋を向かいの椅子に放った。「そうかな?」退屈そうな、侮辱するような声で言う。「理由を教えてもらえるか、お嬢さん?」

「なぜなら」ホイットニーは意気揚々と言った。「九万九千ポンド以上は、一シリングたりとも父に巻き上げさせるべきじゃなかったからよ」

クレイトンの驚きの目がホイットニーにすばやく向けられ、彼女の笑みを浮かべた唇を見て細められ、それから彼は体をのけぞらせて笑った。喉の奥から出る朗々とした笑い声に、ホイットニーの心は温められた。「男が宝物を手に入れると決めたら」クレイトンはくすくす笑い、ホイットニーを引き寄せて、にんまりと微笑んだ。「数ポンドのことで言い争いはしないんだ」

ふたりのあいだに沈黙が落ち、クレイトンのおもしろがるような目が、落ち着き、熱を帯びたものへ徐々に変化した。銀色の瞳でホイットニーの視線をとらえ、クレイトンはゆっくりと顔を彼女に近づけた。「きみが欲しい」そうささやくと、唇でホイットニーの口をあけ、強烈で官能的なキスをした。終わったとき、ホイットニーは動揺し、顔を赤らめていた。

ラザフォード邸は明かりで煌々《こうこう》と輝いており、そこへつながる長い私道は、正面玄関へ向かう馬車で混雑していた。松明《たいまつ》を持った従僕たちが馬車を迎え、降り立ったきらびやかな客たちは、正面の階段を上り、ドアへと案内される。

あまり待たされることなく、ホイットニーとクレイトンも、松明を持った制服姿の従僕の案内で階段を上った。玄関の間で召使いに外套を預けると、ふたりは絨毯敷きの階段を上った。それぞれの段には、白い蘭の巨大な花束が、背の高い銀のスタンドに入れられ、飾られていた。

角を回ってバルコニーに出たところで、ホイットニーは立ち止まり、舞踏室を見下ろした。

はじめてのロンドンの舞踏会だ、と胸のなかでつぶやく。そして、最後の舞踏会……。人々が揺れ動いているように見える。婦人たちがおしゃべりをしたり笑ったりしながら、部屋を動き回っているのだ。巨大なクリスタルのシャンデリアが色彩に富んだドレスを反射し、それが二階の高さのある鏡の壁によっていくつにも増え、目もくらむような万華鏡を作っている。

「準備はいい？」クレイトンはそう言うと、ホイットニーの腕を自分の腕にからめさせて独占欲を誇示し、フロアへ下りていく幅の広いカーブした階段へ彼女を導こうとした。

何気なくニッキーを捜していたホイットニーは、突然、下の舞踏室の人々が自分たちに目を向けはじめていることに気づいた。何百もの好奇心いっぱいの目が向けられ、ホイットニーは驚き、混乱して、後ずさった。騒々しかった話し声がだんだんと小さくなり、ひそひそ声にまでなってから、ふたたび耳をつんざくような大きさにもどる。人々が全員、自分たちを見ているか、うわさしているという、恐ろしい感覚をおぼえた。ひとりの女性がクレイトンを見て、長身で気品のある男性のもとへ急ぎ、彼に耳打ちをすると、男はすぐに振り向いてクレイトンを見上げ、それから自分を取り巻く人々から離れて、バルコニーにいるふたりのほうへ断固とした大股で向かってきた。「みんながわたしたちを見ているわ」ホイットニーは不安をおぼえながらささやいた。

みずから引き起こした騒ぎをまったく気に留めずに、クレイトンが客たちにちらりと目を向け、それからホイットニーのかわいい、混乱した顔を見る。「そのようだ」そっけなく言った。と、ホイットニーの見るところ、この家の主人らしい、例の気品ある男性がバルコニーへ続く最後の段を駆け上った。

「クレイトン！」マーカス・ラザフォードが笑い声をあげる。「どこへ行っていた？　おまえが地表から落ちたといううわさを、信じはじめていたところだ」

ホイットニーは、どうやら親友らしいふたりが挨拶を交わすのを聞いていた。ラザフォード卿は美男子で、三十七歳ぐらい。青く鋭い目は、洞察力のあることを物語っている。突然、その青い目がホイットニーに向けられ、あからさまな賞賛をこめて、彼女をじろじろ見る。

「それで、隣りにおられる、このたぐいまれな美人はどなただね？」ラザフォード卿が質問した。「ぼくが自己紹介しなければならないのかな？」

ホイットニーがためらいがちにクレイトンに目をやると、驚いたことに、彼は誇りに満ちた視線をこちらに向けていた。「ホイットニー、友人のマーカス・ラザフォード卿を紹介しよう――」ラザフォード卿にしっかりと握られたホイットニーの手を意味ありげに見て、クレイトンが締めくくった。「マーカス、どうか手を離してくれないか。私の未来の妻、ミス・ホイットニー・ストーンから」

「ホイットニー？」マーカス・ラザフォードがくり返す。「これは珍しい……」疑り深い笑みをゆっくりと顔に広がらせながら、言葉を途中で切り、クレイトンをじっと見た。「聞き間違いではないよな？」

クレイトンが小さくうなずくと、ラザフォード卿のうれしそうな視線がホイットニーにもどった。「こちらへ、お嬢さん」そう言うと、熱をこめてホイットニーに自分の腕をつかませる。「お気づきのとおり、下にいる六百人ほどの客たちが、あなたのことを知りたくてうずうずしています」

クレイトンがホイットニーをマーカス・ラザフォードとともに行かせることを完全に了承していると見てとると、彼女は急いでみずから発言した。「ラザフォード卿」と言って、クレイトンにすがるような目を向ける。「わたしたち——来るべき結婚については、しばらく秘密にしておきたいと思っていますの」

ホイットニーのあまりの困惑顔に、クレイトンはみんなに彼女を婚約者だと紹介する企てをしぶしぶ断念した。「しばらく秘密にするつもりなんだ、マーカス」

「どうかしているぞ」ラザフォード卿は言い返したが、ホイットニーの手を離した。「こんなすばらしい宝を、一日だって秘密にしておけるはずがない。それどころか——」バルコニーで何が起こっているのかと、じろじろ見つめる下の人々に目をやる。「——一時間だって無理だろう」クレイトンが気を変えるのを少しのあいだ待ち、それから向きを変え、肩越しにこう言いながら立ち去る。「少なくともレディー・ラザフォードには話していいだろう？おまえといっしょにいる、この美しい女性がだれなのか突き止めてこいと言われたんだ」

ホイットニーが反対する前に、クレイトンがうなずいて同意してしまった。大変な事態になると予想して、ホイットニーは失望の視線を彼に向けて言った。「どうなるか見ているのね」ラザフォード卿が美しい赤毛の女性に大股で近づき、彼女を引き寄せて何かささやくと、彼女は驚きと歓迎の視線をクレイトンとホイットニーに向け、秘密めいた笑みを送ってきた。ホイットニーの予想どおり、ラザフォード卿が妻のもとを去るとすぐ、レディー・ラザフォードはある女性のもとへ急ぎ足で行って、彼女の耳に顔を近寄せ、何かささやき、その女性は顔をクレイトンとホイットニーのほうに向けると、一瞬後には扇子を持ち上げ、隣りにいる女性に顔を近づけて何か言った。

冷たい恐怖がホイットニーの声にからみついた。「秘密なんてこんなものよ」なんとか声を絞りだすと、休憩室の場所を尋ねようと人を捜した。あまりの衝撃に、クレイトンにどう思われるかなど気にも留めず、彼をひとりバルコニーに残して、ホイットニーは指し示された部屋へ逃げこんでドアを閉じた。

鏡の張られた壁に映る自分の姿をふと見ると、恐怖に目がうつろになっていた。これは災難だわ！　大変なことよ！　この舞踏会に出席している客たちは、クレイトンを知っている。彼らはクレイトンの友人や知人だ。十五分もすれば、クレイトンがわたしに求婚したことが全員に知られ、一週間後には、ロンドンじゅうに知れ渡る。わたしがポールと駆け落ちすれば、クレイトンの求婚を拒絶し、彼や来るべき結婚を避けるために逃げたことが明らかになる。大変！　そうしたら、事が落ち着く前に、クレイトンはおおっぴらに面目を失ってしまう。彼に対して、そんなことをするのは耐えられない。たとえ耐えられるとしても、怖くてできない。わたしがおおっぴらにクレイトンに恥をかかせたら、彼はきっと、とんでもない仕返しをする。クレイトンの当然の怒りを想像すると、体が震えた。それに、彼のとてつもない権力をもってすれば、火の粉はわたしや父だけでなく、アン叔母さんやエドワード叔父さんにまで降りかかる。

ホイットニーは乱れ狂う心を落ち着かせようと、必死になった。ヒステリー女みたいにこの部屋にずっと引きこもっているわけにはいかないし、舞踏会から立ち去るわけにもいかない。なんとか戦慄を抑えようと腕で体をいだきながら、深紅の絨毯の上をゆっくり歩きはじめ、論理的に、明晰に考えようと努力した。そもそも、クレイトンは何年ものあいだ、結婚を避けてきたのだ、とホイットニーは思い出した。もし彼がわたしと結婚しなかったら、みんなは、彼がわたしに対して興味を失い、わたしではなく、彼のほうが取り消したと思うのではないかしら？　そうに決まっている。ことに、わたしに富も家柄もないことが明らかになれば、そう思うにちがいない。

締めつけられるような胃の痛みが和らぎはじめた。さらに数分考えにふけるうちに、クレイトンがラザフォード卿に、ホイットニーを未来の花嫁として紹介しないよう言ったことを思い出した。ふたりの婚約を、不確かなうわさの段階まで格下げしたのだ。そしてロンドンでは、パリと同様、いろいろなうわさが飛び交い、すぐに忘れられるのではなかったか？エミリーはそう言っていた。ホイットニーの気分はずいぶんとよくなった。

しかし、クレイトンがラザフォード卿にホイットニーを婚約者だと紹介したとき、彼がたいそう誇らしげだったことを思い出し、彼女の心は妙にぐらついた。この数週間、クレイトンは一度もホイットニーに愛しているとか好きだとか口にしなかったが、今夜の彼の顔に浮かんだ表情は誤解のしようがない。クレイトンはホイットニーを好いている。しかも、かなり。ホイットニーはクレイトンを困惑させることで彼に報いたくなかった。この部屋に逃げこんで恥をかかせる以上のことをしていいわけがない。少なくとも今夜、彼の愛情に応じるふりをするぐらいはできる。

そう決心すると、ホイットニーは身なりを整え、鏡に映る自分を注意深く見た。すっかり落ち着きを取りもどし、決然と胸を張った若い女がこちらを見返していた。

満足してドアの取っ手に手を伸ばしかけたとき、ドアの向こうの部屋から女たちの声が聞こえてきた。その部屋には、シャンパンが置かれた金箔張りの小テーブルがあり、両脇に絹のソファーが据えられている。「彼女の衣装はパリ風よ」ひとりの女性が言った。

「でもホイットニー・ストーンなんて名前なんだから、わたしたちと同じ英国人よ」べつの声がそう指摘し、付け加える。「あのふたりが婚約しているってうわさ、信じる？」

「まさか。クレイモアに結婚を申しこませる知恵があの娘《こ》にあるのなら、婚約の通知をタイムズ紙に送るよう彼にすぐ念を押すぐらい賢いはずよ。おおやけになってしまえば、クレイモアは婚約を破棄しないだろうから」

盗み聞きする自分をたしなめ、ホイットニーはその場を去ろうとしたが、外側のドアがふたたび開き、第三の声が割りこんだ。「あのふたりは婚約してるわ。間違いない」新しく来た女性が力強く言った。「ローレンスとわたし、いま公爵と話をしたんだけど、それで絶対間違いないって確信したの」

「つまり」最初の声が息を呑む。「クレイモアが婚約を正式に認めたの？」

「ばか言わないで。自分の色恋沙汰にすごく興味を持たれてるって知ると、クレイモアがいつもとんでもなく秘密主義になること、知ってるでしょ？」

「じゃあ、どうして彼が婚約していると、そんなに自信を持って言えるの？」

「ふたつあるわ。まず、ふたりはどこで出会ったのかとローレンスが尋ねると、クレイモアはヴァネッサ・スタンドフィールドが絶対真っ青になるような笑みを浮かべたの。ヴァネッサが求婚されそうだとみんなに言いふらしてたとき、彼が不意にフランスへ発ったこと、覚えてる？　いまでは、かわいそうなヴァネッサはとんだ間抜けに見えるわ。だって、彼がフランスへ行ったのが、ミス・ストーンと落ち合うためなのは明らかだもの。彼は何年か前にそこでミス・ストーンと出会ったことを認めたわ。いずれにしても、ミス・ストーンについて話をするとき、クレイモアはたしかに誇らしげに輝いてた！」

「クレイモアが〝輝く〟姿なんて、信じがたいわ」二番めの声が疑わしそうに言う。

「なら、たんなる目の輝きだと考えればいいのよ」

「それなら信じられる」笑い声。「それで、ふたつめの理由は？」

「エスターブルックが公爵にミス・ストーンを紹介してくれって頼んだときの、公爵の視線よ。その視線は氷のように冷たくて、エスターブルックは体を温めようと暖炉のほうへあわてて行ったほどだったの」

これ以上その場に留まっていられず、ホイットニーはドアをあけた。内心、口もとと目もとに笑みを浮かべて、ホイットニーはびっくり仰天した三人の女性の横を通り、優雅に頭を下げた。

ホイットニーが立ち去ったときと同じバルコニーのところに、クレイトンは立っていた。だがいまは、二十人ほどの男女に囲まれている。それでも彼を見つけるのに困りはしなかった。ほかのだれよりも背が高いからだ。ホイットニーがこの場に留まろうか、それともクレイトンの隣りへ行こうかと迷っていると、彼が顔を上げ、そこに立つホイットニーに気づいた。彼は無言でまわりの人々に頭を下げると、人垣のなかからホイットニーのほうへ歩いてきた。

ふたりが曲線を描く階段を下りていると、壇上の楽士たちが厳かなワルツを演奏しはじめたが、クレイトンはダンスをするかわりに、ホイットニーをアルコーブのほうへ誘った。そこは片側にカーテンが優雅に広がっていて、舞踏室から部分的に隠れている。「踊りたくないの？」ホイットニーは好奇心をそそられて尋ねた。

クレイトンが喉の奥で笑い、首を横に振る。「前回きみとワルツを踊ったとき、きみは私をダンスフロアの真ん中に置き去りにしようとした」

「それがあなたにふさわしかったからよ」ホイットニーはそう言ってからかい、客たちの監視の目を無視した。

ふたりはアルコーブに入った。クレイトンがホイットニーの横のテーブルに置かれたトレイから、シャンパンのグラスをふたつ取る。ひとつをホイットニーに渡すと、微笑みながら自分たちのほうへ近づきつつある人々のほうへ頭を傾けた。「勇気を出すんだ」にやりと笑う。「連中がやってくるぞ」ホイットニーはシャンパンのグラスを空け、銀のトレイからおかわりのグラスを取った。勇気を出すために。

客たちは六人から八人ほどのかたまりになって、次々にアルコーブへやってくると、クレイトンがいままでどこにいたのかと愛想よく尋ね、家へ来てくれと熱心に要請した。ホイットニーに対しては、巧みに隠した推測と極度の愛想のよさをともなって話しかけてきたが、数人の女性の態度に、ねたみから来る敵意が感じられた。それも無理はない、とホイットニーは四杯めのシャンパンのグラスの縁からクレイトンに見とれながら、内心微笑んだ。上品な黒の夜会服が、背が高く、肩幅の広い体に完璧に合っていて、クレイトンは息を呑むほどハンサムに見えた。彼から発せられる抑制された力と男らしい活力のオーラに浸りたくて、そして大胆な灰色の目の魔法にかかりたくて、多くの女たちは間違いなく彼をそばに引き寄せたがっている。

そう考えていると、クレイトンが友人たちとの会話の最中にこちらに目を向けたので、ホイットニーの体に温かさと幸福感が押し寄せた。それはこれまで飲んだシャンパンとは関係のないものだった。ロンドンの上流社会《オート・トン》の華麗なメンバーたちに賞賛され、友情を求められ、そのなかでくつろぎ、笑っているクレイトンを見ると、この都会風の洗練された貴族が、デンジャラス・クロッシングに乗った彼女と競走をしたり、退屈な伯父と先史時代の石について語ったりしたのと同じ人物とは信じがたかった。

後刻、ようやくふたりきりの短い時間が持てると、ホイットニーはにんまりと笑ってクレイトンを見た。「わたしはあなたの愛人だろうというのが、みんなの意見でしょうね」

「残念ながら、それは違う」クレイトンはそう言って、ホイットニーが持つ空のシャンパン・グラスに視線を落とした。「今夜、何か食べたか?」

「ええ」ホイットニーは答えた。クレイトンの気づかいに困惑したものの、すぐに忘れた。なぜならふたたび音楽が始まり、ラザフォード卿やほかの五人の男性が、明らかにダンスを申しこもうという意図を持って近づいてきたからだ。

クレイトンはホイットニーとともにアルコーブから出て、無造作に柱に肩をもたせかけ、シャンパン・グラスに口をつけながら、優雅にダンスフロアへ向かうホイットニーを眺めた。ホイットニーはみんなに愛人と見なされていると思っているかもしれないが、クレイトンは彼らがホイットニーを自分の婚約者だと理解するよう手を打ってあった。クレイトンには舞踏会に付き添ってきた女性を愛情のこもった目で眺めたり、その女性が踊っているあいだ、柱に寄りかかって見守ったりする習慣がないことを、彼らはみんな知っている。そういう行動をとって、クレイトンは故意に、自分たちの婚約をタイムズ紙に載ったのと同じぐらい明確かつ力強く告げていたのだ。

今夜、ホイットニーの所有権を主張するのがなぜそれほど大事なのか、クレイトンにはわからなかった。エスターブルックやほかの男たちに彼女を追いかけさせたくないからだと自分に言い聞かせていたが、それ以上の理由があった。ホイットニーはクレイトンの血液のなかに存在するのだ。彼女が微笑めばクレイトンの胸は熱くなるし、彼女にどんなに天真爛漫《らんまん》に触れられても、クレイトンの血管を欲望が激流となって走る。ホイットニーには刺激的な官能性がある。自然で素朴な教養や、元気が出るような快活さに男は惹きつけられる。だからクレイトンはいまここにいる全員に、彼女は自分のものだと知らせたかった。

ホイットニーを見守りながら、クレイトンの心はやがて来る夜へ漂っていった。そのとき、彼女のつややかな黒髪は輝かしいマントのように彼の裸の胸に広がり、彼女の絹のような体は彼の下で、甘美なエクスタシーに身もだえするだろう。これまでクレイトンは愛の行為の技術に長《た》けた女が好きだった。歓びの与えかたと受け取りかたを知っている、激しく情熱的な女が。自分たちの、そして彼への欲望を認められる女が。しかしいま、クレイトンはホイットニーが経験のない処女であることをとてもうれしく思っていた。それどころか、自分たちの結婚式の夜を思うと、激しい喜びをおぼえた。その夜、彼は愛情をこめて優しくホイットニーを少女から女へと導き、腕のなかで歓喜の声をあげさせるだろう。

三時間後、ホイットニーは覚えきれないほどの男性たちとダンスをし、かつてないほどのシャンパンを飲んだ。とても気分がうきうきしていたし、頭がもうろうとしていた。そのため、エスタ―ブルック卿との二度めのダンスを承諾して、クレイトンが不快そうに顔をしかめても、彼女の意気は鈍らなかった。むしろこの夜の楽しい気分を損なえるものは何もないと確信していたが、ふとエスタ―ブルック卿の肩越しに目をやると、この夜はじめてクレイトンが彼女以外の女性と踊っているのが見えた。彼の腕のなかにいる若い女はなまめかしいブロンド美人で、サファイア・ブルーの美しいドレスが細くて色っぽい曲線をおおい、輝くカールにダイヤモンドとサファイアが巻きつけられている。判断力を失わせるほどの嫉妬が、突然ホイットニーを貫いた。

「彼女の名前はヴァネッサ・スタンドフィールド」エスタブルック卿が悪意と満足感を声ににじませて言った。

「とても魅力的なカップルね」ホイットニーはどうにか返答した。

「ヴァネッサはきっとそう思っているでしょう」と、エスターブルック。

ホイットニーは目を曇らせて、上階の休憩室でずいぶん前に盗み聞きした三人の女性の会話を思い出した。ヴァネッサ・スタンドフィールドはクレイトンがフランスへ発つ直前、彼からの求婚を期待していた。クレイトンは間違いなく、気があると彼女に信じさせるに足る行動をとったのだろう。嫉妬の痛みを新たにおぼえながら、ホイットニーは目もさめるような美女に笑いかけるクレイトンを見守った。しかしそのとき、クレイトンが求婚したのはヴァネッサ・スタンドフィールドではなく自分なのだと思い出した。気分が大きく変化し、ホイットニーはふたたび完璧な高揚感を味わった。「ミス・スタンドフィールドはほんとうにきれいね」

エスターブルックの眉が嘲笑するように上がる。「ヴァネッサのほうは、さきほどあなたについて口にしたとき、全然ほめ言葉を使っていませんでしたよ。でも、あなたがクレイモアから求婚をむしり取ったことについては、かなり確信していました。そうなんですか？」

ホイットニーはエスターブルックのあまりの厚かましさに驚いて、怒ることも忘れた。それどころか、目に笑みを浮かべた。「なぜなのか、わたしはだれかが彼から何かを〝むしり取る〟のを想像できないの」

「よしましょうよ」エスターブルックが棘のある声で言う。「あなたがぼくの質問を誤解したと信じるほど、ぼくはうぶじゃない」

「わたしのほうも」と、ホイットニーは穏やかに言った。「それに答えなくてはならないと思うほど、うぶじゃない」

エスターブルック卿を例外として、ほかのダンスの相手は全員、とても思いやりがあり、ほめ上手だったが、ダンスと活気のある会話がしだいにホイットニーの神経にさわりはじめた。気がつくと、クレイトンのそばにいたいと望んでいた。いまのダンスの相手にもう一曲と求められたのを断わり、ホイットニーは公爵のもとへもどしてくれるよう頼んだ。

例によってクレイトンは人々に囲まれていたが、会話の相手をしながらも、顔を上げずに手を伸ばすと、ホイットニーの腕をしっかりつかみ、彼女を友人たちのなかへ引き入れ、自分のかたわらから離さなかった。ホイットニーを独り占めしようとする何気ない動作に、なぜか彼女の幸福感は増した……さらに二杯シャンパンを飲んだことも影響したが。

「エスターブルックはどうした？」しばらくしてから、クレイトンが冷たく尋ねた。「あいつはきみに三度めのダンスを申しこむと思っていたんだが」

ホイットニーは目をきらめかせた。「申しこんだわ。でも、断わったの」

「うわさになるといやだから?」

無意識になまめかしい笑みを口もとに浮かべながら、ホイットニーは首を横に振って否定した。「断わった理由は、二度めに彼と踊るとき、あなたがいやがっていたのを知っていたし、もしまた踊ったら、あなたもまたミス・スタンドフィールドと踊って必ず仕返しをすると確信していたからよ」

「とても賢明な判断だ」クレイトンがさらりとほめる。

「あなたはとてもひねくれているわ」ホイットニーは笑いながら言った。それから、自分が嫉妬していたことを認めてしまったのだと気づいた。

「シェリ――」ニッキーの低い笑い声が聞こえ、ホイットニーはうれしい驚きに、くるりと向きを変えた。「パリのときと同じく、ロンドンも征服することにしたのかい?」

「ニッキー!」ホイットニーはそう叫ぶと、長いあいだ愛しいものだったハンサムな顔を見た。「会えて、とってもうれしい」ニッキーが以前のように彼女の両手を温かく包む。「ラザフォード卿にきみがどこにいるかと尋ねたら、パリでぐずぐずしていて、あすにならないと到着しないかもしれないと言われた」

「一時間前に着いたの」

ホイットニーはクレイトンのほうを向いてニッキーを紹介しようとしたが、明らかにふたりは前に会っていた。「クレイモアだな?」ニッキーが彼女の紹介をさえぎり、黄褐色の目でクレイトンをじろじろと見る。

クレイトンの反応も冷淡で、軽くうなずくと、けだるそうにあざけるような笑みを浮かべた。ニッキーを怒らせるか脅すためにわざとそうしたのだと、ホイットニーは気づいた。ふたりのこのような振る舞いをはじめて見たホイットニーは、その場を取り繕いたいという突然の欲求と、こちらはシャンパンのせいなのだが、自分が引き起こしたらしい男たちの敵意のおもしろさに笑い声をあげたいという強い衝動をおぼえた。

「ぼくと踊ってくれ」ニッキーが傲慢にも礼儀作法を無視して、クレイトンに承諾を得ることなく言った。

ニッキーがダンスフロアのほうへ引っ張っていこうとするので、ホイットニーは困惑して肩越しにクレイトンを見た。「いいかしら？」と尋ねる。

「どうぞ」クレイトンがそっけなく答えた。

ホイットニーを腕にいだくと、ニッキーはすぐに非難の表情を浮かべた。「クレイモアと何をしているんだ？」そう尋ね、ホイットニーに答える間も与えずに続けた。「シェリ、あの男は……その……」

「彼が、女性に関しては、とんでもない詐欺師だと言いたいの？」笑いをこらえながら、ホイットニーはきいた。

ニッキーがぶっきらぼうにうなずくと、ホイットニーはさらにからかった。「それに、彼はちょっと傲慢よね？　それから、とてもハンサムで魅力的？」

ニッキーの目が狭まり、ホイットニーはおかしくて肩を震わせた。「ああ、ニッキー、彼はあなたとそっくりよ！」

「ひとつだけ大きな違いがある」ニッキーが反論する。「それは、ぼくはきみと結婚するという点だ！」

ホイットニーはおかしさと恐ろしさからニッキーの口を手でおおった。「それは言わないで、ニッキー。いま、ここではやめて。わたしがどんな面倒に巻きこまれているのか、あなたには信じられないでしょうね」

「これは笑いごとじゃない」ニッキーがぴしゃりと言う。

ホイットニーは含み笑いを呑みこんだ。「それは、だれよりもわたしが知っている」

ニッキーは紅潮したホイットニーの顔を、眉を寄せ、黙って見つめた。「ぼくはロンドンに滞在する予定だ。ここにいるあいだにする仕事があるし、訪ねたい友人もいる。手紙できみは、二週間ほど社交的な用事があると言っていたね。その二週間が過ぎたら、結婚問題についてまた話し合おう——きみの頭がすっきりしているときに」

恐怖とおかしさのあいだで身動きがとれず、ホイットニーは抗議しなかった。ニッキーによってクレイトンのもとへもどされると、さらにシャンパンを飲み、自分の置かれた苦境について浮かれた気分で考えた。ホイットニーの立場はますます複雑かつ危ういものになっていた。

クレイトンは馬車を回してくるよう伝言を頼んだ。それからホイットニーの腕を取り、最後のダンスを踊った。「何がそんなにおもしろいんだ？」微笑みながら見下ろして、上品とは言えないほど彼女を引き寄せる。

「何もかもよ！」ホイットニーは笑い声をあげた。「たとえば、小さいころ、わたしはだれもわたしとの結婚を望まないだろうと強く確信していた。それがいまではポールが望んでいるし――ニッキーもそうだと言うし――もちろん、あなたもそう」しばらく考えてから、屈託なく言う。「三人全員と結婚できたらいいのに。だって、みんなすてきなんですもの！」

長く黒い睫毛の下からクレイトンをちらりと見て、期待するかのように尋ねる。「あなたは少しも嫉妬していないみたいね？」

クレイトンはホイットニーをじっと見た。「嫉妬すべきか？」

「もちろんよ」ホイットニーは陽気に言った。「たんにわたしの虚栄心をくすぐるためだけにでもね。だって、わたしはあなたがミス・スタンドフィールドと踊ったとき、嫉妬をおぼえたんだもの」それから少し酔いが醒《さ》め、ホイットニーはささやくような小声でそっと言った。「小さいとき、顔に雀斑があったの」

「まさか！」クレイトン衝撃を受けたふりをして、大げさに言った。

「ほんとう。何千とあったの。ここに――」先が細くなった長い爪で鼻のあたりをつつき、もう少しで目に当たりそうになる。

クレイトンは喉の奥で声をあげずに笑い、ホイットニーがもう一方の目をつつかないよう、すばやく彼女の手を取った。

「それから」ぞっとするような行ないを打ち明ける者の口調で、ホイットニーが続ける。

「よく木の枝から逆さにぶら下がっていたの。ほかの娘《こ》たちは王女のまねをしていたけれど、わたしは猿のまねをして……」クレイトンの顔に非難の表情が浮かんでいるのを予期して、顔を上げた。しかし彼は、ホイットニーをこのうえなくすばらしく、このうえなく貴重なものと思っているかのように、微笑んでいた。「今夜はほんとうに楽しいわ」クレイトンの優しい目にうっとりして、ホイットニーは静かに言った。

一時間後、ホイットニーはクレイトンの馬車のなかで満足してため息をつき、暗紅色のソファーにさらに身を沈めて、霧に包まれたロンドンの玉石敷きの道を進む馬の蹄の音に耳を傾けた。ふと目を閉じてみたが、くらくらして、ぱっと目をあける。かわりに、馬車のランプの薄い黄色の光が揺らめき、居心地のよい車内に影を踊らせるさまをじっと眺めた。「シャンパンはとてもいいわね」そっとつぶやく。

「あすはそう思わないだろうな」クレイトンが笑って、ホイットニーの肩に腕を回す。

なんとか体のバランスを保とうとクレイトンの腕にしがみつき、明けはじめた空を見上げながら、ホイットニーはアーチボルド家の街屋敷の玄関に向かって、のろのろと階段を上った。ドアの前でクレイトンが立ち止まる。

クレイトンが何かを待っているらしいとようやく気がついて、ホイットニーは視線を空から彼の顔に移した。笑みの浮かぶ口もとを見て目を狭め、背筋をまっすぐ伸ばす。威厳を傷つけられた者の声で、ホイットニーは尋ねた。「わたしが飲みすぎたと思っているの？」

「全然。きみが鍵を持っているよう願っているんだ」

「鍵？」ホイットニーはぼんやりとくり返した。

「ドアのだ」

「ああ、もちろん」誇らしげに答える。

数秒後、クレイトンは含み笑いを漏らした。「渡してもらえるかな？」

「渡すって、何を？」ホイットニーは集中しようと努力しながら尋ねた。「ああ、そうね――鍵ね」かわいい小さなビーズのバッグをどこにやったのか思い出そうとして周囲を見まわし、なぜか短い金のチェーンで肩から下がっていることに気づいた。内心顔をしかめ、つぶやく。「レディーはバッグをこんなふうに持つものじゃないわ」肩からはずし、なかをぎこちなく掻きまわして、ようやく鍵を見つけだした。

暗い玄関の間で、ホイットニーはクレイトンにおやすみを言おうと向きを変え、そのさいにふたりの距離の判断を誤り、彼の胸にぶつかってしまった。クレイトンが腕を回し、ホイットニーをしっかりと押さえる。ホイットニーは身を引くこともできたが、そのままその場に立ちつづけた。クレイトンの灰色の目が彼女の唇へ視線を滑らせ、きわめて長いあいだそこに留まると、ホイットニーの心臓がどきどきしはじめた。

彼の口が大胆に彼女の口をおおい、手が親しげに彼女の背中へ、そして腰へと滑り落ち、ホイットニーを自分の筋肉質の体に密着させる。クレイトンの硬い男性自身を感じると、ホイットニーは混乱して身をこわばらせ、それから唐突に彼の首に抱きついて、慎みを忘れ、キスを返した。執拗に唇を開こうとする彼の舌の感触にうっとりした。そして口に侵入してきた舌が、とても刺激的なリズムで、ゆっくり出たり入ったりをくり返す。あまりにも思わせぶりな動作に、ホイットニーはまるで彼がなかに入ってきたように感じた。

くらくらしながら、ホイットニーはついに体を引き離し、クレイトンがあっさりと彼女を解放したことにがっかりした。長く不規則な息をしながら目を開くと、ふたりのクレイトンがこちらを見下ろしていた。目まいのせいで、片方がもう片方に重なっている。「あなたって、ずいぶんと厚かましいのね」きつくたしなめたものの、くすくす笑ったため、叱責の効果はなくなった。

クレイトンは反省するふうもなく、にやりと笑った。「しかたがない。なにしろ、今夜のきみは私の積極的な行動をあまりいやがっていないようだから」

ホイットニーはあいまいな笑みを浮かべ、それについて考えた。「そのとおりね」小さな声で率直に認める。「それからね——あなたのキスはポールと同じぐらい上手だわ!」意地の悪いほめ言葉を残して、くるりと向きを変え、階段を上りはじめた。二段めで立ち止まり、もう一度考える。「実際のところは」と、肩越しにクレイトンを見て、言った。「あなたのキスはポールと同じぐらい上手だと思うけれど、彼がもどるまで、断言はできないわ。彼がもどってきたら、あなたのようにキスをしてと頼もうと思う。そうすれば、もっと客観的な比較ができるでしょ」ぱっとひらめいて、付け加える。「科学的実験をしてみるつもり!」

「うそだろ!」クレイトンは半分文句を言い、半分笑っていた。

ホイットニーは自信満々で挑むように優美な眉を上げた。「したいと思ったら、するわ」

ホイットニーのお尻がなれなれしく、ばんと叩かれた。ホイットニーはよろめきながら向きを変え、クレイトンのにやつく顔を叩いてやろうと、腕で大きく弧を描いた。不運にも狙いははずれ、かわりに階段の壁をこすって小さな絵に当たった。絵が音をたてて、よく磨かれた床に落ちた。「あなたのせいよ！」不当に文句を言う。「家のみんなが起きてしまうじゃない！」くるりと向きを変え、階段を駆けていった。

アーチボルド家の召使いが三人、食器台のところに立っていた。台の上には、バターで炒めた玉子、ハム、ベーコン、薄くスライスされたサーロイン、焼きたてのぱりぱりしたロールパン、三種類のポテト、そしておいしそうな数種類の料理が、湯気を立てて大皿に載っている。どの料理も、エミリーが、クレイモア公爵のような高貴な人にふさわしい料理は何かと考えに考え、昨夜注文したものだ。ホイットニーが下りてきて、食事に加わるのを、その場の全員が待っていた。クレイトンはきょう、ホイットニーを家へ送り届けるため、この席に招かれていた。お茶を掻きまわしながら、エミリーは向かいの席でマイケルと話をする公爵をこっそり観察した。ホイットニーがクレイモア公爵夫人となるという、ロマンチックな夢が頭に浮かぶ。

「どうやら、わが客人は一日じゅう眠っているつもりのようだ」マイケルが言った。

エミリーが見ていると、公爵閣下が夫に意味ありげな視線を向け、穏やかに言った。「ホイットニーは昨夜のせいで具合が悪いのかもしれない」

「ホイットニーが病気のはずはないわ」エミリーは声をあげた。「上へ行って、見てきます」

「いいえ」彼らの背後で、ホイットニーがしわがれた声で言った。「わたしは――ここ」

彼女のかすれた声に、三人そろって振り向いた。ホイットニーはドアのところに立っていた。腕を伸ばして、左右の手でドア枠をつかみ、自分を支えられないかのように、わずかに揺れている。エミリーはびっくりして椅子を後ろに押しやったが、すでに公爵が立ち上がって、早足でドアに向かっていた。

ホイットニーの青い顔を見て、クレイトンの目に理解の笑みが浮かんだ。「気分はどう、かわいい人?」

「どんな気分だと思う?」苦しそうな非難の目をクレイトンに向け、ホイットニーがささやく。

「朝食を口にすれば、もっと気分がよくなる」クレイトンはそう請け合い、ホイットニーの腕を取って、テーブルへ導いた。

「いいえ」ホイットニーはかすれた声で言った。「死んでしまうわ」


(下巻に続く)

ザ・ミステリ・コレクション

とまどう緑《みどり》のまなざし〈上〉

著者　ジュディス・マクノート
訳者　後藤由季子《ごとうゆきこ》

発行所　株式会社 二見書房
東京都千代田区三崎町2-18-11
電話　03(3515)2311［営業］
03(3515)2313［編集］
振替　00170-4-2639

印刷　株式会社 堀内印刷所
製本　関川製本

落丁・乱丁本はお取り替えいたします。
定価は、カバーに表示してあります。

ISBN978-4-576-08155-7
http://www.futami.co.jp/

あなたの心につづく道（上・下）
ジュディス・マクノート
宮内もと子［訳］

十九世紀、英国。若くして爵位を継いだ美しき女伯爵エリザベスを待ち受ける波瀾万丈の運命と、謎めいた貿易商イアンとの愛の旅路を描くヒストリカルロマンス！

夜風はひそやかに
ジャッキー・ダレサンドロ
宮崎 槙［訳］

十九世紀、英国の田園地帯を舞台に、自由に育ったヒロイン・サラと花嫁候補を探すラングストン侯爵との濃密な日々を描く、せつなくも官能的なシリーズ第一弾！

悪の華にくちづけを
ロレッタ・チェイス
上野元美［訳］

自堕落な生活を送る弟を連れ戻すため、パリを訪れたイギリス貴族の娘ジェシカは、野性味あふれる男ディンに出会う。全米読者投票一位に輝くロマンス史上の傑作

灼熱の風に抱かれて
ロレッタ・チェイス
上野元美［訳］

一八二一年、カイロ。若き未亡人ダフネは、誘拐された兄を救うため、獄中の英国貴族ルパートを保釈金代わりに雇う。異国情緒あふれる魅惑のヒストリカルロマンス！

あやまちは愛
トレイシー・アン・ウォレン
久野郁子［訳］

双子の姉と入れ替わり、密かに想いを寄せていた公爵と結婚したバイオレット。妻として愛される幸せと良心の呵責の狭間で心を痛めるが、やがて真相が暴かれる日が…

愛といつわりの誓い
トレイシー・アン・ウォレン
久野郁子［訳］

親戚の家へ預けられたジーネットは、無礼ながらも魅惑的な建築家ダラーと出会うが、ある事件がもとで〝平民〟の彼と結婚するはめになり…。『あやまちは愛』に続く第二弾！